El candidato

Esta obra obtuvo el

**V PREMIO DE NOVELA
CIUDAD DE TORREVIEJA
2006**

otorgado el 29 de septiembre de 2006,
en Torrevieja (Alicante), por el siguiente jurado:
J. J. Armas Marcelo, José Calvo Poyato, Julio Ollero,
Núria Tey (directora editorial de Plaza & Janés)
y Eduardo Dolón (concejal de Cultura
del Excmo. Ayuntamiento de Torrevieja),
actuando como secretario David Trías.

Jorge Bucay

El candidato

PLAZA  JANÉS

A Simón D.
y a todos los Simón D.
que tanto nos dan
a cambio de tan poco

El candidato

Primera edición en México, 2006

© 2006, Jorge Bucay
© 2006, Random House Mondadori, S.A.
  Travessera de Gràcia, 47-49. 08021 Barcelona

D. R. 2006, Random House Mondadori, S. A. de C. V.
  Av. Homero No. 544, Col. Chapultepec Morales,
  Del. Miguel Hidalgo, C. P. 11570, México, D. F.

www.randomhousemondadori.com.mx

Comentarios sobre la edición y contenido de este libro a:
literaria@randomhousemondadori.com.mx

ISBN-13: 978-970-780-338-1
ISBN-10: 970-780-338-X

Compuesto en: Fotocomposición 2000, S. A.

Impreso en México / *Printed in Mexico*

Con las dictaduras sucede lo mismo que los médicos dicen [que pasa] con la tuberculosis:

Al principio el mal es difícil de reconocer y muy fácil de curar, pero con el transcurso del tiempo, al no haber sido atajado ni combatido, el mal se hace cada vez más fácil de reconocer, aunque también se vuelve cada vez más difícil de erradicar.

NICOLÁS MAQUIAVELO,
El príncipe, capítulo III

La madrugada del miércoles 3 de marzo explotó la bomba que iba a cambiar de forma irremediable el futuro de la República de Santamora.

El objetivo del atentado era uno de los edificios públicos de mayor tradición, el Archivo General de la República de Santamora, una imponente mole de origen colonial, con fachadas de piedra y grandes ventanales que cubrían el frente de sus cuatro pisos.

Era pasada la medianoche; apenas circulaban vehículos por la zona y era casi imposible cruzarse con transeúntes, como no fuera algún borracho que se hubiera perdido cuando iba a las tabernas y prostíbulos cercanos.

Seguramente por eso nadie pudo ver las sombras que aparecían y desaparecían como fantasmas en los ventanales del edificio del Archivo General: cuatro hombres enmascarados y totalmente vestidos de negro, que recorrían silenciosamente cada una de las dependencias como si las conocieran de toda la vida. Casi no tenían necesidad de consultar el plano que uno de ellos llevaba para elegir las columnas en que colocaban los artefactos que habían sacado de unas bolsas, también negras.

En el portal del edificio, un quinto enmascarado apuntaba al cuerpo inconsciente de un guardia de seguridad con la metralleta que tenía en una mano; en la otra sostenía un *walkie-talkie*.

Cuando terminaron su tarea, los cuatro asaltantes se reunieron en la entrada con el quinto. Sin decir nada, dos de ellos cogieron al guardia y lo arrastraron por la acera, con sus pies rebotando en las piedras centenarias, hasta llegar a un terreno baldío en el callejón contiguo. Allí lo maniataron y lo dejaron tirado sobre el suelo mugriento.

La estática del *walkie-talkie* anunció una llamada; el que lo llevaba dijo concisamente: «Estamos listos». Luego salió a la calle y se dirigió al callejón. Los otros lo esperaban ya sentados en una furgoneta.

—¿Os habéis deshecho del portero? —preguntó al subirse.

Uno de ellos asintió.

—Nos vamos —dijo al grupo.

La furgoneta se puso en marcha y, tras pasar frente al enorme edificio, se perdió por las desiertas calles de La Milagros, la capital de Santamora.

A las dos en punto, una enorme explosión derribaba gran parte del centenario edificio del Archivo General de la República de Santamora y una inmensa bola de fuego envolvía lo que quedaba en pie. Justo enfrente del Archivo, al otro lado de una calle de doble sentido, se erguía el bloque en el que Agustín Montillano y Carolina

Guijarro habían alquilado un piso cuando decidieron enfrentarse al desafío de la convivencia. Era un edificio rústico, de pisos reformados, no muy grandes, pero de precio asequible para las parejas de clase media y los profesionales que, como Agustín, trataban de sobrevivir con los magros salarios que había impuesto el régimen dictatorial de Severino Cuevas.

El estruendo arrancó de la cama a Carolina Guijarro, que, sin tener conciencia de lo que ocurría, cayó al suelo enredada entre la sábana y la colcha.

Una lluvia de cristales inundó la habitación y la onda expansiva de la explosión agitó de tal manera las estanterías y el armario que estuvieron a punto de caer sobre la cama.

Aturdida, Carolina trató de moverse; le costaba coordinar sus movimientos, le zumbaban los oídos hasta dolerle y al intentar levantarse sintió una fuerte punzada en el antebrazo. Se arrastró hasta la mesa de noche y encendió la luz. La herida sangraba profusamente.

Como pudo, se hizo un vendaje con la funda de la almohada. Según iba adquiriendo conciencia de la situación, la invadía más y más el desconcierto. Los pensamientos se arremolinaban, caóticos, en su cabeza. Pensó en Agustín; no estaba a su lado. Creyó recordar que esa noche tenía guardia, pero no podía estar segura; quizá estaba sangrando como ella en alguna parte de la casa. Gritó llamándolo por su nombre, pero no escuchó ni su propia voz. No entendía si era porque no podía hablar o si estaba tan sorda que sus oídos no podían escuchar siquiera sus gritos.

Cerró los ojos, deseando que todo fuera una pesadilla y rompió a llorar. Después de un tiempo que no debió de ser demasiado largo, pero que a ella le pareció eterno, el dormitorio empezó a llenarse con los reflejos rojos y azules de las ambulancias y de los coches de bomberos y de la policía que iban llegando al lugar de la explosión. Ojalá vinieran por ella, pensó antes de desmayarse.

LIBRO I

EL PRINCIPIO

Tejiendo la urdimbre de mis opiniones sobre cómo puede gobernarse y conservar un principado, quiero establecer que me parece mucho más fácil conquistar un «Estado hereditario», acostumbrado a una dinastía, que someter a uno nuevo, ya que basta con no alterar el orden establecido por el gobernante anterior, y contemporizar después con los cambios que puedan producirse [...] Si un territorio acostumbrado a vivir bajo la mano dura de un príncipe se enfrenta con la extinción de un linaje y queda sin gobierno, los habitantes, habituados a obedecer, no podrán ponerse de acuerdo para elegir a uno de entre ellos que los comande, aunque se den cuenta de que necesitan quien los mande ya que no saben vivir en libertad [...] Así, [cuando asuman] que tampoco pueden organizarse para tomar las armas contra un usurpador, cualquier príncipe será capaz de conquistar fácilmente sus ciudades y retenerlas bajo su dominio.

NICOLÁS MAQUIAVELO,
El príncipe, capítulo II

1

MIÉRCOLES, 3 DE MARZO   *EL OJO AVIZOR* · 5

Tensión en la capital por la sucesión de actos violentos y atentados en edificios públicos de la ciudad

El gobierno trata de tranquilizar a la población, aunque reconoce que todavía no tiene información sobre la identidad de los terroristas.

A las cinco de la mañana Mario Fossi, jefe de traumatología del Hospital Central, colgó el teléfono y corrió por los pasillos esquivando camillas, enfermos en sillas de ruedas y enfermeras que se volvían hacia él con cara de pocos amigos.

—¡Paso, por favor! Es una urgencia... Por favor...

En la sala de psiquiatría se detuvo ante una enfermera que tecleaba furiosamente en un ordenador.

—Sandra, tengo que ver a Montillano, ¿duerme?

—No. Está en la sala con una paciente, doctor.

—¿A esta hora? ¿Es una emergencia?

—¿Qué?

—¿La paciente tiene una crisis nerviosa? ¿Está a punto de suicidarse?

—Oh, no… Es la señora Gómez, que no podía dormir y mandó llamar al doctor.

—Bien… entonces esto es más urgente.

Sin decir nada más, entró en la sala. El doctor Agustín Montillano estaba hablando en ese momento:

—… y es posible que su insomnio sea una consecuencia más de su incapacidad para darse cuenta de lo que le pasa en la relación con su pareja… —El psiquiatra se interrumpió al ver entrar a su amigo—. ¡Mario!… ¿Qué haces aquí?… Son las cinco de mañana…

—Lo siento, Agustín, pero esto es importante.

Fossi se volvió a la señora de mediana edad que lo miraba con los ojos desencajados, le dirigió una sonrisa y, tomando al psiquiatra por el brazo, lo arrastró fuera de la sala.

—Disculpe, señora —le dijo desde la puerta—, todo está en orden. El doctor Montillano debatirá conmigo su caso y después volverá para hablar con usted…

—¿Qué crees que estás haciendo? —lo increpó Agustín cuando entraban en el ascensor—. ¿Te has vuelto loco?

—Debes ir a tu casa. No puedo acompañarte, tengo que estar en urgencias. Todavía no sabemos con lo que nos vamos a encontrar.

—Mario, ¿de qué diablos estás hablando?

—Ha habido un atentado con bomba en el edificio del Archivo General. Frente a tu casa.

—¿Qué? Carolina… estaba en el piso.

—Tranquilo… Está herida, pero nada de cuidado. Ya están allí los médicos de urgencias. Uno de ellos la reconoció y llamó para que te avisáramos.

—¡Voy ahora mismo!

—Eso es lo que te he dicho. Le pedí a la recepcionista que te tuviera un taxi en la puerta… debe de estar esperándote.

—¿Le importaría dejar que me marche? —dijo Carolina—. ¡Le he dicho que estoy bien!

El médico dejó de limpiar la sangre del brazo de Carolina y la miró de frente.

—Señorita, tiene usted un corte muy feo en el brazo. Y, cuando se lo desinfecte, tendrá que ir al hospital para que se lo cosan. Y también para que le miren los oídos.

—¡Estoy bien! Respecto a mis oídos, la explosión me dejó sorda por un momento, pero ya oigo perfectamente.

—Entonces, ¿por qué está gritando?

—¡Le digo que estoy bien!

—Disculpe, no puede irse. Me gustaría que se diera cuenta de que yo sólo hago mi trabajo.

—Y a mí me gustaría que me permitiera hacer el mío.

Agustín apareció justo cuando Carolina pronunciaba estas palabras.

—¡Caro! ¿Cómo estás? ¿Te sientes bien?

Carolina sonrió al verlo, pero enseguida torció el gesto.

—Sí, estoy bien, pero necesito el teléfono, necesito hablar con la emisora, ¡necesito cruzar la calle!

Agustín se acercó a ella y le dio un beso en la frente.

—Calma, calma. De todas formas, aunque estuvieras en condiciones de ponerte en pie, no podrías cruzar la calle. El edificio está completamente acordonado.

En efecto, en ese momento la policía impedía el paso a cualquiera que no perteneciera al cuerpo de bomberos: si bien el fuego parecía estar controlado, todavía caían pedazos de cristal de los ventanales destrozados y no se descartaba la posibilidad de nuevos derrumbes.

Varias ambulancias estacionadas en la zona se ocupaban de los vecinos heridos. Afortunadamente nadie había sido alcanzado de lleno por la explosión y no parecía que hubiera víctimas fatales. Sólo cortes, raspaduras y golpes sin importancia. Los más lastimados parecían ser el guardia de seguridad, que los paramédicos atendían en ese momento en el callejón, y Carolina Guijarro, obligada a dejarse atender en una camilla instalada en la entrada de su propio edificio.

—Perdone, ¿podría mantener el brazo quieto? —dijo el médico, que colocaba un vendaje a presión para evitar que siguiera sangrando.

—¿Por qué el Archivo, Agustín? ¿Crees que son los mismos terroristas que la semana pasada atentaron contra el Museo del Ejército y los monumentos de la plaza de la Revolución?

Agustín se dirigió al colega que atendía a la joven:

—Disculpe, soy Agustín Montillano, del Central. ¿Le importa si me ocupo yo?… Gracias.

—Oh, mierda, mira quién está ahí —exclamó Carolina señalando a la calle—. Agustín, déjame ya.

—¿Estás loca?

—Es Pablo Godoy, de *El Ojo Avizor*. ¿No lo entiendes? La explosión ha ocurrido enfrente de nuestra casa y aun así él se hará primero con la noticia.

—Estás herida y vas a necesitar unos cuantos puntos de sutura...

—Yo sé lo que necesito... necesito mi grabadora, necesito un teléfono y necesito a mi cámara.

—Carolina, ahora no puedes...

—¿No puedo qué?... Lo único que no puedo es seguir aguantando que tú y el estúpido de tu colega me estéis diciendo lo que puedo y lo que no puedo hacer...

—Será mejor que vayamos al hospital.

—¿Me estás escuchando? ¿Acaso me quejo yo por tus guardias, tus pacientes, tus dudas existenciales...?

—Caro, estás todavía afectada por el trauma... —le dijo con calma infinita.

—Te odio cuando te pones condescendiente y no me tomas en serio. Primero voy a averiguar qué ha pasado en el Archivo, después pasaré por la Cadena 20 y cuando termine iré al hospital. Eso es lo que haré. Con tu permiso o sin él.

Diciendo esto, se levantó de la camilla y miró hacia la fachada del Archivo General, o lo que quedaba de ella: una mezcla extraña de ruinas, escombros, desconchones y ventanas rotas. Se le aflojaron las piernas y otra vez se le escaparon las lágrimas. En ese momento se dio cuenta de la magnitud de la explosión.

Agustín se acercó por detrás y le tocó el hombro.

—Relájate un momento, Carolina. Por ahora no puedes hacer nada. Deja que te suturemos la herida.

19

Carolina asintió despacio.

Agustín no quería correr el riesgo de que Carolina se cerrara otra vez en su eterna rebeldía, así que, aprovechando el momento, hizo una señal a los enfermeros para que lo ayudaran a subir la camilla a la ambulancia.

Camino del Hospital Central, Carolina Guijarro, más angustiada por sus pensamientos que por lo que le estaba pasando, le preguntó a Montillano, sin siquiera fantasear que el psiquiatra tendría respuesta:

—¿Por qué sucede siempre lo mismo, Agustín? ¿Cuándo va a terminar todo esto? ¿Cuándo vamos a poder disfrutar en paz? Cada vez que nos acercamos, algo o alguien vuela todo lo que hemos logrado. Como si no les importara el dolor de las víctimas...

Después de suturar él mismo la herida consiguió, gracias a las influencias de su amigo Fossi, que ingresaran a Carolina en una habitación privada de la sala de traumatología.

—Trata de descansar, son casi las seis —le dijo—, vendré a verte luego. ¿Necesitas un sedante?

—No, no lo creo. De todas maneras no estoy segura de que consiga dormir...

—¿Quieres que avisemos a tu madre? —ofreció Montillano, aunque sabía la respuesta.

—¿Para qué? ¿Para que venga a decirme que esto me pasa por ser periodista? ¿O para que vuelva a preguntar dónde estabas tú y qué clase de pareja somos?

—Yo estaba de guardia, Carolina... —intentó disculparse Agustín—. Y tú lo sabías.

–Sí, es verdad. Pero ¿sabes? En la confusión de esta madrugada, aturdida por la bomba, tanteé la cama, para tocar tu cuerpo, te busqué a mi alrededor, te llamé a gritos, preocupada por ti... y, una vez más, no estabas... una vez más que yo necesito saber que estás conmigo y estás en otro lado.

–Caro... ¿te parece que es éste el momento de hablar de nuestras dificultades?

–No. Nunca es el momento. En cuanto a mi madre –continuó Carolina–, sí, te pido que le avises... Después de todo, tendré que dormir en algún lado hasta que arreglen el piso...

–¿Quieres que busque...?

–¿Qué...?, ¿un lugar para los dos?... –interrumpió Carolina–. No, Agustín, no... por ahora lo prefiero así. Después veremos.

Ella apagó la pequeña luz sobre la cama y él salió del cuarto rumbo a la sala de psiquiatría.

A pesar de la hora y del silencio sepulcral de los pasillos, Agustín decidió pasar por la cama de la señora Gómez. Si aún estaba despierta, merecía que le explicara por qué la había dejado. Pero no, ella dormía plácidamente.

En la sala de médicos, Agustín se calentó un poco de café y se entretuvo mirando por la ventana el amanecer sobre los tejados de La Milagros.

Pronto la ciudad despertaría con la noticia de un nuevo atentado, esta vez de inusitada violencia.

Desde hacía varios meses, muchos habían sentido, como él, que un aire de apertura se respiraba en el ambiente sociopolítico de la pequeña república. Después de la locura asesina del régimen militar de las primeras dos décadas de dictadura, en los últimos diez años se habían ido moderando los excesos y limitando los ataques de furia represiva con que el gobierno solía responder a cualquier atisbo de crítica o de oposición.

Tal vez, como decía el rumor que se susurraba por los pasillos de la Casa de Gobierno, el Excelentísimo Señor Presidente se estaba volviendo viejo. Aunque Agustín sabía por su profesión y por su experiencia que no parecía razonable creer que el envejecimiento bastaría para transformar a Cuevas en un tierno abuelito.

En cualquier caso, Carolina tenía razón. Las fantasías de una progresiva vuelta a la República habían sido una vez más dinamitadas, pero no por los villanos de siempre.

Esta vez eran los cuadros de la guerrilla que el ejército había derrotado y desarticulado en todos los frentes, avalados por una oposición diezmada por la falta de dirigentes y decapitada por los asesinatos de Estado, los que, intuyendo cierta debilidad del dictador, pretendían recuperar protagonismo por la vía del miedo y el terror.

De todas maneras, sin importar de donde viniera, ni sus razones últimas, Agustín sabía que desde siempre había sentido esa mezcla de odio y de temor que generaba en él la sola proximidad de la violencia. Por un momento dudó cuál de los dos sentimientos era primario. Su profesión le decía que razonablemente debía de ser el miedo, más arcaico y esencial, el origen de sentimientos más complejos…

De pronto su pensamiento dio un salto en el vacío como muchas otras veces: ¿sería ese miedo a lo nuevo y diferente lo que una y otra vez le impedía formar con Carolina esa pareja que los dos querían?

–Menuda noche –interrumpió Mario entrando en el despacho y dejándose caer en el diván–. Estoy destrozado.

Agustín no abrió la boca ni apartó la vista de la ventana.

–Oh… pues nada, ya sabes, las urgencias, infernales como siempre, y hoy con las víctimas de la explosión… –dijo Mario haciéndose el ofendido–. Gracias por preguntar.

–Lo siento, Mario. No estoy muy hablador.

–El Archivo General, ¿te das cuenta? –continuó Fossi, sin hacer caso de su comentario–. Todos los datos sobre las personas censadas del país, borrados de un plumazo.

Agustín se encogió de hombros. Hubiera preferido no hablar, pero como su amigo guardaba silencio, finalmente dejó escapar un comentario.

–Estos terroristas no respetan nada.

–¿Terroristas? No lo creo, querido amigo. Tienes que mirar un poco más allá. El gobierno pasa por un momento delicado después de tantos años: la presión internacional se hace cada día más fuerte; nuestro querido comandante está cada vez más caduco. Hasta sus más fervientes defensores saben que la vuelta de la democracia es cuestión de tiempo. Y en medio de este panorama, ¿qué sucede? Que desaparecen todos los datos que podrían servir para organizar un censo electoral. Qué casualidad.

Agustín suspiró, cansado.

–¡Tú y tus paranoicas teorías de la conspiración!

–¡Eso es! –se dijo Mario para animarse–… Pero no van a poder pararlo. Don Severino no va a salirse esta vez con la suya.

–Oh, sí… –se burló Montillano–. Seguro que el general Cuevas estará temblando ahora mismo en su palacio…

—No creo que esté temblando, pero te aseguro que debe de estar desde hace una hora hablando con el títere ese que tiene como mano derecha para planificar sus próximos pasos. Él sabe que se le vienen tiempos difíciles.

—No es el único... —dijo Agustín—. Tengo que pedirte un favor, Mario. Necesito que me permitas dormir en tu casa por unos días. El piso no está en condiciones y...

—Claro, hombre, ningún problema. ¿Y Carolina?

—Hablé con ella hace un rato. Dice que por ahora prefiere irse a casa de su madre.

—Puedes venir a mi apartamento cuando quieras, Agustín, pero ¿vale la pena tanto lío? Después de todo, en un par de semanas como mucho, vuestro piso estará otra vez en condiciones...

—¿Quieres la verdad? Las cosas ya no venían del todo bien entre nosotros. Creo que Carolina va a aprovechar la situación para tomar distancias y tal vez tenga razón. Quizá los dos debamos pararnos a pensar un poco hacia dónde va lo nuestro.

Mario percibió la angustia de su amigo; se acercó a él y le rodeó los hombros con el brazo, acercándolo a su cuerpo. Agustín tardó en esbozar su tibia sonrisa de agradecimiento. Su cabeza estaba en otro lado.

Como Mario Fossi había supuesto, en ese preciso instante el general Severino Cuevas observaba desde su despacho el mismo amanecer que los médicos del Hospital Central. Detrás de él, el coronel Zarzalejo esperaba órdenes.

—No me sorprende lo que me cuenta —dijo el General—. Todo está dentro de la lógica.

—Usted ya me había dicho que tarde o temprano alguno de esos trasnochados decidiría intentar presionarlo. Lo felicito por su visión, señor.

—Gracias, coronel. Como usted sabe, para triunfar en una guerra es importante anticiparse a los movimientos del enemigo. Es bueno que lo sepa desde ahora, coronel: gobernar es estar en guerra, una guerra permanente contra todos los que se oponen al bienestar de la patria.

—¿Vamos a movilizar a los equipos especiales para buscarlos, mi general?

—No, Zarzalejo. Eso no cambiaría mucho las cosas. A estas alturas, los acontecimientos son imparables. Lo único que hay que dejar en claro es que sigue siendo el gobierno el que decide el ritmo de lo que se hace y de lo que no se hace en Santamora... Como siempre le he dicho, hay que tener las cosas bajo control y hacer saber a todos quién las controla.

Esa misma noche Cuevas dio lectura a un comunicado utilizando, como era su costumbre, la radiotelevisión estatal. Esto significaba que todas las emisoras nacionales entraban en cadena de transmisión y debían interrumpir su programación y que todas las señales extranjeras eran interferidas.

El presidente apareció vistiendo su uniforme militar de gala. En su pechera colgaban las más de cincuenta medallas que él mismo se había conferido a lo largo de los últimos treinta y dos años.

25

Miró a la cámara y leyó su discurso de corrido.

—Pueblo de mi patria: cumpliendo con la palabra que he empeñado cuando liberamos al país del régimen opresor, hace más de treinta años, he decidido que se dan las condiciones para que, a partir de ahora, los habitantes de la República Democrática de Santamora hagan honor al adjetivo que forma parte de su glorioso nombre y sean quienes elijan libremente en las urnas a sus próximos gobernantes. Quiero dejar claro que este anuncio lo hago tal y como lo tenía previsto y que, por esa razón, de ninguna manera debe interpretárselo como una respuesta a los hechos que son de dominio público.

Después guardó el papel y, con un gesto de fastidio, bajó la mirada y en lugar de la prolongada perorata de alabanzas a sí mismo con las que solía finalizar cada uno de sus discursos agregó un simple «Es todo» y salió del salón.

2

El país reacciona con euforia ante el inesperado anuncio del presidente Cuevas llamando a elecciones

Las fuerzas vivas se autoconvocan para festejar el anuncio del general Cuevas. En noventa días, las urnas decidirán quién será el próximo presidente de Santamora.

Agustín había decidido dedicar la tarde a desempaquetar sus cosas en casa de Mario. La noche anterior había llevado consigo sólo su alma y su tristeza y ahora tenía que hacer lo que debía. Bastante le molestaba tener que invadir el apartamento de Mario como para obligarlo además a aguantar el desorden de sus cosas desparramadas por la sala.

Terminaba de extender su ropa sobre la cama cuando su amigo entró en el cuarto:

—Deja eso para después. Ahora nos vamos a la plaza...

—¿Qué…?

—Vamos, vamos… es fiesta —dijo Mario mientras lo empujaba hacia la puerta—. ¿No sabes que Cuevas acaba de llamar a elecciones?

Ciertamente él nunca habría ido a celebrar con el pueblo de Santamora la llegada de la democracia si Mario no lo hubiera llevado a empujones hasta la plaza. Había intentado una tibia resistencia. «Que sus ganas», «que el humor»… pero su amigo la había desbaratado. Según él, lo mejor que podía hacer para olvidarse un poco de Carolina era contagiarse de la alegría general.

Agustín no pudo negarse, pero por más que lo intentaba, tampoco conseguía dejarse llevar por el jolgorio que veía a su alrededor.

Y no es que creyera que había pocos motivos para festejar; la partida de Cuevas era, sin lugar a dudas, una buena noticia para Santamora y para cada uno de sus habitantes, pero él definitivamente nunca había sido muy amigo de las multitudes. A Mario, en cambio, se lo veía exultante. Saludaba a todos, cantaba las canciones y aplaudía con toda su fuerza a cada grupo de desconocidos con el que se cruzaba.

¡Crea que sí
crea que no,
la dictadura
se terminó!

Agustín y Mario se mezclaron entre la gente que, poco a poco, y de forma casi espontánea, iba llenando la plaza. Parecía una de aquellas gloriosas noches de carnaval que sus abuelos les habían descrito. Una fiesta de otros tiempos. Música, baile, ruido, risas y petardos que dejaban flotando en el aire vapores de azufre y de pólvora que ahora se confundían mezclándose con el aroma de las salchichas, el maíz y las garrapiñadas que improvisados «chiringos» cocían en tanques cortados por la mitad y llenos de carbones encendidos.

Cuevas había llamado a elecciones.

Silbatos, matracas, tamboriles y bongós, maracas, guitarras y algunos acordeones ponían música en cada rincón, acompañados por las tapas de las ollas usadas como platillos y las palmas que acompañaban rítmicamente el canto de los más entusiastas.

¡Santamora, Santamora,
por fin ha llegado tu hora!

—¡Canta, huevón! ¿No estás contento?

—¡Sí! —respondió Agustín a gritos para ser escuchado—. Pero no hace falta volverse loco para estar contento.

—No lo entiendes. Es un triunfo de la gente.

—¿De verdad crees que esto sucede porque la gente lo quiso?

—Quizá un poco sí… No sé. Tú eres el que dijiste que no pensara en conspiraciones. Sea como sea, ahora es el momento de festejar. Son treinta y dos años. ¿Te das cuenta? Treinta y dos años.

Cuevas había llamado a elecciones.

Agustín miró para todos lados y vio que a lo lejos, por los caminos del monte, bajaban columnas de antorchas que parecían no terminarse nunca.

La gente, que seguía llegando por miles, cubría cada centímetro de la plaza y las calles cercanas. Los dos médicos fueron arrastrados hacia los jardines centrales de la plaza Del General. Allí vieron cómo iba creciendo una montaña de maderas y papeles que auguraba una enorme hoguera.

—No me gusta esto.

—No te preocupes —dijo Mario—. No pasa nada.

—Están desbocados.

—Están alegres.

—Están eufóricos… y desbordados. Es una locura.

—Todo lo que de verdad vale la pena es una locura —reflexionó Mario con un tono casi paternalista… y Agustín no pudo evitar pensar en Carolina.

Cuando la pira alcanzó los tres metros de altura, una veintena de paisanos se abrió paso entre la multitud. Traían un listón de madera de cuatro o cinco metros del que pendía un gigantesco títere de trapo con ropa militar. Una barba candado pintada sobre la cara de almohada y cientos de medallas de papel metalizado pegadas en el pecho indicaban que el muñeco encarnaba al mismísimo Cuevas. Mientras el monigote del General flotaba entre la gente, un abucheo crecía en la plaza. Los que estaban más cerca de él le arrojaban bolsas de papel, botellas vacías y todo lo que tenían a mano. Los que estaban más lejos levantaban el puño amenazante en dirección al muñeco de trapo y estopa, sabiendo que jamás se hubieran atrevido a hacerlo con el original de carne y hueso.

De pronto, con esa misteriosa sincronía que a veces se da en los grupos humanos, sobre todo cuando coinciden las intenciones de todos aunque nunca hayan sido enunciadas, se produjo un inmenso silencio. Un abismo sin sonido, en el que daba la impresión de que se había detenido el tiempo.

Sólo la marioneta de harapos se balanceaba frente a la montaña de muebles, maderas y papeles.

Al mismo tiempo, sin que nadie comandara la acción, una decena de mineros movieron sus antorchas hasta la base de la pira y le prendieron fuego. El silencio se mantuvo todavía unos minutos más, mientras la figura del General parecía caminar por el humo. Por fin, las llamas la alcanzaron. En ese momento, la multitud gritó eufórica y los sombreros de los campesinos volaron por el aire en señal de alegría. La algarabía se hizo ensordecedora:

¡Se quema, se quema,
se quema y se quemó,
Cuevas, hijo de puta,
la puta que te parió!

—Tranquilo —dijo Mario, sujetando del brazo a su colega, al intuir sus temores.

—Yo lo entiendo —dijo Agustín—, lo entiendo… pero no me gusta.

—No. No lo entiendes —lo corrigió Mario—. Esta gente estuvo mordiéndose la lengua durante muchísimos años. Es la primera vez que pueden abrir la boca. Es lógico que tengan ganas de gritar. Pero no te asustes, mi querido amigo, Santamora es un país de gente pacífica, quizá demasiado pacífica.

—Desde que volviste de tu viaje por el mundo progre ya no eres el mismo —ironizó Agustín.

—Es verdad –contestó Mario sin ironías–, no se pueden ver algunas cosas y seguir creyendo que no existen y no se pueden conocer algunos hechos y seguir siendo el mismo.

La multitud siguió bailando y cantando alrededor del fuego, hasta que el monigote terminó de desprenderse de su soporte y cayó en las llamas, entre las que desapareció inmediatamente. La mayoría festejó casi con furia esta última pirueta del muñeco de trapo, como si toda la dictadura se consumiera con esa llamarada.

Una mujer remató el final del extraño ritual gritándole a la multitud:

—¡Viva la República Democrática de Santamora!

Y todos, todos, hasta Agustín, sumaron su voz a la respuesta:

—¡Viva…!

—¡Viva…!

—¡Viva…!

Durante algunos minutos, densos e interminables, la escena se volvió nuevamente silenciosa y estática, hasta que un grupo de jóvenes que portaban una improvisada pancarta contra Cuevas empezó a moverse en dirección al barrio antiguo.

—¿Adónde van? –preguntó Mario cuando pasaron a su lado.

—A la casa de Tolosa –contestó uno de los muchachos sin siquiera mirarlo.

Desde el ventanal espejado de su despacho, el general Cuevas vio cómo la turba se agrupaba detrás de las pancartas y caminaba hacia la casa de su más antiguo opositor, el único que quedaba vivo. «Qué lástima», pensó una vez más el General. ¡Había deseado tan-

tas veces que el absurdo orgullo de Tolosa no existiera o que su rebeldía juvenil se hubiera ido doblegando con los años! Las siete últimas veces que lo había visto fue alrededor de alguna de sus en-
tradas o salidas de la cárcel. El diálogo siempre era más o menos
el mismo, y el resultado, equivalente.

—¿No es hora de que se sume al régimen, Tolosa? —le decía el
presidente, con un más que forzado tono amistoso y cómplice—. Lo
que tenía mucho sentido hace veinte años, ya no lo tiene en los
tiempos que corren. No le miento, amigo mío, si le aseguro que su
pelea solitaria le ha supuesto y le supondrá de aquí en adelante un
desgaste absolutamente inútil.

Aquí hacía una pausa y se acercaba a ponerle una mano en
hombro, que el otro aceptaba más o menos pasivamente.

—Lo quiero de nuestro lado, don Pedro, porque más allá de
nuestras diferencias, los dos sabemos que el país lo necesita, que
la gente lo necesita y que usted le haría un gran servicio a la patria
si se sumara a nuestro proyecto.

Y Tolosa, como siempre, levantaba muy poco la cabeza y respondía con la misma frase:

—Ya me equivoqué una vez con usted, mi general. Y no pienso volver a hacerlo.

Ambos sabían de sobra que el viejo político se refería a aquel
mes de mayo, tres décadas atrás, cuando el entonces general de división Severino Cuevas, con más audacia que seguridades, había
decidido levantar al ejército y poner fin al gobierno corrupto y ve-
nal de entonces. En aquel momento Tolosa salió a apoyar la decisión de las fuerzas armadas de terminar con el gobierno de Cami-
lo Guzmán y aseguró el apoyo popular a ese golpe militar que

prometía un gobierno provisional e inmediata convocatoria de elecciones. Después el General había hecho «lo que la situación del país le demandaba» y Tolosa había admitido públicamente que se había equivocado y que «el gobierno del general Cuevas era al menos tan poco democrático como el de Guzmán».

—Van a la residencia de Tolosa —dijo el coronel Zarzalejo, interrumpiendo sus recuerdos. Cuevas lo miró casi acusadoramente, señalando sin palabras que su comentario era demasiado obvio—. Más rápido de lo que esperaba —continuó el edecán, como completando su primera frase—. Parecen más exaltados que furiosos. Se ve que en esta Santamora el entusiasmo es más fuerte que el odio.

—Lo dudo —reflexionó Cuevas, casi para sí mismo—, lo dudo mucho. No existe nada más fuerte que el odio cuando se despierta. Es muy probable que estén confundidos, quizá un tanto aturdidos y posiblemente hasta un poco ansiosos, pero nada más. Éste es mi pueblo, querido Zarzalejo, y este pueblo me ama o me teme, me acepta o me rechaza, pero no me odia, se lo aseguro. El odio… el odio es otra cosa.

El General se calló. Encendió un cigarro de los que fumaba sólo en los grandes momentos y, mirando hacia la plaza, reflexionó:

—El odio verdadero necesita razones verdaderas y ellos no las tienen… ya lo aprenderá usted.

Una gran bocanada de humo ocupó el siguiente silencio del General, que siguió mirando por la ventana mientras recordaba algunos de sus propios rencores. Luego prosiguió:

—Como siempre, en las manifestaciones de las masas, muchos terminan haciendo de caja de resonancia de la bronca rebelde de unos pocos… Esos estúpidos jovencitos provocadores… ¡Como si no supiéramos quiénes son y dónde están! Podría ir a por ellos y sacarlos de circulación antes de que termine este día… —una nueva nube de humo espeso envolvió la pausa— … Pero no lo haré.

El coronel Zarzalejo aceptó con su silencio acostumbrado las elucubraciones de su superior. Para el coronel callar era parte de su único propósito desde la época de la academia militar: estar y permanecer al lado de ese ser temido y respetado, transformarse en su hombre de confianza. En los últimos años había sido su mano derecha, aunque también su mano izquierda y su mano oculta. Había peleado por él en muchas batallas, algunas sangrientas, no pocas alentadas sólo por los rencores, seguramente los mismos que ahora pasaban por la mente del señor presidente. Cuidadosamente, se quitó las gafas y las limpió con la pequeña franela que guardaba en el bolsillo izquierdo del pantalón.

—Lo que sigue no será una tarea sencilla, mi general —se animó a decir.

—Ni tan complicada como parece —afirmó el presidente, sonriendo un largo rato sin apartar la vista de la gente en la plaza, hasta que finalmente sentenció—: No hay de qué preocuparse, se lo aseguro… Mañana sólo recordarán lo bien que lo pasaron esta noche. Del mismo modo que hoy no recuerdan el enojo que tenían ayer por la bomba en el edificio del Archivo. Puede creerme, coronel, yo conozco a esta gente… Ordene ahora mismo que salgan camiones sin distintivos ni emblemas a repartir cerveza gratis entre el pueblo. Eso sí, con cuidado: sólo a los hombres mayores de edad… Está claro, ¿no?… No quiero ver bebidas alcohólicas en manos de mujeres ni de niños.

El coronel Zarzalejo observó al General y, aunque no estaba del todo de acuerdo con la seguridad del líder, calló y salió a cumplir la orden del presidente. Siempre recordaba aquella frase que le había repetido su padre tantas veces: «El hombre sagaz, astuto, sabe escuchar lo que dicen los que hablan, pero jamás desoye la opinión del que se calla». Obviamente, ni él ni nadie dudaba de la perspicacia de Cuevas, así que el silencio había sido su mejor aliado para llegar a estar al lado del gobernante. El silencio y su indudable lealtad, que había puesto de manifiesto una y otra vez.

De todas maneras, ahora resultaba casi sencillo no ir al choque con este lacónico Cuevas. Otra cosa bien distinta había sido en otros tiempos; y no era Zarzalejo el único que lo notaba. Hacía muchos años que el presidente había abandonado su tradicional verborrea. Poco quedaba de aquel líder carismático que se desbordaba en extensísimos discursos. En los primeros años de su gobierno, el general Cuevas podía pasarse horas explicando su política, sus decisiones o los éxitos de su gobierno, tanto frente a una multitud en la plaza como en su consejo de ministros.

Zarzalejo recordaba a Cuevas arengando desde el balcón del Palacio de Gobierno a varias decenas de miles de personas, que en las primeras épocas se acercaban espontáneamente a la plaza para escuchar al General. Había visto después a otros tantos miles, manipulados o presionados y también, más tarde, a los mismos, directamente obligados o sobornados para lograr su presencia. Pero en los últimos años hasta eso se había acabado. El gobierno ni siquiera intentaba convocar aquellas manifestaciones históricas y multitudinarias. Hacía más de diez años que los santamoranos sólo escuchaban a Cuevas a través de la Cadena Nacional de Radio y

Televisión. Estas apariciones, que al principio estaban llenas de anuncios, amenazas, alabanzas a sí mismo y enumeraciones de los trascendentes logros del gobierno, también se fueron volviendo cada vez más breves.

Para los habitantes del país, el brusco paso de siete horas de previsibles y aburridos discursos a una hora o una hora y media de igualmente aburrida disertación, representó un cambio tan notable como sospechoso. Llegó a especularse dentro y fuera del país con una posible enfermedad, incluso hubo rumores sobre la muerte de Cuevas. Un mito popular afirmaba que el gobierno tenía grabados los larguísimos discursos del presidente y los administraba dividiendo cada perorata en cinco o seis, para hacerlas durar.

Con el paso del tiempo, como siempre ocurre, el pueblo de Santamora se había ido adaptando a esta nueva realidad, y hasta empezó a vivirla con cierto alivio. No era tanto por no tener que soportar la alocución cotidiana del presidente sino, aunque doliera decirlo, porque les permitía escuchar la radio o ver la televisión sin interrupciones.

También el entorno del gobierno había aprendido a convivir con la decisión de su jefe de replegarse a sus pensamientos y se adaptó a que éste, por cansancio o desconfianza, elaborara en soledad sus actos de gobierno y sus planes de futuro. Su círculo más próximo no percibió este cambio como una amenaza a sus cargos, aunque en su actitud enigmática sí advirtió una cierta falta de coherencia o una señal de creciente debilidad que volvía impredecible el futuro del gobierno. Peor aún, volvía impredecible al propio General.

Ésta había sido durante los últimos tiempos la única causa de verdadera inquietud del coronel Martín Zarzalejo. Por lo menos, hasta que la súbita decisión de llamar a elecciones desplazó su preocupación hacia su propio futuro.

Muy lejos de estas dudas pero a pocas calles de allí, la multitudinaria manifestación entraba ruidosamente en el casco antiguo de La Milagros en dirección a la casa de don Pedro Tolosa.

La vieja casona donde los Tolosa habían vivido desde la época de la colonia era espléndida dentro de su austeridad; su singularidad era lógica, dado que había sido el regalo de la ciudad a su prócer más heroico en la lucha por la independencia, el coronel Maximiliano Tolosa, antepasado ilustre del actual líder de la oposición.

La casa conservaba intacto aquel estilo típico del barrio antiguo: sólidos muros, amplios ventanales con rejas y postigos y las habitaciones con puertaventanas construidas alrededor del patio con aljibe. Era un oasis en medio de la vorágine urbana, un lugar donde sólo se oían los trinos y arrullos de los pájaros.

El coronel Tolosa y su esposa decidieron que se alzara en la plazoleta entonces más hermosa de la ciudad, la ronda de las Buganvillas, más tarde rebautizada por Cuevas plaza de la Traición.

Allí, frente a la casa que ya entonces habitaba don Pedro, el gobierno había hecho fusilar al grupo de rebeldes que se había levantado por primera vez contra su autoridad, hacía ya más de veinticinco años. La elección del lugar no había sido casual: respondía a una petición específica de Presidencia. El fusilamiento pretendía que ningún habitante de Santamora olvidara cómo castigaba el General a quien osara sublevarse, pero el lugar elegido, como a nadie se le escapó, era un mensaje para el propio Tolosa. De los cuatro asesinados, dos eran coroneles de su propio ejército y los otros dos dirigentes políticos. Uno, del extremista Partido de Izquierda Combativa y otro, del Partido Nacional Democrático, la agrupación en la que militaba Tolosa.

Don Pedro presenció la matanza desde su habitación. Era un milagro que él mismo no estuviera entre los ejecutados. Aunque, en verdad, Tolosa sospechaba que no era justamente un milagro lo que lo había salvado sino una inescrutable decisión de Cuevas.

No era la primera vez que Tolosa notaba que la crueldad de Cuevas era menor con él, comparada con las sesiones de tortura que el régimen había infligido al resto de sus opositores. Tolosa había estado preso muchas veces y lo estaría todavía algunas más, pero lo cierto es que nunca había sido sometido ni a la humillación ni al salvajismo que habían sufrido otros presos.

El viejo caudillo cavilaba a menudo sobre los motivos de esa deferencia, pero no encontró otra respuesta que la que le sugirió un comentario que Cuevas le había deslizado una noche, durante su décima detención.

El General lo visitó casi a hurtadillas, y luego de una extensa diatriba acerca de los deberes de los santamorinos y de la estupidez de sus antiguos gobernantes, cerró su monólogo casi de madrugada diciéndole:

—Porque yo, Tolosa, soy amigo de mis amigos, apoyo a los que me apoyan y soy leal hasta el final, aunque se equivoquen y me vuelvan la espalda. Por eso jamás olvidaré su apoyo durante la revolución, jamás olvidaré que estuvo de mi lado, que se manifestó contra Guzmán para sacarme de la cárcel y que insistió en que la gente debería ayudarnos a reconstruir Santamora cuando el maldito Guzmán fue derrocado. Yo no voy a olvidar que después me criticó duramente, pero sé que lo hizo porque no termina de comprender la causa; pero de lo otro tampoco me olvido, así que seguiré insistiendo para que se sume a nuestro régimen.

Cuevas tenía razón: él lo había apoyado casi con vehemencia durante el derrocamiento de la serpiente de Guzmán y sus partidarios. Ése había sido su gran pecado, el único, pero tan enorme que apenas podía disculparse ante sí mismo. Aunque los santamorinos ya no se acordaran del hecho y lo trataran con respeto y admiración, él sabía muy bien que había ayudado mucho a construir aquel monstruo. Y Severino Cuevas, tal vez para recordárselo o quizá solamente para evitar transformarlo en un mártir, había decidido una y cien veces dejarlo con vida.

Cuando su hija Juana corrió a avisarle de que la gente ya doblaba por la calle San Severino e iba directa hacia la casa, don Pedro Tolosa se puso la americana, se peinó con demasiado fijador el ralo cabello blanco que se obstinaba en no abandonarlo y se miró al espejo como si fuera la última vez. Es que después de ese día, pensó para justificar su sensación, su vida y la de todos cambiarían para siempre.

En la calle, Agustín sobrellevaba con dificultad sus emociones ambivalentes. Por un lado quería huir, refugiarse en casa de Mario o en su despacho del hospital. Encerrarse en cualquier lugar donde pudiera no volver a ver a Carolina por un tiempo. El hecho de que hubiera abandonado el hospital sin ni siquiera pasar a saludarlo le había parecido cruel y gratuitamente doloroso. Por otro lado, quería verla, confirmar si su amor era más fuerte que su enojo, pedirle simplemente que se fueran, dejarlo todo atrás, en el olvido, y empezar definitivamente esa historia de amor que ambos merecían.

De pronto desaparecieron para él la multitud, el bullicio, su amigo Mario y los apretujones. Allí, a pocos metros de él, estaba Carolina, cubriendo para su canal de noticias la celebración popular.

El psiquiatra pensó que quizá debía haberse permitido seguir huyendo un poco más... No debía haberse acercado a la casa de Tolosa, era obvio que allí se cruzaría con ella... pero ya era tarde.

Como era de esperar, o al menos como Agustín esperaba aunque no quisiera admitirlo, Carolina Guijarro estaba allí, imposible de hermosa, con el cabello negro agitado por el viento y con ese gesto expectante que siempre lo fascinaba. Se le antojó diferente, distante, como alguien a quien veía por primera vez. Si no fuera porque llevaba el brazo vendado, nadie hubiera podido decir que había sufrido la violencia terrorista unas pocas horas antes.

Con la grabadora en la mano y el cámara detrás, la periodista se movía con la rapidez y la elegancia de un ciervo, sin dejar de hacerle preguntas a cuanta persona se cruzaba, presa de la ansiedad y la pasión de la cronista nata que era. Agustín sólo la miraba, casi paralizado.

Cuando Tolosa abrió la puerta de su casa, los presentes lo aclamaron con genuino fervor. El prócer caminó entre la multitud que le abría paso. Despacio, se dirigió a la parte más alta de la plaza. Allí algunos dirigentes de su partido, ayudados por jóvenes militantes, habían improvisado una especie de escenario rodeado de antorchas encendidas, clavadas en largas estacas, para que iluminaran la escena. Apenas Tolosa subió al estrado, el griterío se acalló por completo. El viejo líder levantó las manos y comenzó su discurso, con el que había fantaseado durante tantos años y que, en verdad, jamás imaginó dar.

—¡Amados y amadas compatriotas, querido y sufrido pueblo de Santamora! ¡El momento por fin ha llegado!

La ovación hizo temblar cada árbol de la plaza. Tolosa siguió:

—Sí, compatriotas; que nadie lo dude, porque este gesto del presidente no ha sido sino producto de nuestra lucha. Yo sé que hubo escépticos que no comprendieron, yo sé que hay quienes creen que la revolución debía teñirse de sangre. Pero he aprendido en estos cincuenta años que la lucha, compatriotas… la lucha no siempre se hace actuando. Muchas veces también se hace resistiendo, esperando, siendo pacientes, sufriendo en silencio, pero haciéndole saber al poder que uno no renuncia a sus sueños y que sigue soñando justamente con eso, con derrotarlo. Y, pueblo de Santamora, hoy es el primer día de nuestro futuro soñado. Por fin puedo decir lo que tanto quise decir: miremos hacia delante y encaminémonos juntos, todos juntos y unidos, hacia nuestro destino de grandeza. Hagámoslo por nosotros, pero también, sobre todo, por nuestros hijos y por los hijos de nuestros hijos. Fueron largos estos treinta y dos años; fueron duros, dolorosos y sangrientos; estuvieron llenos de injusticias y de opresión… pero han terminado. Aquí está el futuro, amigos y amigas. Es nuestro, y esta vez no nos lo dejaremos arrebatar.

Los vivas, los cánticos y los aplausos no se hicieron esperar. Unos minutos después, los ojos de Tolosa se llenaron de lágrimas.

La gente empezó a corear las palabras:

—¡Presideeenteee…!

—¡Presideeenteee…!

—¡Presideeenteee…!

—¡Tolosa, presidente…!

Los que no gritaban, aplaudían o saltaban, se dedicaban mientras tanto a tirar abajo el cartel de «plaza de la Traición» y, escribiendo en el dorso de una de las pancartas, rebautizaban la plaza como «ronda de la Reconquista».

3

Don Pedro Tolosa, presidente del Partido Nacional Democrático, es el primer dirigente político que se postula para la presidencia

Se especula sobre la próxima presentación de dos nuevos candidatos que lucharán con él en las urnas: un representante del mundo empresarial y un previsible delfín del oficialismo.

L os días se sucedieron vertiginosos en todo el país, pero aún más en su capital.

En La Milagros cada suceso, por pequeño que fuera, era «grande y significativo»; se suponía trascendente, pero pasaba rápido al olvido. Un poco porque, como en la mayoría de los países de América, en la capital se centralizaban demasiadas cosas: el gobierno, la banca y casi toda la actividad comercial del país, pero también porque los milagreros, como los llamaban algo despectivamente los del interior, eran naturalmente exagerados y vivían con prisas sin saber por qué.

Igual que muchos habitantes de otras capitales, los milagreros creían que el resto del país no existía más que para albergar los yacimientos que sostenían la economía santamorana y como paso para llegar en automóvil a los países limítrofes. De hecho, el noventa por ciento de los milagreros no podía asegurar, con la única garantía de que lo que alguna vez alguien les dijo en la escuela, que su país seguía después de las montañas y si ese territorio estaba o no habitado.

El resto de los santamoranos, como la Academia de la Lengua determinó que se nominara a los que vivían en el país, tenían para con La Milagros esa mezcla ambivalente de sentimientos que cualquiera tiene frente a lo que, de alguna manera, envidia y ambiciona, pero de otra cree inalcanzable.

No era de extrañar que la inmigración interna superpoblara la capital con aquellos que decidían correr el riesgo de probar suerte en La Milagros, la ciudad llena de oportunidades, la ciudad de los privilegiados, la ciudad más hermosa y contradictoria del país.

Santamora de los Milagros era una ciudad de una hermosura que sorprendía incluso a los que la veían cada día de su vida; mucho más, por tanto, a los que llegaban a su puerto por primera vez.

Fundada definitivamente a principios del siglo XVII, conservaba todavía todo el aire de la colonia y la fantástica mezcla de los colores ocres y amarillos con que debieron vestirla al nacer, por última vez, en su quinta fundación. La tradición aseguraba que cada una de las cuatro veces que la ciudad había sido diezmada, saqueada e incendiada por los indios había renacido más bella y atractiva, con más fuerza y más potencial. Y en opinión de muchos, ése era quizá el mayor de los milagros de La Milagros: que la violencia no hubiera terminado con ella para siempre. Se decía que La Milagros se negaba a desaparecer y que por eso no escondía su belleza; por el contrario, la exhibía ostentosa. Según aseguraban los más viejos, su belleza era parte de una misteriosa estrategia de la ciudad viva, un esfuerzo por enamorar perdidamente al visitante para que jamás se le ocurriera volver a destruirla.

También en la Casa de Gobierno, la noticia de primera plana del diario había conmocionado a más de uno. A Cuevas no le gustaban las sorpresas, ¿tendría esto previsto? Y si no, ¿cuál sería su reacción? En los pasillos se rumoreaba que el efecto de las declaraciones de Tolosa no tardaría en hacerse evidente.

Cuando el General lo mandó llamar, hacía más de dos horas que Zarzalejo permanecía sentado, con la vista fija en el teléfono, aguardando a que sonara.

—El anuncio de *El Ojo Avizor* acelera nuestros planes —le había dicho Cuevas—. Prepare todo, coronel.

Ni bien colgó, Zarzalejo llamó a la Secretaría de Prensa de la Presidencia y dispuso todo para la transmisión en cadena nacional.

Por boca del ministro se enteró de que en menos de veinticuatro horas la calle se había plagado de rumores respecto del sucesor de Cuevas, del candidato de la derecha empresarial y hasta de la aparición futura de algún otro candidato. Como bien le dijo el General, era tiempo de contener la andanada de murmuraciones.

¿Querían un candidato oficial? Pues bien, ahora lo tendrán. Finalmente, después de tanto esperar, había llegado su hora.

Cuando todo estuvo dispuesto en el Salón Ocre, Zarzalejo, enfundado en su mejor uniforme, se sentó por primera vez para una transmisión pública a la derecha del presidente. Durante toda su vida sólo había aparecido en público de pie, como un accesorio nimio, detrás de la figura omnipresente del primer mandatario. El coronel sonrió pensando en Amparo, su esposa, mientras se acomodaba en su nuevo lugar. Muchas veces ella le había reprochado la sumisión que mostraba frente a Cuevas; lo llamaba «la sombra que espera». Quizá por eso, cuando encendieron las potentes luces del improvisado estudio de televisión y su resplandor lo encandiló, no se permitió ni parpadear. Sabía que era imprescindible mostrar desde el principio templanza y seguridad absoluta en sí mismo. Muy posiblemente dentro de poco sería él mismo quien diera los discursos desde ese enorme sillón. Debía acostumbrarse a esa idea y empezar a disfrutar desde ahora.

La voz del General pareció sonar más cristalina que otras veces, como si hubiera recuperado su antigua determinación. De todos modos, su declaración también fue concisa y breve. Casi una estocada para todos los santamorinos:

—Pueblo de la República, el gobierno no puede quedarse al margen del camino a la democracia que anuncié hace algunas horas. Muchos son los que temen que este cambio se convierta en un salto al abismo, que destruya de un plumazo todo lo que tanto trabajo y tanta sangre nos ha costado a todos construir. Por eso, he decido pedirle al coronel Martín Zarzalejo que asuma como ciudadano y como soldado la responsabilidad de ser candidato a la presidencia. Éste es el hombre que tiene la capacidad y la experiencia para dar continuidad a los mejores logros de estos treinta años, el que mejor puede garantizar la continuidad democrática de este proceso y el único que ofrece la certeza de una vida en paz, en la que los cambios que necesarios serán siempre paulatinos y ordenados. No tengo ninguna duda de que de la misma manera en que las circunstancias y mi amor por la patria me empujaron a la presidencia, el voto de la mayoría de ustedes llevará a Zarzalejo al mismo lugar y a la misma tarea.

Quince minutos después, en otro estudio, el de Radio y Televisión de la Cadena 20, Carolina Guijarro terminó su comentario político en el noticiero de la noche, haciendo un análisis suavemente escéptico de las candidaturas de Tolosa, Zarzalejo y el presunto tercero en discordia. Cuando el monitor le mostró que estaba por fin fuera, dejó que desapareciera su forzada «cara para la cámara», como ella la llamaba, y el cansancio escaló por sus piernas, trepó por su espalda y se asentó en el cuello y en la frente. Saludó con un gesto a los operarios y salió a la calle para coger un taxi.

Estaba agotada y pensar en el día siguiente, en levantarse temprano y en encontrarse con los que iban a ocuparse de la rehabilitación del piso la agobiaba aún más. Pero no podía y no quería postergarlo: hacía tan sólo cuatro días que convivía con su madre y ya empezaba a sentir la urgencia de recuperar su espacio independiente. Desde que estaba allí no había logrado dormir una sola noche completa. Sería injusto echarle la culpa a su madre que, la verdad, se había comportado de forma sorprendentemente respetuosa, pero no soportaba tener que ocultar su mal humor ni controlar sus ganas de gritar o de llorar a gusto.

No era sólo consecuencia de la vorágine en la que había entrado ella, junto con la ciudad, después del atentado en el Archivo; tampoco era únicamente la sobrecarga de trabajo y responsabilidad derivada de los acontecimientos políticos: era evidente que la ruptura con Agustín la había desestabilizado.

Y después, verlo allí, en la plaza, con lo que él temía meterse entre tanta gente…

«Está desquiciado –pensó al darse cuenta de que había ido a la plaza para verla–. En vez de analizar a sus pacientes, debería tratar de curarse sus propias locuras.»

Ella tenía muy claro que en su momento se había enamorado de él como nunca antes lo había hecho de otro hombre. Sin embargo ahora sus propias actitudes, totalmente sinceras, le hacían pensar que lo había dejado de querer. Le costaba olvidarse de su sonrisa tímida, de esa vacilación que había llegado a adorar, pero lo mejor era sacárselo de la cabeza, dejar de interrogarse respecto de si había hecho bien o no, al romper con él y no volver a verlo…

—Siempre será igual. No hay caso –dijo en voz alta, como para cerrar en su cabeza el tema de Agustín.

La voz del conductor la devolvió a la realidad como un azote.

—Pues sí… –aseguró el taxista como si hubieran estado hablando desde hacía horas– ésta es otra tramoya del General.

—¿Qué? –preguntó Carolina sin saber a qué se refería el hombre.

—Después de proponer para la sucesión al soldadito ese, Zarzalejo, es evidente que Cuevas lo tiene todo bajo su control… El viejito lo maneja todo. Astuto y mañoso como un zorro.

–Sí. Un zorro –acotó Carolina con una semisonrisa y pagando el importe que marcaba el taxímetro frente a la casa de su madre.

Esa noche soñó que estaba perdida en un bosque oscuro, y que, grabadora en mano, trataba de encontrar la salida. «Tengo que cubrir la noticia», se decía una y otra vez. Pero no hacía más que dar vueltas sin rumbo, y cada minuto que pasaba sentía más presencias a su alrededor, como alimañas salvajes que se cernían sobre ella. Hasta que al final vio la silueta de una de ellas, recortada en la espesura. Sólo escuchaba su respiración animal.

–¿General? –aventuró Carolina, pero la figura no se inmutó.

La periodista se acercó poco a poco a ella, blandiendo la grabadora, como si fuera un arma.

–Agustín, ¿eres tú?

Entonces se despertó y no pudo volver a conciliar el sueño hasta que la claridad del amanecer iluminó la habitación.

Tampoco Agustín tenía una buena noche, aunque para él eso era el resultado más esperable después de un día de esos que confirmaba su personal teoría de los «NHL», aquellos días en los que uno se da cuenta de que convendría No Haberse Levantado.

Y éste había sido indudablemente un NHL típico.

Mientras desayunaba, había recibido una llamada de Sandra, su secretaria, que le había avisado de que un paciente del hospital lo había nombrado testigo de parte y que el juez de una causa de malos tratos conyugales no había tenido mejor idea que citarlo a declarar. ¡Con lo que él odiaba el mundo de los jueces y los abogados!

Justo antes de cumplir quince años, su madre murió en la explosión de un autobús, cuando regresaba a su casa. Agustín la vio destrozada, entre los hierros retorcidos, sin poder hacer nada por ella.

Nunca contestó nadie a sus preguntas: ¿quién? ¿Por qué? Sin éxito había gritado, llorado y pedido: alguien debía investigar, averiguar, saber y explicarle. Pensó que no era justo. Que alguien debía ocuparse de descubrir cómo y por qué morían los que morían, para consolar a los que quedan, para que la ley pudiera castigar a los culpables. De ese modo, frente a la tumba de su madre, se prometió que sería médico forense. Dedicaría su tiempo a saber qué mensajes dejaban los muertos a los vivos, qué códigos secretos que esperaban ser descifrados guardaban sus cuerpos.

Aquella promesa, más que otra cosa en el mundo, lo había impulsado de inmediato fuera de la tristeza y lo había dirigido hacia la acción. En menos de un año concluyó los dos cursos que le faltaban para terminar la enseñanza media e hizo medicina a la velocidad de la luz.

Supo después que aquélla había sido una carrera librada contra su propia angustia, su dolor y sus miedos. Agustín creía, sin saberlo, que alcanzar la meta significaría deshacerse para siempre de todo aquello de lo que pretendía escapar.

De hecho, así fue durante un tiempo. Su especialidad lo fascinaba y su pasión hizo de él uno de los mejores forenses de América. Los cuerpos le hablaban y él los escuchaba, los traducía, los interpretaba.

Durante años conoció la intimidad de cada uno, pudo saber del terror, el dolor, la desesperación y la entrega final. Llegó a saber casi todo de las víctimas, pero muy poco de sus verdugos. Porque en aquella Santamora sumida en la violencia, los asesinos no tenían ni nombres ni rostros: se desdibujaban en una multitud amorfa, con la que convivían.

Nunca contó cuántas autopsias de muertes violentas había realizado; sólo supo que un día decidió que habían sido demasiadas e inútiles. ¿De qué valía saber cómo morían los que morían si jamás obtendrían justicia?

Entonces renunció.

Decidió dedicarse a la psiquiatría, que también había estudiado como parte de su especialidad. No se le escapaba que en aquella Santamora de los años de plomo nada se había salvado: ni los cuerpos ni las almas, pero por lo menos su elección lo alejaría un poco del horror de la sangre y de las mutilaciones que pasaban por la mesa de autopsias cada día. Un horror que, aunque no lo reconociera, le recordaba todavía a su propia madre.

Parecía como si el pasado se empecinara en salir a la luz. Por un lado, este forzado retorno a los tribunales; por otro, volver a vivir con Mario, como en los tiempos de la universidad. Y presidiendo todo, el estado de melancolía en el que lo había dejado su ruptura con Carolina.

Agustín Montillano no pudo remediar que esa imagen vulnerable de su adolescencia lo hostigara durante todo el día y lo despertara varias veces durante la noche.

Al día siguiente, mientras miraba cómo los obreros empezaban a remover los escombros de su piso, Carolina recibió una llamada del jefe de redacción de la cadena. Ella escuchó con resignación y resopló tapando el auricular para que no se notara su fastidio; apuntó una dirección en la libreta y cerró la conversación con un «ahora mismo voy», muy profesional.

«La buena periodista que está siempre lista», la pinchaba Agustín cuando vivían juntos cada vez que saltaba de la cama y salía a cubrir alguna noticia. Un baño rápido, ropa sencilla, la libreta de apuntes, un café bebido, la cartera con sus documentos y por último un poco de maquillaje; eso era todo lo que necesitaba para salir.

Esta vez, todo eso debería saltárselo. De todas maneras, estaba claro que, por mucho corrector que se pusiera en las ojeras, las bolsas debajo de los ojos decididamente no tenían arreglo por el momento.

Eligió un sencillo traje sastre que encontró en su ropero y un par de gafas muy oscuras, que tuvo que limpiar bajo el agua porque estaban cubiertas de tizne negro. Se puso con elegancia una boina que le cubría media cara y salió a la calle. Rápidamente encontró un taxi y le pidió que la llevara hasta el viejo edificio de la Asociación de Ganaderos.

La fantástica construcción se ubicaba en la zona residencial de la ciudad y se había hecho emblemática de la pequeña aristocracia ganadera a fines del siglo XIX. Escaleras de mármol de Carrara, pisos de roble de Eslavonia, arañas de bronce con caireles, cortinados de seda y terciopelo rememoraban la época dorada en que los dueños del país no sólo poseían las tierras sino que las dominaban. Era justo allí, en el predio restaurado y mantenido con todo el esplendor de los tiempos de las vacas gordas, donde el Partido

Nuevo Cambio había decidido instalar la sede central de la campaña presidencial.

—Será para evitar confusiones —ironizó Carolina para sí misma.

En el centro del salón principal, rodeando al acaudalado empresario Enrique de los Llanos, se hallaban los apellidos más ilustres de la nación: hacendados, banqueros, jueces, prelados y hasta algún que otro industrial que, sin tanta prosapia, había alcanzado a formar parte de la élite, dinero y casamiento mediantes. De los Llanos, el nuevo candidato a presidente, hablaba con una veintena de personas sobre los planes que tenía para transformar Santamora en un Estado moderno, lleno de oportunidades y con pleno desarrollo económico.

Carolina atisbó entre los periodistas a Pablo Godoy, su colega reportero de *El Ojo Avizor*. Vio cómo el periodista la llamaba por señas desde el primer patio.

—Más que Nuevo Cambio, éstos deberían llamarse Viejo Pasado —le dijo Pablo a la reportera, a modo de bienvenida.

—Así que finalmente De los Llanos será candidato.

—Claro. Se veía venir. Lo anunciamos en el periódico. ¿No lo lees? Te vendría bien para estar informada —dijo Godoy con una sonrisa.

—No disteis nombres —replicó Carolina.

Godoy soltó una carcajada.

Mientras todos aclamaban a De los Llanos, alguien dijo desde detrás:

—De ahora en adelante habrá que darle mucho apoyo a Tolosa si lo queremos ver como presidente, ¿no creen?

–¿Qué quieres decir con eso de mucho apoyo? –preguntó Carolina.

–Ustedes lo vieron, igual que yo, ¿verdad? Frente a su casa, levantando sus viejas banderas partidarias, emocionado hasta el llanto por un carnaval montado por una decena de jóvenes. Si la prensa no lo apoya con claridad y convicción, Tolosa puede durar en la presidencia menos que un dólar en el bolsillo de un gringo. Así lo veo yo por lo menos...

El portavoz del Partido Nuevo Cambio explicó que, dada la velocidad de los acontecimientos y los plazos tan cortos, el empresario Enrique de los Llanos no había querido ni podido postergar la puesta en público de sus aspiraciones presidenciales. Para eso, y con el apoyo de sus colegas empresarios, habían formado este nuevo partido para dar una alternativa a los que apostaban por el libre comercio, el orden y «el cuidado de la sociedad como un todo».

–Ustedes están dividiendo a la oposición, De los Llanos –le dijo Pablo Godoy al nuevo candidato–. ¿No le parece una especie de deslealtad para el pueblo que tan claramente ha salido a apoyar a su viejo dirigente?

–Godoooy... Godoooy... –dijo De los Llanos alargando exageradamente las oes–, yo no sería tan tajante. Visto el plazo que la dictadura ha determinado hasta las elecciones, está claro para todos que es materialmente imposible llegar a acuerdos importantes entre los diferentes sectores partidarios. Es una cuestión meramente práctica. En tres meses no se pueden organizar los foros necesarios, debatir las coincidencias y diferencias y componer una lista única opositora, que haga la campaña a nivel nacional. Hemos evaluado detenida y responsablemente todas las posibilidades y pensamos que lo mejor es que la gente decida directamente en los comicios generales el plan de gobierno que le conviene.

—Usted ha dicho «hemos evaluado…», «pensamos…». ¿Quiénes lo apoyan? —inquirió Guijarro.

—Bueno, muchos, muchísimos compañeros. Gente del campo, por ejemplo, que si bien tiene respeto y admiración por Tolosa, no se siente completamente identificada con sus propuestas. Los viejos ideales están muy bien, pero el mundo ha cambiado y eso lo sabemos todos. En este momento es preciso estar a la altura de las circunstancias históricas, adaptarse a las nuevas realidades internacionales, abrirse al mundo con pragmatismo e ideas nuevas.

—¿Y usted cree que Tolosa no tiene esa capacidad?

—En mi opinión, Tolosa ha sido un excelente conductor durante la guerra, y en gran medida le debemos a su perseverancia haber llegado hasta aquí. Sin embargo, si me permite seguir con la metáfora, no tan distante, don Pedro ha sido un buen piloto de tormenta y, afortunadamente, ya no llueve. El cielo despejado del futuro empieza a verse en el horizonte. Créanme, ya no hay campo de batalla ni naufragio y, por lo tanto, Santamora necesita otra mentalidad. —Finalmente se dirigió a los periodistas—: Ojalá podamos convencerlos de que nos apoyen en este camino. Si no lo conseguimos, esperaremos que no nos ataquen. Pero si nada de eso fuera posible, deseo que ojalá hayan disfrutado estos bocadillos y este champán…

—Toma ya —dijo Godoy dando un sorbo a su copa y haciendo un gesto cómplice al empresario—, no se puede negar que tienen muy claro cómo agasajar a la prensa.

–Está eufórico… –comentó más tarde a Carolina, escondiéndose detrás de ella para robar otro canapé de caviar.

–No es para menos –dijo la joven–. Los dueños de los mayores latifundios y los presidentes de la banca habían prometido darle su apoyo si decidía presentarse a las elecciones, y parece que cumplirán…

–Al menos en la primera vuelta… –acotó Godoy–. Y al menos por ahora… Habrá que esperar los nuevos movimientos de Cuevas; con él nunca se sabe.

–Y mi cámara que no llega… –se quejó Carolina, oteando por sobre los hombros de sus colegas en dirección a la puerta.

Y de pronto, Carolina divisó la figura alta, delgada e impecable del naviero Juan José Cáceres. Fue sólo por un instante, porque cuando ella se decidió a intentar abrirse paso entre la gente para alcanzarlo, el hombre había desaparecido.

¿Qué estaría haciendo allí Cáceres? ¿Apoyaba a Nuevo Cambio, el partido de De los Llanos? No, imposible. El hecho de que tuviera dinero no alcanzaba a justificar su presencia en un acto claramente partidario. Por otra parte, aunque estaba claro que hacía negocios con muchos de los presentes, Cáceres no tenía nada que ver con aquel grupo. En todo caso, ésa era una historia que Carolina no iba a dejar de investigar.

La celebración seguía y sus repercusiones alcanzaban de formas bien diferentes a muchos de los que ni siquiera estaban allí. Por ejemplo a don Pedro Tolosa. En su casa, el teléfono no había parado de sonar desde que se supo que era Enrique de los Llanos quien iba a disputarle la presidencia. Don Pedro no quiso discutir ese asunto con nadie, ni siquiera con sus más estrechos colaboradores. Quería pensar y evaluar la actitud de De los Llanos en absoluta soledad, sin que comenzaran a murmurarle al oído teorías de conspiración, de negociaciones comerciales y de planes urdidos por el lobby empresarial más importante de Santamora. Si debía ser sincero, en el silencio de su monólogo interno Tolosa no estaba del todo sorprendido por la decisión del hasta entonces amigo del partido. En el fondo, al viejo dirigente, De los Llanos nunca le había parecido una persona de fiar. Nunca lo había visto como un verdadero opositor al régimen. De los Llanos siempre había tratado de convencerlo, con diplomacia y suavidad, de la conveniencia de que algunos nacionaldemócratas participaran activamente en el gobierno, aunque no fuera más que en tercera o cuarta línea.

Sólo el indeclinable rechazo de Tolosa había podido frenar esa línea, enfrentándose muchas veces en solitario a todos los militantes que se declaraban cansados de la falta de presencia y participación del partido en la vida política del país, mientras que muchos de los afiliados más jóvenes habían empezado a reclamar cada vez más vehementemente una oposición más combativa y revolucionaria.

Don Pedro había conseguido mantener al partido en un frágil y difícil equilibrio: no pactar con el régimen ni permitir que una escalada violenta de protestas terminara llevando a la oposición al camino de las armas. Sólo él sabía lo que le había costado permanecer firme defendiendo ese punto medio, debatiéndose muchas veces, en la intimidad, con sus propios deseos y demonios.

Sin embargo, concluyó, la historia que todo lo juzga y el pueblo que todo lo ve le había dado en la plaza la recompensa de saber que su esfuerzo no había sido en vano. Finalmente la gente se lo había reconocido. El pueblo de Santamora mayoritariamente había demostrado que lo quería y lo respetaba, que valoraba su temple y, sobre todo, que estaba dispuesto a llevarlo hasta la presidencia, aunque sólo fuera como muestra de gratitud hacia quien los había guiado responsablemente hasta la democracia.

No quería quitarle importancia ni engañarse. Saber que tendría a De los Llanos como adversario no era una buena noticia. Pero como decía su padre, «de mala sangre, mala morcilla» y nada bueno hubiera salido de su permanencia en la oscuridad. Siempre había sostenido que era mejor enfrentarse lo antes posible a lo que puede dañarnos, aunque para eso hubiera que soportar por anticipado los costos de la pérdida.

Desde muy temprano, Carolina Guijarro movilizó a sus contactos para conseguir los números de teléfono de la oficina de Cáceres. Después de algunos intentos, consiguió que su ex mujer le diera un número donde podría localizarlo.

Cáceres atendió el teléfono en persona:

–Hola.

–Doctor Cáceres, soy Carolina Guijarro, de la Cadena 20. Le pido disculpas si le molesto en su casa…

Carolina hizo una pausa y cuando no obtuvo la respuesta de «no estoy en mi casa» confirmó que tenía el número correcto.

–No sé cómo consiguió mi número, ni tampoco a qué se debe su llamada, señorita.

—Mire, lo llamo porque sé que ayer estuvo usted en el lanzamiento de la campaña de Nuevo Cambio y me preguntaba si sería usted tan amable de concederme una entrevista.

—No entiendo a qué se refiere. Yo ni siquiera estaba invitado al acto de De los Llanos y su partido. Evidentemente le han informado mal. Tampoco comprendo su repentino interés por mis opiniones. De todas maneras, por el momento no tengo nada que decir.

—Es que no me informaron mal, doctor, yo estuve ahí y lo vi.

—Le soy sincero, señorita...

—Guijarro.

—Guijarro. Considero que los hechos se están precipitando y no querría...

—Pero usted ha tenido cierta participación política activa. Usted es un hombre de referencia al que supongo le interesa el futuro de este país...

—Es cierto...

—Entonces, qué mejor...

—Tengo mi opinión sobre lo que está pasando, no se lo voy a negar, pero no quiero enrarecer el ambiente.

—Mire, señor Cáceres, hagamos un trato. Yo únicamente le pido una charla informal... grabo sólo lo que usted me autorice. ¿Qué le parece?

Cáceres pensó durante algunos segundos y luego contestó:

—De acuerdo. Venga a mi oficina esta tarde. ¿A las seis está bien?

Juan José Cáceres tenía el rostro fresco, la mirada transparente y un pasado sin mancha. Pocos lo conocían íntimamente –huérfano, se había criado y educado lejos de Santamora, en Estados Unidos y Europa–, pero muchos lo admiraban. Había vuelto al país un par de años antes como director ejecutivo de una importante empresa naviera. Saltó a la escena pública cuando, seis meses atrás, se atrevió a decir en el discurso de apertura de un importante cónclave de transportistas, que «ya es tiempo de empezar a poner en condiciones las urnas». Dos días después, Cáceres fue detenido, acusado de «agitador» y desapareció por una semana. Cuando finalmente fue liberado, quedó claro para el pueblo que había sido encarcelado y duramente golpeado por la policía secreta de Cuevas, a pesar de que el empresario se negó a hacer declaraciones.

A partir de entonces, se transformó en un abierto opositor al régimen. Un pensador inteligente que, sin estridencias, pedía al Estado más garantías y proclamaba las ventajas del libre comercio y la mejora de la calidad de vida de la población. De lo único que nunca hablaba era de su desaparición. Y cuando le preguntaban por las fotos de su cara amoratada y sus brazos llenos de hematomas, él siempre repetía que cualquiera se enorgullece de sus heridas de guerra.

Después de la presentación de las candidaturas de Tolosa, Zarzalejo y De los Llanos, Carolina estaba convencida de que el papel de Cáceres iba a ser más importante de lo que parecía. Necesitaba que confiara en ella y dejara traslucir sus planes.

La reportera y el cámara llegaron quince minutos antes de la hora pactada al Edificio de la Transocean Company. La poderosa empresa naviera ocupaba los dieciocho pisos de uno de los edificios más modernos del centro de La Milagros y la oficina de Cáceres ocupaba ella sola la planta 16. Elegante sin ser fastuoso, con enormes ventanales con vista a la bahía de los Cangrejos, el despacho del director era realmente un lugar en absoluta sintonía con la historia de la ciudad que lo cobijaba: detalles coloniales combinados con pocos muebles de líneas modernas, y una decoración que alternaba con belleza y buen gusto el colorido del arte indígena, dos pinturas ultramodernas y algunos detalles ingleses.

Una buena síntesis de quiénes somos y de cuáles son nuestros orígenes, pensó Carolina, mientras se sentaba y aguardaba a que les sirvieran el café.

Al principio, y como había supuesto, la conversación fue tensa. Pero a medida que pasaron los minutos, Cáceres pareció ganar confianza y bajar sus defensas.

Apenas había transcurrido un cuarto de hora cuando, ante la sorpresa de reportera y camarógrafo, con tono tranquilo pero firme, Cáceres comenzó a hablar de lo que a ningún santamorino se le había ocurrido decir, al menos en voz alta:

—No quiero que nadie juzgue esto como algo contra Tolosa. Don Pedro es, me consta, un hombre probo, una excelente persona y sin lugar a dudas el mejor de los candidatos…

—Sin embargo… —empujó Carolina.

—Sin embargo —siguió Cáceres—, después de analizar en profundidad su discurso, y atento también a las declaraciones y propuestas de los otros candidatos, he llegado a una conclusión que sinceramente me inquieta.

Cáceres se detuvo una vez más. Ahora parecía estar tratando de elegir las palabras concienzudamente:

–Es verdad que la República de Santamora tiene un futuro, como bien señaló Tolosa, pero no se puede negar que también tiene un pasado. Un pasado que no debe repetirse y frente al que hay que exigir justicia.

–¿Y quién cree que estaría en condiciones de llevar a cabo semejante tarea?

–La tarea, como usted la llama, debemos hacerla entre todos... y juntos. No hay otro camino. Con Tolosa y su partido, si él está dispuesto, desde luego, o creando una nueva candidatura, si fuera necesario. Después de todo, nadie llega hasta donde prometen sus capacidades, sino hasta donde se lo permiten sus limitaciones, ¿no cree?

–Entonces, si las limitaciones de Tolosa no le permitieran llegar hasta donde es necesario llegar, ¿estaría dispuesto a llevar usted mismo adelante esa propuesta?

–Lo siento, Carolina –sonrió el empresario–, quiero ayudarla a cumplir con su palabra. Usted me dijo que sólo hablaríamos de lo que yo quisiera, ¿recuerda?

4

Hay dos opciones: ser sólo dueños del futuro o adueñarse también del pasado y hacer justicia

El influyente empresario naviero Juan Carlos Cáceres lanza un polémico desafío a los candidatos.

Agustín se quedó helado ante la imagen sensual y decidida que veía en la pantalla del televisor. Por un instante, sintió que esa mirada apasionada y vehemente que tantas veces Carolina le había dirigido, parecía dibujarse otra vez en su rostro. Sólo que esta vez el destinatario de la misma no era él sino Cáceres.

—Este tipo es un irresponsable —dijo casi gritando, sin preocuparse demasiado por la gente que lo rodeaba en la cafetería del hospital.

—A mí, sin embargo, me parece que lo que dijo está muy bien

—apuntó Mario, asintiendo con la cabeza—. Sí... Creo que tiene razón, eso es exactamente lo que debería hacer el próximo gobierno: terminar con la impunidad, castigar a los asesinos, hacer justicia.

—¡Mario, por favor! No seas necio, hay que ser realistas. Es imposible. Ese tipo está loco. Y Carolina... Me extraña que se haya metido en esto. Te juro que parece una adolescente. No la entiendo.

—Uy... A mí me parece que estás mezclando las cosas... Tengo un diagnóstico para su caso, doctor, y eso que soy traumatólogo. ¿Algo de celos tal vez?

—Nada de eso, estoy hablando en serio. Para mí, Tolosa no tiene que escuchar a Cáceres. Mira, si es tan estúpido como para dejarse enganchar en estas veleidades de venganza, no van a pasar diez minutos antes de que Cuevas tire por la borda la única oportunidad que tenemos de volver a la democracia...

—No, Agustín. No si el pueblo lo apoya. A Tolosa o al que sea. Para mí, Cáceres está tendiendo una mano a todos los políticos, sobre todo a don Pedro. Le está diciendo: «Viejo, anímate a ir por ellos, anímate de verdad, yo he sacado a la luz el tema y te doy mi apoyo para levantar esta bandera».

—Pero ¿de qué apoyo me hablas? Si Cáceres no tiene ni partido, ni estructura, ni nada...

—Por eso mismo. Él lanza el guante. Supongamos que Tolosa lo recoge porque percibe que el pueblo va a adherirse. Tolosa obtiene la fuerza necesaria para ser presidente y a partir de ahí...

—No, no. Él ya ganó las elecciones, no necesita de Cáceres ni de ninguna alianza; al contrario, lo único que necesita para ser el próximo presidente es sentarse en la puerta de su casa, sonreír a la gente que pase y esperar la fecha de las elecciones. Yo estoy seguro de que el viejo no va a ser tan idiota. Él sabe que el ejército, la marina e incluso la aviación responden a Cuevas; son su riñón, él los formó. Tolosa es inteligente, sabe que con amenazas de juicio e investigaciones, la democracia no duraría ni el tiempo de festejarla...

Agustín se sorprendió al escucharse. Hablaba con una firmeza poco común en él. Pero no quería ser cómplice de una nueva ola de violencia, ni siquiera por un fin noble. Había visto en primera persona los terribles estragos de la violencia. Nada justificaba que alguien alzara su mano contra un semejante. Nada podía compensar el daño que habían recibido los que murieron defendiendo lo que creían, ni las huellas que aquellos años dejaron en los que consiguieron sobrevivir.

Miró a Mario mientras éste apuraba el café y contestaba a su busca. A pesar de que sus ideologías se acercaban bastante, su manera de enfrentarse al mundo era muy diferente. Sin embargo, seguían siendo amigos. De hecho, Agustín sentía ahora un punto de culpabilidad después de haber aceptado el ofrecimiento de alojarse en su casa. Y es que estaba convencido de haber descuidado su amistad durante el tiempo que había pasado con Carolina. Hacía mucho tiempo que no se embarcaban en «una excursión a la bahía» como solían llamar a sus escapadas a la costa de Santamora. Mario era un entusiasta del buceo, el deporte que en los últimos tiempos más lo fascinaba y al que quería dedicarse en cuerpo y alma cuando llegara su jubilación.

Agustín, que apenas sabía nadar correctamente en la superficie, solía hacerle bromas sobre su afición. Siempre le decía que los hombres que más habían influido en su vida habían sido Jacques Cousteau, Aquaman y Lloyd Bridges.

Mario se defendía diciendo que estaba orgulloso de haberse rodeado de amigos tan ignorantes como para odiar el buceo, porque eso le permitía no tener que hacer nunca algo que detestaba: sumergirse acompañado.

Así que, mientras Mario se perdía por las profundidades de los arrecifes y se aislaba del mundo, Agustín pescaba, paseaba por las playas de arena fina o regateaba en los mercadillos de las aldeas costeras. Al caer la noche, ambos se reunían en un bungalow alquilado y agotaban una botella de ron dulce hasta que les sorprendía el amanecer sin haber pegado ojo.

−Tengo que dejarte −dijo Mario, mientras metía el busca en uno de los bolsillos de su bata−. Luego nos veremos. ¡Y alegra esa cara!

−Mario...

El traumatólogo se volvió hacia su amigo.

−Cuando las cosas se calmen un poco, podríamos hacer una de nuestras excursiones a la bahía. Creo que eso me vendría bien.

Mario sonrió.

−Dalo por hecho.

A las once de la noche, Carolina Guijarro todavía estaba en la redacción. El eco de su primicia la había tenido en plena actividad durante todo el día. Su teléfono había estado sonando toda la tarde y hasta el director de los informativos acudió expresamente a su mesa para felicitarla.

Pero, más allá de la satisfacción de un trabajo bien hecho y de la notoriedad que estaba adquiriendo frente al resto de colegas, había un punto de inquietud que se había alojado en su estómago desde la entrevista con Cáceres. Y es que, por mucho que tratara de engañarse a sí misma, tenía que reconocer que su interés por el poderoso naviero no era sólo profesional. Había algo en aquel hombre que le atraía con una fuerza inusitada. Carolina se creía inmune al carisma de las personas notables, y el hecho de haber bajado la guardia la preocupaba sobremanera.

Perdida en sus pensamientos, salió de la redacción con paso decidido. Justo al llegar al pasillo para salir de la emisora vio un sobre amarillo en el suelo de mosaico. Era extraño: el sobre no se parecía a los de la correspondencia habitual. Las cartas que llegaban diariamente a las oficinas de la cadena televisiva eran casi todas iguales: sobres alargados, de papel grueso blanco, más o menos fino, que contenían siempre o facturas de servicios, o avisos de impuestos o cheques de anunciantes; por otra parte, como a esa hora no había reparto de correo en La Milagros, un mensajero debía de haber introducido el sobre por debajo de la vieja puerta de madera y cristales biselados que daba acceso a la calle.

Con la curiosidad inherente a su profesión, levantó el sobre del suelo y lo examinó brevemente.

En el anverso tenía una inscripción:

CADENA 20

Y debajo:

para entregar a Carolina Guijarro.

En el reverso, solamente un sello en tinta roja:

FSL PRESENTE

Carolina Guijarro no pudo evitar levantar las cejas sorprendida por lo que leía.

FSL eran la siglas del supuestamente desaparecido Frente Santamorano de Liberación, la agrupación guerrillera más antigua del país y durante años la única facción con protagonismo de la izquierda combativa de Santamora.

Creado en tiempos de Guzmán por Juliano Posadas, había continuado su andadura después del derrocamiento de aquél, levantado durante décadas las banderas del trotskismo revolucionario y manteniendo la lucha armada frente a los excesos del gobierno de Severino Cuevas.

«La revolución debe destruir para poder crear —solía decir Juliano cuando intentaba justificar la violencia y los atentados de la guerrilla—. Un nuevo orden más justo únicamente puede nacer de entre los escombros de aquellos regímenes que fundamentan su poder en la opresión del pueblo.»

Pese a la fuerza de su discurso y el valor de cada uno de sus miembros, después de cuarenta años de lucha el Frente había quedado diezmado, con gran parte de sus militantes detenidos o asesinados y el resto disperso en las montañas o exiliado.

Aparentemente desmantelado, el FSL no había reivindicado ninguna acción ni llevado a cabo ningún atentado de envergadura en los últimos años.

Carolina repasó su mente buscando el recuerdo más reciente

de la última acción del grupo guerrillero y sólo pudo recordar que había dado dos años atrás la noticia de la explosión de una bomba de estruendo de poca potencia, en la Plaza Central, justamente el día del vigésimo quinto aniversario del asesinato de Juliano Posadas.

El sobre amarillo contenía una sola página escrita a máquina con un comunicado titulado «Ultimátum», que decía:

El Frente Santamorano de Liberación se ve obligado por los hechos que son de público dominio, a reorganizarse y establecer nuevamente contacto con el pueblo, en nombre de todos los caídos en la lucha por la libertad de la nación y en defensa del futuro de la patria.

Ante la bufonada del gobierno, que intenta una vez más engañar al pueblo, ahora a través de esta absurda convocatoria electoral, advertimos de que este gobierno no tiene intención, ni nunca la tendrá, de entregar el poder al pueblo como quiere hacernos creer. Su único objetivo es ganar tiempo montando un gigantesco fraude. El pueblo no debe caer en la trampa que le tienden sus asesinos.

Por eso EXIGIMOS:

1. La inmediata liberación de todos los presos políticos, únicos candidatos legítimos a la presidencia de Santamora.

2. El juicio del dictador en un tribunal popular y su ejecución pública si ésa fuera la decisión de sus jueces.

3. La renuncia indeclinable de todos los candidatos a participar de las próximas elecciones, hasta que no se satisfagan las dos exigencias anteriores.

Únicamente por este camino conseguiremos que el voto sea libre y democrático y consagraremos un gobierno del pueblo que gobierne para el pueblo.

FSL

Carolina giró sobre sus pasos y volvió a su oficina. No sabía cuántos sobres iguales al suyo habría distribuido el FSL, pero estaba segura de que si esperaba sin hacer nada, en pocas horas los diarios le robarían la primicia. Después de todo, aquella misiva estaba dirigida a ella y su contenido bien valía la aventura de tomar varias decisiones por su cuenta.

Escribió en un papel unas pocas palabras y subió al estudio. En media hora se transmitiría el *Informe de Medianoche*, el último flash informativo de la cadena que cerraba cada día la transmisión en directo. Le pediría al encargado de noticias que le diera un espacio para una «U.M.», como se llamaba en el mundillo televisivo a las noticias de último momento.

Así, por su boca, la República Democrática de Santamora se enteró de la entrada en escena del grupo guerrillero.

El general Cuevas era con toda seguridad uno de los pocos que se sintió satisfecho al escuchar a la joven periodista leyendo ante la cámara el ultimátum del FSL. Como siempre, él se congratulaba más cuando corroboraba que las cosas salían como él las había previsto que cuando acontecía por sorpresa lo que le convenía.

Severino había aprendido con los años que el auténtico poder no es algo que pueda conquistarse teniendo el ejército más poderoso o las armas más mortíferas; el poder, según le había enseñado la experiencia, nunca es una cuestión de fuerza física ni de dinero en un banco seguro y menos aún de un mero juego de influencias. Todo eso podía ayudar a mantener el control, pero que el poder real, el poder verdadero, el único poder efectivo era patrimonio exclusivo de aquellos que fueran capaces de anticiparse a los hechos.

A eso de las cinco de la mañana, el coronel Zarzalejo empezaba en su casa su acostumbrada rutina cotidiana: una ducha fría, un poco de café que su esposa dejaba preparado el día anterior, un afeitado de tres pasadas y luego una hora de más café mientras leía los periódicos. Una rutina que ese día se iba a ver drásticamente alterada. Para empezar, había dos ediciones de *El Ojo Avizor* junto a su puerta: la de todos los días y una edición extra, puesta en la calle seguramente hacía menos de una hora.

Zarzalejo conocía bastante al presidente; quizá por eso y porque recordaba vivamente el mitológico destino de los mensajeros que traían malas noticias, tembló un poco al imaginar cómo reaccionaría el líder cuando leyera el titular extra de *El Ojo Avizor* que anunciaba en letras de catástrofe la reaparición del FSL.

¡FSL!

Últimas noticias

Una nota dejada anoche en nuestras
oficinas y simultáneamente en otros medios
(véase recuadro abajo), anuncia que la
agrupación guerrillera está plenamente activa.
En su ultimátum ponen de manifiesto sus
exigencias y amenazas.

Esta vez, sin embargo, su pequeña profecía sobre una reacción furiosa del General no se cumplió.

Severino Cuevas recibió el ejemplar que le acercaba el coronel y leyó los titulares sin demasiada emoción.

—Lo escuché en la televisión anoche. La primicia la dio la jovencita esa... Guijarro.

—Hijos de puta... —dijo Zarzalejo, poniendo palabras, pensó, a lo que ambos sentían.

—Coronel —dijo entonces el presidente, que conservaba misteriosamente la calma—, convoque un consejo de ministros. Tenemos que discutir los siguientes pasos.

—A sus órdenes, mi general.

A las nueve, como cada mañana, Enrique de los Llanos desayunaba en su cocina mientras leía *El Ojo Avizor*.

Le gustaba ese periódico. Sabía que su jefe de redacción, Pablo Godoy, no simpatizaba con sus ideas, pero valoraba el desafío que representaba el difícil compromiso que el periódico se había impuesto. Creado por una decena de jóvenes sin estructura ni capital que habían conseguido ganarse, a base de su esfuerzo y perseverancia, un lugar entre los diarios más importantes e influyentes de la mañana de Santamora, *El Ojo* no era el periódico de más circulación (de hecho estaba casi restringido a la ciudad capital), pero sus artículos nunca pasaban inadvertidos y los editoriales eran considerados formadores de opinión. El presidente Cuevas había tratado de minimizar su presencia retirándole la publicidad oficial, lo que en Santamora como en el resto de Latinoamérica era casi una sentencia de muerte, o por lo menos una muralla que podría impedir el crecimiento de cualquier publicación. En ese momento De los Llanos había estado en contra de la decisión y se lo había hecho saber a Cuevas en privado, pero sólo había conseguido que aumentaran los impuestos y retenciones para el sector industrial que lideraba.

Era, pues, una pequeña satisfacción para él comprobar diariamente que el periódico había sobrevivido al embate gubernamental. Debía reconocer, aunque no se animara a contarlo, que un atisbo de gozoso escozor lo recorría al leerlo cada día, el placer de una peculiar minivenganza privada.

Enrique de los Llanos cerró el periódico y apuró lo que quedaba de café en su taza, para permitir que su esposa volviera a llenarla.

—Parece que hoy será un día muy agitado…

—Como todos, Enrique —lo corrigió ella—. De un tiempo a esta parte, Santamora ha perdido toda la paz que alguna vez adoré.

La mujer hizo una pausa para poner, como cada mañana, las tostadas sobre la mesa.

—Y de paso —aprovechó— no sé por qué insistes en sumarte a este caos. No tienes ninguna necesidad...

—No se trata de responder a una necesidad, sino de asumir una responsabilidad. Nosotros, los hombres, somos diferentes de las mujeres; nosotros tenemos obligaciones y nos debemos a ellas... Pero no vamos a empezar otra vez con ese tema. Déjalo así. Los dos sabemos que nunca terminarás de entenderme.

La mujer hizo un gesto de cansancio. Ella tampoco quería entrar en una discusión bizantina acerca de la postura machista que traslucía el comentario de Enrique. Así que se dedicó a untar la mantequilla en su propia tostada y mirar por la ventana tratando de descubrir cómo seguían sus geranios. Muchas veces el silencio era lo que eran capaces de compartir más y mejor.

Después de unos minutos ella llevó su hastío hasta el pie de la escalera, donde esperó a que su marido bajara y puso la mejilla, como cada mañana, para recibir el beso de despedida, medio a ella medio al aire...

Como cada mañana volvió a la ventana y se quedó mirando cómo su marido cruzaba el jardín vestido con su impecable traje de alpaca, cómo se acercaba al auto y cómo entraba en la parte trasera del Mercedes casi sin mirar al chofer que, como cada mañana, lo esperaba desde hacía media hora con el motor en marcha.

Menos de una hora le llevó al coronel Zarzalejo reunir a los cinco ministros de gobierno en la casa presidencial y unos quince minutos ponerlos al tanto de lo que oficialmente se sabía de la nota de la guerrilla.

—Es necesario actuar de inmediato —dijo el ministro de Defensa—; las tropas están listas y a la orden, mi general.

—Yo no creo que sea una buena idea promover el resurgimiento de la guerra antiterrorista de hace veinte años —opinó el ministro de Relaciones Internacionales—. No podemos pagar otra vez el precio de volver a ser para el mundo los que violamos los derechos humanos y los que sólo sabemos actuar desde la represión.

—Pero algo hay que hacer —insistió el coronel Zarzalejo—; no contestarles sería también una provocación. Lo único que pretende esta basura malnacida es asustar a la gente para boicotear las elecciones.

—Sin embargo, he sabido de buena fuente que tienen un candidato —dijo el ministro del Interior.

—¿Un candidato de la guerrilla? —preguntó Cuevas, genuinamente sorprendido.

—Efectivamente. Un abogaducho jovencito. Se llama Octavio Posadas.

—¿El nieto de Juliano Posadas? —intervino esta vez el General.

—Sí, mi general. Ya sabe, de tal palo tal astilla.

—¡Qué increíble! —comentó el presidente—. El abuelo de Posadas y yo compartimos una celda en la época de Guzmán. Juliano era ya mayor, pero lo torturaron con la misma saña que a mí, o quizá más aún. Producía admiración el aguante y la entereza del «Trosko», como lo llamábamos todos por sus ideas políticas.

—Así que el nieto quiere darle batalla al viejo compañero de celda de su abuelo… —dijo el titular de Defensa.

—A los dos. Tolosa también estaba con nosotros —precisó Severino Cuevas, asintiendo con la cabeza a sus propios recuerdos, como quien rememora las travesuras de los juegos de niños compartidos.

—Quizá se podría hablar con él para frenar a la guerrilla, ofreciéndoles algún tipo de garantía de que su postulación será respetada —propuso el ministro del Interior.

—Si verdaderamente lleva en la sangre los genes de su abuelo, jamás aceptará —aseguró Cuevas.

—Quizá podríamos invitar a todos los demás para mostrar la seriedad de nuestra propuesta de elecciones abiertas —propuso el titular de Interior.

—Ése es el camino —aseveró Cuevas, como si, en realidad, ya lo tuviera pensado y sólo hubiera estado esperando que alguien más lo dijera—, pero que el encuentro sea público. Invitaremos a todos, incluido Octavio. Si viene, cosa que dudo, deberá comprometerse con el proceso; si decide no asistir quedará frente a todos como el que no quiere elecciones libres.

—¿Cuándo lo haríamos? —preguntó el ministro.

—Lo haremos hoy. ¿Para qué esperar? Será transmitido en vivo, por la cadena estatal. Quiero a todos aquí a las siete de la tarde. A todos. Incluido Posadas y ese galancito petimetre, ¿cómo se llama?…

—¿Cáceres? —preguntó Zarzalejo.

—Ése —confirmó el General.

—Pero… ¿no es una reunión con los candidatos?

—Por eso mismo, coronel, por eso mismo. Yo decido quién es quién en Santamora y también lo que hace. Quiero a todos los candidatos, incluso a Cáceres.

Las diligencias se hicieron con presteza y autos oficiales fueron a buscar a las seis y media a los invitados.

Pasados algunos minutos de las siete, las emisoras entraron en cadena y los que tenían el televisor encendido pudieron ver una decena de personas sentadas detrás del presidente. Allí estaban un alerta Tolosa, un lógico Zarzalejo y un incómodo Cáceres que, sin ser candidato, era evidente que no había podido evitar la zancadilla del viejo dictador. Junto a ellos el gabinete de ministros en pleno y dos sillas vacías.

Severino Cuevas, en un gesto que parecía ensayado de antemano, miró a derecha e izquierda y luego empezó a hablar hacia las cámaras con mucha serenidad y firmeza:

—Pueblo de Santamora, amigos y compatriotas. Como siempre, las oscuras fuerzas de la subversión pretenden hacer uso de la intimidación y el miedo para que la gente no pueda expresarse libremente en las urnas. Como siempre, hablan de libertades y de derechos humanos, pero sueñan con una dictadura afín a su ideología marxista, con expropiaciones, con un Estado controlador y terrorista. Como siempre, su única propuesta es la de un autoritarismo demagógico, inútil e inaceptable.

»En mi carácter de actual presidente de Santamora renuevo mi compromiso de asegurar a todos los ciudadanos la paz sin restricciones ni negociaciones y la libertad más adulta y completa, sometida por igual al imperio de la ley. Me he visto en la obligación de convocar a las figuras políticas más notables del país, para que, juntos, demos una firme respuesta a las amenazas veladas, pero ciertas, que la guerrilla homicida ha lanzado contra nuestro pueblo. Verán que hay dos sillas vacías. Una es la del señor Enrique de Los Llanos, candidato del Partido Nuevo Cambio que, como no podía ser de otra manera, ha comprometido su presencia y se sumará a nosotros en cualquier momento; la otra es la del candidato de la izquierda revolucionaria, que con su negativa a estar aquí no hace más que confirmar sus verdaderas intenciones antidemocráticas.

»Alguno de estos hombres será, no lo dudo, el futuro presidente y con él a mi espalda y de frente a todos, digo y repito que nunca he negociado ni negociaré con asesinos ni con chantajistas de baja calaña; que aquí estoy, para defender a la patria y a la futura democracia que se avecina y que esta vez no estoy solo. No hay por lo tanto de qué preocuparse; unos pocos desquiciados no lograrán matar ni la paz ni los sueños de los santamoranos. Éste es el frente común que opondremos al chantaje de los terroristas.

»Confirmo hoy que las elecciones presidenciales se llevarán a cabo, como está previsto, el 4 de julio y que no habrá delincuentes ni criminales que lo puedan impedir.

Repentinamente, la imagen de todos los televisores pareció salirse de sintonía. Un ruido extraño anticipó el momento en que las pantallas quedaron negras y empezó a sonar una marcha militar de fondo. Entonces apareció en pantalla la figura en sombras de un hombre encapuchado que con la voz distorsionada gritaba:

«No hay en el país más asesinos, homicidas y criminales que Cuevas y sus secuaces. El Frente Santamorano de Liberación declara en este momento la guerra abierta al régimen, a las elecciones y a todos los candidatos marionetas. El pueblo no olvida ni perdona y su ejército popular les hará saber esta misma noche que hablamos en serio. ¡Mueran los traidores a la patria que, como De los Llanos, hicieron negocios con la dictadura durante treinta años y quieren ahora seguir haciendo sus negocios desde la presidencia!

—¡Mueran! —respondió un coro apenas visible.

—¡Vivan los héroes del pueblo, prisioneros del tirano en las cárceles de la vergüenza!

—¡Viva!

—¡Viva Santamora libre!

—¡Viva!

Todavía continuaban resonando los vítores en las pantallas, cuando, en las proximidades de la Casa de Gobierno, se oyó una explosión de una magnitud nunca antes escuchada en La Milagros.

Después de un primer momento de confusión en el que todos, incluida la policía, pensaron que había estallado la mismísima sede gubernamental, se supo que la voladura se había producido en plena calle, a apenas trescientos metros de donde estaba el presidente, en una de las arterias principales de la capital.

Más tarde se supo que la explosión, con diez kilos de Trotyl, había volado el coche del hombre que estaba siendo esperado para ocupar una de las sillas vacías en el Salón Ocre: el empresario Enrique de los Llanos.

5

ATENTADO
Muere el candidato Enrique de los Llanos al explotar una bomba en su auto cuando se dirigía al Palacio de Gobierno, convocado por el presidente. El chofer lucha por su vida en el quirófano del Hospital Central

Minutos antes, el FSL había boicoteado una emisión oficial del presidente Cuevas para proferir amenazas contra el proceso democrático.

E nrique de los Llanos ya estaba muerto cuando su cuerpo fue llevado a la sala de urgencias del Hospital Central, junto al de Enzo Boccarini. Mario Fossi, que en ese momento estaba a cargo de la jefatura de la guardia, fue el que dio la orden de llevar a De los Llanos al depósito y preparar todo para operar de inmediato al chofer. La situación del pobre hombre era desesperada: la explosión le había arrancado literalmente las dos piernas y tenía además de múltiples fracturas, quemaduras muy graves en el ochenta por ciento de su cuerpo.

Después de la larguísima operación para conseguir detener las hemorragias y hacer aunque fuera una primera limpieza quirúrgica de su cuerpo, médicos de cinco especialidades siguieron trabajando incansablemente durante toda la noche, junto al doctor Fossi, para estabilizar las constantes vitales y tratar de salvar su vida. No fue suficiente: las lesiones eran muchas y casi todas muy graves; el daño había sido demasiado incluso para un cuerpo joven y sano como el de Enzo Boccarini.

Al doctor Fossi nunca le había resultado sencillo decirle a quien esperaba en la sala que su familiar, su amigo o su pareja había muerto, pero en este caso todo le parecía aún más difícil. ¿Cómo explicarle a esa mujer que desde la noche anterior había estado sentada en el duro banco del vestíbulo central que su hijo había muerto? Tanto más cuando parecía tener por lo menos ochenta años. Tanto más cuando las enfermeras que cruzaron con ella unas pocas palabras le habían dicho que mezclaba el italiano con el castellano y era muy complicado conseguir que comprendiera con exactitud lo que se le decía.

Mario decidió llamar a Agustín para que lo ayudara.

Después de ponerlo al tanto de la situación, ambos médicos caminaron por la sala hacia la arrugada mujer que esperaba noticias de su hijo.

—Señora Boccarini… —dijo Mario.

—*Sono io* —dijo la anciana mujer—; *mio figlio. Dove'è mio figlio?*

—Lamentablemente su hijo no pudo aguantar la operación. Estaba muy mal herido…

—*Cosa dice? Enzo. Dove'è il mio Enzo?* —La mujer alzaba la voz cada vez que repetía el nombre de su hijo—. *Enzo…Enzo… Dove sei?*

—Su hijo ha muerto, señora —dijo Agustín en el tono más dulce que pudo—. Usted tiene que ser fuerte.

—*Non è vero…Enzooo…Non è vero… No.*

—Cálmese, señora Boccarini…

—*Non è vero. Non po…* Enzo.

De pronto Rosetta Boccarini se puso pálida y sus piernas se doblaron, como si se hubieran transformado en plastilina.

Mientras Agustín intentaba sostenerla, Mario corría a pedir ayuda.

En menos de dos minutos, la madre del chofer era llevada a la unidad coronaria del mismo hospital con el doctor Fossi abriendo paso a la camilla y el doctor Montillano sosteniéndole la mano entre las suyas mientras le hablaba al oído. Al llegar, los médicos abrieron la historia clínica con un diagnóstico genérico: lipotimia reactiva a trauma emocional severo, pero pidieron que permaneciera monitorizada y se le hiciera la serología para descartar daño cardíaco.

Horas más tarde, Agustín entraba en el área de guardia, donde lo esperaba Mario.

—¿Cómo está la madre del chofer?

—No muy bien. Un estrés agudo como el que sufre, en una paciente de edad, inmigrante, con problemas de idioma y con arterias que empiezan a fallar… Hum… Me parece que Rosetta no las tiene todas consigo. De hecho, en el electro hay algunas líneas que no me terminan de convencer.

—¿Qué vamos a hacer?

—Por ahora dejarla internada y ver cómo evoluciona…

—¿Sigue sin aceptar lo que le ha ocurrido a su hijo?

–Sí. Y es hasta lógico. ¿Cómo se digiere la idea de que ha muerto el único familiar que uno tiene en el mundo?

A medida que hablaba, Agustín se exaltaba más y más. De la preocupación por la paciente a la compasión por lo que le pasaba a Rosetta Boccarini y de allí a la furia que le producía darse cuenta de que todo era parte de lo que sucedía en su propio país, que le estaba pasando a todos y cada uno de sus habitantes. Su agitación crecía y su voz subía de volumen a medida que su reflexión se perfilaba.

–Y encima... –dijo el psiquiatra–. ¿Cómo le explicamos que su hijo murió como consecuencia de una situación que no produjo, ni buscó, ni merecía?

–Seguro... la muerte es siempre algo incomprensible, pero la de un hijo debe ser, además, intolerable.

–Pobre Rosetta... ¿Cómo se puede aceptar que el propio hijo, por el solo hecho de trabajar para un tipo que decide ser candidato a presidente, termine asesinado porque cuatro o seis o quince malparidos, deciden que han declarado la guerra al gobierno...?

–Peor aún, si ni siquiera podemos saber con certeza quiénes son los que pusieron la bomba –acotó Mario.

–¿Cómo que no lo sabemos? –Agustín parecía a punto de explotar–. ¿Dónde vives, en una pecera?

–Calma, amigo... Calma... Nadie se ha atribuido el atentado todavía.

–¿Qué te pasa, Mario? Una nota a los diarios la noche anterior, la interferencia de la transmisión en cadena del presidente, la proclama pública de un encapuchado que anuncia que «el ejército popular» haría saber esa noche que «iban en serio»… Luego vuelan el auto… ¿y tú sigues diciendo que no se sabe quién puso la bomba?

—No es que no exista la posibilidad de que la guerrilla sea responsable de la explosión, desde luego —dijo Mario con mesura—. Sin embargo, hay cosas que no encajan y me parece que hay que analizar los hechos con sumo cuidado antes de llegar a ninguna conclusión.

—No entiendo…

—En principio, hay dos cuestiones que me llaman la atención y ambas se basan en una sola idea: cuál es el sentido y cuál el beneficio de este atentado.

Si toda la conversación tenía como objetivo calmar a Agustín, desplazando el foco de su atención, Mario lo había conseguido.

—En primer término —siguió Mario Fossi—, que el Frente no haya reivindicado el atentado va en contra de su costumbre y en contra de todo lo que es esperable de cualquier operación de un grupo guerrillero urbano. Si el FSL lo hace y no se la atribuye, ¿cuál es el fin estratégico de la operación? ¿Para qué le sirve?

—¿Cómo que para qué sirve? Un atentado se hace por el daño en sí, no necesita más razones. Pero éste además sirve para boicotear el proceso electoral, para castigar al candidato y para intimidar al resto, ¿te parece poco?

—En eso, precisamente, es en lo que no estoy de acuerdo. Los movimientos armados persiguen el daño como un mensaje ideológico y de poder, no tanto por el hecho en sí. Un atentado es una manera extrema de hacerle saber al adversario que el grupo tiene la capacidad y la voluntad de hacerle daño.

—Estás totalmente loco, Mario. Ve a dormir y cuando te despiertes del agotamiento de estas horas hablamos...

—Por otro lado, ¿por qué herir a un inocente? —siguió Mario sin hacer caso a su amigo—. Si la guerrilla quería asesinar a De los Llanos, ¿por qué no esperar a que se encontrara solo? No nos olvidemos de que históricamente el FSL ha evitado las víctimas civiles.

—Pueden haber cambiado los métodos —adujo Montillano.

—Puede ser que los responsables de todo esto sean los que nunca cambian los métodos —contestó Mario.

—Sí, pero debes reconocerme que en la historia del mundo ha sucedido demasiadas veces que un grupo con una raíz ideológica muy intensa se fanatiza y se sale de cauce.

—Lo admito... Ha sucedido y puede volver a suceder, pero te aseguro que no es éste uno de esos casos —remarcó Mario con fuerza, dándose cuenta de que su amigo se resistía a sintonizar con sus sospechas.

—Mira, Mario: la reivindicación de la autoría la hizo previamente con su ultimátum; el lucimiento de su capacidad operativa fue para mostrar que eran capaces de interferir la cadena nacional con el presidente en cámara, y la muestra de su decisión de hacer daño se materializa en que el asesinato ocurre a menos de trescientos metros de la Casa de Gobierno. La gente de la calle, la prensa, el gobierno... todos están de acuerdo en que ha sido la guerrilla... Todos menos tú. Veámoslo desde el viejo axioma del que tantas veces nos reímos cuando hacemos un diagnóstico: si tiene pico de pato, plumas de pato y grazna como un pato, no jodamos más: ¡es un pato!

—Es verdad... pero este pato no grazna como un pato... y eso es lo que me hace dudar.

Casi siempre, la tarde de los viernes era un tiempo inusualmente tranquilo en el despacho presidencial, pero éste era claramente una excepción. La combinación de sus infinitas conjeturas y el silencio impenetrable de Cuevas terminaron por hacer estallar al coronel Zarzalejo, que con un largo soliloquio reflejaba que no podía guardar la compostura.

—¡Esto es un desastre, mi general! Nos veremos obligados a aplazar las elecciones, por lo menos hasta que se aclare lo ocurrido. Porque está claro quiénes pusieron la bomba, pero su jugada es malévola: niegan su autoría y lanzan el rumor de que si no han sido ellos debemos haber sido nosotros. A las acusaciones de fraude se sumó primero la amenaza de una confrontación armada y ahora esto. No sé cómo vamos a revertir la situación si no salimos a buscarlos y los borramos para siempre… la imagen del gobierno y sobre todo la mía van a terminar muy perjudicadas.

Cuevas lo escuchaba con paciencia, como si las palabras de su edecán sirvieran de marco a sus propios pensamientos. Zarzalejo prosiguió:

—… Porque Tolosa, que ya tenía el apoyo de la mayoría, va a salir aún más fortalecido: atraerá para su partido tanto a los que culpen de la situación a la guerrilla como a los que nos culpen a nosotros. Y lo peor es que Tolosa es el menor de los males. No quiero pensar en qué sería de nosotros si llegara a ser presidente el nieto de Posadas o el naviero ese, que parece que no escarmentó cuando lo metimos preso. ¿Se da cuenta, mi general? Estamos en una situación crítica y el tiempo se nos echa encima.

Deberíamos hacer algo... y, con todo respeto, creo que deberíamos hacerlo ya.

El General se puso de pie y le pidió que le alcanzara la chaqueta. Zarzalejo se apresuró a descolgar la prenda del armario y la extendió para que el presidente se la pusiera.

—Napoleón le decía frecuentemente a su paje: «Vísteme despacio porque llevo prisa»... —dijo Cuevas mientras le quitaba la chaqueta de las manos y en lugar de ponérsela, se la echaba muy relajado sobre el hombro derecho—. El que se deja llevar por la mayoría, jamás conseguirá que la mayoría lo siga... —continuó, ya de espaldas, mientras dejaba el despacho—. No lo olvide, coronel... Que tenga un buen fin de semana.

Tal y como el edecán había supuesto, los comentarios y las interpretaciones sobre el atentado circularon a toda velocidad por La Milagros. El hecho de que nadie se hubiera atribuido el atentado producía inquietud y ponía en tela de juicio que la guerrilla hubiera participado. La prensa, por su parte, no dejaba de azuzar a los candidatos, a los intelectuales, a los artistas y a cualquiera con quien se cruzara por la calle para que dieran una opinión sobre el hecho y sólo conseguía arrancar de cada entrevistado la más que obvia y unánime crítica al camino de la violencia. Sin embargo, en lo referente al significado y consecuencias del atentado, así como a la responsabilidad del mismo, la opinión estaba dividida, como si estuviera siguiendo al pie de la letra lo que había profetizado el coronel Zarzalejo.

Desde el Partido Nuevo Cambio se expresó la más absoluta desolación por la muerte de su candidato. Tolosa decidió no hacer grandes declaraciones y sólo tuvo unas pocas palabras de censura hacia el atentado; agregó que había que esperar a que la policía investigara los hechos antes de opinar sobre ellos y prometió una declaración formal en nombre del partido. Nadie pudo encontrar a Octavio Posadas y el coronel Zarzalejo se limitó a repetir el planteamiento del general Cuevas, diciendo que el FSL quería instaurar en el país el «único entorno en el que se sienten seguros, el de la violencia». Había terminado con una frase que seguramente sería titular en algún periódico del lunes: «Me siento ofendido cuando ellos se llaman a sí mismos ejército».

En cuanto a Juan José Cáceres, parecía no estar dispuesto a responder a las preguntas de los periodistas, salvo que tuvieran el aspecto y la voz de Carolina Guijarro.

Esa misma noche el empresario había concertado una cita con la reportera, respondiendo al deseo de ella de conocer sus opiniones sobre la explosión. Para su sorpresa, el armador la había invitado a cenar en un exclusivo restaurante, supuestamente «para que pudieran tener una conversación más distendida».

—Conozco un restaurante donde preparan una exquisita *fondue* y las mejores ostras que jamás haya comido —le había dicho en un tono seductor aunque no tan íntimo como para tutearla.

Un encuentro algo más personal le podría servir para hacer un perfil más acabado del personaje, se dijo Carolina tratando de justificarse por aceptar la invitación, aunque sabía perfectamente que una cena con alguien como él iba con toda seguridad más allá de los asuntos meramente profesionales.

Cuando Carolina llegó al lujoso restaurante La Coupole, Juan José ya la estaba esperando. La reportera lo miró de arriba abajo con solo un golpe de vista. Llevaba un impecable traje azul, una corbata a juego y una exquisita camisa blanca, de la que, desde lejos, podía detectarse que alguna vez había estado en el estante de algún costosísimo comercio italiano. A diferencia de lo que ella había visto en casi todos los hombres vestidos con elegancia, la formalidad no lograba hacerlo aparentar más edad; por el contrario, a pesar de sus cuarenta y dos años, lucía casi el aspecto de un joven emprendedor que acababa de terminar la universidad, de mirada franca y llena de expectativas y con una increíble sonrisa, entre tímida y pícara.

«Como un galán de cine», pensó Carolina.

Un irresistible galán de cine, se corrigió en silencio.

Sólo al final de la noche, después de las ostras, el champán y la *fondue*, Carolina recordó que debía preguntarle sobre el tema que supuestamente los había reunido.

La posición de Cáceres estaba clara: aunque no era partidario del movimiento armado, su principal enemigo no era la guerrilla, sino la injusticia, fuera quien fuera el que la cometiera, el FSL o Cuevas en persona. Según Cáceres, los miserables siempre pretenden sembrar el caos y el terror para lograr poder e influencia. El voto popular no era algo que ni la extrema izquierda ni la ultraderecha pudieran comprender, aceptar y mucho menos elegir.

Su argumento no era descabellado en absoluto. ¿Quién podía asegurar, se preguntó frente a la reportera, que el gobierno no había establecido algún contacto o trato con la guerrilla, ya que tan parecidos eran sus objetivos?

Carolina Guijarro coincidió con Cáceres en que nadie podría tener certeza de ello, pero no dijo que en ese momento ella misma no podía tener certeza de demasiadas cosas. Incluyendo su irresistible atracción por el naviero.

El domingo, después de almorzar, don Pedro Tolosa se despidió de su mujer, Lucía, y caminó hasta el despacho, que quedaba a unas pocas manzanas de su casa. Finalmente había logrado establecer contacto con Posadas y, aunque con reticencias, el candidato del ala política de la extrema izquierda había accedido a tener un encuentro secreto con él.

Más allá de las distancias ideológicas que los separaban, don Pedro tenía respeto por el nieto de don Juliano Posadas. Tolosa no olvidaba que su propia carrera política había comenzado en parte por la admiración que sintió en su juventud hacia la figura de aquel incansable luchador, anarquista primero y trotskista más tarde, que jamás había abandonado sus ideales a pesar del alto costo que Guzmán le había hecho pagar por ellos.

Era cierto que el Frente había tenido un pasado violento, pero, según creía Tolosa, lo había hecho dentro de ciertos parámetros y códigos morales; sólo habían dirigido su lucha contra los dictadores y los que defendían a los opresores del pueblo. Ahora, le costaba creer que el asesinato de De los Llanos fuera culpa suya. Los comunicados tenían lógica, él mismo podría avalar gran parte de lo dicho, pero la bomba era un despropósito y carecía de sentido.

A las tres de la tarde sonó el timbre. El mismo don Pedro abrió la puerta y dejó entrar a Octavio Posadas.

El joven tomó asiento donde Tolosa le indicó y por unos instantes se estableció un silencio incómodo entre ambos.

El visitante, a pesar de sus treinta y tantos años, parecía mayor: entrado en canas, con la piel curtida, el gesto adusto y el movimiento cauto de quien está siempre alerta ante la posibilidad de un ataque.

Tolosa decidió ir al grano:

—Te pedí que vinieras y quiero que sepas que valoro y te agradezco infinitamente tu presencia.

—No estoy por mí ni por usted, don Pedro; estoy aquí en homenaje a mi abuelo.

—Me halaga más aún. De todas maneras, te llamé para decirte que estoy sumamente sorprendido por el atentado.

—Yo también —lo cortó el invitado, como para evitar todos los rodeos e hipótesis que suponía que iba a esgrimir Tolosa—. Yo no tengo nada que ver con los actos de violencia de las últimas semanas. Yo dirijo un partido político, don Pedro, una alianza de grupos de izquierda.

—Un partido que en realidad es el ala política de un grupo guerrillero —añadió Tolosa.

—Eso lo acaba de decir usted... Y si a usted le consta, está bien para mí.

—Necesito saber si el atentado lo planearon ustedes.

—No. Nosotros no —contestó Posadas con contundencia.

—Bueno, tal vez la dirigencia no, pero...

—Ni la dirigencia, ni los cuadros, señor Tolosa. En un país como éste, los cambios necesarios sólo se pueden conseguir desde el poder, porque los verdaderos cambios dependen de la fuerza del gobierno y no de la fuerza de la oposición. Para llegar al poder no hay más que dos caminos: el de la lucha armada y el de la política. Hace ya bastante tiempo que nos hemos dado cuenta de que perdimos la guerra y por lo tanto solamente nos queda el segundo camino.

—¿Puede pasar que un grupo del FSL que funcione con independencia haya decidido actuar por su cuenta?

—Para serle sincero, no lo sé... Pero apostaría que no. Lo que está pasando es obra de Cuevas, Tolosa, y usted lo sabe...

—Yo no sé nada, pero tampoco descarto nada. En todo caso, lo que más me preocupa es que esto pueda degenerar en una escalada de violencia...

—No por nuestra parte, don Pedro, se lo puedo garantizar. La Alianza de la Izquierda Nacional es partidaria de la democracia, pero de la auténtica, no de la de pacotilla que nos quiere imponer el dictador. Nuestra intención, y así lo haremos saber es, si ganamos las elecciones, decretar una amnistía general e inmediatamente volver a llamar a elecciones. El FSL se ha comprometido a apoyarnos y a acompañarnos, y lo hará respetando las reglas que se le impongan. Nosotros no hemos puesto ninguna bomba y no vamos a responder a las provocaciones.

—Bueno, justamente eso es lo que quería escucharte decir... porque mi idea es que si el Frente no tuvo nada que ver con el atentado, debe demostrarlo de forma contundente. Y la única manera de hacerlo es ofreciéndose a colaborar con el proceso democrático...

—Es decir...

—Piénsalo, Octavio. ¿Qué pasaría si cada uno de los hombres y mujeres del Frente se ofrecieran a presentarse en las mesas para

velar por la limpieza de los comicios? El FSL podría transformarse en la mejor garantía para evitar el fraude.

—¿La guerrilla custodiando las urnas? Es un despropósito, don
Pedro.

—No me respondas ahora, Octavio, por favor; sólo piénsalo.
¿De acuerdo?

Octavio Posadas no contestó, pero en su mirada don Pedro advirtió las lógicas dudas que le pasaban por la cabeza al joven político.

Tolosa se levantó de su sillón, para indicar que, por su parte,
el encuentro había concluido.

Posadas hizo lo mismo y tendió respetuosamente la mano hacia don Pedro Tolosa.

El viejo dirigente, en lugar de estrecharla, prefirió acercarse y
abrazar al joven con fuerza, palmeándole la espalda, como lo saludaba Juliano Posadas, en un tiempo en el que Tolosa tenía la edad
y la rebeldía que hoy mostraba el actual candidato de la Alianza de
la Izquierda Nacional.

6

LUNES, 15 DE MARZO   *EL OJO AVIZOR · 5*

El FSL niega su participación en el atentado que acabó con las vidas del candidato Enrique de los Llanos y de su chofer

El FSL dio a conocer el nuevo comunicado a través del contestador de Radio Plus.

L a nota editorial de ese lunes ampliaba el comentario de la primera página. Aparentemente, todo había comenzado en algún momento del fin de semana, cuando Radio Plus de Santamora (una emisora pequeña y sin licencia) puso en el aire un mensaje grabado en el contestador de su programa de noticias. El texto, leído por una mujer, negaba la participación del FSL en el atentado que había acabado con la vida de De los Llanos. La voz femenina hacía saber que al revés de lo que el gobierno decía, y «después de una concienzuda discusión» la dirección del Frente había decidido respaldar la apertura

95

democrática y apoyar la candidatura en los comicios del representante de la Alianza de la Izquierda Nacional, Octavio Posadas.

«¿Contradicciones… o un intento de sembrar más confusión
y caos?», se preguntaba Pablo Godoy en su análisis del episodio. La
pregunta era más que pertinente ahora que la policía había abierto el acceso al sumario del atentado contra De los Llanos, que re-
veló que se había encontrado una veintena de panfletos en la zona
donde se había producido la explosión, que contenían sustancial-
mente las mismas peticiones del ultimátum distribuido a la prensa
una semana atrás: libertad de los presos, juicio a Cuevas y renuncia de los candidatos a esas elecciones, que llamaba fraudulentas.

La explicación que intentaba el periodista era la de una división interna en el grupo. Esta vez, los panfletos los firmaba un grupo autodenominado «La Familia», que se definía como un «comando independiente», pero que terminaba proclamando su lucha
por la causa de Santamora libre y dando vivas al FSL.

La última parte de la nota estaba dedicada a reproducir literalmente el final del mensaje dejado en la radio:

> Que nadie interprete esta acción como una señal de debilidad
> del Frente Santamorano de Liberación, ni como un aval a la con-
> vocatoria del dictador Cuevas. Nuestro único propósito es, como
> siempre, impedir que la voluntad del pueblo sea burlada una vez
> más. Estamos seguros de que el doctor Octavio Posadas hará honor
> a nuestra decisión.

En el Hospital Central, Mario Fossi revisaba exhaustivamente
historias clínicas. Con la agitación de los últimos días, había aban-

donado la parte burocrática de su trabajo y ahora el papeleo se amontonaba sobre su mesa en montones caóticos. Algún día tendría que dar un repaso a los archivos del hospital y poner un poco de orden en los historiales. Pero ¿cómo interesarse por una montaña de informes cuando la realidad del país cambiaba a pasos agigantados?

Pensó en Agustín y sus problemas sentimentales. Verdaderamente, no podía culparlo de despreocuparse de la política cuando estaba pasando una crisis amorosa. Debido a sus horarios, no coincidían mucho en casa, y cuando hablaban lo hacían de política y poco más. La propuesta de Agustín de escapar un fin de semana a la costa le hizo pensar que quizá estaba actuando de forma poco sensible a las necesidades de su amigo, aunque él hubiera aceptado. Decidió llamarlo a su extensión del hospital y descansar un poco del pesado trabajo.

—Oye, estaba pensando en ti. ¿Has hablado últimamente con Carolina? —le preguntó a bocajarro.

—¿Crees que debería? —preguntó Agustín.

—Creo que sí. Han pasado casi dos semanas desde que os separasteis. Me parece que sería buena idea ver dónde están ahora vuestros sentimientos.

—No estoy seguro de querer conocer los sentimientos actuales de Carolina Guijarro.

—Me pareció que después de verla en el reportaje con Cáceres habías cambiado algo..., no sé, los celos a veces hacen cosas raras en la gente. Entonces, ¿no la volviste a ver desde que dejó el hospital?

—Sí, tuvimos una charla muy cordial y bastante impersonal al día siguiente de su programa con el idiota ese...

—¿Y en qué quedasteis?

—En nada. Bueno en nada especial. Yo quedé en llamarla al día siguiente, pero no lo hice.

—¿Por qué?

—Supongo que me arrepentí. No sé si estoy preparado para volver.

Una luz roja se encendió en el teléfono de Mario. Eso significaba que lo requerían en la guardia.

—Oye, Agustín, luego hablamos de esto, si quieres; ahora tengo que dejarte. Me llaman de la guardia.

Mario dio las indicaciones para resolver la urgencia, una fractura, y colgó el auricular. Estaba preocupado. Entendía que su amigo no estuviera pasando un buen momento, pero ahora se daba cuenta de que poco podía hacer él más que ofrecerle cobijo en su casa. Con cara de fastidio, Mario volvió a sumergirse en el mundo de las fracturas y las amputaciones del archivo de la sala.

En ese momento Agustín caminaba deprisa hasta el ascensor. Emilia, la enfermera de sala general, le había avisado que Rosetta, la madre del chofer asesinado, había estado pidiendo que fuera a verla en cuanto pudiera y no quería que se le pasase. La anciana continuaba en el hospital porque no había superado todavía el trauma de la muerte de su hijo y seguía negando que eso hubiera sucedido.

«Es verdad que a veces me olvido de las cosas, *figlio* –le había dicho a Agustín días antes, mezclando castellano con su idioma natal cuando éste pasó por la puerta–, pero *questo* es completamente normal para cualquiera que tenga mi edad. Más preocupante es lo que te pasa a ti. Cuarenta años y por momentos ni te acuerdas de que soy tu madre… Me parece que te hacen trabajar demasiado, Enzo.»

Durante todo el fin de semana habían sido inútiles todas las negativas de Agustín. Rosetta no estaba dispuesta a entrar en razones. No había manera de convencerla de que el médico no era su hijo Enzo.

«*Cosa ho fatto? Perché non mi riconosce? Perché, figlio mio? Perché? Dimmi*, Enzo. ¿Tuviste algún accidente en estos meses? ¿Te golpeaste en la cabeza?», le decía.

Agustín Montillano entró en el cuarto que ocupaba Rosetta Boccarini.

—Rosetta —le preguntó desde la puerta—, ha llamado más de diez veces a la enfermera, ¿se encuentra bien?

—Sí, estoy bien, querido. Y ahora que te veo estoy mejor, no te preocupes. Al principio me asustó un poco el ruido… parecía un cañonazo, pero después, ya me di cuenta de que sólo había sido el neumático de un coche, como me explicó Emilia, la enfermera… qué cariñosa que es conmigo. Con esta modernidad, no sé dónde vamos a ir a parar. Todo va cada vez más rápido, claro que nadie sabe hacia dónde. Pero tú quédate tranquilo, que yo estoy bien.

Agustín se acercó y le dio un beso en la frente.

Rosetta en respuesta sonrió y le acarició la cabeza con una ternura infinita. El médico se dio cuenta de que la paciente había dejado de temblar.

Por un momento Agustín sintió que la caricia de la vieja paciente lo conmovía. Respiró hondo para recomponerse y luego le sugirió a Rosetta que intentara dormir.

—No puedo. Estoy preocupada por lo que está pasando en el país. Presiento que todo esto no ha hecho más que empezar.

—Ahora no debería pensar en esas cosas… Centre todas sus fuerzas en descansar y recuperarse.

—Nunca vas a volver a llamarme mamá, ¿verdad?

Agustín hizo un silencio y luego empezó a decir:

—Ya le dije que yo no soy…

— *Va bene, va bene* —interrumpió Rosetta—. Dejemos eso por hoy. Pienso en que podría sucederte algo y…

—Rosetta, yo estoy bien.

—¿Te acuerdas cuando vivíamos en Tacunapu, al otro lado del monte? No, qué vas a recordar de aquel tiempo si no recuerdas a tu madre… Yo me acuerdo que me contaron que al hijo de una vecina se lo llevaron un día y no lo devolvieron nunca más. ¡Era tan buen chico! Obediente, atento, educado. En la escuela no era ninguna lumbrera, pero se esforzaba… pobre muchacho.

Agustín decidió dejar pasar todas las incoherencias del relato; evitó enfrentarla con la mezcla de tiempos y personas que estaba haciendo y trató de tranquilizarla.

—Enzo —sostuvo Rosetta que nunca había accedido a llamarlo doctor, ni Agustín—. *Guarda, figlio*, la gente cambia sólo en apariencia, pero los ojos, la manera de reírse y las miradas, siempre siguen siendo las mismas, igual que el alma. *È per questo* que aunque te hayas cambiado el color de pelo y estés un poco más flaco, yo te reconocí desde el primer momento…

Agustín decidió esperar hasta la tarde para volver a traumatología. No quería que Mario siguiera interrogándolo sobre sus dificultades para resolver adecuadamente su relación con Carolina. No necesitaba que le refregara su neurosis por la cara. Él ya sabía que no era normal lo que le pasaba con ella. Sólo de pensar en llamarla le invadía una ansiedad que era una medida de la magnitud de su conflicto. A veces jugaba a pensar que esa palabra había sido inventada por la psicología para describir su caso, especialmente cuando recordaba su definición formal: «Una manifestación de la lucha interna entre dos o más aspectos, ideas o sentimientos reconocidos como propios y vividos como incompatibles...».

Definitivamente su miedo y su deseo, su amor y su temor, sus ganas de correr hacia ella y sus iguales ganas de escapar de toda posibilidad de sufrimiento, eran la expresión indiscutible de algunos de sus peores conflictos internos.

Cuando dejó el hospital, Agustín Montillano se preguntaba quién se haría cargo del agravamiento de su estado, frente a los hechos que él interpretaba o intuía como una pequeña muestra de lo que empezaba a suceder en Santamora.

Y no era el único que tenía esa percepción.

La noticia del asesinato conmocionó a todo el país, no porque De los Llanos fuera un personaje muy querido o muy popular, sino por las previsibles repercusiones del evidente regreso de la violencia a La Milagros. Si la voladura del Archivo General había creado un clima de alerta en la población, la desaparición del candidato no hacía sino disparar sus peores predicciones.

De allí en adelante, toda Santamora sabía que, por desgracia, la salida democrática no habría de ser tan sencilla como sus habitantes hubieran querido.

Mientras Zarzalejo intentaba convencer a Cuevas de que el gobierno debía aprovechar la oportunidad para denunciar las intenciones de la guerrilla y éste insistía en esperar a que los demás definieran primero su postura, Tolosa no paraba de hablar por teléfono y de entrevistarse con los dirigentes de su partido.

Lo fundamental, había dicho tanto a los periodistas como a sus correligionarios, era mantener la calma y actuar de modo que las elecciones no corrieran riesgos. Ésa debía ser la prioridad. «La de todos», había aclarado Tolosa enfáticamente, sin que dejase claro quién era el destinatario de la última frase.

Era indudable que una muerte más significaría, al margen de la tragedia individual, una convulsión social de consecuencias impredecibles.

Antes de retirarse del estudio hizo todavía una llamada. Se comunicó con la esposa de De los Llanos para decirle que se solidarizaba con su dolor y el de su familia y que se ponía a su disposición.

Cuando colgó el auricular, don Pedro se sintió agobiado. Evocó todas las palabras y a toda la gente que habían invadido su mañana y por un momento pensó que estaba un poco viejo para estos trotes.

Sólo con el objetivo de ordenar las ideas, llegó al restaurante donde almorzaba habitualmente, un lugar pequeño y exclusivo donde tenía siempre un lugar reservado. Pidió su acostumbrada media ración de tallarines *al filetto*, una botella pequeña de su vino preferido y se puso a reflexionar sobre los últimos acontecimientos para planear los pasos que debía seguir.

Era evidente que el joven Posadas no había sido sincero con él. ¿Acaso lo había tomado por tonto al asegurarle que no tenía relación alguna con el FSL? Había sido una afirmación inaceptable para decírsela a alguien que como él conocía demasiado bien el mundo político de Santamora. De todas maneras, él estaba casi seguro de que Octavio Posadas no sabía nada del plan criminal del FSL en el momento de la reunión en su despacho. No había tenido demasiado trato con el joven, pero le bastaba con saber que Octavio llevaba la sangre de su abuelo para estar seguro de que, aunque sólo fuera por eso, el joven dirigente jamás hubiera acudido a ese encuentro para mentir con tal descaro. Habiendo llegado a esta conclusión, su preocupación cambiaba de sustancia. ¿Sería posible que Posadas no tuviera el control de sus militantes y que el FSL actuara independiente de su ala política? Si esto era así, la guerrilla estaba ya fuera de control y de razón. A Tolosa no se le escapaba que condenar el hecho llevaba el agua al molino de Cuevas, pero de todas maneras él no podía mantenerse en silencio. Tenía que conseguir poner cordura en la situación, aun cuando su iniciativa no sumara votos y aunque con ello ayudara indirectamente al tirano.

En cuanto terminó el almuerzo, regresó a su despacho y desde allí telefoneó a Juan José Cáceres. Había llegado a la conclusión de que era imprescindible aunar esfuerzos para defender la incipiente democracia de Santamora. Tenía la duda de si debía convocar o no a una reunión a todos los candidatos, incluyendo a Zarzalejo y a Posadas. Decidió que lo resolvería hablando frontalmente con Cáceres y preguntándole su opinión. Tolosa se decía que había que invitar a Zarzalejo, pero se negaba a convocar a Posadas, ya que después de haber hablado a solas con él, no estaba seguro de su posición; sin embargo, durante la conversación con Cáceres se enteró de que el empresario no tenía problemas en hablar con Posadas pero creía inconveniente invitar a Zarzalejo, por su implicación con Cuevas. Tomando el toro por las astas, el viejo político decidió que tanto el candidato oficial como el de la izquierda quedaran fuera y se reunieran ellos dos a solas; después de todo, reconoció para sí mismo, lo que él necesitaba era un encuentro franco, dentro de los límites de la ética política, y estaba seguro de que de los tres, el naviero era paradójicamente el único que ofrecía esa posibilidad, quizá justamente por no ser un político.

La reunión finalmente quedó establecida para esa misma tarde entre ellos dos y a solas.

Aunque no era su costumbre mezclar placer y trabajo, Carolina no podía negar que el armador, con sus modos caballerescos, su estilo elegante, sus palabras precisas e incisivas y, por qué no admitirlo, con su holgada posición económica, le resultaba más que atractivo. Ella ya lo había registrado en su lista de «apetecibles», como decía en broma a sus amigas, mucho antes de conocerlo personalmente. Le había gustado desde que vio su fotografía en la nota de Pablo Godoy cuando salió de la cárcel después de las declaraciones sobre las urnas. Empezó a confirmar que debía ponerlo en la lista cuando, lejos de amedrentarse por las palizas que recibió, se lanzó al ruedo casi desafiando a sus atacantes.

Pero estaba claro que la decisión firme de incluirlo se produjo cuando lo vio en la Asociación de Ganaderos.

Juan José Cáceres tenía algo diferente al resto de los hombres. Algo que se percibía con sólo verlo moverse entre la gente, en el modo de hablar, en la mirada y en el trato que tenía con todos.

Algo que motivaba también una respuesta diferente en los demás, cuando les hablaba.

En el fondo, Carolina era consciente de que las constantes conversaciones telefónicas con Cáceres empezaron con la excusa de que un encuentro algo más personal le podría servir para hacer un perfil más acabado del personaje, pero ahora implicaban más lo que parecía una atracción mutua que los estrictos temas políticos que ambos usaban como excusa.

Pero había otra cosa en su decisión de ir más allá de lo profesional. «Después de todo, no tiene nada de malo», continuó justificándose; pero sabía perfectamente que buscar una relación más comprometida con Juan José Cáceres era también un intento de terminar con Agustín.

No era fácil. Después de leer su nota sobre Cáceres, Agustín Montillano la había llamado y habían tenido una hora de charla telefónica. Una conversación maravillosa.

Él había estado halagador, dulce, gentil... incluso bastante afectuoso en la despedida; y ella como una estúpida, se decía en ese momento, no había podido evitar subirse a la fantasía de que Agustín le pediría una nueva oportunidad. Le dijo que la llamaría para cenar juntos al día siguiente y que tenía «dos o tres cosas muy importantes que decirle».

Como otras veces, ella se había quedado esperando, pero tres días después en su contestador automático sólo había encontrado algunas llamadas sin mensaje y una única grabación, una llamada de Cáceres:

«Mensaje para la periodista Carolina Guijarro. Si quiere enterarse de una impresionante primicia, comuníquese con el doctor

Juan José Cáceres apenas escuche este mensaje... Llámame en cuanto llegues, ¿de acuerdo?»

Carolina marcó de inmediato el número privado.

—Hola —se oyó la voz de Juan José.

—Aquí la reportera de la Cadena 20, ansiosa de escuchar las últimas noticias —ironizó Carolina.

—Hola primor —dijo él—. Agárrate a donde puedas. Hace menos de una hora me llamó Pedro Tolosa.

—¿Y qué quería?

—Organizar una reunión para hacer una declaración conjunta sobre el asesinato.

—¿Dónde?

—Eso no te lo voy a decir. Sospecho que tu alma de reportera te obligaría a mandar alguna cámara...

—¿Y aceptaste?

—Sí. ¿No debía?

—Claro que debías.

—Yo no soy candidato.

—¿Tú te lo crees todavía?

—¿Tú no?

—Cuando el país necesita a alguien como tú, el deber está por encima de las consideraciones personales.

—Si yo me presento, ¿me votarás?

—Deberíamos hablar antes sobre tus planes de gobierno.

—Trato hecho, entonces. Te llamo después de la reunión y te lo cuento.

—Gracias, señor candidato.

—Gracias por...

—Por la primicia y por la confianza.

—Gracias a ti. Ahora sé que estoy de campaña y que ya tengo un voto.

—Hablamos más tarde, después del noticiero —dijo Carolina, que después de colgar aplaudió saltando como una criatura.

Era cierto que la realidad los estaba ayudando a acelerar una relación que, de otro modo, tal vez les hubiera llevado más tiempo. En ese caso, Cáceres hubiera encontrado en ella a una periodista vacilante ante la posibilidad de involucrarse afectivamente con un político; pero los hechos habían sucedido de esta manera y era el momento de acompañarlos. Era hora de aceptar que Juan José Cáceres no sólo encabezaba ahora su lista de apetecibles, sino que casi había borrado a todos los demás.

Se dio cuenta de que no había desayunado y sintió hambre. Fue hasta la cocina, abrió la nevera y sacó un poco de pollo que había quedado de la noche anterior, un zumo de naranja y algo de verdura fresca para hacerse una ensalada. Hacía semanas que no comía tan tranquila y, cuando estaba a punto de recostarse para una deliciosa siesta, sonó el teléfono.

Pensó que era Juan José otra vez. Quizá había un cambio en los planes.

La voz de Agustín al otro lado de la línea la sorprendió, aunque notó con satisfacción que no la hacía temblar.

—Hola, Caro, ¿cómo estás?

—¿Quién habla? —fue la respuesta que encontró para darse tiempo para recuperarse de la sorpresa y decirle por fin todo lo que había pensado sobre él antes de conocer a Juan José.

—¿Tan rápido te has olvidado de mí? —preguntó Agustín, en

tono de broma, sabiendo que aquella distancia no era más que una estrategia para aparentar indiferencia.

—Discúlpame, estaba distraída y no esperaba tu llamada.

—Bueno, necesitaba hablar contigo… Después de todo lo que está sucediendo, estarás muy ocupada.

—Sí, claro… —respondió Carolina, algo distraída—. ¿Cómo estás?

—Con ganas de verte. He estado pensando y…

—Sí, Agustín, pero… estos días, como has dicho, estoy a mil… —dejó caer—. Además…

—¿Una cena? ¿Esta noche? Podría acompañarte y ver las obras de reparación del piso —le propuso él, como si no hubiera notado las reticencias de Carolina.

—No. Es imposible, lo siento.

—Bueno, si tienes un compromiso, entonces mañana.

—No, Agustín. Mañana tampoco.

Carolina hizo como si dudara y luego agregó:

—Mira, voy a ser franca contigo. Estoy saliendo con alguien y no quiero engañarme ni engañarte. Sabes que no sirvo para dobles juegos…

—¿Saliendo con alguien? ¿Con quién? ¿A quién has conocido? Creo que tengo derecho a saberlo —se ofuscó Agustín.

Carolina guardó silencio; iba a aclararle que había perdido todos los derechos, pero finalmente se limitó a decir la verdad:

—Me estoy viendo con Juan José Cáceres.

Cuando Agustín colgó apenas podía tenerse en pie. Volvió a la mesa del bar del hospital, donde lo aguardaba Mario.

–¡Te lo dije! ¡Ese tipo es una lagartija! ¡Lo supe desde que lo vi!

–¿Quién? –preguntó Mario, desconcertado por la furia de su amigo.

–Ese Cáceres. Está con Carolina.

–¿Cómo con Carolina?

–Sí, hermano, como lo oyes, está saliendo con Carolina… y la muy tonta… Yo sabía que era una serpiente, con esa sonrisa perfecta, ese impecable aire europeo. No. Es una serpiente ponzoñosa. –Agustín iba subiendo los epítetos–. Seguro que la quiere sólo para la campaña, para que esté de su lado, para tener a alguien de la prensa que le sea incondicional. Y te había dicho que ese tipo no me gustaba. Y ahora Carolina me hace esto…

–Alto, tampoco es así –intentó serenarlo Mario.

–Ah, ¿no?

–Primero, a ti él no te ha hecho nada. Y, segundo, ella puede tomar sus propias decisiones sin contar contigo.

–Sí, ya lo sé. Pero no es justo. Quería volver a intentarlo. Pero con este tipo de por medio… Lo voy a desenmascarar, te lo prometo. Voy a demostrar a Carolina que ese *gentleman* no es trigo limpio.

Mario miró a su amigo con condescendencia. Pocas cosas había peores que un hombre obnubilado por los celos, sobre todo si sabía que estaba perdiendo la carrera.

A las siete de la tarde, Tolosa y Cáceres se encontraron en la casa que este último tenía en las afueras de Santamora. Sólo estaban ellos, los candidatos con más probabilidades de ser elegidos; Cáceres había dado el día libre al personal de la casa para preservar el secreto de la reunión.

—Juan José… —dijo Tolosa abriendo el diálogo—, creo que estaremos de acuerdo en que es preciso realizar una tajante condena pública y conjunta de los hechos irracionales que han sucedido en los últimos días.

—Estoy de acuerdo.

—Pero, no obstante, debemos ser cuidadosos. Debemos dejar una rendija abierta al diálogo.

—No sé, don Pedro —acotó Cáceres—; yo pienso que todos los que forjamos la opinión debemos ser contundentes, sin medias tintas, rechazar sin matices. La gente tiene que saber que no avalamos estos métodos, que nos oponemos a ellos tanto como el resto de la sociedad. Si mostramos debilidad, si aparecemos dispuestos a dar un espacio, el que sea, estamos perdidos: el día de mañana, el ganador no podrá controlar nada. No podemos sentar ese precedente. Opino que con estos locos violentos no se puede negociar.

—Nadie habla de negociar… —se defendió Tolosa.

—¿Distinguir entre unos y otros?… —se adelantó Cáceres.

—Efectivamente.

—Lo que sugiere, corríjame si me equivoco, es que no condenemos por igual al Frente y a la Alianza, sino que condenemos sólo al primero.

—E incluso más —agregó Tolosa—, yo iría sólo contra ese comando que se autodenomina la Familia. No sabemos cómo está hoy la estructura del FSL. No sabemos si el comando actúa por su propia cuenta, si los dirigentes del Frente están detrás, ni si Octavio Posadas coincide con esta postura o está siendo puenteado por los grupos operativos. Debemos dejar un espacio para la duda y también para que quienes no tengan responsabilidad se integren en la vida democrática. De la condena absoluta ya se está encargando Cuevas. Nosotros debemos diferenciarnos, tenemos que presentar la cara racional de la política.

—En principio, estoy de acuerdo —votó Cáceres—. Usted propone condenar el hecho con claridad, pero no señalar a toda la izquierda como responsable. Tenemos que construir una democracia, y en democracia la base es el estado de derecho. Santamora ha vivido demasiado tiempo lejos de los más elementales principios jurídicos como para continuar de ese modo. Así que deberíamos considerar que todos son inocentes hasta que se demuestre lo contrario.

—Eso es. El grado de implicación de cualquier organización deberá ser investigado, confirmado y sólo entonces condenado por la justicia. Nosotros no podemos ni debemos hacerlo.

Ambos candidatos acordaron convocar una conferencia de prensa el día siguiente para hacer pública una declaración conjunta, que terminaría invitando a todo el pueblo de Santamora a luchar por la democracia y a condenar la violencia.

Pero el pueblo de Santamora jamás llegaría a enterarse de esa declaración, porque ni Cáceres ni Tolosa regresaron a su casa después de la reunión.

LIBRO II

EL DAÑO

Creo que todo depende del buen o mal uso que se hace de la crueldad. Llamaría bien empleadas a las crueldades (si a lo malo se lo puede llamar bueno) cuando se aplican de una sola vez por absoluta necesidad de asegurarse, y cuando no se insiste en ellas, sino, por el contrario, se trata de que las primeras se vuelvan todo lo beneficiosas posible para los súbditos. De donde se concluye que, al apoderarse de un Estado, todo usurpador debe reflexionar sobre los crímenes que le es preciso cometer, y ejecutarlos todos a la vez, para que no tenga que renovarlos día a día y a no verse en esa necesidad. Quien por timidez o por haber sido mal aconsejado, se ve siempre obligado a estar con el cuchillo en la mano, mal puede contar con súbditos a quienes ofensas continuas y todavía recientes llenan de desconfianza.

NICOLÁS MAQUIAVELO,
El príncipe, capítulo VIII

7

Sin novedades sobre la investigación del asesinato de De los Llanos

Se esperan definiciones del gobierno y del resto de los candidatos.

Cuando llegó a su casa, después del noticiero, Carolina se sorprendió de que en el contestador no hubiera ningún mensaje de Juan José. Habían quedado en que él la llamaría para decirle dónde y a qué hora se verían. Ella había cumplido su parte al no dar a conocer la reunión secreta de los candidatos… ¡y cuánto trabajo le había costado! No podía dejar de pensar en la maravillosa nota que haría cuando llegara el momento de dar la primicia del acuerdo democrático de los candidatos condenando el atentado. ¿Cuál sería la mejor estrategia? ¿Hacer declarar a Juan José o simular un informante anónimo? Carolina no pensaba tanto en lograr la máxima repercusión de la noticia como en su utilidad para la carrera política de Cáceres. Trató de apartar de su mente la maldita reunión y fue hasta el armario de su habitación. Miró con inusual detenimiento cada vestido y cada conjunto de blusa y pantalón que colgaban allí casi ordenados. Una a una fue sacando las prendas y repitiendo con ellas el acostumbrado ritual, previo a las citas importantes: ponerlas de frente sobre su cuerpo, mirarse al espejo y tirarlas sobre la cama clasificadas en dos grupos, el de las descartadas y el de las «podría ser».

Finalmente eligió un vestido azul de espalda descubierta que pensó que era el que mejor le caía a su piel, todavía blanca por la falta de sol y el exceso de trabajo.

A las diez de la noche comenzó a impacientarse. El teléfono no sonaba. Una espantosa sensación de historia que se repite penetró en su ánimo pese a sus esfuerzos por alejarla. Otra vez un «te llamaré» que terminaba en una espera sin esperanza.

«¿Y si Juan José resulta ser otro Agustín?», se preguntó verdaderamente asustada. Igual era otro fóbico, como la mayoría de los hombres con los que se había cruzado en los últimos años. Quizá ella había sido demasiado directa y lo había empujado a practicar el juego del escondite que ella tanto odiaba...

A las once y media decidió acabar con sus deprimentes especulaciones. La locura, recordó haber leído, no consiste en hacer cosas alocadas, sino en hacer siempre lo mismo y esperar un resultado diferente.

Esta vez no se quedaría esperando y haciendo conjeturas hasta que su hombre (¿su hombre?) se dignara llamarla tres días más tarde.

Decidida, Carolina tomó el teléfono y marcó el número de la casa de Cáceres.

El sonido de la llamada se repitió seis veces; a continuación oyó la voz inconfundible de Juan José, en un «Hola» calmo y natural, seguido de un brevísimo silencio. En ese momento la invadieron la furia y la decepción. Desconcertada y sin saber muy bien qué decir, estaba a punto de colgar cuando oyó la continuación del mensaje grabado por el mismo Cáceres: «... en este momento no estoy en casa. Por favor...». Carolina sintió esa mezcla de alivio y culpa que se superponen cuando uno recibe la buena nueva de que sus agoreras predicciones eran infundadas y de inmediato se acusa de haberlas pensado.

Simplemente, Juan José aún no había llegado.

Las reuniones políticas podían durar horas y horas, se dijo; en especial si era para ponerse de acuerdo en un tema tan significativo como el que iban a tratar. Tenía que ser paciente y no mezclar sus inseguridades personales con las frustraciones que le habían producido historias pasadas. Debía acostumbrarse a estas dilaciones si quería llegar a tener algo más que una aventura con un hombre tan lleno de compromisos como el naviero.

Sus argumentos, razonados y razonables, sólo le ayudaron durante una hora; porque cuando, pasadas las doce, volvió a marcar el número y saltó nuevamente aquella respuesta magnética, Carolina se dio cuenta de que sus temores e inseguridades, relacionados hasta ese momento con la vanidad y el romanticismo, daban paso a una preocupación genuina por la integridad de Juan José Cáceres.

Un mal pálpito invadió su ser. Se dio cuenta de que por primera vez en su vida prefería pensar que alguien estaba huyendo de ella antes que tener que enfrentarse con los terrores que en ese momento pasaban por su cabeza.

Se quitó el vestido y se desmaquilló ante el espejo. Intentó, como otras veces, que la aburrida programación de la radio nocturna la ayudara a conciliar el sueño, pero esta vez fracasó. Viejas canciones, poca publicidad y casi ninguna noticia. Nada digno de mención parecía haber sucedido en Santamora aquella noche. Dio algunas cabezadas, pero no llegó a alcanzar un sueño reparador.

A las siete de la mañana sintonizó Radio Campoamor para escuchar el programa de Márgara Iglesias, la más veterana y la más escuchada de las periodistas de la radio matinal.

Márgara abrió el programa actualizando los pocos datos que se tenían sobre el asesinato de De los Llanos. Leyó las notas que habían aparecido durante el fin de semana y luego fustigó a la policía a la que calificó poco menos que de incompetente. Más tarde la tomó con lo que llamó «el irresponsable silencio absoluto» de los demás candidatos.

—Hemos estado tratando infructuosamente de hablar con todos ellos –dijo Iglesias–, y por respeto a nuestro compromiso con la audiencia, debemos decir que si bien tanto el coronel Zarzalejo como el licenciado Octavio Posadas se excusaron diciendo que se referirían al tema con posterioridad, los otros dos, Tolosa y Cáceres, ni siquiera respondieron a nuestras llamadas. ¿Una muestra de mal gusto, una señal de cobardía o una peligrosamente tonta actitud especulativa? –añadió la periodista–. Me pregunto si estos señores saben el grado de responsabilidad que les cabe en este momento de la vida política de Santamora…

Carolina saltó de la cama y corrió hasta su cartera. Encontró el número de la radio y llamó:

—Habla Carolina Guijarro, de la Cadena 20. Por favor, páseme con Márgara Iglesias… es importante.

Con algo de reticencia y muchas medias palabras, Carolina pudo sonsacarle a la periodista lo que su producción había averiguado. Nadie había podido encontrar a ninguno de los dos dirigentes, ni en sus domicilios, ni en las sedes de los partidos, ni en ningún otro lugar que solieran frecuentar.

Al colgar, Carolina no tenía ninguna duda: debía alertar a la policía sobre la reunión que, por lo que sabía, había tenido lugar la tarde anterior.

Después de varios inevitables retrasos burocráticos y por lo menos seis infructuosos allanamientos, el personal policial llegó finalmente a la residencia de Cáceres en las afueras de la ciudad. Los automóviles de los dos candidatos estacionados en el garaje, las luces de la casa encendidas y el absoluto silencio, sólo interrumpido por algún que otro ladrido lejano, eran un presagio de lo que más tarde se confirmaría.

En el interior de la casa, sólo habían quedado algunas sillas desparramadas, unas gotas de sangre en el suelo y una decena de panfletos del comando llamado la Familia. Pistas más que suficientes para que nadie tuviera dudas de que Cáceres y Tolosa habían sido raptados por el mismo grupo terrorista que había asesinado a De los Llanos.

La noticia corrió por el país de norte a sur antes de que los periódicos vespertinos pudieran hacerse eco de la noticia. A Carolina Guijarro le tocaría presentar un programa especial sobre la desaparición de los candidatos.

A pesar de su juventud, sus años como periodista sumados a su experiencia como presentadora del noticiero habían hecho que Carolina Guijarro desarrollara esa coraza que le permitía no dejar traslucir sus emociones cuando las luces del estudio se encendían y las cámaras la situaban en el centro de la pantalla de miles de televisores. Pero esta vez algo falló. Carolina no podía superar la conmoción ni impedir que se le notara. Quizá porque Juan José Cáceres le importaba más de lo que estaba dispuesta a aceptar. Pero seguramente también porque la decisión de la dirección de entrevistar a Lucía Tolosa y a Marie Foucault, la esposa de uno de los secuestrados y la ex del otro, le resultaba bastante perturbadora.

Cuando Carolina llegó a los estudios, a las siete menos cuarto de la tarde, las dos mujeres ya estaban aguardando. Con mucha naturalidad, la reportera se acercó a ellas para presentarse y agradecerles su asistencia.

Era una táctica que repetía con cada invitado. Había aprendido que no era bueno conocer al entrevistado cuando ya estaban en directo y frente a las cámaras. «Las primeras veces de casi todo —decía irónicamente un profesor suyo de la escuela de periodismo— es mejor que no sean en público.»

Cuando saludó a Marie Foucault, ésta le dijo, con un acento que delataba su francés nativo:

—Perdón, señorita *Guijagó*, ¿podría hablar un momento con usted antes de...?

—Desde luego, pero ya estamos a punto de comenzar el programa...

—Seré breve. Quiero que sepa que estoy aquí sólo porque me lo ha pedido su director, no sé si me comprende. Yo sé, porque

Juan José me hizo algún comentario, que usted y él... en fin. Bueno, no querría que usted se sintiese incómoda, no me gustaría eso. Seré concreta: si usted prefiere que yo no esté...

–Pero no –dijo Carolina sinceramente–, entre su marido, perdón su ex..., entre Juan José y yo no hay... quiero decir... que nos tenemos mucha simpatía... pero yo solamente...

Carolina se daba cuenta de que se le trababan las palabras. Se sentía demasiado incómoda para poder explicar lo que estaba sucediendo.

La mujer la tomó del brazo, como para consolarla y en un tono afectuoso y contenido acotó:

–Comprendo. Para mí, que soy francesa, todo es muy lógico y natural, pero para la mayoría de la gente de una ciudad como ésta no debe de ser habitual que una ex esposa y una... simpatía, como usted lo llama, estén... juntas en la televisión. Especialmente en estas circunstancias.

–No sé –atinó a decir Carolina, avergonzada, como si hubiera sido una niña descubierta robando caramelos del tarro de la abuela.

Santamora era capaz de digerir muchos hechos de violencia, sin duda los había padecido y aceptado durante no menos de cinco décadas; tal vez por esa misma razón, para poder convivir con el horror que habitaba en sus entrañas, solía refugiarse en sus actitudes más tradicionalistas y cerradas. Por eso era tan habitual que su gente dedicara una parte de su vida al rumor y el cotilleo y viviera escandalizándose de cada una de las anécdotas de la vida privada de personas más o menos famosas, reales o imaginarias, de ámbito nacional o de la realeza extranjera. La capital, eso Carolina lo sabía, aunque más cosmopolita y mundana, nunca fue ajena al placer morboso del chisme de pasillo.

En eso pensaba la joven conductora cuando las luces del plató se encendieron y el director avisó que en tres minutos salían al aire.

—Pero ¿qué es esto? —fue el primer comentario de Agustín ante la pantalla del televisor al darse cuenta del rostro desencajado de Carolina, que le preguntaba a Marie Foucault cuánto tiempo había estado casada con Cáceres, cómo era su marido en el hogar, etcétera, sin poder esconder la incomodidad de la situación—. ¿Están todos locos en ese canal?

—A mí me parece que es natural que esté así. ¿Te imaginas lo que debe de sentir? —preguntó Mario.

—No. No me imagino nada. Acaba de conocerlo...

—Pues a mí no me parece en absoluto exagerado. Veamos: soy una mujer guapa, inteligente y solterita. Conozco a un tipo. Buen aspecto, mejor posición, culto, inteligente y candidato a presidente. Me doy cuenta de que hay buenas vibraciones. Me introduzco en el juego de la seducción. Me veo con él un par de veces... De repente, desaparece, raptado por una banda terrorista, y me piden que entreviste a su ex mujer frente a trescientos mil espectadores. Reconóceme que sería difícil...

—No sé si sería fácil o difícil. Ni tampoco sé de dónde sacas tú que Carolina tiene buenas vibraciones con ese... —Agustín frenó el calificativo, consciente de que el sujeto en cuestión, sin habérselo buscado, debía de estar sufriendo lo indecible— ... con ese tipo, o que salió con él o que se metió en algún jueguecito seductor...

–Podría decirte que lo deduje del comentario que tú me hiciste sobre lo que ella te comentó. Pero no hubiera hecho falta: puedo sacarlo de los corrillos de «Radio Rumor» de La Milagros, donde hace tiempo que corre que la acompañante favorita del empresario naval metido a candidato es la reportera de Cadena 20, Carolina Guijarro.

–Respecto de tus rumores de patio de vecindad, sabes tan bien como yo lo que se dice siempre: que el boca a boca corre tan rápido en La Milagros que la gente se entera de lo que pasó antes de que pase... –Mario se rió con ganas de la humorada; tras una pausa, Agustín prosiguió–: Mira, Mario, yo conozco bien a Carolina y sé que aunque estuviera teniendo algo con Cáceres, ella sería la primera en exigir y exigirse discreción.

–Es posible. De todas formas, no hay que desviar la atención de lo fundamental. De lo único que este país debería estar hablando es de cómo salir de esta encrucijada. La presencia en televisión de la ex esposa de Cáceres junto a la presunta nueva amante del empresario no me parece en absoluto un hecho significativo y mucho menos trascendente. Ya sabes, Agustín, que Carolina me cae bien y que hice todo lo que pude, cada vez que me dejaron, para acercarla a ti, pero te confieso que al lado de todo lo que está sucediendo en el país, lo que pase por su cabeza, por su corazón o por otros lados de su hermosa anatomía no tiene ninguna importancia.

Agustín miró a su amigo con furia y se mordió los labios para no decirle lo que pensaba de las cosas fundamentales de las que tanto hablaba.

—No me mires así, Agustín. Debes reconocer que mucho más importante que lo que siente Carolina por ese tipo, por ti o por los dos, es lo que Cuevas se trae entre manos.

—¿Otra vez con Cuevas?

—Pero ¿no te das cuenta? … No hay que ser muy listo para ver que el último que queda con vida en el campo de juego es el ganador del partido. Estos imbéciles secuestraron a todos los candidatos menos a Zarzalejo. ¡Qué casualidad!

—Y menos a Posadas, no lo olvides. El candidato de la guerrilla también está libre. ¡Qué casualidad!

—No. Nada es casualidad. Eso es justamente lo que confirma mis suposiciones.

—Estás cada vez más desquiciado…

—No, escúchame. Si los secuestros los hubiera planeado la guerrilla, no te quepa duda de que, aunque fuera para guardar las apariencias y confundir, se habrían llevado también a Posadas.

—Siguiendo el mismo criterio, yo podría asegurar que si lo hubiera planeado Cuevas se habrían llevado también a Zarzalejo. Es una locura. Además, sacar de circulación a Posadas significaría para el FSL correr el riesgo de que el candidato oficialista se presentara solo.

—¿Darle la posibilidad a Zarzalejo de resultar electo por falta de oposición? No, mi querido amigo; esta vez estás totalmente equivocado. Si tus amigos de la izquierda tienen alguna posibilidad de ganar es justamente polarizando la elección. El gobierno o nosotros. Cuevas o la guerrilla. Los militares o el pueblo…

—No estoy de acuerdo, para nada. Te aseguro que de este

modo, el único que gana es Cuevas. El muy hijo de puta debe de estar festejando con el otro marrano. Te lo aseguro.

En cuanto Cuevas lo mandó llamar, el coronel Zarzalejo salió como una tromba hacia el despacho presidencial. Estaba realmente abatido, aunque durante todo el día lo había disimulado para que nadie sospechara que su preocupación excedía, con mucho, la situación política.

Zarzalejo tenía hacia el dictador sentimientos ambivalentes. Una celosa admiración, una afectuosa gratitud y un miedo rayano en lo irracional. La admiración y los celos que sienten los que en el fondo desean ocupar el lugar del otro; el afecto y el agradecimiento de aquellos que se saben protegidos y beneficiados por el régimen; pero también, por supuesto, el inevitable miedo de los que más de una vez han visto hacer matar por asuntos que no tenían la menor importancia y que saben de sobra que cualquier día también ellos podrían ingresar en la lista de «los enemigos» por una actitud errónea, por una mala interpretación de una palabra, por una absurda sospecha... o por simple capricho.

—Coronel Zarzalejo, ya es hora de que usted comience a dirigirse a su pueblo —sentenció el General—, prepare una conferencia de prensa para mañana. Y, según vayan desarrollándose los acontecimientos, organice un acto público. Va siendo hora de que Santamora vuelva a tener contacto con sus líderes naturales...

—Mi general —se animó a decir el coronel—, yo creo que deberíamos...

–Coronel –interrumpió el General–, no es hora de hablar de lo que cada uno cree o le conviene; es hora de hacer lo que se debe hacer.

El presidente hizo una pausa y lo miró. Zarzalejo trató de que no se le notara el pequeño temblor que sentía en sus rodillas.

–Los intereses de la nación están por encima de los afectos y los problemas personales, cualesquiera que éstos sean. ¿Entendido, coronel? –terminó diciendo Cuevas, como si hubiera leído sus pensamientos.

–Entendido, mi general –respondió Zarzalejo cuadrándose, y acto seguido se retiró a cumplir la orden.

¿Qué pensaría Carolina si supiera la increíble coincidencia entre su pensamiento y el del dictador? En ese mismo momento, también ella se decía que era la hora de hacer lo que se debía hacer, por encima de los afectos y los problemas personales.

Debía reconocer que lejos de disgustarla, la inesperada actitud de Marie Foucault al hacerla partícipe del dolor de los demás familiares de los secuestrados, la había ayudado a registrar mejor sus sentimientos y entender un poco la pena y la inquietud que la acongojaban.

Pero su pequeño sosiego se veía empañado por la extensión del rumor de su posible relación amorosa con Cáceres. No podía negarla, pero desde luego era perjudicial para su carrera y el seguimiento de la actualidad nacional. Había intentado que las entrevistas de la noche se centraran en el perfil humano y político de los candidatos pero, durante ellas, la producción había estado pasando sobreimpresiones, que sin mencionarla, hacían referencia a lo que todos estaban imaginando.

Dos mujeres sufren la ausencia de Cáceres... Un secuestro interrumpe una historia de amor... Una reportera de este canal alertó de la posibilidad del secuestro de los candidatos reunidos... Los productores del canal sabían que un tema como éste subía el *rating* mucho más que cualquier secuestro.

Poco parecía preocuparles que a partir de entonces, Carolina Guijarro tuviera que vérselas con los buitres de la prensa amarilla, que de inmediato saturaron las líneas del canal para que la reportera les concediera reportajes.

Al llegar a su casa, Carolina ya había decidido que Pablo Godoy podía ser un buen atajo si quería salir indemne de los rumores. Es cierto que no eran «grandes amigos», pero se respetaban, se reconocían los logros y se ayudaban mutuamente, aun por encima de la competitividad de su trabajo.

—Hola, Pablo, soy Carolina Guijarro.

—Hola, he visto tu programa. Te iba a llamar.

—Ya, no quieres dejar pasar una oportunidad de burlarte de mí.

—No seas mala. Yo te aprecio y tú lo sabes. Además, *El Ojo Avizor* no es un folletín rosa.

—Acortemos camino, ¿te parece? Yo te doy un reportaje exclusivo sobre mi relación con Juan José Cáceres y...

—... yo me comprometo a hacer una nota sumamente respetuosa hacia ti y hacia él —terminó Pablo—. Yo me gano la primicia y tú te sacas el foco amarillo de encima...

—¿Qué te parece encontrarnos a desayunar mañana a eso de las diez?

—Me viene bien.

—Yo estoy durmiendo todavía en casa de mi madre. En la esquina hay un bar que sirve muy buen café, toma nota de la dirección y nos vemos allí mañana…

A las once y media de la noche, Carolina Guijarro cerró su despacho. Ya no quedaba nadie en la oficina de producción. Al bajar saludó al guardia, que también estaba haciendo su ronda final antes de cerrar el edificio. Hacía ya varios años que la cadena emitía programación grabada desde el final del noticiero de la noche hasta la madrugada del día siguiente.

Le pidió al taxi que pasara por su casa y subió a cambiarse de ropa. Carolina se resistía a llevarse más ropa para no prolongar demasiado la estancia en casa de su madre. Pronto podría regresar a su piso. Los obreros prácticamente habían terminado de arreglar los destrozos que había provocado la explosión; sólo faltaba pintar.

Con unos tejanos y zapatillas de tenis, Carolina se tumbó en la cama un momento, mirando el techo todavía tiznado.

En algún momento debería encontrarse con Agustín para resolver esa situación. Carolina sabía que el piso era «suyo», pero no podía dejar de lado que su ex pareja debía de estar tan incómodo como ella, pero en casa de Mario. Quizá debería aceptar que vivieran juntos hasta que él encontrara otra cosa. Después de todo, eso tampoco implicaba que fueran a verse mucho más que lo que se habían estado viendo en los últimos meses de convivencia.

Carolina suspiró ruidosamente; luego, con aire de resignación, se puso de pie y volvió a salir. Una vez abajo despidió al taxi. Había decidido caminar hasta la casa de su madre. Quizá la encantadora noche de La Milagros le ayudara a aclararse.

8

OTRO ATENTADO CON BOMBA
Esta vez en los estudios de la
Cadena 20

Los bomberos continúan trabajando en el edificio. Panfletos del FSL prometen ataques a varios medios y amenazan a una decena de periodistas. Encabezan la lista Carolina Guijarro y este redactor.

L a explosión provocó daños importantes en el edificio de la Cadena 20, sobre todo en la entrada y en las oficinas del edificio de enfrente. Los investigadores de la división de explosivos tomaron testimonio al guardia, que declaró que el edificio había quedado vacío después de que se retirara el personal, y que terminada su ronda había abandonado la emisora alrededor de las doce, dejando todo tranquilo.

No encontraron víctimas, pero sí numerosos panfletos de la Familia, que acusaban a los candidatos políticos de trabajar para la dictadura y a varios medios de hacer «periodismo reaccionario» en contra del pueblo y de «su brazo armado» el FSL.

Una llamada telefónica de Godoy cambió el lugar de encuentro: del bar al Departamento Central de Policía. Después de las declaraciones testimoniales, que duraron más de una hora, Carolina Guijarro y Pablo Godoy salieron completamente aturdidos.

A pesar del oficio, de las cosas que habían visto en sus carreras y de lo curtidos que ambos estaban por trabajar justamente en esta Santamora de Cuevas, la bomba en la emisora los había conmocionado por completo.

Quizá ingenuamente deseaban, más que esperaban, que no hubiera más muertes en La Milagros, pero hablando con los peritos policiales los dos tuvieron claro que si la explosión hubiera sucedido en otro horario muchas personas habrían resultado heridas o muertas, incluyendo a la propia Carolina. No sólo porque las explosiones controladas por mecanismos de relojería pueden fallar sino también porque no era demasiado raro que Guijarro se quedara revisando imágenes hasta las dos o tres de la madrugada y saliera sola por la puerta de atrás.

–Te sigo debiendo un café –dijo Godoy.

–Es verdad, vamos a tomarlo, lo necesito.

Carolina prefirió pedir un capuchino y Godoy se sumó a la propuesta. Una vez servido Pablo comenzó a razonar en voz alta:

–Al fin juntos, ¿no? Aunque más no sea en la lista de amenazados.

–Es verdad, Pablo… pero no me gusta nada que compartamos ese podio.

—En realidad, es una especie de reconocimiento...

—Eso lo entiendo, pero también está la otra parte...

—¿Te refieres a volverse una persona conocida?

—Me refiero al peligro de la exposición. Me guste o no, yo ya era conocida. Nada en el mundo te hace más popular que la televisión. No desmerezco la llegada de *El Ojo Avizor*, pero...

—Sí... siempre es peligroso estar en el ojo de la tormenta.

Carolina se quedó en silencio. Hasta el momento, sólo había confesado sus temores a su almohada, y escucharlos de boca de otra persona sólo la ponía más nerviosa.

Guijarro había empezado en televisión fascinada por el mundo glamuroso de las cámaras y las luces. Aun en un pequeño país como Santamora, la televisión parecía pertenecer a otro mundo. Había empezado a ir a los estudios como modelo de pasarela cuando tenía 18 años. Contratada después por la cadena como una cara bonita que daba en los noticieros el pronóstico del tiempo, Carolina creyó descubrir su verdadera vocación y durante los siguientes años se dedicó a prepararse para lo que vendría. Estudió locución, literatura y sociología. El día de su licenciatura en ciencias sociales, el director de la cadena le dijo que los directivos habían decidido confiarle la presentación del principal noticiero de la cadena.

En estos años, sin embargo, jamás se había dado cuenta de que un mayor compromiso informativo implicaba necesariamente mayores riesgos.

Carolina se dio cuenta de que sentía miedo pero no quiso aceptarlo frente a Pablo.

—De todas maneras —siguió Godoy, como adivinando lo que pasaba por la cabeza de ella—, me parece que por ahora puedes estar más que tranquila: la verdadera amenaza es para mí, no para ti.

—Ah, ¿sí? ¿Y cómo es que estás tan seguro?

—Ay, Carolina, no hagamos de esto una cuestión de celos profesionales. Yo soy el periodista de *El Ojo Avizor*, el diario donde se ha denunciado a la guerrilla desde el principio. Nosotros dimos la noticia del primer atentado y estamos llamando asesinos a sus autores, no lo olvides.

—Y tú recuerda que fui yo quien denunció en televisión las declaraciones de Cáceres y la que avisó a la policía de que lo habían secuestrado junto a Tolosa. Y no tengo que decirte, me parece, lo que ya es de dominio público...

—¿Qué es lo que te parece tan de dominio público? —dijo Godoy, casi burlándose de la reportera.

—Es evidente que entre nosotros la única persona relacionada personalmente con uno de los candidatos soy yo.

—¿Y eso qué tiene que ver?

—No lo sé. Quizá sea un mecanismo de defensa, como diría mi ex, pero a mí me parece que esa lista es una manera de abrir una línea de contacto con los medios.

—Me parece una locura, pero de todas formas, si fuera cierto, sería una muy buena noticia.

—Piénsalo así: necesitan a la prensa para presionar más al gobierno. Le preguntan a los secuestrados a quién elegirían para esa tarea. En esa situación, Tolosa quizá daría tu nombre y estoy casi segura de que Cáceres me elegiría a mí.

—Eso debo reconocértelo; Cáceres seguramente te elegiría a ti para cualquier cosa que se le pudiera ocurrir... —y agregó como quien cuenta un secreto– y te confieso que yo, en su lugar, también te elegiría a ti...

Carolina rió y agradeció, inclinando la cabeza, el piropo de su amigo.

–Pero ¿de verdad piensas que esos hijos de mala madre le piden consejos a sus rehenes sobre con quién conviene establecer contactos? –terminó diciendo Godoy ya más austero.

–No lo sé. Pero es lo único que se me ocurre. Después de todo, ¿quién podría molestarse con nosotros? –preguntó por fin, sin saber si quería una respuesta.

–En principio, los asesinos de De los Llanos, los secuestradores de los candidatos, los que pusieron la bomba esta madrugada, los que están detrás de todo lo que pasa... ¿sigo?

Otra vez el silencio.

–Todas las profesiones tienen su riesgo, ¿no? Yo creo que la gente debe saber lo que está pasando y creo que es responsabilidad nuestra transmitírselo. Para eso nos pagan –dijo la joven como quien repite un argumento que no se cree a fin de convencerse...

–No, Caro. No nos pagan para jugarnos la vida. Eso sólo se hace por convicción. De todas maneras, bienvenida al club.

–Bueno, amigo y colega. Para que veas que no hay rencores –se permitió ironizar Carolina–, si pensamos que deben cargarse al más molesto para sus planes no puedo más que cederte la primera plaza.

–Aunque, hablando en serio –dijo Godoy–, sea o no una amenaza verdadera, no me gusta estar en esta lista ni me gusta que estés tú ni otros periodistas.

–Y si nosotros estamos hablando de esto con temor, aquí en un bar de La Milagros y frente al Departamento de Policía, no quiero ni pensar en lo que deben de estar pasando Juan José Cáceres y el viejo Tolosa.

Nadie puede decir cuál es la gota que rebasa la paciencia de los pueblos, o siquiera si existe. Lo cierto es que en toda la República de Santamora, y en La Milagros en especial, se mascaba esa mañana una indignación colectiva que parecía imposible de detener.

Después de la bomba del Archivo y los festejos por el anuncio de la restauración de la democracia, habían recibido con sorpresa y temor el asesinato de De los Llanos, y con estupor el secuestro de los dos candidatos presidenciales.

Sin embargo, cuando se supo del atentado a la cadena televisiva, la población comenzó a reavivar viejos rencores y a reabrir esas heridas que eran demasiado recientes para haber cicatrizado del todo.

La alegría después de la convocatoria de elecciones se había transformado en rabia; las canciones, en gritos, y los instrumentos musicales, en pancartas y puños apretados.

La televisión había salido una vez más a la calle a transmitir en directo las reacciones de la gente y Carolina, la amenazada Carolina Guijarro, era de nuevo la reportera encargada de entrevistar a sus habitantes.

Las cámaras de la Cadena 20 mostraban una y otra vez manos que se alzaban airadas, miradas de furia, mezcladas con palabras de apoyo y gestos de cariño de la gente hacia la periodista y sus colegas.

Rostros llenos de angustia y miedo, y una idéntica determinación ante la petición, el ruego o la exigencia de no volver al pasado. Alguien debía frenar todo aquello antes de que fuera irremediable. Debían acabar los atentados, los asesinatos y los secuestros.

En una esquina, unos grupos proponían exigir a Cuevas que buscara a los secuestrados y discutían con otros que se oponían, argumentando que eso sólo serviría para volver a la época de la represión, y que el dictador era justamente el último al que había que recurrir.

En la esquina siguiente el debate se planteaba entre algunos que proponían huelga de hambre general hasta que los candidatos aparecieran con vida y un nutrido grupo que sostenía que esas tonterías sólo funcionaban en las películas y que Gandhi ya no tendría éxito ni en la India.

Algunos jóvenes paraban a la gente por la calle y le colocaban una cinta negra en el pecho, invitándoles a una protesta multitudinaria la misma tarde, mientras otros juntaban firmas para organizar milicias populares. Proponían que fuera el pueblo armado quien buscara y rescatara a los secuestrados.

El coronel Zarzalejo miró desde su escritorio a la turba que se iba reuniendo en la plaza. Como nunca antes, se sentía por completo identificado con la manifestación popular; por primera vez en la vida hubiera deseado estar allí, confundido entre la multitud.

Sin embargo había otras cosas de las que debía ocuparse. El

orden institucional era su responsabilidad y su interés más personal. Zarzalejo decidió llamar a Cuevas para pedirle autorización antes de movilizar a las unidades antidisturbios de la policía.

—Mándelos si a usted le parece, coronel —le dijo el presidente—, pero asegúrese de que no intervengan. ¿Está claro? Pase lo que pase, no quiero que ahora se nos acuse de represores.

Lo único que pretendía Agustín era no perder de vista a Carolina. De hecho, cuando todas las miradas acompañaban el discurso del que hablaba o gritaba, Agustín no apartaba sus ojos de ella. Finalmente consiguió que la hermosa periodista se diera cuenta de su presencia.

Una vez que Carolina cerró la transmisión en directo, Agustín se acercó tímidamente.

—Hola —dijo sin saber qué agregar, en parte por la turbación que siempre le causaba estar cerca de ella y en parte por la vergüenza que todavía sentía cada vez que se preguntaba por qué le había permitido alejarse.

Carolina le devolvió apenas un gesto, que intentaba suplir una palabra, y una media sonrisa que en nada se parecía a la verdadera, esa que él adoraba.

Era una respuesta de compromiso, como para que cualquiera que los viera pensara que ella le sonreía y lo saludaba, pero también para que sólo él entendiera que no lo quería a menos de doscientos kilómetros de distancia. Agustín comprendió en ese gesto todo lo que Carolina no le dijo, pero también interpretó que ya había tenido suficiente durante el tiempo que estuvieron juntos, que bastante le había costado tomar la decisión de dejarlo y que ahora no quería que viniera a molestarla de nuevo con sus idas y venidas, con su indecisión y con su manía de preverlo todo.

Todo eso y más podía decirle ella sin pronunciar palabra. Cosas más que dolorosas cuando venían de la única persona en el mundo que verdaderamente sabía cuánto le había costado a él estar allí, entre la gente, esperando.

Él mismo le había confesado que, aunque sus fobias empezaban con su mala relación con las multitudes, iban bastante más allá. Una tremenda e inexplicable inquietud le asaltaba cada vez que le surgía la simple fantasía de establecer un compromiso, fuera de pareja, de familia o de amistad. Cualquier proyecto de futuro de más de cuarenta y ocho horas lo llenaba de ese neurótico miedo a ser juzgado, criticado o rechazado. Un temor que hasta entonces sólo había tenido dos excepciones: su entrañable amistad con Mario y su exceso de responsabilidad profesional. En su trabajo hospitalario, de hecho, la actitud del doctor Montillano parecía ser justamente la opuesta a la indecisión.

Quizá por eso, para compensar, cuando Agustín entendió el mensaje que le enviaba el imperceptible gesto de la periodista, decidió regresar de inmediato al hospital, maldiciéndose, convencido de que nunca debía haber abandonado la sala por mucho que Mario le hubiera insistido.

Pasado el mediodía los ánimos empezaron a caldearse entre la gente. Enormes pancartas pedían la libertad de los dos candidatos, reclamaban respuestas de la policía y repudiaban por igual al FSL y a Cuevas.

De pronto el estruendo de un petardo y la potente luz de una bengala llamaron la atención de todos hacia uno de los tres edificios de oficinas que daban a la plaza. Inmediatamente, una enorme bandera se desplegó por todo el frente del edificio, desde la terraza hasta el suelo. En ella había un gigantesco escudo del Frente Santamorano de Liberación, pero las palabras «de Liberación» aparecían tachadas y sobre ellas se podía leer «en Guerra».

La multitud aulló de sorpresa y de dolor.

Frente Santamorano en Guerra. Todos entendieron el mensaje. No era una declaración, ni una amenaza, era claramente una provocación; y no estaba dirigida solamente al gobierno: estaba dirigida a todos. Y nadie quería aceptar que Santamora se transformara, otra vez, en un país en guerra.

Unas decenas de miles de personas esparcidas por la avenida central y por la plaza se fueron juntando frente al Palacio de Gobierno.

La multitud empezó a corear:

¡Atención! ¡Atención!
¡Queremos una explicación!

Ni una puerta, ni una ventana, ni un movimiento desde la casa hicieron pensar que el gobierno daría alguna respuesta.

Un hombre trepó al monumento del centro de la plaza y, ayudado por un altavoz, llamó la atención de sus conciudadanos.

—¡Compañeros! —gritó—. ¡Si el gobierno no tiene respuestas, tenemos que buscarlas en la Alianza de la Izquierda Nacional! Hay que preguntarle a Octavio Posadas. Él debe de saber dónde están los secuestrados. Él tiene trato con los asesinos. Él tiene que decirnos dónde los tienen...

Un murmullo de aprobación inundó la plaza.

—¡A casa de Posadas! —coreaba ahora la voz de muchos.

La multitud empezó a moverse y durante un rato las discusiones se acallaron. Como hechizada, la gente asumió la consigna y se transformó en un mar informe que se movía hacia la casa del candidato de la izquierda.

Zarzalejo volvió a llamar al promotor de la protesta para recordarle las recomendaciones del jefe y se reclinó en su sillón. Hubiera pagado por ver el momento en que Octavio Posadas se enfrentara a toda esa gente que iba a su casa.

Él, que se mostraba tan defensor del pueblo y de sus derechos, empequeñecido y muerto de miedo ante aquella muchedumbre enfurecida, que ahora, por fin, tomaba conciencia de quiénes eran sus enemigos.

La masa humana llegó a la más que humilde casa de Posadas, cantando la misma consigna que había entonado en la plaza:

¡Atención! ¡Atención!
¡Queremos una explicación!

139

La diferencia fue que en este caso la puerta sí se abrió y un bastante sereno Octavio Posadas salió a la calle para entrevistarse con los manifestantes. Levantó las manos pidiendo silencio y dijo dirigiéndose a todos:

—Antes de hablar, les pido que permitan que salga mi familia; después contestaré a todo lo que pregunten.

Posadas volvió a entrar en la casa y salió abrazando a su esposa y a sus dos hijos. Muy ordenadamente la gente abrió un paso y el joven político acompañó a los tres hasta más allá de la multitud.

—Espera mi llamada —le dijo Octavio a su esposa cuando se despidió de ella.

Cuando la mujer y los niños hubieron desaparecido de su vista, Octavio Posadas se plantó en el porche de su casa y volvió a dirigirse a la gente.

—Yo también ansío la explicación que ustedes reclaman. Ni yo ni mi partido tenemos nada que ver con los secuestros, ni con los asesinatos, ni con las explosiones. Esto es una campaña para ensuciar el nombre del ejército del pueblo. Hay que pedirle explicaciones al gobierno; no olviden que yo soy también un prisionero de esta dictadura.

—Si no tienes nada que ver… ¿por qué no fuiste secuestrado como los demás?

—Es parte de la maniobra de manipulación política —explicó Posadas.

—¿Por qué no se entregan los cabecillas del FSL si es que no tienen nada que ver?

—Aclaro que mis decisiones no afectan a las suyas, yo no soy el FSL; pero no creo que lo hagan hasta que no tengan garantías plenas de que se respetará su libertad y su integridad física. En otras palabras, no creo que salgan a la luz hasta después de las elecciones.

—Elecciones entre tú y el pelele de Cuevas. ¿Ése es el plan? ¡Eres igual que Cuevas!

La situación estaba empeorando.

Los empujones, los insultos y los gritos comenzaron. Parte de la gente que estaba cerca de la casa percibió el clima desagradable y trató de escabullirse. También ellos recibieron algunos golpes, apretujones y palabrotas.

Cuando las pedradas empezaron a alcanzar cristales, Octavio Posadas vio que era imposible el diálogo y se encerró en la casa.

Algunos sostenían que el incendio se produjo porque desde fuera se habían arrojado antorchas; otros aseguraban que había sido el mismo Posadas el que, desde dentro y para asustar a la multitud, había iniciado el fuego.

Nadie pudo explicar cómo empezó realmente. Lo único que hizo constar el informe policial fue que cinco minutos después de que Posadas entrara en su domicilio por última vez, la gente empezó a apedrear la casa del candidato y más o menos en media hora el edificio ardía.

El incendio adquirió de golpe tal intensidad que en pocos segundos la muchedumbre se dispersó, huyendo en todas direcciones.

No había calle ni avenida aledaña que no estuviera colmada de personas que corrían desesperadas, gritando como si hubieran salido del mismo infierno.

Cuando por fin los bomberos controlaron la situación, de la casa sólo quedaban escombros y cenizas. El fuego lo había devorado todo, incluyendo el cuerpo de Octavio Posadas.

Como una joven que despierta en medio de la noche sobresaltada por el sonido de las sirenas, La Milagros no pudo volver a conciliar el sueño esa noche.

Los milagreros se quedaron en las plazas, en las calles y en los bares, hablando, imaginando, especulando. El tema era, por supuesto, el mismo: el incendio y la muerte de Octavio Posadas.

Los más románticos sostenían que, como era lógico, frustrado por no haber podido convencer a la multitud de sus palabras, había tomado la decisión de suicidarse a lo bonzo, para demostrar la injusticia que se estaba cometiendo. Otros concordaban con la idea de que se había prendido fuego, pero disentían en la motivación: era una manera de protestar contra la violencia que asolaba el país, el último mensaje de un patriota siguiendo, según muchos, el camino de su abuelo Juliano, que había actuado del mismo modo treinta años atrás.

Los pragmáticos oscilaban entre la idea de que una pedrada había producido un chispazo que terminó en incendio o que el dirigente fabricaba cócteles Molotov en su cocina para defenderse y uno de ellos explotó y provocó la catástrofe.

Dos explicaciones más circulaban en voz baja por la ciudad: la de los que sostenían que la guerrilla misma era la que había decidido cobrarse la vida de su líder para convertirlo en mártir y la de los que no sabían cómo ni por qué, pero estaban seguros de que la larga mano de Cuevas estaba detrás de todo.

Mirando las imágenes de lo sucedido en el noticiero de la noche, Agustín Montillano en cambio no podía dejar de asociar lo
que veía con la caza de brujas de Salem. Como psiquiatra podía
comprender lo que como persona sólo podía deplorar, ese fenó-
meno de masas que demasiadas veces había visto fotografiado y
relatado en los periódicos. Una vez desatada la violencia venga-
tiva del grupo, ya no importa demasiado contra quién se descarga. La masa, manipulada o no, se realimenta con el odio; excita-
da por la descarga de adrenalina, se muestra insaciable de castigos
ejemplares y termina siempre más sedienta de culpables que de
justicia.

Cuando Agustín se enteró de la noticia, se dio cuenta de que
ningún temor era mayor que el de que algo le pasara a Carolina.
Así que con decisión fue hasta la casa de su madre y al no encon-
trarla se llegó hasta el edificio donde habían vivido juntos.

Aunque le costara aceptarlo, éste había sido el único sitio que
había sentido como un hogar, sobre todo después de la muerte de
su madre. Caro había sabido llenarlo, darle ternura, en fin, casi había logrado que su casa no fuera un mero lugar de hospedaje, un
simple sitio al que se llega porque en algún sitio hay que vivir, sino
el lugar al que uno siempre desea volver.

De pie frente al nuevo portero automático recién instalado, se
le aparecieron en cascada las imágenes del día en que todo terminó. Él había aceptado la decisión de Carolina sin siquiera discutir.
Había vuelto al piso cuando todavía ella estaba en el hospital, había hecho sus maletas y había salido, dejando las llaves sobre la
cama, sin darse demasiada cuenta de lo que hacía.

Agustín se preguntó si el verdadero motivo de haber aceptado la ruptura no había sido el miedo. El mismo miedo que sentía ahora al saber que Carolina estaba en peligro.

Carolina le abrió la puerta desde arriba; mientras subía, Agustín hizo lo que era una constante en sus últimos contactos con ella: hiciera lo que hiciese, siempre concluía que seguramente él había cometido un error. Esta vez, al verla fumando nerviosa, preocupada por lo que podía pasar, Agustín se alegró de estar allí, no tanto por su relación con ella como por ella misma; se dio cuenta de que esa ansiedad tenía un origen muy claro, el del llanto contenido, y no pudo hacer más que intentar consolar a esa mujer a la que todavía consideraba suya.

—Ven aquí —dijo Agustín—. Deja que te abrace... Cuéntame...

Carolina, sintiéndose arropada como nunca por sus brazos, se abandonó al llanto.

Después de un rato, entre sollozos, Carolina le contó que estaba asustada. Todo lo que pasaba en el país la tenía inquieta. Para agravarlo, añadió, era evidente que estaba comprometiéndose afectivamente con Juan José Cáceres. Le contó cómo, después del asesinato de De los Llanos, le había entrado pánico al pensar en el incierto destino de Cáceres. Su angustia le había hecho darse cuenta de que, aunque no había habido nada entre ellos, ese hombre empezaba a tener un lugar en sus afectos.

Agustín, a pesar de los celos, se quedó en silencio, decidido a actuar esta vez como Carolina necesitaba que actuara.

No opinó, no se quejó, no cuestionó.

Solamente se quedó a su lado durante las siguientes horas abrazándola con absoluta ternura y callando su pensamiento.

9

La muerte de Posadas durante una manifestación popular volvió a remover las entrañas de toda Santamora

De sus cinco candidatos el país tiene ya dos muertos, dos secuestrados y solamente uno que continúa en carrera.

A las siete de la mañana, Agustín Montillano realizaba la primera incisión sobre el cadáver de Posadas.

Hasta aquella madrugada en que el director del hospital lo llamó con urgencia, nunca se había imaginado volver a realizar una autopsia, ni se había planteado si recordaría cómo hacerlo.

—El forense titular está enfermo —había dicho el director— y sus ayudantes son apenas residentes de primero.

—Sí, pero yo...

—...Y para este caso, como comprenderás, era necesario contar con alguien de confianza y que tuviera mucha experiencia –siguió el jefe, ignorando sus peros–. Te aviso de que es urgente que me presentes el informe... Órdenes de arriba.

No supo negarse. Agustín Montillano era el médico con más prolongada trayectoria forense de todo el hospital y era evidente que los datos que arrojara el informe de esa autopsia podían llegar a cambiar parte de la historia inmediata de Santamora.

Con la misma lentitud, precisión y responsabilidad con la que siempre se había enfrentado a estas situaciones, fue intentando reconstruir los hechos que terminaron con la muerte del candidato.

Bajo la violenta luz de la sala, Agustín contemplaba esa macabra escultura de carbón en la que se había convertido el cuerpo de Posadas.

Sabía de memoria por dónde empezaba su trabajo: inspeccionar, registrar, pesar y medir. Recoger trozos de diferentes partes del cuerpo y colocarlos en tubos de ensayo, que debía rotular para poder después identificarlos y enviarlos al laboratorio.

–Dime qué pasó. Cuéntamelo todo –dijo, hablándole al cadáver, mientras tomaba muestras de la piel quemada con una pinza.

Con la ayuda de su asistente, levantó el cuerpo con cautela para no quebrarlo, y repitió la operación en la parte trasera de las piernas, los glúteos, la espalda, la nuca y la cabeza.

–Quiero que analicen con cuidado estas muestras de epidermis ahora mismo –le dijo a su ayudante, alargándole la colección de tubos–. Que se me informe de inmediato si aparece cualquier cosa extraña.

–Perdón, doctor, ¿qué estamos buscando?

—Buscamos cualquier cosa que no esté en consonancia con los restos de una piel normal. ¿Me ha entendido, colega? Y hagan todo lo posible para que sea rápido.

El joven salió y Montillano se quedó solo frente a la camilla. Se dio cuenta de que le invadía una misteriosa excitación, más allá de la furia que había sentido al enterarse de que tenía que volver al depósito de cadáveres. Este cuerpo le planteaba un desafío. ¿Por qué? ¿Qué era lo que percibía su mirada, entrenada durante sus años de forense, que su mente no alcanzaba a identificar?

Revisó el cuerpo una vez más de los pies a la cabeza. Quizá era la posición, quizá el difícilmente adivinable gesto de la cara...

Leyó palabra por palabra el informe de los bomberos, con el plano de la casa al lado. El cuerpo había sido hallado en el suelo de la sala principal, al pie de la escalera que conducía a los dormitorios, boca abajo, con la cabeza apoyada en su parietal derecho y los brazos, uno extendido y el otro flexionado.

El fuego aparentemente se había iniciado allí, en esa misma habitación, y se había extendido al resto de la casa.

No se había determinado todavía la causa, pero el informe sugería que alguna de las piedras que se hallaron sobre los restos de la alfombra y que habían sido arrojadas desde afuera podría haber derribado una lámpara encendida y habría desencadenado la catástrofe.

Volvió a mirar el cuerpo.

—¿Adónde ibas? Bajaste del piso superior porque sentiste el olor a quemado o porque viste el humo y te encontraste el salón en llamas. Quisiste llegar hasta la puerta, pero el humo y los gases de la combustión te hicieron perder el conocimiento. ¿Por qué no saliste por la cocina? Era más fácil saltar la pequeña barandilla de la escalera que pretender pasar entre las llamas...

Agustín tomó la sierra y abrió el tórax. Los pulmones tenían un color rosado brillante que le sorprendió. Casi todos los cadáveres de hombres adultos que había visto tenían los pulmones coloreados con el turbio gris morado característico de los que alguna vez han fumado. Pero aunque Posadas nunca hubiera dado una calada, la muerte por inhalación de humos y gases de combustión debería haber ensombrecido el color original del tejido pulmonar. Tomó muestras y las rotuló.

Siguió por el resto de los órganos, recortando pequeñas tiras de corazón, riñones, bazo, hígado.

Estaba a punto de abrir el estómago para analizar su contenido cuando entró su ayudante con los primeros resultados del análisis de los tejidos enviados.

—Habrá que confirmarlos después, doctor, pero como usted me pidió los resultados con urgencia, vine a comunicarle los primeros datos que tenemos.

—¿Y bien? —preguntó Agustín.

—Encontramos adheridos a la piel del muerto restos de sustancias inflamables...

—¿Algún líquido combustible?

—En la mayoría de los casos es imposible saberlo. Nuestra ropa tiene tanta fibra sintética que sus restos no se pueden diferenciar de lo que queda de la combustión de un algodón empapado en gasolina. El poliéster es un derivado del petróleo y, por lo tanto, es esperable encontrar partículas muy similares al benceno adheridas a la piel de cualquier quemado si no estaba desnudo. Por eso, normalmente, no nos hubiera parecido raro, pero...

—Pero... —lo animó Agustín.

—Nos llamó la atención encontrar sustancias parecidas en algunas muestras de la piel de la cara. Porque, salvo que llevara alguna prenda cubriéndole el rostro...

—Gracias, doctor. Buen trabajo. Pídales a los muchachos del laboratorio que, por favor, me preparen ahora mismo una lista, aunque sea provisional, con los hallazgos de cada toma y que me la suban a la sala de médicos en cuanto la tengan... Ah... Y llévese estas muestras de órganos.

El joven médico tomó las nuevas muestras y salió de la estancia.

Antes de apagar las luces del quirófano, el doctor Montillano miró al cadáver y le dijo:

—Así que te inmolaste. Te rociaste con gasolina y te prendiste fuego. ¿Lo hiciste sólo para joderme a mí? Tengo ahora menos respeto por tus ideas que antes, maldito idiota...

En el exterior, un comunicado llegaba a todos los medios exactamente en el mismo momento, con una coordinación perfectamente calculada:

EL FRENTE SANTAMORANO DE LIBERACIÓN

Declara:

Que el asesinato del líder político Octavio Posadas no quedará impune.

Exige:

Que para evitar más derramamiento de sangre, el dictador Cuevas renuncie de inmediato, dejando que un gobierno provisional libere a los presos políticos y llame a unas elecciones verdaderamente libres.

Y advierte:

Que si así no se hiciera, se reserva el derecho de hacer justicia por su mano con los demás candidatos de forma tan implacable como el gobierno ha actuado durante los últimos treinta y dos años con sus rehenes, el pueblo entero de Santamora.

Firmado:

FSL

Por una vez Pablo Godoy no había estado el primero en la línea de información del último comunicado. Se enteró por la emisora de radio que se escuchaba de a ratos, entrecortada, en su viejo Fiat 600. Pensó volver a la redacción de *El Ojo Avizor*, pero resistió el impulso. Había estado media mañana ordenando sus apuntes, sentado en las escalinatas de la entrada del Hospital Central.

Su olfato de periodista le hizo saber que había por lo menos un pedacito de información que le faltaba si quería completar el rompecabezas de la realidad inmediata de Santamora.

A las diez de la mañana Godoy vio salir a un médico con una máscara sobre el cuello y las manos todavía blancas por los restos de talco de los guantes de cirugía. En cuando puso un pie en la acera, el periodista actuó por tercera vez como si supiera que el médico acababa de salir del depósito. Se le acercó como un torbellino.

—Buenos días, doctor, soy Pablo Godoy de *El Ojo Avizor,* usted perdone… ¿Qué me puede informar sobre la muerte de Posadas? ¿Sabe el resultado de la autopsia?

Con un gesto de impaciencia, Agustín respondió con el formalismo forense que tantas veces había utilizado:

–La causa está bajo secreto de sumario. El informe de la autopsia ya se encuentra en manos de la policía y será hecho público cuando el juez lo decida. No puedo decirle nada más.

Godoy sonrió para sus adentros. «A la tercera va la vencida» se dijo. Éste era el forense que había hecho la autopsia del cadáver.

Sin hacer ni un gesto de más, miró de reojo el nombre del médico en la tarjeta prendida a su bata.

–Pero, doctor, discúlpeme, nuestros lectores…

Después lo siguió hasta la puerta del pequeño local de enfrente, sosteniendo el pequeño grabador junto a la cara del médico, mientras seguía haciéndole preguntas.

Cuando Montillano empujó la puerta de vaivén del bar, Godoy supo que de nada serviría seguir insistiendo; no iba a conseguir sacarle una palabra más.

–Gracias de todos modos, doctor Montillano –dijo al aire, cuando Agustín entró en el bar.

La actitud de los médicos forenses nunca cambiaría, pensó, mientras cruzaba de vuelta hacia el hospital.

Tal vez debería quedarse montando guardia; era previsible que un hecho como éste sería la comidilla del lugar y que tarde o temprano algo escucharía; pero no podía estar lejos del periódico: los acontecimientos se precipitaban demasiado rápido en esa realidad.

Godoy no se equivocaba; apenas pasado el mediodía, haciendo alarde de una inusitada capacidad de respuesta, el general Cuevas aparecía hablando por la Cadena Nacional de Radio y Televisión.

Miraba a la cámara con autoridad y hablaba con determinación.

–Pueblo de Santamora –comenzó–, ustedes saben, yo sé, todos sabemos, quiénes son los autores y los responsables del caos, los atentados y las muertes que han sido cometidos en el país. Yo, como presidente de esta bendita tierra, no permitiré ni por un instante que la verdad sea ultrajada con mentiras, calumnias y rumores conspirativos. El gobierno nada ha tenido que ver ni con los atentados, ni con los secuestros, ni mucho menos con las muertes de Enrique de los Llanos, mi gran amigo, ni con la de Octavio Posadas, nieto de un viejo camarada en la lucha contra la opresión. No les basta a los enemigos de este pueblo y de este gobierno con sembrar la violencia, con pretender sumir a Santamora en la anarquía y la disolución. Ahora quieren confundirnos. Y para conseguirlo, pretenden hacernos responsables, a mí y a mi gobierno, de los actos miserables que ellos mismos cometen. Pero no se lo permitiré. Un soldado nunca se rinde cuando están en juego los destinos de su patria y los intereses honestos y legítimos de su pueblo. Pretenden lo que siempre quisieron, bloquear el retorno a la democracia; pero esta vez no lo conseguirán. ¿Quieren que suspenda las elecciones? Pues no lo haré. Se llevarán a cabo cueste lo que cueste y caiga quien caiga. Dejaré mi puesto cuando el nuevo presidente, libremente elegido por el pueblo, se haga cargo de la responsabilidad que ahora asumo. Las elecciones se llevarán a cabo en la fecha acordada. Será así aunque sólo quede un candidato en condiciones de presentarse. Y si a cualquier ciudadano le molesta, sea o no periodista, que asuma su responsabilidad y tenga el valor de proponerse como candidato. Las puertas están abiertas para todos. Es demasiado fácil hacer comentarios mordaces desde una mesa de una redacción, mientras otros están amenazados de muerte. No importan nuestras diferencias ideológicas; Tolosa y Cáceres son héroes que están jugándose la vida por sus compatriotas, y este presidente no cejará en su esfuerzo para rescatarlos, pero jamás negociará con los criminales.

Agustín entró en la habitación de Rosetta buscando un poco de aire fresco después de su trabajo en la autopsia.

Ni bien lo miró, Rosetta le dijo:

—¿Qué tienes, *figlio*? ¿Por qué estás tan triste? Me preocupas. Y no trates de decirme que no te sucede nada. Soy tu madre y conozco bien esa mirada tuya.

Por primera vez, Agustín no sólo no la corrigió cuando lo llamó *figlio*, sino que sintió que en ese momento no le venía mal permitirse formar parte de la fantasía de su paciente. De alguna manera, ahora necesitaba rememorar la vivencia de ser hijo de alguien, sentir que no estaba solo en el mundo. Con más ternura de la habitual, el médico tomó las manos de la anciana entre las suyas y dijo:

—Nada, no me sucede nada importante. Pero quiero que sepa que me agrada saber que usted está bien, quiero que sepa que yo me ocupo de usted.

—Lo sé, *figlio* —le dijo Rosetta, con una sonrisa de satisfacción—. Tú también puedes estar tranquilo, aquí esta la *mamma* que se ocupa de todo, aunque por ahora no sea más que pensando en ti. Pero no olvides que su pensamiento te acompaña y te cuida.

Agustín le besó las manos y se fue en silencio, sin animarse a decirle el «gracias, *mamma*» que a él se le salía de los labios y que ella seguramente esperaba.

Agustín se cruzó con Mario, cuando entraba en la sala de médicos de psiquiatría.

—Mensajerooo... ¿es usted el doctor Montillano? ¿El nuevo fiambrero de la ciudad? —El humor negro de Mario siempre conseguía hacerlo reír.

—Depende. ¿Quién lo busca? ¿El capitán Nemo?

—¿Qué me dice, compañero? Me encontré con los chicos de patología en el ascensor; te traían estos papeles y les dije que yo te los entregaría.

—Y te los dieron. Ja. Menudo secreto puedo yo guardar. Supongo que ya los habrás estado fisgoneando.

—Sí, claro. Pero no entendí nada.

—Pues te doy una mala noticia: parece que el infeliz de Posadas se prendió fuego después de rociarse con gasolina.

—¿Estás seguro? ¿Por qué iba a hacer una cosa así?

—No lo sé todavía, pero si me dejas ver un poco estos papeles quizá te pueda decir algo más.

Agustín empezó a pasar las hojas y, mientras leía, su ceño se fruncía cada vez más.

—56... 54... 23... 28... 22... ¡Carajo!

—¿Qué pasa? ¿Qué son estos números?

—Concentración de subproductos bencénicos en las muestras de piel. La gente del laboratorio me había avisado que había encontrado restos de la combustión de algún inflamable en la cara de Posadas...

—¿Y?

—Que eso parecía probar que se había quemado a lo bonzo. Pero ordené un contraanálisis... y no es así.

—¿Por qué no?

—Porque un lado de la cara tiene residuos de benceno y el otro no.

—¿Y eso qué significa?

—Significa que hay algo que no cuadra... No es muy lógico que alguien que quiere rociarse de gasolina para prenderse fuego lo haga cuidando de no salpicar un lado de su cara... ¿A ver? Por un lado 70... 67... 63... y por otro 9... 4... 6...

—Explícame, por favor.

Agustín no contestó. Poniéndose de pie, tomó una taza de un estante y la llenó de agua. Por unos minutos hizo frente al espejo una serie de contorsiones tratando de adoptar con el cuerpo una posición inalcanzable.

—Es imposible —dijo por fin.

Luego giró en dirección a su amigo y le ordenó:

—Mario, tírate al suelo.

—¿Qué?

—Que te tires al suelo —repitió Agustín todavía con la taza en la mano.

Mario sintió que la orden era tan absurda como importante para Agustín y seguramente por eso no se animó a preguntar ni a resistirse. Sin decir palabra se acostó en el suelo.

—Boca abajo... la cabeza de costado...

Mario siguió obedeciendo sin rechistar, ante la pasión que invadía a su amigo. Cuando estuvo en la posición que Agustín buscaba, el psiquiatra le arrojó encima el contenido de la taza.

—¿Qué diablos haces?

—Una demostración práctica. Ésa es la postura en la que encontraron a Octavio Posadas. ¿Ves? Tu espalda mojada... También la parte izquierda de tu cara. Nada en el pecho. Nada en la otra mitad de la cara.

—¿Y esto qué prueba?

—Prueba que Posadas no se roció con el combustible. Alguien lo bañó en gasolina cuando ya estaba tendido en el suelo, al lado de la escalera.

—Pero ¿por qué no se levantó? ¿Por qué se dejó quemar?

—Creo que puedo contestar a eso si me ayudas. Mira este dato, aquí arriba. Estas muestras, 5N, 6N y 7N son las de la piel de la nuca. El análisis microscópico encontró rastros de sangre en la piel.

—El fuego no deja marcas de sangre —dijo Mario

—Vamos a ver el cuerpo.

Los dos amigos entraron en la sala de disección del depósito casi corriendo, se pusieron las batas y los guantes y fueron hasta el cadáver.

Después de ponerlo boca abajo, con tres profundos cortes de bisturí dejaron al descubierto los huesos del cráneo. Mario recorrió con los dedos el occipital hacia abajo.

—Aquí está —dijo al fin—, es una fractura conminuta.

Con una potente linterna Montillano confirmó lo que Mario le decía: el hueso posterior de la cabeza estaba quebrado y hundido.

—No es fácil partir así un hueso occipital, Agustín. Lo golpearon desde atrás con muchísima fuerza, con una barra de hierro o algo similar. Eso lo mató, o por lo menos lo dejó inconsciente hasta que el fuego hizo el resto...

—Pronto lo sabremos con certeza. Si, como sospecho, el tejido pulmonar prueba que no llegó a aspirar el humo ni los gases, confirmaremos que Posadas murió antes de que comenzara el incendio. Bajemos... tengo que escribir esto.

Agustín apagó las luces del quirófano y después de dejar pasar a Mario, se dio vuelta y le dijo al cuerpo muerto en la camilla:

—Lo siento. Te juzgué mal. Sí que tenías cosas para decirnos, después de todo. Gracias.

Al terminar de redactar el informe forense, Agustín le dijo a Mario:

—Un homicidio sin ninguna sutileza, un crimen típico de las peores épocas de Santamora.

—Así es.

—¡Qué mal! Es como si volviéramos al pasado. La misma brutalidad en otras manos...

—Quién sabe si estas manos de hoy no trabajan para aquellas mismas otras manos del pasado —dijo Mario casi hablándose a sí mismo.

—No sé de qué me hablas, Mario. Cuando te pones así, con esa mirada perdida y ese tonillo misterioso, me sacas del poco quicio que me queda.

—¿No te das cuenta? Si tú mismo lo has dicho —afirmó Mario, mientras Agustín se quitaba el delantal.

—¿Qué dije?

—Que es como en el pasado. Es decir, como cuando Cuevas mandaba torturar y matar a diestro y siniestro. ¿Entiendes?

—Entiendo que estos hijos de puta usan los mismos métodos que aquellos hijos de puta —dijo Agustín recordando como en una película de terror los cientos de cadáveres que habían pasado por el depósito y por sus manos en la peor época de la dictadura.

–Quizá usan los mismos métodos porque son los mismos hijos de las mismas putas de siempre –recalcó Mario.

–¿Estás sugiriendo que la guerrilla contrató la «mano de obra desocupada» que se quedó sin trabajo cuando Cuevas se fue ablandando?

–Podría ser –admitió Mario, que no lo había pensado–. Pero no estaba pensando en eso. ¿Qué sentido tiene para la guerrilla matar a su líder político?

–*Misdirection* –contestó Agustín.

–Mis... ¿qué?

–*Misdirection* –repitió Agustín–. Una palabra en inglés que aprendí cuando era pequeño. Mira...

Agustín sacó una moneda y la sostuvo frente a los ojos de Mario con dos dedos de la mano izquierda. Con la mano derecha tomó la moneda y la atrapó en el puño. Con el dedo índice de la mano izquierda señalaba el puño de la mano derecha...

–Abracadabra... –dijo Agustín mientras abría los dedos de la mano derecha y mostraba que la moneda había desaparecido.

–¿Dónde está? –preguntó Mario.

–*Misdirection* –volvió a decir el improvisado mago–, la mano izquierda que señala el puño es la que roba la moneda. Te llama la atención hacia el lugar donde no está el truco para que no veas la verdadera trampa...

–Entonces también se podría pensar que la gente de Cuevas puede haber utilizado el crimen de De los Llanos para desviar la atención y matar impunemente a Posadas.

–No, Mario. No creo que Posadas fuera tan importante como para tomarse semejante trabajo. Hay algo más detrás de todo esto.

—De todas formas, Agustín, no puedes callarte lo que has descubierto. Creo que la gente debería saberlo. ¿O no te das cuenta de lo que pasa?

—¡Por supuesto que me doy cuenta! ¡Y me doy cuenta de algunas cosas de las que tú pareces no haberte dado cuenta! ¡Y por eso mismo creo que quizá no podamos decir nada! Podríamos poner en peligro a todos: a mí, al hospital, a ti mismo.

—A veces no te entiendo, eres tan ingenuo… ¿Acaso no has advertido que todos, absolutamente todos en Santamora, ya estamos en peligro? —Mario respiró y bajó el tono de su voz, abandonando su actitud de reproche—. Es muy probable que tengas razón, Agustín, pero eso no hace más que acentuar la necesidad de que el país esté en alerta. Yo entiendo que en tu situación y desde tu puesto de forense quizá no puedas hablar, pero a mí eso no me importa. Si te preocupa tu seguridad yo me ofrezco a ser el traidor anónimo que lo cuente. Puedo hablar con algún redactor de *El Ojo Avizor*. Estoy seguro de que me escuchará.

—¡Mierda! —gritó finalmente Agustín—. Nunca te perdonaré lo que me obligas a hacer.

—Pues no lo hagas.

—Ya no puedo, maldito seas.

—¿Por qué?

—Porque por una vez, estoy de acuerdo —dijo Agustín, y se fue dando un portazo.

Unos minutos después, hacía la llamada telefónica.

—¿Carolina? Soy yo. Siéntate y escucha. Tengo pruebas de que Posadas fue asesinado.

10

Según Cadena 20, la muerte de Posadas no fue un suicidio ni un accidente

Ayer la periodista Carolina Guijarro denunció que hay indicios de que el cuerpo del candidato fue quemado para encubrir un asesinato.

—**F**elicidades, colega —le dijo Godoy a Carolira desde el otro lado del teléfono—. Ha sido una bomba, perdo̶ ̶ndo la palabra.

—Gracias, Pablo.

—No se merecen. ¿Vas a ir a la conferencia de prensa de Zarzalejo?

—¡Claro!

—¿Nos vemos allí? Después podremos tomar un café y discutir sobre el peligro en nuestras vidas.

—Me parece bien —dijo Carolina.

En el despacho del general Cuevas, Zarzalejo escuchaba atentamente las palabras de su jefe:

—Y también, coronel, haga hincapié en su interés máximo por la pacificación del país, ¿me ha comprendido?

—Perfectamente, mi general.

—Desde ningún punto de vista acepte preguntas. Que parezca una conferencia de prensa, pero que sea un discurso. Nadie más que usted debe hablar, debe convertirse en la voz del pueblo, representar lo que éste piensa y le gustaría expresar.

—Entiendo, mi general.

—Una cosa más. Usted es el próximo presidente de Santamora. Yo lo sé y usted lo sabe. Pero a partir de esta noche nadie puede tener ninguna duda. Su discurso tiene que dejar en claro que usted es la única posibilidad de devolver la estabilidad al país. ¿De acuerdo?

—Sí, mi general.

—Puede retirarse, coronel.

El coronel Zarzalejo estuvo a punto de cruzarse por los pasillos del Palacio de Gobierno con la ex esposa de Juan José Cáceres, que estaba citada por el ministro del Interior.

Éste recibió a Marie Foucault con agrado, no sólo porque era una mujer hermosa, sino también por su gracia y su acento, que le recordaban su juventud en París. Desgraciadamente, la reunión no iba a girar en torno a un tema agradable.

—Queríamos mantenerla informada de todo lo que sabemos hasta hoy y asegurarle que hacemos todo lo que está dentro de nuestras posibilidades para rescatar a los rehenes —dijo el ministro.

Marie Foucault era una mujer muy inteligente y no se le escapaba que debía de haber algo más en la citación del ministerio. Mandar un vehículo oficial hasta su casa y llevarlo hasta allí no se justificaba con esa frase casi protocolaria.

—Vayamos al grano, señor ministro —dijo por fin—. ¿Cuál es la verdadera razón por la que me ha citado?

El ministro la miró como si no pudiera dar crédito a lo que escuchaba. Aquella mujer parecía de hierro; si bien era cierto que ya no estaba casada con Cáceres, aunque sólo fuera por humanidad, no entendía cómo podía pensar con esa claridad en semejante situación.

—Bueno... en realidad... hay algo más —balbuceó el funcionario.

—Lo escucho.

El ministro estaba apabullado por la lucidez y el coraje de esa bellísima mujer. Quizá algún día cuando todo pasara...

—Lo escucho... —repitió Marie.

—Señora Foucault, no voy a dar más rodeos. No quiero insultar su inteligencia. ¿Ha recibido usted alguna amenaza en los últimos días?

—¿Amenaza? ¿Qué clase de amenaza?

—Cualquier amenaza. ¿Ha recibido llamadas telefónicas, cartas o mensajes intimidatorios?

—No —dijo Marie Foucault—, de ninguna manera. ¿Por qué me pregunta esto?

—Voy a confiar en su discreción, señora. Lucía Tolosa ha estado recibiendo llamadas amenazantes. Suponemos que es una manera de presionar al gobierno para que acceda a los pedidos de los guerrilleros, pero, de todas maneras, le hemos puesto vigilancia en su casa. Pensamos que quizá usted...

—No. Nadie me ha amenazado —aseguró la mujer—. Y, la verdad, no entendería que alguien lo hiciera. Hace muchos años que estoy separada del doctor Cáceres...

—Sí, pero resulta inútil pensar en la lógica de los terroristas. Creo, en todo caso, que es mi deber advertirla. Aquí tiene mi teléfono directo, *madame*. Si algo sucede o me necesita, estoy a su servicio. Esperemos que todo llegue a buen fin.

—Así lo esperamos todos; se lo agradezco.

El ministro la despidió con un caballeresco beso en la mano y se quedó observándola mientras la mujer salía de su despacho.

Eran casi las dos cuando Carolina entró en una cafetería cercana a la emisora para comer algo rápido. Sentado en un banco cercano la esperaba Agustín.

—¿Qué haces aquí? —le preguntó Carolina.

—Espero a ver si sale alguna muchacha bonita y famosa para pedirle un autógrafo.

—Muy bien, ¿y cómo va la espera?

—Hasta ahora, perfecta.

Entraron juntos en la cafetería y pidieron unos sándwiches.

—¿Y cómo estás tú? —preguntó Agustín.

—Bien, Agustín, estoy bien. Un poco cansada...

—Me imagino… —sentenció Agustín mostrando reproche y preocupación a partes iguales.

—Reconozco tu tono de recriminación a doscientos metros de distancia, así que si viniste hasta aquí para echarme un rapapolvo, puedes guardártelo, porque no estoy de humor.

—En absoluto —aseguró—. Sólo quería decirte que me angustié un poco al verte en el programa y mucho más hoy, después de leer el periódico.

—Gracias.

—No creo que debas seguir involucrada. Caro, esto no es un juego.

—¿Y quién piensa que es un juego? Sé muy bien lo que pasa.

—Pero no sé si mides todas las consecuencias.

—Trato, pero lo que tú quieres es que me aparte, que no me meta, que, de ser posible, cambie de rama periodística y me dedique a la crítica de espectáculos. Te conozco, Montillano; antes decías que era porque no tenía horarios, porque debía estar siempre dispuesta para lo que pudiera surgir; ahora tienes otra excusa pero estamos en lo mismo de siempre. Salvo por una diferencia…

—Desde luego, una muy grande, que estás arriesgando tu vida…

—No. La diferencia es que en este momento tu opinión sobre cómo debo manejar mi vida está de más. No creas que no aprecio tu preocupación, que no agradezco lo de la otra noche o que no valoro la primicia que me diste ayer; pero cada uno debe hacer lo que debe, Agustín, exactamente como lo haces tú cuando practicas autopsias sin que sea tu deseo y lo haces como compromiso, o cuando te ocupas como yo sé que te ocupas de los familiares que han sufrido en carne propia la muerte de sus seres queridos. Nadie puede quedarse con los brazos cruzados en este momento. Estás muy equivocado.

–La que se equivoca eres tú. No pretendo que te cruces de brazos. Sólo quiero que te cuides. Yo te quiero, Caro, y por eso me importas. Te pido, te ruego, que tengas cuidado.

Carolina encajó como pudo la sinceridad de su voz y no fue capaz de seguir junto a él.

–Tengo que volver al trabajo –mintió.

Agustín asintió bajando la cabeza y sin decir nada más.

Mientras regresaba al canal, Carolina no pudo evitar la calidez que se extendía por todo su cuerpo. A pesar de que le sacaba de quicio la condescendencia de Agustín, estaba contenta. Él la quería de verdad. Pero no dejaba de resultar amargo que ella se diera cuenta de eso cuando sus sentimientos hacia él estaban tan alborotados.

Carolina Guijarro se dio cuenta de que una imprevista sonrisa se dibujaba en su rostro. Hubiera preferido no tenerla, hubiera preferido no sentir lo que sentía, pero no había forma de ocultar a su conciencia esa alegría. A pesar del tiempo, de la distancia y de todo lo que los separaba, Agustín la seguía queriendo. Y eso la hacía sonreír.

Este pensamiento ya había pasado por su cabeza muchas veces desde su separación, pero algo diferente había aflorado en este encuentro.

Por primera vez, Carolina podía comprender el significado del miedo al compromiso.

Por primera vez, la joven reportera había sentido en su piel, por una cuestión diferente, el mismo temor que tanto le había reprochado a Agustín en el pasado.

Ella sabía, ahora con fundamento, cómo es la fugaz fantasía de salir corriendo que siempre había criticado en él y cómo paralizan esos miedos que nunca había justificado.

Desde esta perspectiva, todo parecía mucho más claro.

Agustín la vio alejarse y se dio cuenta de que volvía a su mente y a su estómago la desazón de la mañana.

No era solamente el asco, que también sentía, ni la impresión ante la muerte de un ser humano a manos de otro, que seguía trastornándolo como la primera vez.

No.

Tampoco tenía que ver con que estuviera desacostumbrado a lidiar con cadáveres, aunque afortunadamente era cierto. Aquella intensa sensación de angustia que no lo dejaba respirar era otra cosa. Se parecía más al miedo, a la sensación de peligro inminente.

Decidió caminar un poco por la bellísima alameda cercana al puerto de la ciudad, que tantas veces había recorrido buscando consuelo de males similares y diferentes.

La autopsia del dirigente político no le había dejado lugar a dudas: la violencia, el salvajismo y la brutalidad habían regresado al país, si es que realmente alguna vez se habían ido. Fuera quien fuese el que estuviera detrás, la espiral se había puesto en marcha y nadie sabía dónde terminaría.

Pensó en el desencuentro con Carolina y se encontró, por primera vez, alegrándose de no tener familia, de no haberse casado, de no haber tenido hijos...

EL DAÑO

A las siete en punto, Zarzalejo salió de su despacho en dirección al Salón Ocre. Por primera vez hablaría allí él solo, sin la presencia de Cuevas. Las piernas le flaquearon. Era la gran oportunidad que había estado esperando tantos años. El momento más deseado de su vida, el principio del trayecto que culminaría en su encumbramiento como presidente del país. Claro que las circunstancias no eran las mejores, ni las que había esperado, pero, tal vez, aquel caos terminaría beneficiándolo. Si lograba que el FSL acordara una tregua y al menos aceptara conversar, si conseguía frenar la espiral de violencia, si podía ser escuchado, no sólo sería el elegido, sino también el líder que siempre había soñado ser.

Entró en el recinto por la puerta lateral, la que estaba más próxima al sillón y al escritorio desde donde, durante toda su presidencia, Cuevas había dado sus mensajes.

El salón estaba repleto de cámaras, periodistas y fotógrafos, no sólo de Santamora sino también de varios países del mundo. El coronel Zarzalejo comprobó de un vistazo que no sólo todos los asientos habían sido ocupados sino que había una decena de personas agolpadas de pie, en el fondo del salón.

Se sentó con parsimonia, tomó un sorbo del vaso de agua que le habían preparado, se acomodó las gafas, acercó el micrófono y comenzó lo que él consideró su primer discurso oficial:

—A través de ustedes, señores periodistas, quiero dirigirme a todo el pueblo de Santamora, al concierto de las naciones del mundo y en especial a los hombres y mujeres que forman parte del Frente Santamorano de Liberación. —Zarzalejo hizo una pausa y dejó que

167

se escuchara en la sala el previsible rumor general. Era la primera vez que alguien perteneciente al gobierno de Cuevas se dirigía al FSL por el nombre completo y no como «la guerrilla apátrida», «esos anarquistas» u otros epítetos por el estilo–. Sí, señores, han escuchado bien, al Frente Santamorano de Liberación –enfatizó Zarzalejo, como para que a nadie se le escapara la diferencia–. Ante los hechos que han acontecido, que son de público conocimiento, no sólo quiero reiterar mi más profundo rechazo, sino también realizar un gesto… un gesto, creo que inédito para nuestra amada República.

Zarzalejo hizo una pausa y retomó su discurso un poco más vehemente:

–Estos hechos deben detenerse –. Otro rumor de voces y cuchicheos pareció interrumpir el discurso del candidato–. Lo repito, deben detenerse. Demasiado ha sufrido ya nuestro país por causa de la violencia. Ahora que la creíamos erradicada para siempre, ahora que empezábamos a pensar que podríamos rehacer en paz nuestro destino republicano, algunos quieren que nos volvamos a perder en el caos. Santamoranos, no debemos permitirlo… Pero que nadie se confunda, no he venido a amenazar con una represión violenta. No, no será con más violencia como lograremos pacificar nuestra patria. Estamos dispuestos a ofrecer la otra mejilla.

Se produjo un profundo silencio. Nadie entendía la propuesta de Zarzalejo ni su intención.

Esta vez las voces se acallaron y se produjo un profundo silencio. Nadie estaba convencido de estar entendiendo la propuesta de Zarzalejo ni su intención.

–Como ya lo ha dicho el presidente Cuevas, habrá elecciones, pase lo que pase y caiga quien caiga. Por eso que yo quiero pedir, aconsejar e insistir al Frente Santamorano de Liberación que deponga su actitud. Vengo a ofrecer una mesa de diálogo. Para muchos yo soy el próximo presidente del país —siguió el coronel Zarzalejo, y una mezcla de murmullos y toses nerviosas se escuchó con claridad durante esta segunda pausa que el disertante había planeado para después de la frase clave— ... y como tal, ofrezco un trato. Me comprometo a decretar, apenas sea electo, no sólo para los presos sino para todos, incluidos los que ahora actúan en la clandestinidad, una amnistía general. Pido a cambio, haciéndome eco del deseo de los ciudadanos de mi patria, la inmediata deposición de las armas y la liberación de los candidatos secuestrados. Así, de una vez y para siempre, todos los habitantes de Santamora podremos desde hoy empezar a vivir en paz. Eso es todo.

Las voces de los periodistas comenzaron a alzarse, pero Zarzalejo hizo un gesto negativo con la mano y salió del lugar sin responder a ninguna pregunta, siguiendo al pie de la letra los consejos de su superior.

Godoy, que estaba sentado a la izquierda de Carolina, comentó indignado:

—Pero ¿qué clase de conferencia es ésta?

—Yo me lo imaginaba, Pablo, ¿dónde has visto que los de Cuevas respondan a una sola pregunta que no haya sido pactada de antemano?

—¡Éstos no cambian nunca!

—¿Crees que habla en serio? —preguntó Carolina.

—¿Bromeas? Es sólo otro golpe de efecto. Zarzalejo se separa de Cuevas moderando su posición, pero todo es un golpe de efecto. Mucho me temo que si gana él las elecciones, y eso ocurrirá si

Cáceres y Tolosa no aparecen, tendremos un espejismo de democracia que, en realidad, sólo será la continuación del régimen.

Carolina alzó los brazos al cielo:

—¡Esto es ridículo! Lo único que hacemos es especular. Es evidente que no podemos fiarnos de Cuevas, pero tampoco tenemos ningún mensaje claro del FSL.

—A mí lo que más me preocupa es que seguimos sin saber nada de los secuestrados…

—Quizá deberíamos hacer algo para ayudarlos —dijo Carolina, pensativa.

—¿A qué te refieres?

—Si no confiamos en que el gobierno vele por Tolosa y por Cáceres, tendremos que hacerlo nosotros. Te digo la verdad, Pablo. Yo, al menos, tengo que hacer algo.

—Quizá tengas razón —concedió Godoy—; deberíamos entrar en contacto con esa gente antes…

—¿Antes de qué…?

—Antes de que ellos se vean obligados a tomar la iniciativa. No quiero encontrar dos cadáveres más y después pensar que podríamos haber hecho algo.

—Yo no puedo quitarme de la cabeza aquella idea de que la amenaza era una petición de contacto con nosotros. Tengo otra vez la sensación de que están esperando algo del noticiero o de tu periódico.

—¿Te parece? No lo sé —razonó Godoy—, a mí me da un poco de miedo hacer un movimiento y terminar empujándolos.

—Es posible, pero debemos correr el riesgo. ¿Estás conmigo? Te aviso que si cambias de idea, lo comprenderé.

−Por supuesto que estoy contigo −contestó Pablo−. Quiero ayudar a reinstaurar la democracia con todo lo que tengo. Quiero ver la cara de Cuevas cuando se proclame presidente a Tolosa.

−No confíes en eso −dijo Carolina sonriente−. Tú no lo sabes, pero prometí a Cáceres que lo votaría.

Pablo Godoy se acercó a ella, la besó en la mejilla y mientras se iba le dijo:

−Hay que mandar un mensaje. Te mantendré al tanto...

Carolina llamó al camarero, pagó los cafés y caminó hacia su casa. El día estaba espléndido y ella necesitaba pensar, aunque lo primero que le vino a la cabeza no era demasiado profundo: «Otro hombre que me deja pagando», pensó.

En el hospital, Agustín bajaba a traumatología en busca de su amigo.

−¿Ya has confirmado cómo murió Posadas? −preguntó Mario.

−Sí −repuso Agustín−. Tal y como sospechaba, en sus pulmones no había ni rastro de humo. Estuve mirando las fotos y creo que tengo una idea de lo que pasó. En la confusión de la manifestación frente a su casa, los asesinos entraron por alguna ventana de la parte trasera rompiéndola de una pedrada. Golpearon a Posadas desde detrás con un caño de hierro, que mandé a buscar y que encontraron en el pasillo de la planta alta, a la salida del baño. Como bien dijiste, lo mataron de un solo golpe, efectivo y profesional. Después lo arrastraron escaleras abajo y lo dejaron tirado en el piso de la sala; rociaron su cuerpo, algunos muebles y las cortinas con gasolina y le prendieron fuego. Luego escaparon por la misma ventana por la que habían entrado. No fue la acción de una turba enfurecida, parece más el trabajo de alguien muy entrenado.

—Espero que te des cuenta de lo que estás diciendo…

—¿A qué te refieres?

—Tu descripción confirma mis sospechas de que detrás de estos crímenes hay un grupo organizado. Un comando que actúa con un fin específico y que en las últimas semanas ha tenido acceso al Archivo General, a la Cadena 20 y a la casa de Posadas. Por no hablar del asesinato de De los Llanos y del secuestro de Tolosa y Cáceres. Piénsalo bien, esto solamente puede haberlo organizado Cuevas.

—O la guerrilla. O ambos. Quizá no todos los asesinatos tienen el mismo objetivo ni la misma autoría y por lo tanto traen y llevan mensajes diferentes.

—Veamos, Sherlock…

—Yo analizaría las cosas así: el gobierno aprovecha la situación de violencia en las calles para poner la bomba en el Archivo General y quedarse con la posibilidad de recomponer a su antojo el censo electoral. Luego convoca elecciones. La guerrilla responde con el secuestro de los candidatos en represalia por haber seguido el juego a Cuevas y mata a De los Llanos. El gobierno reacciona con furia, manda matar a Posadas para hacerle saber al FSL que no cederá, considerando que, si finalmente se descubre que es un asesinato, le echará también la culpa de esa muerte. No me extrañaría que ahora la guerrilla contraatacara haciendo daño a los secuestrados.

—Doctor Montillano, le voy a hacer una pregunta médica. Si viene a verlo un paciente que ha sido operado hace dos años de un cáncer de colon y en los exámenes se encuentra con unas masas tumorales presumiblemente cancerosas en el hígado, usted, a priori, ¿qué piensa? ¿Es otro cáncer, esta vez hepático, o es una metástasis de aquel cáncer de colon?

–¿Qué me preguntas? Es una metástasis.

–¿Por qué lo piensa así, doctor?

–Porque para la medicina –contestó Agustín decidido a seguirle el juego a su amigo–, siempre es más lógico, aunque sea más difícil, hacer un diagnóstico que pueda incluir todos los síntomas y signos que creer que hay varias enfermedades superpuestas...

–Exactamente –dijo Mario con satisfacción–. Aquí sucede lo mismo. Estaría dispuesto a admitir tu explicación solamente si no pudiera adjudicar los crímenes a una misma mano, pero no antes. Y si hay una mano siniestra, tiene que ser la de Cuevas. Mira, Agustín, no soy yo el que va a defender la forma de actuar de los terroristas. Ya sabes que siempre me pareció una locura utilizar el terror o el asesinato para conseguir un fin en última instancia político; pero si lo pensamos en función de objetivos, es obvio que si el FSL decidiera provocar una ola de pánico, hubiera mostrado abiertamente y desde el principio su capacidad operativa, porque esto lo pondría en una situación ventajosa a la hora de exigir. Además, está la cuestión del asesinato de Posadas. La guerrilla no tendría por qué matar al dirigente del partido político más cercano a ellos.

–No está mal... –se burló Agustín–, pero en este caso quizá el tumor primitivo era el de hígado y no el de colon...

Mario sonrió.

–Es decir...

–La guerrilla mata a De los Llanos y secuestra al resto de candidatos para mostrar que efectivamente acaba de volver a la lucha armada y que va en serio. Lo hace en el periódico para garantizar su difusión. Como el gobierno sigue adelante con su plan y la gente empieza a enojarse con el FSL, intenta manipular a la opinión pública matando a su propio candidato para dejar solo a Zarzalejo en la carrera presidencial e invalidar las elecciones, consiguiendo, de paso, crear un mártir del régimen y ensuciar la imagen de Cuevas.

—Hay un pequeño detalle, profesor, que complica su diagnóstico: todo esto no ayuda en absoluto a la causa de la guerrilla, que ahora se queda con un dirigente menos y la opinión pública en su contra. ¿A quiénes benefician estas muertes, mi querido Sherlock?… Únicamente al gobierno y a su candidato. Por muy cruel que consideremos al FSL, no podemos subestimarlo pensando que no se dan cuenta de estas consecuencias. Insisto en que la gente de Cuevas trata de sacar del medio todo lo que se interponga para que Zarzalejo herede su poder. Raptó a los candidatos dejando libres solamente a Zarzalejo y a Posadas. Al primero, por razones obvias y al segundo, para no quedar en evidencia. Mató a De los Llanos para poder echarle la culpa al FSL y luego a Posadas para poder dejar solo a su candidato en carrera.

—En tu teoría, entonces, los otros secuestrados están muertos, o van a terminar matándolos.

—No necesariamente. Si todo sale como lo tienen previsto, y pueden mantener las cosas como están, cuando Zarzalejo sea presidente, liberarán a los secuestrados y todo quedará bien atado.

Al día siguiente Carolina decidió que si iba a meterse en más problemas, como todo parecía indicar, era mejor volver a su propio hogar. Así que se despidió de su madre y volvió al piso todavía sin pintar. Apenas entró, le llamó la atención el titilar de la luz de su contestador.

Dio por sentado que Godoy la llamaba para discutir algo del plan que empezaban a pergeñar para contactar con los secuestradores. Pulsó la tecla de «reproducir mensajes» y, para su sorpresa, escuchó la voz de Marie Foucault:

–Hola, señorita Guijarro, le habla Marie Foucault. Supongo que se acuerda de mí. Soy la ex esposa del señor Cáceres… Mire… dudé mucho en llamarla, pero después me di cuenta de que usted había sido tan amable conmigo que era mi obligación hacerle este comentario. Me han citado del Ministerio del Interior porque querían hablar conmigo. Aparentemente, el señor ministro estaba muy interesado en saber si yo había recibido algún tipo de amenaza. Parece que Lucía Tolosa las ha sufrido. Yo le dije la verdad, que a mí no me había llamado nadie, y me fui. Pero al salir pensé que si se quería presionar a Juan José con una amenaza afectiva no era a mí a quien debían llamar; yo tengo poco que ver con él y con su vida, como ya hemos hablado. En fin, que se me ocurrió que la persona sobre la cual podrían poner sus ojos los terroristas era usted. Espero que solamente sea una falsa alarma y que nada de esto le esté sucediendo, pero me pareció que era bueno que lo supiera… Yo me voy a París esta tarde y no quería partir sin darle esta información. Necesito alejarme de todo esto. Que tenga mucha suerte. *Au revoir.*

Carolina colgó el auricular y se quedó pensando en las palabras de Marie. Al margen de que no llegaba a comprender el interés de esa mujer en cuidar a la que suponía el nuevo amor de su ex marido, debía llamarla para agradecerle la información.

Buscó en su agenda el número que había conseguido cuando buscaba a Cáceres por primera vez y marcó.

—La señora se ha ido de viaje a Francia. No estará de vuelta hasta dentro de dos semanas… —dijo la voz impersonal de la sirvienta—. ¿Quiere dejarle algún mensaje?

Horas antes, Marie Foucault había terminado de maquillarse, había colocado el pasaje en la cartera y después de echar una mirada rápida por su cuarto, le había pedido a la sirvienta que cerrara su maleta.

Aunque era temprano, no quería tener ningún contratiempo con el tránsito, a una hora de por sí complicada. Ya había postergado bastante su viaje como para perder el vuelo por un embotellamiento.

A pesar de las circunstancias, estaba contenta de volver a París. La Milagros era un lugar divertido y exótico, digno de su espíritu aventurero, pero, de vez en cuando, se transformaba para ella en un sitio asfixiante.

Muchas veces se había preguntado cuánto había influido en su divorcio la obstinación de su marido en permanecer en ese país. Una cosa era satisfacer esa especie de capricho de vivir un tiempo en Santamora y otra muy distinta era afincarse hasta el punto de pensar en quedarse allí para siempre. Era cierto que en Francia la pareja vivía de la herencia que había dejado el señor Foucault y que la oferta de la empresa naviera le daba a Juan José otras perspectivas, pero era lo mismo: este proyecto no era el suyo. Ella necesitaba otras cosas. Ahí estuvo el germen de su separación.

En su ciudad natal, a distancia, tendría ocasión de planear su futuro. Por otra parte, quedarse en Santamora era absolutamente inútil. Ella nada podía hacer por la liberación de los secuestrados y aunque le preocupara, más por la nostalgia que por el amor, tenía que asumir la realidad y actuar en consecuencia: Juan José Cáceres era alguien con quien había compartido una parte de su vida y, por suerte o por desgracia, no era nada más. Si era honesta con ella misma, cosa que siempre intentaba, debía aceptar que ni el que había sido su marido ni la República Democrática de Santamora tenían nada que ver con ella ni con sus planes.

Subió al auto que vino a buscarla, hizo un gesto de despedida con la mano y entrecerró los ojos con la conciencia de que éste era el verdadero principio del fin de esta etapa de su vida.

Marie Foucault y el chofer que conducía el automóvil fallecieron de manera instantánea. Nada pudo hacer el equipo médico de urgencias para reanimarlos. El choque fue frontal y, según las declaraciones del conductor del camión, corroboradas por los informes periciales, el automóvil en el que iba la mujer se había salido inexplicablemente de su carril y había colisionado de frente con el otro vehículo. Al parecer se había roto la dirección, lo que había convertido al coche en un bólido fuera de control.

De todas maneras, y por más que los peritos aseguraron lo contrario, la prensa y la opinión pública tomaron aquel accidente con suma desconfianza. Santamora se había convertido en un sitio donde por un tiempo ninguna muerte violenta quedaría libre de sospecha; sobre todo si tenía como protagonista a alguien vinculado directa o indirectamente a las elecciones, a los candidatos o al gobierno.

Pero tal como se preguntaba Márgara Iglesias en su programa de radio esa noche:

—¿Es que la guerrilla necesita más razones que las de generar caos, confusión y terror? Nos guste o no, Marie Foucault ya está enterrada para la sensibilidad de la gente, en el panteón de las víctimas de esta sórdida guerra planteada por el terrorismo.

11

MENSAJE AL FSL

Entendámonos. Si. Todos. Acordásemos. Neutralizar. Esta.
Locura. Lamentable. Observaríamos. Su. Consecuencia:
Otra. Nación. Vital. Igualitaria. Democrática. Autónoma.
¿? Podemos. Repactar. Un. Estratégico. Buen. Arreglo.
Si. Actuamos. Conjuntamente. Generaremos. Otras.
Posibilidades. Ganadoras.

Carolina y Godoy trabajaron durante
horas en la confección del mensaje.
Dieron mil vueltas a la manera de establecer contacto con los secuestradores.

Entre los dos, habían anotado en un papel los cinco puntos que
tenían claros:

- Tenían que centrar su interés en la vida de los secuestrados.
- Tenían que utilizar a la prensa como medio.
- Tenían que hacerlo rápido.

- Ambos debían ofrecerse como mediadores para dar más de una alternativa de respuesta y para garantizar que contactar con ellos no suponía un riesgo para los secuestradores.
- El mensaje debía llegar preferentemente sólo a las manos interesadas para evitar que fuera interpretado como una provocación y los forzara a seguir matando; para eso el texto debía ser claro, aunque evidente sólo para su destinatario.

Finalmente habían decidido dos cosas: la primera, que el mensaje tuviera una doble lectura; una evidente, quizá intrascendente y otra oculta que dijera lo que quería decir; y la segunda, conseguir que Godoy pudiera utilizar la portada de *El Ojo Avizor*, para transmitir el mensaje y ofrecer a Carolina como contacto alternativo.

Después de mucho trabajo, dieron por fin con un texto que cumplía con sus exigencias y entregaron el texto al diseñador de portada.

Ambos estuvieron de acuerdo en que los que urdían complicadas tramas mortales estaban más que preparados para descifrar su mensaje, aun considerando su paupérrima experiencia como espías.

—Tiene que salir así —le había dicho al creativo dándole un esquema.

—¿Con los puntos entre las palabras?

—Sí.

—¿Y con estos saltos de línea?

—Exactamente como está —había dicho al fin Godoy, con firmeza—. Quien pueda y quiera entender, entenderá.

–Por supuesto –había deslizado el diseñador más por cortesía que por estar de acuerdo. Leyó una vez más el texto, se encogió de hombros y se sentó en su escritorio para maquetarlo y llevarlo a máquinas.

Ahora sólo quedaba esperar la respuesta de los secuestradores.

–¿Y este Godoy está seguro de que entenderán lo que pretende decirles? –preguntó Agustín después de leer la nota, mientras tomaba café con Mario.

–Supongo que sí.

–Oye, ¿tú entiendes cuál es el mensaje?

–Claro, hombre. Si está clarísimo.

–¿Clarísimo? Explícamelo –pidió Agustín, que decididamente no le encontraba la punta.

–Luego, colega, luego. Ahora tengo una fractura abierta esperándome en una camilla –dijo Mario y salió hacia la sala, mientras Agustín se quedaba convencido de que el otro tampoco había entendido el mensaje.

«¿Generaremos otras posibilidades ganadoras?»... Se quedó pensando. Parecía más el argumento de un curso de venta domiciliaria que un mensaje cifrado para un grupo guerrillero.

El agujero que Paco Bailén había convertido en su base estaba a menos de doscientos metros de la entrada de urgencias del hospital. Era un pequeño y oscuro apartamento en un cuarto piso sin ascensor, pero cumplía con las pocas aunque imprescindibles condiciones que necesitaba el plan: que tuviera acceso discreto, espacio para que cinco o seis personas durmieran allí, aunque fuera en el suelo, y que lo alquilaran sin hacer demasiadas preguntas.

Después de mirarse la herida de la ceja, decidió quitarse el esparadrapo. Ya se había formado una costra sobre la piel. Estaba seguro de que el golpe había sido un accidente; Tolosa nunca podría haber calculado el puñetazo que le había propinado en la cara durante el forcejeo cuando fue secuestrado.

Miró el costosísimo reloj de su muñeca y tocó con la yema de su índice el enorme botón de la cuerda. El reloj marcaba las nueve y media; era hora de bajar a llamar al jefe. Bajó a la calle.

—Hola, soy Paco —dijo acercando la boca al auricular del teléfono público y bajando la voz, como si susurrara al oído de alguien—. Ponme con Homero.

El otro no contestó y por unos largos minutos sólo se oyeron ruidos por el auricular.

—Hola, Paco. Aquí estoy —dijo finalmente el que se hacía llamar Homero Adams.

—Hola… en *El Ojo Avizor* salió un mensaje para el FSL, supongo que es el que estábamos esperando. No entiendo muy bien lo que propone. ¿Usted lo leyó, señor Adams?

—Sí. Quieren pruebas de que los rehenes están vivos… Habrá que dárselas, Paco.

—Muy bien, jefe.

—No me llames jefe que esto no es una banda, es una familia.

—Perdón, Homero.

—Eso está mejor. Préstame atención. Sigue con la fase cuatro del plan y ponte en contacto con la periodista.

—¿Con Carolina Guijarro?

—Sí. Eso dice el mensaje: ella o Godoy. Nadie más, ¿está claro?

—Sí, señor Adams. Comprendido.

—Diles que tendremos las pruebas que quieren mañana o pasado.

El viernes por la noche, terminado el noticiero, Carolina Guijarro salió de la Cadena 20 un poco más distraída que de costumbre; quizá pensando en el mensaje de Marie, quizá pensando en la publicación del mensaje a los secuestradores. Al comenzar a cruzar la calle hacia el estacionamiento, un automóvil con luces cegadoras dio un frenazo justo frente a ella. La joven saltó hacia atrás y el vehículo avanzó ahora muy lentamente marcha atrás unos metros hasta que la ventanilla trasera quedó justo a su lado. Alguien la bajó hasta la mitad y desde dentro, sin decir una palabra, le entregó un sobre que llevaba su nombre y el de Pablo Godoy.

Carolina casi no había terminado de tomar el papel cuando el automóvil aceleró y se alejó rápidamente.

La joven se quedó de pie, inmóvil, mirando azorada en la dirección en la que el auto había desaparecido dejando tras de sí una estela de humo y el olor a goma quemada de los neumáticos.

Así permaneció, casi paralizada, durante algún tiempo, hasta que sintió que empezaba a recuperar el control de su cuerpo, aunque las piernas aún le temblaban. Con la precaución de quien está aprendiendo a caminar avanzó apoyándose en la pared y volvió a entrar en el edificio de la Cadena 20.

—¿Me da un vaso de agua, por favor? —le dijo a la recepcionista.

—Claro, señorita Guijarro. ¿Se siente bien? ¿Quiere que llame a urgencias? Está blanca como el papel.

—Estoy bien, gracias. ¿Puede llamarme un taxi, por favor? Prefiero no conducir. Pídale que venga lo más rápido que pueda.

Mientras esperaba llamó a la casa de Pablo Godoy.

—Han contestado —le dijo sin euforia apenas el periodista atendió el teléfono.

—¿Cómo te llegó? —preguntó Pablo.

—Fue nada más salir de la cadena, un auto se me cruzó, me dieron el sobre y se alejaron deprisa —contestó la joven, recuperando el aliento—. ¿Quieres que vaya para allá?

—Por supuesto. Te espero con café.

Los quince minutos hasta la casa de su colega le sirvieron para terminar de recomponerse y cuando Pablo Godoy le abrió la puerta, Carolina entró en el apartamento con el sobre en alto enseñándoselo a Godoy como quien le muestra un dulce a un niño.

—Abrámoslo de una vez —dijo Pablo alargando la mano para que Carolina le diera el sobre—. Supongo que habrás tomado la matrícula —añadió.

—No tenía —mintió Carolina, que lo que menos se le había ocurrido en aquel momento era tomar nota de la matrícula.

Como si estuviera manipulando un manuscrito incunable, Carolina Guijarro sacó el papel que venía dentro del sobre.

Era una nota muy breve, hecha con letras recortadas de periódico.

Hemos recibido y entendido mensaje.
Tenemos a Tolosa y a Cáceres.
Están vivos por ahora.
Tendrán las pruebas pedidas.
Nosotros haremos contacto.

Esta vez, el mensaje no venía del FSL; la nota, como si fuera parte de una broma cruel, estaba firmaba solamente por «La Familia Adams».

Después de que Carolina terminó de leer el mensaje en voz alta, se produjo entre ellos un espeso silencio.

Carolina lo rompió después de algunos minutos:

—¿Qué piensas?

—De todo. Está claro que han entendido y contestado a nuestro mensaje y parece que los secuestrados están vivos.

—Por ahora, según dice la nota —acotó Carolina.

—Sí. Pero han establecido contacto y prometen darnos la prueba de que están con vida. Es razonable pensar que si no los han matado hasta ahora, no los matarán por el momento.

—Es verdad —dijo Carolina y por un momento sintió alivió al pensar en Juan José—. ¿No te preguntas por qué han aceptado dialogar?

—Puede ser por tres cosas —dijo Pablo con pose doctoral—: uno, como tú dijiste, esperan que nosotros los ayudemos a presionar al gobierno. Dos, ellos también necesitan ganar tiempo y así darle más posibilidades a sus exigencias sin mostrar debilidad. Y tres, quieren conseguir dos rehenes más.

—Lo que de verdad no me gusta —dijo Carolina— es esto de la «Familia Adams»… ¿Quiénes serán?

—No lo sé —dijo el periodista—, como no sean personajes escapados de la televisión, te aseguro que hasta el último mes nadie había escuchado nunca hablar de ellos…

—Cuando nos encontremos con ellos, ¿cómo sabremos que no es una trampa?

—No lo sabremos… y por eso habrá que andarse con cuidado —afirmó Pablo, ahora más serio—. Quizá no sería mala idea que solamente fuera a la cita uno de nosotros.

—A ver, déjame adivinar quién es el que debería ir y quién la que supuestamente se quedaría cuidando la retaguardia.

—Ahórrate el sarcasmo. Puedes pensar lo que te apetezca, pero la verdad es que no me gustaría para nada cargar con la responsabilidad de…

—Pablo Godoy, ni se te ocurra intentar quitarme del medio para quedarte con alguna primicia… Y menos con el argumento de que soy mujer. Te puedes guardar tus actitudes machistas y protectoras donde ya sabes.

—No tiene nada que ver con la noticia, ni con la primicia, ni con el machismo —dijo Godoy.

—Pues entonces te callas, amiguito —interrumpió Carolina—. En lo personal, es obvio que todo esto me toca tan de cerca como a cualquiera y no quiero dejar de hacer lo que pueda para ayudar dentro de mis posibilidades. Como profesional creo haberme ganado el derecho de enfrentarme al mismo desafío periodístico que tú. Así que ni soñarlo, Pablito, esto lo afrontaremos juntos y se acabó.

—Como quieras, Carolinita; por lo menos me quedaré tranquilo sabiendo que te avisé —aceptó Godoy un poco a regañadientes, aunque no se le escapaba que a esas alturas hubiera sido muy difícil excluirla—. Estoy muerto de cansancio —dijo después de un rato—; ayer me quedé hasta tarde haciendo el mensaje y no pude descansar en todo el día. Vete a tu casa y trata de no usar el teléfono. Llámame si tienes alguna novedad. Yo haré lo mismo.

—¿Me das tu palabra? ¿Me avisarás si te llaman?

—Absolutamente. Estamos juntos... como quedamos. Y ojalá que todo termine bien.

Cuando Carolina llegó a su casa, se acostó creyendo que se dormiría inmediatamente; pero no fue así. Después de dar vueltas y vueltas en la cama, decidió levantarse y servirse un último café. Pensaba en lo que haría cuando le dijeran el lugar y la hora del encuentro. Después de descartar la posibilidad de llevar cualquier tipo de arma —había pensado en todas, desde una navaja hasta la pistola que guardaba como recuerdo de su padre—, no dejó de hacerse preguntas: ¿Quiénes serían los miembros de ese nuevo comando? ¿Sería una trampa como ella misma había supuesto? ¿Los llevarían a ver a los secuestrados o tan sólo los usarían como correo para negociar con el gobierno? Tal vez podría esconder su minigrabadora, colocarla en su ropa interior y obtener un testimonio real y concreto.

Durante un par de horas estuvo probando maneras de colocarse el aparato sin que se notara y, por primera vez en su vida, maldijo su delgadez e incluso la suavidad de sus músculos, que le impedían esconder nada sin que saltara a la vista como una protuberancia deforme. Totalmente desvelada, después de hacer una docena de pruebas frente al espejo, se lanzó una carcajada a sí misma. Lo mejor era intentar dormir y no anticiparse a los hechos. Cuando los Adams dieran señales, habría tiempo de evaluar con Pablo cómo actuar.

Fue hasta el dormitorio. Miraba la cama vacía y pensaba en lo bueno que sería no estar sola esa noche. Le molestaba cada vez que tomaba conciencia de que se sentía incompleta cuando no estaba en pareja. Le molestaba aún más que en esos momentos apareciera en su recuerdo la cara de Agustín. Ella sabía que, con su imagen, surgían el recuerdo de su voz, de su piel, de su olor. Voluntariamente se impuso alejar esos pensamientos de su cabeza. Si Juan José Cáceres no estuviera secuestrado... seguramente él no la dejaría sola. Él no se alejaría de ella y menos si supiera lo que le pasaba.

Después de todo, Agustín no tenía idea de lo que le sucedía. Quizá debería llamarlo y compartir con él lo que sentía. Debería pensarlo, no podría soportar abrir su corazón y que Agustín le diera la espalda. En todo caso, si lo llamaba nunca sería a esas horas de la noche y menos un viernes...

Carolina miró el reloj de la mesita de noche; eran las tres de la madrugada.

Si se hubiera detenido a pensarlo un minuto más no habría llamado.

—Soy yo, Carolina Guijarro —dijo la joven, apenas Mario Fossi descolgó el teléfono—, ¿me podrías pasar a Agustín?

—Carolina... ¿Qué pasa? —dijo Agustín, todavía a medio despertar—. ¿Qué hora es?

—No lo sé —mintió—, pero tenía necesidad de hablar... Pero si molesto te llamo en otro momento...

–No, no, está bien. ¿Qué te pasa?

–Llevará un rato. ¿Quieres que te lo cuente?

Agustín creyó percibir un tono de angustia en la voz de Carolina y pensó que si lo llamaba a esa hora, no era por ninguna tontería.

–¿Dónde estás? –preguntó.

–En casa, claro –dijo la joven.

–Voy para allá.

–No, espera. No es necesario...

–Voy para allá –insistió Montillano, y colgó el auricular.

En algo más de media hora Carolina había podido contarle lo más importante de los últimos acontecimientos. Se había animado a confesarle sus dudas y sus temores y se había permitido sentirse agradecida por la actitud de Agustín.

–No entiendo –dijo después de escuchar atentamente–. ¿Por qué se dirigieron a ti si el anuncio lo puso Pablo Godoy?

–¿Cómo que por qué? Así lo indicaba nuestro mensaje. ¿No lo llegaste a leer?

–Por supuesto que lo leí. Pero no entiendo qué tiene que ver lo que decía... contigo.

–¿Descubriste la clave?

Agustín la miró en silencio; Carolina trajo el periódico de la cocina, se lo dio a su compañero y prosiguió.

–El verdadero mensaje está escondido en el texto... Si lees sólo las primeras letras de cada palabra...

Agustín tomó su bolígrafo y empezó a resaltar con un círculo las letras mayúsculas del texto, mientras leía en voz alta el resultado.

–Están... Ellos... Con... Vida... ¿?... Pruebas... Acgopg... ¿Que significa acgopg?

–Es... «Pruebas a C.G. o P.G.» o sea: A Pablo Godoy o Carolina Guijarro.

–¡Hijo de puta! ¿Cómo se permite usarte de cebo? Lo voy a...

–Cálmate, hombre. Él no se permitió nada. Así lo convenimos.

–Él es un irresponsable y tú estás totalmente loca. ¿No te das cuenta de que estás hablando de una banda de asesinos?

–Sí, me doy cuenta.

–¿Y entonces?

–Es parte de mi responsabilidad.

–Pero estás temblando de miedo.

–No sé si tanto como temblando, pero sí, tengo miedo –admitió Carolina–. ¿Sabes qué he aprendido de todo esto, Agustín? He aprendido que el compromiso siempre nos mete en situaciones peligrosas o desconocidas. He aprendido que si uno no hace lo que cree y siente que tiene que hacer, vivirá el resto de su existencia eludiendo su responsabilidad hacia las cosas trascendentes de la vida.

Agustín escuchó lo que Carolina decía y se dio cuenta de lo mucho que se identificaba con ello. No dijo nada, sólo la miró profundamente a los ojos y susurró:

–Quizá ya no confíes en lo que te digo. Han pasado muchas cosas entre nosotros y posiblemente he sido yo el que no estuvo a la altura de las circunstancias, pero quiero que sepas que ya no estoy dispuesto a escaparme, ni de ti ni de mi responsabilidad.

Carolina Guijarro no pudo decir cómo fue.

Agustín Montillano tampoco.

Lo cierto es que poco a poco las caricias, los gemidos y los olores fueron desplazando a las palabras y sus cuerpos sin necesidad de excusarse, no pudieron más que someterse a la fuerza sensual de su deseo.

12

Están vivos los dos candidatos que permanecen aún en poder de la guerrilla

Según informaciones en poder de esta redacción, tanto Tolosa como Cáceres estarían con vida y su futuro dependería de la respuesta que dé el Gobierno a las exigencias de sus captores.

Pablo se despertó diez minutos antes del mediodía. Estaba de buen humor. Como no tenía que ir al periódico, se permitió dejar el baño para la noche y vestirse con la ropa más vieja y usada que pudo encontrar en su ropero, esa de la que se quejaba de no poder ponerse nunca aunque estaba tan cómodo con ella.

Después de un café y una tostada, fue a buscar el periódico que, como todos los días, lo esperaba en el suelo del pasillo de entrada. Esta vez, al recogerlo, dejó al descubierto un sobre cerrado.

No tenía remitente, destinatario ni sellos. Alguien lo había traído en persona y lo había deslizado por debajo de su puerta esa misma mañana.

Dentro encontró lo que estaba esperando: un nuevo mensaje de la Familia Adams.

Las instrucciones eran claras: ambos periodistas debían estar sin grabadores, ni cámaras, a las tres de la tarde en la rotonda de acceso a la refinería abandonada, en las afueras de La Milagros. Allí alguien les entregaría las pruebas pedidas. La nota, esta vez escrita a máquina, terminaba advirtiendo que si la Familia infería o siquiera sospechaba que habían tenido algún contacto con la policía o con cualquier otro sector judicial, político o del gobierno, suspendería la operación y tomaría represalias con los secuestrados.

Godoy fue al teléfono y marcó el número de Guijarro.

Cuando Agustín se despertó, Carolina caminaba descalza hacia la puerta.

—¿Te marchas? —le preguntó.

—Sí. No quería despertarte. Espero volver en un par de horas.

—¿Adónde vas?

—Me llamó Pablo Godoy. El FSL se reunirá con nosotros para darnos las pruebas que les pedimos.

—Pero, Carolina, ¿cómo vas a ir así, sin saber nada, sin protección, sin avisar a la policía…?

—La nota que enviaron aclara específicamente que si alguien se entera de la cita matarán a los rehenes. No podemos correr ese riesgo.

—Pero, después de lo que pasó con Marie y ya que todos piensan que tú y Cáceres teníais algo…

—No vamos a discutirlo ahora y ya hemos hablado de eso. Por lo demás, te pido por favor que no pretendas manejar mi vida sólo porque nos hemos acostado —dijo Carolina retomando su tono agrio y cortante—. Pensé que todo había quedado claro ayer, pero parece que me equivoqué.

—No —dijo Agustín—. Parece que, como siempre, el que se equivocó fui yo.

—Cierra al salir —dijo Carolina, que no podía sostener en ese momento una de aquellas tediosas discusiones que tanto conocía; se puso los zapatos y se fue.

A las tres menos cinco Pablo y Carolina se encontraban en el cruce de la ruta 18 y la 1, exactamente en la rotonda que daba acceso a la refinería abandonada. El sol aparecía y se ocultaba detrás de unas nubes algodonosas. La calidez no sofocante de marzo se podía percibir en el aire; los árboles apenas se movían y se oía el canto de los pájaros.

De pronto, vieron aproximarse tres autos en fila entre los múltiples camiones que circulaban a esa hora. El primero de los vehículos se detuvo a unos doscientos metros del lugar de la cita y los otros dos siguieron adelante. Al llegar a la rotonda, bajaron la velocidad y uno de ellos se detuvo frente a los periodistas; el otro, sin detenerse, continuó dando vueltas a la rotonda casi a paso de hombre. Del auto recién estacionado, un Renault 12 verde, descendieron con la rapidez del rayo dos hombres encapuchados.

—Acérquense —dijo uno de ellos—, con las manos a la vista, por favor.

Carolina y Pablo caminaron hacia el auto y cuando estuvieron a un metro, el hombre le hizo un gesto a otro, que los cacheó. Cuando éste dio un paso atrás confirmando que no estaban armados, el que había hablado antes siguió:

—Aquí tienen... Ésta es una filmación de sus candidatos —dijo mientras les entregaba una cinta de vídeo—. Aquí podrán ver a los dos. No será profesional, pero sí muy demostrativa. Espero que sepan transmitirle al pueblo de Santamora lo que esto significa y que colaboren para que ellos salgan con vida.

Sin decir más y sin permitirles preguntar nada, se subieron al auto y retomaron su alineación con los otros dos automóviles. Los tres juntos tomaron la ruta por la que habían venido, que ahora los alejaba de La Milagros.

A las cinco de la tarde, Pablo Godoy llegó con Carolina a la Cadena 20. El grupo de producción los esperaba, alertado por la llamada de Guijarro que, desde una gasolinera, había adelantado que debían preparar un programa para emitir el vídeo de los secuestradores.

Mientras veían la filmación, acordaron hacer una narración conjunta del contacto que habían tenido con los secuestradores, describirían sus sensaciones y recuerdos y luego pasarían el material fílmico. Era una primicia descomunal, la primera vez que se tenía noticias de Tolosa y de Cáceres desde que habían sido secuestrados, la prueba fehaciente de que los candidatos estaban con vida.

—Me parece que habría que editarlo —acotó Godoy después de ver todas las imágenes—, no estoy del todo de acuerdo en mostrar exactamente lo que ellos quieren que la gente vea. Por ejemplo, no sé si dejaría en pantalla todo el tiempo el mensaje del comando —continuó, refiriéndose al cartel que aparecía constantemente en primer plano y que se refería a las peticiones de la guerrilla: libertad de los presos políticos, venganza por la muerte de Posadas y compromiso de ejecución de Cuevas y Zarzalejo.

—Por un lado coincido contigo, tampoco me gusta sentirme un títere —sostuvo Carolina—. Pero, por otro lado, temo que si no sacamos al aire el material exactamente como nos lo dieron puedan tomar represalias o cancelar el diálogo para siempre. Hay que recordar que estamos hablando de la vida o la muerte de dos personas.

—Yo no dudo de que cualquier argumento podría ser utilizado como excusa para matar a uno o a los dos candidatos —dijo uno de los productores—, pero creo que eso no supondría una gran diferencia. Supongo que de todas maneras, todos sabemos que sólo un milagro va a hacer que salgan con vida de esta historia.

Carolina y Pablo lo miraron con odio. Era cierto lo que decía, pero ellos estaban tratando de dar a los prisioneros alguna posibilidad adicional y, de paso, conseguir para el país una alternativa electoral que no fuera Zarzalejo. Si de todas maneras los iban a matar, los dos pretendían que al menos no fuera por algo que ellos habían hecho o dejado de hacer.

Después de idas y venidas acordaron que emitirían el vídeo tal como lo habían recibido de manos de los guerrilleros. Pactaron también que al día siguiente el periódico *El Ojo Avizor* tendría en exclusiva imágenes de la primicia para ponerlas en la portada y la transcripción completa del especial de la Cadena 20 para reproducirlo en el interior del diario.

Si un transeúnte hubiera caminado por las calles de La Milagros ese domingo entre las 8 y las 9 de la noche, habría creído que estaba en una ciudad fantasma. No sólo porque no había rastro de vida humana a la vista, sino también porque de cada puerta, de cada ventana y de cada balcón salían las mismas voces. La de Carolina Guijarro y la de Pablo Godoy.

El programa paralizó al país entero.

Uno por uno, todos los habitantes de Santamora supieron del contacto que los periodistas habían establecido con la guerrilla, del encuentro que habían tenido, de la rápida retirada de los tres autos. Luego asistieron a aquel horror filmado que mostraba a dos hombres sucios, golpeados y encadenados, pero aún con vida.

Tolosa y Cáceres sostenían, cada uno, un ejemplar de *El Ojo Avizor* de ese día como prueba de que, aunque fuera en un estado casi inhumano, todavía respiraban.

Debajo de ellos se veía un cartel con las pretensiones y exigencias del comando armado.

Una voz en *off* repetía una y otra vez las exigencias de la Familia:

... libertad a los presos políticos.

... venganza por la muerte de Posadas.

... muerte a Cuevas.

... muerte a Zarzalejo.

Una de las pocas personas que no vio el especial de la Cadena 20 fue el doctor Agustín Montillano.

No por revancha, ni por negación, ni presa de un acto de rebeldía. De hecho, cosa nada habitual en él, había encendido la televisión desde temprano con toda la intención de estar al tanto de las novedades. Los avances del especial de las ocho de la tarde en la cadena comenzaron a las cinco. En cada tanda publicitaria, en cada pausa de la programación, se informaba que en el programa se emitirían imágenes exclusivas de los secuestrados, tomadas en su cautiverio. Para tranquilizar alguno de los peores presagios de Agustín, el canal anunciaba la participación esa noche, junto a la presentadora habitual Carolina Guijarro, del redactor de *El Ojo Avizor*, Pablo Godoy.

Sin embargo, pese a sus intenciones, a las seis y media tuvo que cambiar sus planes. Una llamada del hospital le avisó de que Rosetta había sufrido un dolor en el pecho que había terminado otra vez con una lipotimia.

Agustín no era el médico de cabecera de Rosetta, pero una nota, escrita de su puño y letra en rojo en la historia clínica, pedía que le avisaran sobre cualquier contingencia que tuviera la paciente mientras estuviera internada.

—Parece una isquemia —le dijo el cardiólogo de guardia—. No creo que haya necrosis, pero la tendremos que medicar y tener en observación.

—Gracias —dijo Montillano sintiendo un desmedido alivio.

—¿Es familiar tuyo? —preguntó el cardiólogo.

—Casi… —dijo Agustín y entró en la unidad coronaria a verla.

El agotamiento, secuela lógica de la angina de pecho, sumado a los efectos secundarios de la medicación, impidieron que Rosetta lo viera, pero Agustín se sentó a su lado y se quedó allí durante

las siguientes horas, solamente cuidando su sueño y humedecién-
dole los labios una y otra vez con una gasa empapada en agua.

Las primeras palabras que dijo cuando empezó a volver en sí
fueron las que Montillano esperaba por lógica:

–Enzo, *figlio, sei tu?*

Como si la realidad buscara una cierta compensación, después de
los momentos de máxima tensión vividos con la emisión del programa que mostró a los secuestrados, La Milagros se sumió durante
los días siguientes en una misteriosa calma. Era como si todos y
cada uno de sus habitantes estuvieran esperando que sucediera lo
que nadie quería que pasara.

La guerrilla se mantenía en silencio, sin comunicados ni secuestros ni más muertos, esperando que Cuevas hiciera el siguiente movimiento. El gobierno, por su parte, también se empecinaba
en abusar de su mutismo, aunque todos en el país sabían que Cuevas no iba a negociar nada, pasara lo que pasase. Podían matar a
todos los candidatos, podían incluso asesinar a la mitad de la población: él no cedería jamás. A pesar de que ya no era el cruel dictador de los primeros años, la palabra diálogo seguía estando fuera de su vocabulario.

Estaba claro que la situación de *impasse* no sería eterna y hacia
el fin de semana el eje de los hechos se desplazó asombrosamente
hacia la figura, hasta ese momento secundaria, del coronel Martín
Zarzalejo.

El jueves, por la mañana, Zarzalejo anunció a los medios que había decidido organizar para el martes 6 de abril una manifestación popular a favor del proceso de paz y en contra de la violencia. Ostentosamente la había llamado «Una plaza por la democracia». El encuentro le había sido recomendado por su jefe. Era como una reafirmación de la confianza que el viejo líder depositaba en él.

Con su experiencia, había ordenado la más estricta vigilancia del acto e incluso había elegido en persona a cada uno de los policías que estarían presentes. Y si bien aceptó que no era buena idea movilizar a la policía militar porque lo asociaría con el ejército de manera demasiado expresa, pidió a sus colaboradores que se ocuparan de que todo estuviera bajo control sin amedrentar a la población: los autobuses que traerían a gente seleccionada de los barrios, las pancartas adecuadas, el escenario revisado milímetro a milímetro y la convocatoria en radio y televisión repetida cada quince minutos.

Martín Zarzalejo te invita. Este martes. Desde las 4 de la tarde. En la Plaza Central. No importa tu ideología ni tu partido. Hagamos de la Plaza por la Democracia una fiesta que termine para siempre con la violencia.

Cuando los santamoranos se enteraron de la convocatoria reaccionaron de diferentes maneras.

Algunos consideraban que aquélla era una causa nacional: a la hora de frenar la violencia de la guerrilla, todos debían estar unidos, porque aunque muchos se decían opositores al régimen, ahora el enemigo no era Cuevas y sus partidarios, sino quienes no querían la democracia y usaban cualquier método para impedir que el pueblo eligiera en libertad a sus gobernantes. Otros sostenían que todo era más de lo mismo y que, de todas maneras, el único beneficiado era Cuevas. ¿O acaso no era el suyo el único candidato que podía presentarse? Finalmente también había quienes, como Zarzalejo esperaba, comenzaron a ver en él una posibilidad no tan detestable. Después de todo, decían, organizar una manifestación para defender la democracia era bastante más de lo que los políticos habían hecho por Santamora en las últimas décadas.

La prensa, desde luego, también se hizo eco de las distintas posturas y casi no habló de otra cosa en los días previos. Nadie en toda la nación había podido permanecer sin tomar partido.

Finalmente, el esperado martes llegó. El coronel Zarzalejo no podía creer lo que tenía delante de sus ojos: la multitud en la plaza era inimaginable.

Ni en los momentos más populares del gobierno de Cuevas recordaba haber visto semejante cantidad de personas.

Infinitas banderas y carteles, muchos de ellos con leyendas pedidas por él mismo, se desplegaban por varias calles a la redonda.

Al subir al palco que habían preparado, sintió que la vista se le nublaba; ahora sabía lo que se sentía al ser un líder, un elegido, un conductor...

Cuando alzó los brazos, pudo oír una gran ovación. Miles de vivas y aplausos de sus partidarios, que sin duda superaban en número e intensidad a los escasos silbidos y abucheos, que también esperaba y que se escuchaban a lo lejos.

Martín Zarzalejo, vestido de civil, con americana beis y pantalón marrón, caminó despacio hasta el micrófono y, después de mirar a uno y otro lado de la plaza, comenzó a hablar:

—Queridos compatriotas, amada gente de mi patria, aquí estamos hoy, juntos, unidos para defender al país de los violentos...

Los hurras se volvieron a oír, entremezclados otra vez con algunos silbidos de oposición.

—Sí, queridos compatriotas, vamos a defender a Santamora de los iluminados de siempre, de los que no quieren ni saben vivir en paz, de los que nos quieren arrebatar nuestro destino de grandeza.

Nuevas aclamaciones.

—No lo permitiremos. Lucharemos contra ellos y contra todos los que desde dentro o desde fuera se opongan a la democracia.

—¿Y Tolosa? —se escuchó un grito—. ¿Y Cáceres?

—Haremos todo lo necesario para rescatar a los compañeros que todavía... —Zarzalejo no pudo terminar la frase.

Una columna se abrió paso entre los primeros lugares y la misma voz gritó:

—No seas hipócrita, Zarzalejo. Lo que te conviene es que mueran los dos.

El coronel se secó el sudor con un pañuelo e intentó desviar la vista y hacer caso omiso de lo que se había oído:

—Y haremos lo imposible...

Esta vez la columna se movió aún más adelante y el hombre continuó increpándolo:

—Lo imposible es que dejes de mentir, hijo de puta...

Zarzalejo miró a su alrededor reclamando ayuda de la policía, pero no encontró eco.

—¡Sí, sí, sí! —confirmaron los integrantes de la columna que cada vez se hacía más nutrida.

–¡No lo permitiremos! ¿Verdad, compañeros? Basta ya de tolerar los engaños de Cuevas y sus cómplices –afirmó el líder del grupo, mientras comenzaba a trepar al palco.

En pocos segundos el escenario se llenó de gente que, como podía, iba subiendo para alcanzar a Zarzalejo o para defenderlo.

Cuando la policía llegó a la tarima después de abrirse paso entre la gente, no tuvo más remedio que disparar al aire para dispersar a la multitud.

La gente huyó asustada por los disparos.

En el escenario, había quedado el cuerpo ensangrentado del coronel Zarzalejo, que respiraba con dificultad.

Un policía hizo señas para que se acercara alguna de las ambulancias, que estaba apostada en las inmediaciones para eventuales emergencias. El vehículo se abrió paso, con la sirena a todo volumen, entre la gente que corría y después de recoger el cuerpo del coronel lo trasladó de inmediato al Hospital Central.

Zarzalejo no estaba muerto, pero dada la cantidad y la gravedad de los golpes recibidos, los médicos decidieron de inmediato que debía ser llevado de urgencia al quirófano, en principio para mantener el tono respiratorio y contener las hemorragias.

El equipo de urgencias se preparó para la cirugía, mientras en la guardia cortaban la ropa desgarrada y pisoteada del paciente y lo preparaban para la intervención.

Cuatro horas después, al salir del quirófano, el doctor Mario Fossi, traumatólogo de guardia, tuvo que hacerse cargo de dar el parte médico a la prensa.

Frente a las cámaras y los fotógrafos dijo lo menos posible:

–El paciente Martín Zarzalejo sufre politraumatismo grave y su pronóstico es reservado. Ha sido operado y debemos esperar su evolución. No contestaré preguntas. Daremos más noticias en cuanto sea posible. Eso es todo. Muchas gracias.

A pesar de las preguntas que, de todos modos, se lanzaron y a pesar de los previsibles apretujones, el médico se volvió a meter en el hospital sin decir una palabra más.

Únicamente en la conversación con Agustín, que lo aguardaba en la cafetería, se animó a dar más detalles.

–¿Cómo está? –quiso saber el psiquiatra.

–Grave, muy grave. En estado crítico.

–¿Se va a salvar?

–No lo sé –le aseguró encogiendo los hombros–. Está con respiración asistida. Sólo para empezar tiene dos fracturas abiertas, neumotórax, explosión de bazo y traumatismo craneal. Es demasiado. Roguemos por que sobreviva.

–No entiendo tu interés –dijo, sorprendido, Agustín–, nunca te cayó simpático.

–Temo que si Zarzalejo muere, Cuevas va a tomarse venganza en todos y con cualquiera.

Esa noche, tres autos oficiales entraron en el estacionamiento del hospital. De uno de ellos descendió el mismísimo general Cuevas, escoltado por otros dos militares de alto rango. El director lo estaba esperando en la explanada y lo acompañó, en persona, hasta la habitación donde habían instalado al coronel.

Zarzalejo estaba intubado, con respirador mecánico y en estado de coma inducido para poder controlar con más facilidad sus constantes vitales.

El General se detuvo a los pies de la cama.

—Ahora no es posible, señor presidente, pero le aseguro que en cuanto pueda comunicarse, nosotros... —Pero el director no pudo concluir su propuesta.

—En absoluto, doctor. Quizá usted no lo entienda, pero el coronel es un soldado y si, por alguna razón, él pudiera servir mejor a la causa muerto que vivo, no tengo ninguna duda de qué elegiría —sentenció Cuevas—. Respecto a mi propio dolor frente a todo esto, hace mucho que sé, señor director, que en el ejército no hay lugar para sentimentalismos.

Cuevas se dio la vuelta y salió al pasillo seguido por sus dos conmilitones.

Mientras se alejaba, quizá para siempre, de su viejo colaborador, el presidente ya de espaldas le decía al director:

—No permita que sufra, doctor, no se merece que le prolonguen la vida un segundo... si es para sufrir.

13

MIÉRCOLES, 7 DE ABRIL   *EL OJO AVIZOR* · 5

Pende de un hilo la vida de Martín Zarzalejo, apaleado ayer en la llamada Plaza de la Democracia

Investigan la actividad de grupos de infiltrados que habrían asistido al mitin con la única intención de agredir al candidato.

E ran alrededor de las tres de la madrugada, cuando un impresionante ruido de voces y metales irrumpió en la entrada del Hospital Central. Seis hombres encapuchados y armados con ametralladoras redujeron al personal de guardia y comenzaron a recorrer las instalaciones en grupos de a dos: urgencias, consultorios externos, quirófanos, salas… en todos lados entraban forzando puertas, revisaban ficheros y cajones, daban culatazos a quienes se interponían en su camino. Incluso entraron en el depósito, buscando «al hijo de puta ese de Zarzalejo». «Vivo o muerto nos lo llevaremos» gritaban mientras aseguraban que nadie saldría del hospital con vida si no les entregaban al delfín del dictador.

Enfermeros, médicos y pacientes se miraban sin saber qué responder, ni dónde se encontraba exactamente el hombre que reclamaban.

La búsqueda duró una hora hasta que, finalmente, uno de los comandos lo encontró. Zarzalejo estaba en una habitación especial del sector de psiquiatría. Era un cuarto especialmente aislado, que se utilizaba sólo en los casos en los que una crisis psicótica de características violentas ponía en peligro la vida del propio paciente o la de otros.

El resto del grupo tardó poco en reunirse en psiquiatría. Allí, en pocos segundos, tomaron el control del piso. El que parecía el jefe desconectó la asistencia respiratoria mecánica y luego, sin que mediaran palabras ni disparos, los asaltantes salieron del hospital tan velozmente como habían entrado, dejando tras de sí un panorama de desorden y destrucción.

En cuanto el comando abandonó el hospital, el cuerpo médico de urgencias fue directo a la habitación de Zarzalejo, lo volvió a conectar al respirador y revisó atentamente sus signos vitales. Aparentemente todo estaba igual que antes del episodio, pero a nadie se le escapaba que el coronel había estado algunos minutos en paro respiratorio y si bien esto podría no tener importancia inmediata, nadie estaba en condiciones de prever las consecuencias posteriores de los momentos de anoxia.

Si bien ninguno de los médicos sentía especial aprecio por el edecán, nadie quería que lo consideraran el responsable de su muerte; imaginar la furia del dictador desatada sobre la propia cabeza producía verdadero pavor.

Medio dormido, Mario escuchó el timbre del teléfono.

Descolgó a tientas y escuchó la voz intempestiva del director del hospital:

—Mario, venga inmediatamente aquí.

—Pero... —lo interrumpió Mario, mientras encendía la luz del velador y miraba el reloj de la mesa de noche—, ¿qué pasa? Son las cinco de la mañana y hoy tengo el día libre...

—Acaban de intentar matar al coronel Zarzalejo. Venga ahora mismo, aquí se lo explico —ordenó el director, y colgó.

Mario trató de no perder la calma. Se dio un baño, tomó un café cargado para despabilarse y salió hacia el hospital. Estaba conmocionado: había intuido el peligro y por eso había conseguido permiso para trasladarlo, casi en secreto, al sector especial de psiquiatría y poner su cama en el cuarto de mayor aislamiento. Sin embargo, todas esas precauciones no habían sido suficientes para frenar el odio de los asesinos. Su plan para cuidar al paciente había fracasado.

Una vez en el hospital se dirigió al despacho del director, que estaba reunido con Agustín. Al ver a su amigo allí, Mario supo de inmediato que lo que había sucedido era importante.

—Murió, ¿verdad?

—No —le contestó Agustín—, pero está muy mal.

—Pero ¿qué pasó?

—Un comando entró a las tres de la madrugada en el hospital y destrozaron todo a su paso mientras buscaban a Zarzalejo planta por planta. Cuando lo hallaron lo desconectaron del respirador.

Los médicos de guardia lo reconectaron de inmediato, pero no podemos evaluar la secuela de la falta de oxígeno…

—No sé qué importancia tendrá este episodio, yo ya tenía dudas de que sobreviviera a los golpes y a la pérdida de sangre… —afirmó Mario.

—Sí —coincidió el director—, pero si muere ahora, la prensa se nos echará encima.

—La prensa debería importarnos un carajo —dijo Agustín—. Lo único que debe importarle al hospital es la vida de ese y los otros pacientes. Guste a quien guste, lo demás no es de nuestra incumbencia…

—Cálmate, Agustín —ordenó el director—. Zarzalejo, además de ser un paciente en estado crítico al que le arrancaron la asistencia mecánica, es una personalidad pública que se halla al cuidado de este hospital, y aunque por el momento ha sobrevivido, su muerte supondría un problema muy serio para nosotros.

—Sin embargo, nosotros tomamos todas las precauciones, incluso estaba en un área restringida… —protestó Mario.

—Me sorprende la ingenuidad de su comentario, doctor Fossi —dijo el director—. ¿Usted cree que a la hora de buscar responsables el gobierno se va a fijar en nuestras buenas intenciones?

—Nosotros no trabajamos para el general Severino Cuevas… me parece —dijo Agustín.

—Posiblemente no, mis jóvenes colegas, pero no tengan dudas de que nuestra continuidad y la de este hospital dependen más de su decisión que de nuestra eficiencia.

El director hizo una pausa para asegurarse de que los médicos habían comprendido el mensaje y concluyó:

–Por el momento no podemos hacer más que esmerarnos en cuidar la vida del coronel Zarzalejo –dijo con una mirada de resignación. Al parecer no tenía ninguna duda de que si al final iban a rodar algunas cabezas junto a la de Zarzalejo, la primera sería la suya.

–Me gustaría que quedase claro que ya estábamos esmerándonos en cuidarlo antes de que esto sucediera –apuntó Mario con auténtico fastidio.

El director decidió pasar por alto el último comentario del traumatólogo y prosiguió:

–Esperemos que todo salga bien –concluyó, mientras despedía a los médicos señalándoles la puerta del despacho.

Mario y Agustín salieron de la dirección compartiendo sorpresa e indignación, algo que se les agravó con el espectáculo que encontraron al recorrer las salas.

Parecía como si un tifón hubiera atravesado el hospital sin dejar nada en pie: sillones volcados, mesas patas arriba, ceniceros tirados en el suelo… En los consultorios el paisaje no era menos desolador: multitud de papeles por todas partes, instrumental desperdigado por el piso interrumpiendo el paso, jeringas esparcidas sobre las camillas, estetoscopios sobre los escritorios y las sillas, ampollas rotas con su contenido derramándose por el suelo…

El sector de traumatología era uno de los más castigados. Estaba convertido en un verdadero pandemonio en el que parecía imposible decidir por dónde empezar a ordenar o cómo reparar lo dañado.

Mario recorrió la sala en silencio. Agustín, a su lado, pensaba que su amigo tenía la misma actitud que uno esperaría en un viajero que regresa a su pueblo cuando la guerra ha terminado y lo encuentra devastado.

De repente Mario recogió un teléfono del suelo y presionó repetidamente la horquilla hasta que la voz de la recepcionista lo atendió:

—Señorita, soy el doctor Fossi, de traumatología. Tome nota de que por hoy suspenderemos los turnos —le dijo—, atenderemos sólo las urgencias; ocúpese por favor de reprogramar los pacientes citados para que vengan a partir del viernes. Muchas gracias.

—Si quieres puedo ayudarte —le sugirió Agustín—, en el área de psiquiatría no creo que me necesiten, así que...

—Te lo agradezco; los auxiliares de mantenimiento y el personal de limpieza se encargarán de acomodar lo más visible y tirar lo que ya no sirve, pero de lo demás, instrumental, papeles e historias clínicas, deberemos ocuparnos los médicos, así que, si de verdad no tienes nada mejor que hacer...

—¿Sabes?, lo que menos entiendo... para qué tanto destrozo, ¿no? ¡Tanta maldad, tanta saña!

—Sin duda pensaban que Zarzalejo estaba en mi sector, lo cual es bastante lógico. Supongo que cuando no encontraron al tipo se enfurecieron y decidieron romperlo todo.

Entre los dos levantaron el fichero, de más de un metro de ancho y dos de alto.

Mario miró en los cajones y luego alrededor en el suelo.

—¿Y las historias clínicas? —dijo luego.

—¿Qué historias? —preguntó Agustín.

—Las historias clínicas que había en el archivo, estuve ordenándolas las últimas semanas...

–Estarán desparramadas por la sala, supongo –dijo Agustín.

Mario salió del despacho y regresó a los cinco minutos.

–¿Las encontraste? –le preguntó Agustín.

–Nada, ni rastro... –le respondió Mario.

–¡En algún sitio deben de estar! Las historias clínicas no han podido desaparecer así como así. Según la reglas, tienen absolutamente prohibido retirarse por sí solas, caminando –sentenció Agustín tratando de poner un poco de humor a la situación.

–Por sí solas, no –afirmó Mario.

A primera hora de la tarde, y después de haber revisado y preguntado en todo el hospital, los dos médicos confirmaron lo que habían intuido: el comando no sólo había intentado matar a Zarzalejo, sino que también se había llevado al huir todas las historias clínicas archivadas en traumatología.

–Este operativo en el hospital cambia todo, mi querido Watson. ¿Sabe qué pienso? Que quizá sí haya dos tumores malignos después de todo.

–¿De qué me habla, Holmes? –dijo Agustín siguiéndole el juego–. ¿Qué es lo que cambia?

–Cambia por lo menos la lectura de los hechos, mi composición de lugar. Siempre pensé que Cuevas estaba detrás de todo lo que pasaba, que lo que pretendía era encaramar a Zarzalejo en el poder para salir bien parado. Pero ahora... Está claro que, muerto Zarzalejo, Cuevas se quedaría sin candidato y esto, como es obvio, no parece que le convenga demasiado. Entonces no puede ser él responsable de esta última acción...

–Salvo que pensemos que su motivación original era otra desde un comienzo... mi querido Holmes –acotó Agustín.

No es que el psiquiatra suscribiera la vieja teoría de Mario; sólo pretendía sostener a su amigo en un momento difícil.

—Quizá Cuevas nunca tuvo la intención de convocar elecciones —dijo al fin—. Lo hizo forzado por las exigencias de las naciones más poderosas. La manera de perpetuarse en el poder fue crear una ficticia intención democrática, acicatear a la guerrilla y demostrar que, pese a su deseo, el país no estaba preparado y que Santamora lo necesita todavía en el gobierno.

—¿Tú lo crees?

—No —reconoció Agustín.

—Sería mucho más sensato interpretar todo según tu primera idea; aquella de la que injustamente me burlé hace una semana. Parece que, en efecto, hay una lucha de dos bandas armadas: el gobierno y la subversión. Tal vez la denuncia del gobierno de que había infiltrados en la concentración era acertada y un grupo estaba allí para provocar desorden y, después, matar al coronel. En medio del caos no llegaron a hacerlo del todo…

—Podría ser, Mario. De hecho, buscaron a Zarzalejo por todos lados desde que entraron en el hospital hasta terminar su trabajo…

—Pero, entonces, ¿por qué no lo terminaron?

Desde su despacho, el presidente Cuevas ordenó a la Jefatura de Prensa que dispusieran todo para una transmisión en cadena en el horario central. Luego, se concentró en concluir el bosquejo de su discurso. Si bien jamás leía cuando se dirigía a la población, tampoco dejaba nada al azar: ni un gesto, ni una mirada ni mucho menos una palabra. Lo planificaba todo para que la población quedara presa de los sentimientos que él quería despertar, fueran temor, espanto, vergüenza, admiración, acuerdo, incluso oposición. Sí, y siempre le había salido muy bien. Y ahora… ahora se enterarían de lo que tenía preparado para esos asesinos. Que nadie pensara que podían con él. Que nadie creyera que matar a su candidato les iba a salir gratis. Ni mucho menos. Después de escucharlo, a ningún habitante de Santamora le quedarían dudas de que los guerrilleros tendrían que enfrentarse cara a cara con el general Cuevas.

Repasó los últimos párrafos y salió para la habitación que tenía en la Casa de Gobierno. Descansaría un rato hasta la hora del discurso.

A las cinco, antes de comenzar el noticiero, Carolina Guijarro decidió ir en búsqueda de Agustín. Por un lado, porque no estaría mal tener datos de primera fuente sobre el ataque y sobre el estado del coronel Zarzalejo, pero, por otro, porque Carolina sabía lo ruda e injusta que había estado la última vez que se vieron. Cierto es que tenía más de una razón para devolverle algunos golpes de los que le imputaba, pero ésa era una justificación absurda. La verdad es que también ella hubiera querido quedarse a su lado esa mañana, sumergirse en esa otra realidad que parecía más parte de un sueño que de los hechos genuinos de su vida; la petición de él la obligó a darse cuenta de que, a pesar de su deseo, elegía irse. Se enojó con Agustín porque no hubiera podido irse, por muy importante que fuera lo que tenía que hacer, si no se enfadaba.

Al llegar encontró a Agustín en el bar de enfrente del hospital. Estaba solo, tomando un café y con la mirada algo perdida.

—Buenas tardes, doctor Montillano —le dijo Carolina, acercándose por detrás—. ¿En qué estás pensando, tan preocupado?

Agustín la miró sorprendido y la invitó a sentarse.

—Ha pasado mucho tiempo desde la última vez que nos vimos.

Carolina se encogió de hombros.

—Quizá haya sido mejor así. ¿Algo nuevo en la evolución de Zarzalejo?

—No, sólo lo previsible en estas circunstancias.

—Entonces, ¿pasa algo más? —quiso saber la reportera, mientras pedía un café por señas.

Agustín no podía darse cuenta con la precisión que le hubiera gustado a qué se refería la periodista. ¿Cuál era el verdadero motivo de la presencia de Carolina? Tampoco captaba el auténtico sentido de su pregunta «¿Pasa algo más?»… ¿Era una forma de preguntarle a él mismo si le pasaba algo más? ¿Era una pregunta meramente retórica que se podría reemplazar por qué tal, qué hay de nuevo? ¿O era específicamente la investigación de una reportera sobre las novedades del caso Zarzalejo?

A pesar de todas sus interpretaciones, Agustín decidió contestar la pregunta remitiéndose a lo sucedido en el hospital; tampoco él estaba de humor para enfrentarse en ese momento con un nuevo desplante.

Le habló de los destrozos y de la desaparición de las historias clínicas. Le contó de su conversación con Mario y algunas de las conclusiones que compartieron.

—Seis comandos entran en el Hospital Central. Neutralizan la vigilancia demostrando una capacidad operativa excepcional, encuentran al paciente que buscan, pero no llegan a matarlo y, cuando se van, roban un montón de viejas historias clínicas de un servicio —resumió Carolina, mientras terminaba de un sorbo su taza—. No tiene sentido.

—Ninguno —acordó Agustín.

—¿Cuántas historias han robado?

—No lo sabemos con exactitud, tal vez unas quinientas.

—¿Eran carpetas o simplemente fichas?

—Carpetas colgantes en las que se van introduciendo las fichas, los estudios, las radiografías…

—Es decir, que era un bulto bastante considerable… ¿Te parece que dé la noticia?

—No, quiero pedirte que esperes. Necesitamos tiempo para ver si aparecen. Quizá están en otro lado, quizá su desaparición ni siquiera es relevante y sólo buscaban la historia de Zarzalejo… Quién sabe.

—Está bien. ¿Me dirás cuándo podré divulgarlo?

—Te doy mi palabra. Cuando haya una primicia, será tuya.

Carolina sonrió y se despidió. Agustín se quedó mirando cómo desaparecía entre la gente de la calle. Él no lo sabía, pero Carolina se iba pensando lo mucho que le hubiera gustado quedarse. Poder devolverle un poco de la contención y la calidez que había recibido de él esa noche. Le hubiera gustado…pero se dijo que no podía llegar tarde a la emisora.

Mario llegó a su casa agotado. Quería darse una ducha, comer algo e irse a dormir. Necesitaba reponer fuerzas después de aquel día tan duro. Aunque no tuviera nada que ver ni se sintiera responsa-

216

ble, lo de Zarzalejo lo había afectado, como le sucedía siempre. Por más que el tipo fuera un hijo de su madre, sus acciones dejaban fuera de juicio por ser su paciente, al menos mientras él tuviera que ocuparse de su vida.

Se preguntó cómo hubiera sido su reacción si el paciente fuera Cuevas. No era lo mismo. Nada podría modificar la repulsión que sentía hacia el dictador, no podría conmoverse ni siquiera al verlo moribundo o indefenso en un quirófano. Sin embargo, tuvo que admitir que a pesar de sus sentimientos seguramente llamaría a otro médico menos rencoroso que él para que se hiciera cargo.

Suspiró. Pensaba demasiado.

Era el momento. Necesitaba tomar un poco de distancia de todo.

Cómo extrañaba sus salidas a bucear, aquella sensación de libertad ilimitada que proyectaba hasta el infinito la belleza de cada roca, de cada pez, de cada coral.

Buceando o no, le vendría bien salir a navegar en su barquito. Pasar el día rodeado del mar, embelesado por el silencio y por la paz que sólo puede conceder un atardecer solitario anclado en la bahía.

Pensando en el fin de semana, se duchó y metió unos trozos de pollo en el horno. Se sirvió una Coca-Cola y encendió el televisor: quería ver el final del noticiero de Carolina Guijarro.

Pero de improviso, el canal entró en cadena y el presidente Cuevas apareció en la pantalla.

—Pueblo de Santamora: ésta es, en verdad, la hora crucial de nuestra patria, el momento histórico en el que hay que decidir cuál será su destino, el que quieren esos asesinos o el que la patria y su pueblo se merecen. No es momento para titubeos ni dudas, no es el tiempo de los timoratos ni de los indecisos. Es el tiempo de dar batalla y yo la daré. Esos apátridas han cruzado todos los límites, y tendrán su merecido. Si hasta ahora hemos soportado sus embates sin reaccionar, sólo ha sido en nombre de la paz que todos los santamoranos de bien desean. Pensando en esos compatriotas y como homenaje a mi camarada de armas, que agoniza en este momento, voy a conceder a los subversivos una oportunidad, la última. Voy a darles diez días de plazo para que depongan las armas y se entreguen. No ofrezco ningún tipo de amnistía. Es muy fácil ser bondadoso, lo difícil es ser justo. Y yo siempre he querido ser más justo que bondadoso; por eso sólo puedo asegurarles que si se rinden incondicionalmente y sobre todo si entregan con vida a mi gran amigo don Pedro Tolosa y al joven Cáceres, les espera un juicio justo. Pero, atención, si pasados esos días no lo han hecho, les prometo que me encargaré de exterminar a los que quisieron sumir a la nación en el caos y la violencia. Yo mismo en persona iré tras ellos, los cazaré como a fieras y me los comeré vivos, uno a uno, aunque tenga que hacerlo a pedazos.

14

¡Ultimátum del gobierno! Cuevas da a la guerrilla un plazo de diez días para entregrarse y liberar a Tolosa y a Cáceres

Lo anunció el presidente en un discurso que se transmitió ayer por la Cadena Nacional, horas después de que un comando entrara en el Hospital Central y atentara contra la vida de Zarzalejo.

Al día siguiente, la comidilla en La Milagros se había ido desplazando del comando operativo al ataque a Zarzalejo y de ahí al intempestivo discurso del dictador.

Cuando Agustín llegó a las siete de la mañana, recorrió los pasillos de su sala llenos de militares armados hasta los dientes. Trató de no darles importancia, pero se dio cuenta de que era inútil: la sola visión de los uniformes y los cascos lo ponía nervioso.

Mientras esperaba al primero de los tres pacientes que tenía citados para consultas externas, se dedicó a ordenar algunos papeles que habían sido desparramados por el ataque del día anterior y a revisar los ficheros para ver si faltaba algo. Todo estaba allí, incluida la historia clínica del coronel Martín Zarzalejo.

Todo menos su primer paciente, que no había acudido a la consulta. El doctor Montillano dedicó los treinta minutos de espera a reflexionar sobre lo que podría haberle pasado, aunque la situación era clara: el paciente, un hipocondríaco severo que hacía meses estaba compensado por la medicación y el control terapéutico, debía de estar aterrado después de las noticias del día anterior.

Agustín sonrió pensando en lo absurdo que le sonaría al paciente la frase que para serenarle le había dicho una semana atrás:

–Usted puede estar tranquilo, nada le puede pasar mientas esté aquí, en el hospital.

A las nueve y media, mientras su tercera paciente le contaba que estaba harta de sentir que nadie la tenía en cuenta, la enfermera irrumpió en el consultorio.

–¡Doctor Montillano! ¡Doctor Montillano!

–Enfermera, estoy aten…

–¡Es urgente, doctor! –lo interrumpió la enfermera.

Agustín la miró irritado, con una furia exagerada, que seguramente era producto del malestar acumulado durante la mañana.

–¡Le digo que estoy atendiendo!

–¡Es el coronel Zarzalejo, doctor! –dijo por fin la enfermera–. Creo que se está muriendo…

Agustín se despidió rápidamente de la involuntaria víctima de la situación, su pobre paciente, y corrió hacia el cuarto de aislamiento.

–Llamen a los médicos del equipo de reanimación y a los de terapia intensiva, ¡rápido! –le dijo a la enfermera al entrar al cuar-

to y ver desde la puerta al paciente–. Y avisen al doctor Fossi de
lo que está pasando.

Hizo todo lo que pudo hasta que llegaron los expertos en urgencias y tomaron el mando. Trabajaron durante más de una hora
intentando salvarlo, pero esta vez fue inútil.

Sentados en el *office* de enfermería, Agustín y Mario compartían, en silencio, esa sensación desagradable que, aun después de
muchos años de profesión, los buenos médicos sienten cada vez
que muere uno de sus pacientes.

–Doctor Fossi... tiene una llamada –anunció la jefa de enfermeras. Luego, cubriendo el auricular con la mano susurró–. Es el
director.

Mario miró a su amigo, juntó las yemas de los cinco dedos de
la mano derecha y la agitó, como diciendo «¿y éste qué quiere ahora?» y se levantó a atender.

–Sí, señor... Sí... Ya lo sabe usted... ¿Yo?... Me da igual... Entiendo... Muy bien.

Mario colgó.

–Quiere que avise a la prensa de la muerte de Zarzalejo. Ya están todos abajo.

Mario se acomodó el guardapolvos y bajó hacia la entrada seguido por su amigo. Allí, no menos de treinta periodistas, incluyendo, por supuesto, a Godoy y Guijarro, más tres cámaras de televisión y muchísimos fotógrafos esperaban el parte médico.

Mario, de pie en las escalinatas, al lado de Agustín, empezó a
hablar:

–Lamentamos mucho informar que hace algo más de quince
minutos ha fallecido el coronel Martín Zarzalejo. Todos los profe-

221

sionales de este hospital hicieron lo posible desde que ingresó para mantenerlo con vida pero no fue suficiente.

Los flashes de las cámaras iluminaron los rostros de los dos médicos rodeados de micrófonos y grabadoras.

–¿Cuál fue la causa de la muerte? –preguntó alguien.

–La causa inmediata fue un fallo cardiorrespiratorio. Pero no nos olvidemos de que el paciente ingresó con un diagnóstico de politraumatismo grave y que tenía varios órganos dañados.

–¿Murió por la interrupción de la respiración asistida durante el ataque de anteanoche?

–Definitivamente no –dijo Mario, con demasiada vehemencia a los ojos de Agustín–; murió porque no pudo sobrevivir a las lesiones recibidas con anterioridad.

–¿Esto significa que estamos hablando de un asesinato?

–Mire –dijo Mario controlando su fastidio–, yo no soy juez ni abogado, soy médico y no entiendo de expedientes policiales. Para mí era un paciente grave y no un número de expediente.

Agustín se dio cuenta de que debía ayudar a su amigo para evitar el acoso de los periodistas:

–Como forense, lo que puedo decirles es que no estamos hablando de una muerte natural, sino de la muerte de una persona como consecuencia directa del ataque a golpes del que fue víctima el martes seis de abril. Si esto es un asesinato, un accidente o un homicidio culposo, la justicia deberá decidirlo. No más preguntas. Gracias.

Dicho lo cual, tomó a Mario por el brazo y ambos se metieron de nuevo en el hospital.

–¡Qué ganas de joder! –dijo Agustín apenas cerraron la puerta de la sala de médicos–. ¿Para qué tenías que poner tanto énfasis en que no lo mató la desconexión del respirador? Ni siquiera puedes estar seguro de hasta qué punto influyó.

—Lo dije así por varias razones. La primera, porque es lo que sinceramente creo, y tú también; la segunda, porque me lo pidió el director, que quería salvar la responsabilidad del hospital desde el primer momento, y la tercera, porque me gusta la idea de decirle a esos hijos de puta que entraron aquí armados hasta los dientes que son unos inútiles.

—A veces, Mario, actúas como si tuvieras quince años...

—¿Y en otras?

—En otras, como si tuvieras diecisiete —se rió Agustín.

—De todas maneras, con quince o con diecisiete, este asunto me estuvo rondando toda la noche y no pude dormirme hasta que me di cuenta de lo que pasaba.

—A ver. Sherlock Holmes ataca de nuevo...

—Intentaron matarlo dos veces, una de ellas cuando seis comandos lo tenían agonizante e indefenso en una cama, ¿y ninguna de las dos lo consiguieron? Vamos, ¿no te llama la atención, Agustín? Nuestros amigos del FSL no son tontos; es obvio que saben que desconectando el respirador no tenían garantías de que muriera, sobre todo si a los pocos minutos aparecemos nosotros para reanimarlo. Si tanto les importaba terminar el trabajo, como dijimos ayer, ¿por qué no se aseguraron de que Zarzalejo fuera cadáver antes de partir? —dijo Mario mirando al infinito, como para poner en evidencia la pieza que no encajaba en el puzzle.

—Muy bien, joven Sherlock, ilumíneme con su sabiduría: ¿por qué no se aseguraron de su muerte antes de irse?

—Elemental, mi querido Watson... No les importaba.

—¿Qué?

—No les importaba un pepino matar a Zarzalejo porque ya sabían que de todas maneras estaba virtualmente muerto.

—Pero, mi querido Holmes, ¿se olvida usted de que entraron preguntando por el coronel, amenazando y abriendo cada puerta para buscarlo? ¿Que no se detuvieron hasta encontrarlo? ¿Y que, cuando lo hallaron, le desconectaron el respirador?

—No me olvido, Watson. Pero usted sí se olvida de lo que mi amigo Agustín me enseñó hace unas semanas...

—¿De qué me hablas, Mario?

—*Misdirection.*

—*¿Misdirection?* —preguntó Agustín, sorprendido.

—¿No era sí como se llamaba eso que me explicaste de los magos? Llamar la atención de todos para que miren hacia el lugar donde no está lo que se quiere ocultar y que nadie se fije en el lugar donde realmente se esconde el secreto. ¿Me equivoco?

—Sigo sin entender.

—Hicieron todo el *show* de estar buscando a Zarzalejo para ocultar lo que de verdad vinieron a hacer al hospital... llevarse las historias clínicas de traumatología.

Tímidamente al principio y a carcajadas al final, Agustín empezó a reírse. Era tan absurdo que le parecía un delirio de su amigo.

—A través de una acción de comando, se ocupa con armas de guerra un hospital de ocho pisos para robar cincuenta kilos de papel escrito con unas historias de mierda de un servicio de cuarta. Por favor, Mario...

—Tú ríete tanto como quieras, pero los asaltantes hicieron solamente dos cosas... y si no vinieron por la primera, es decir, para terminar con Zarzalejo, vinieron por la segunda, o sea, para llevarse las historias de mi sala... Aunque no sepamos para qué cuernos las quieren.

—Será para triturarlas y venderlas para fin de año como confeti —dijo Agustín.

—Mi querido Watson... como te he dicho tantas veces y frente a tantos enigmas aparentemente sin solución, «una vez descartado lo imposible, lo que queda, por improbable que parezca, debe ser la verdad».

El viernes por la mañana, muy temprano, Carolina tomaba café con los periódicos del día apilados en una ordenada montaña. Los titulares de todos ellos hablaban del fallecimiento del coronel Zarzalejo. La fotografía obligada de primera plana era la de los doctores Fossi y Montillano en el momento de dar la noticia a la prensa. Las imágenes de todos los noticieros de la mañana en televisión serían iguales. Por supuesto, cada medio ponía el acento en aspectos diferentes. Algunos se dedicaban a recopilar los hechos que terminaron en la muerte del militar o el perfil del fallecido. Otros, en cambio, se ocupaban de analizar el futuro político del país, que para la gran mayoría se presentaba incierto.

Como pudo comprobar la periodista, *El Ojo Avizor* estaba entre estos últimos. Desde su columna, su colega Pablo Godoy se declaraba preocupado por las «pocas alternativas» que le quedaban al proceso de vuelta a la democracia:

Si algo no modifica urgente y radicalmente la situación en nuestra querida República, las perspectivas son bastante oscuras. Es triste pensar que si debiéramos adivinar el futuro basándonos por fuerza en lo que hoy se presenta ante nuestros ojos, tendríamos que profetizar que la guerrilla terminará asesinando a los dos candidatos que mantiene como rehenes y que acabará así con nuestra fantasía democrática, no sólo porque nos habremos quedado sin candidatos, sino porque, en ese final catastrófico, nadie podrá garantizar al pueblo que nuevos candidatos de una supuesta nueva convocatoria no terminen de la misma manera.

La diferencia entre la NECEDAD de algunos y la NECESIDAD de todos es la presencia en la mitad de la segunda palabra de la sílaba «SI».

Apoyándonos en este «minúsculo descubrimiento», proponemos, desde aquí, una actitud positiva que respete los deseos de paz y de democracia de la mayoría, anteponiéndolos a los necios caprichos o deseos de venganza de unos pocos.

Ha llegado el momento de que las partes involucradas en el conflicto abandonen los mezquinos intereses, su apetencia por el poder y sus vanidosos floreos prepotentes para tomar la decisión de ayudar a construir, para todos, un futuro mejor.

Carolina dejó el periódico a un lado y suspiró. Ella quería ser todavía más optimista, llenarse de buenas esperanzas y ver en todas partes buenas intenciones. Y entonces pensó en que la balanza terminaría inclinándose para un lado u otro dependiendo de lo que ocurriera con los dos candidatos secuestrados.

—Si hay algo que detesto es darte la razón —le dijo Mario a Agustín, todavía con los periódicos en la mano—: me fui de la lengua. Estamos en la portada de todos los diarios...

—Te lo dije —confirmó su amigo, que había visto las fotografías en *El Ojo Avizor*, pero se enteraba en ese momento de que habían aparecido en todos lados.

—Por lo menos hemos salido guapos...

—Eso lo dirás por ti —acotó Agustín—. Mírame a mí. Parezco el guardia de un parque vigilando que no le pisen el césped.

—Eso te pasa por estar pendiente de lo que dicen los demás.

—Eso me pasa por estar pendiente de lo que dices tú.

Mario se acercó a Agustín y lo abrazó efusivamente, palmeándole la espalda con fuerza. En el lenguaje que los dos habían construido durante toda su vida, ésa era la mejor manera de mostrar gratitud.

Agustín, después de recibir el abrazo, se dio cuenta de que no podría dominar mucho tiempo más su emoción, que ya estaba a punto de transformar sus ojos en riñones, así que haciendo un esfuerzo cambió de tema:

—Parece que Godoy no coincide demasiado contigo y con tu diagnóstico unitarista.

—No sé si no coincide o lo que pasa es que escribe solamente lo que después puede sostener. Ya le causó muchos problemas al periódico por hablar de más. Cuevas sigue teniéndolos en su punto de mira.

—De todas maneras su visión es bastante pesimista...

—¿Se puede tener otra?

—¿Y qué dice del asunto de las historias clínicas?

—Godoy coincide en nuestro análisis y cree que pronto sabremos algo de las historias. Se me ocurre, después de leerlo, que quizá yo pueda aportar algún dato...

—¿Qué sabes tú que yo no sé? —preguntó Agustín.

—Todavía nada. Pero se me ocurrió que, el que decidió que robaran los datos de traumatología, quiere evitar que alguien pueda tener acceso a alguna información que estaba en esas historias.

—Tu obsesión por el valor de esas historias clínicas es muy comprensible: se han llevado, destruido o hecho desaparecer un pedazo de tu vida; pero la verdad, Mario, es que tienes que comprender que esos papeles tienen importancia sólo para ti. ¿No te das cuenta de que nadie en el mundo, y mucho menos Cuevas, se tomaría tanto trabajo para esconder su verdadera fecha de nacimiento, su segundo nombre o que un día se fracturó una costilla?... No tiene sentido... Además, tú sabes tan bien como yo que no existen copias de esas historias.

—Es verdad todo lo que dices, incluido el desmedido valor que esos papeles parecen tener para mí; pero aunque sea en honor a estos años voy a buscar un poco donde puedo.

—¿Qué vas a hacer?

—Tú sabes que durante todos estos años, cada vez que un caso me llamaba la atención y se tomaban radiografías que mostraban algo extraordinario, yo me guardaba alguna de las placas para hacerme mi propio archivo de imágenes. En cuanto pueda, voy a juntar todas esas historias que deben de estar desparramadas por mi casa y las voy a mirar. Posiblemente no sirva para nada, sólo tienen la fecha, el diagnóstico y las iniciales del paciente, pero quizá...

—Yo seré un neurótico grave, pero cuando tú te pones obsesivo no hay quien te gane, ¿eh? Menudo fin de semana te espera.

—No creo que lo haga este fin de semana. Seré obsesivo, pero no soy estúpido, después de este trajín me merezco un buen descanso, así que cuando salga del hospital me monto en mi barquito y salgo a navegar un poco por la bahía. ¿Quieres venir?

—Me encantaría, campeón, pero tengo mil cosas que he estado postergando y me voy a ocupar un poco de ellas.

—¿Una de esas cosas empieza con Caro y termina con Lina?

Agustín asintió con un guiño y una sonrisa.

—Que haya suerte —dijo al fin Mario y se fue a traumatología para dar instrucciones a su gente antes de partir.

15

DOMINGO, 11 DE ABRIL   *EL OJO AVIZOR · 5*

Mañana, Duelo Nacional decretado por el gobierno en memoria de las víctimas de la violencia

Lo anunció el ministro de Interior en las exequias del coronel Zarzalejo, aunque el funcionario aseguró que la decisión pretendía honrar a todos los que murieron a manos del FSL durante el último mes.

H abía estado toda la tarde del sábado y toda la mañana del domingo buscando la presencia de ánimo necesaria para llamar a Carolina e invitarla a charlar. Se había acercado al teléfono no menos de seis veces, pero cada vez que alargaba la mano para agarrarlo, una nueva idea lo detenía. Había rechazado ya las excusas de que quizá era demasiado tarde, de que ella ya no lo quería, de que estaba enamorada de Cáceres, de que era ella la que debía llamarlo esta vez e incluso la más que angustiosa idea de «¿y después qué?»; pero no pudo con un nuevo pensamiento que lo inhibía: Carolina se había embarcado en una aventura quijotesca junto a Godoy y no estaba dispuesta a aceptar, eso estaba claro, ningún consejo sobre la necesidad de tener cuidado, preservarse o retirarse en algún momento. ¿Estaba dispuesto él, fóbico asumido, inseguro crónico y obsesivo diagnosticado, a tolerar la angustia de estar en pareja con una periodista que había decidido jugarse la vida en cada momento?

El que ella se involucrara o no de esta manera y en estas circunstancias no era una cuestión de opiniones que, por otra parte, nadie le había pedido; era más que eso: era el reconocimiento de sus propios límites, de sus vulnerabilidades y sus incapacidades.

No se trataba esta vez de que ella no debiera correr esos riesgos sino, simplemente, de que él no podía soportarlo…

A pesar de todo, cuando sonó el teléfono a última hora de la tarde, Agustín se emocionó pensando que era Carolina quien lo llamaba.

Pero no. La llamada era de uno de los médicos a cargo del servicio de urgencias del hospital.

–Sí… habla Montillano. ¿Qué pasa con Rosetta esta vez? –preguntó.

–No, doctor, no se trata de Rosetta. Será mejor que venga para aquí…

–¿Qué ocurre? –preguntó Agustín, asustado por el tono del médico de guardia.

–Es el doctor Fossi… –empezó a decir el médico, con la voz temblorosa.

–¿Qué pasa con Mario…? Páseme con él, por favor.

–Acaban de traerlo en una ambulancia, doctor… parece que tuvo un accidente mientras buceaba.

—¿Un accidente? ¡Carajo! ¿Cómo está…? ¿Puedo hablar con él?

—No, doctor. Lo siento mucho… es que el doctor Fossi está… muerto.

Cuando Agustín vio el cuerpo sin vida de su amigo tendido en la camilla de urgencias, no pudo creer que fuera el cadáver del doctor Fossi lo que yacía frente a él. Ese cuerpo azul e hinchado no podía ser Mario. Simplemente no podía ser.

Saber intelectualmente que la negación es una parte normal de la respuesta a una muerte inesperada no le impidió a Agustín tratar de convencerse de que todo era un sueño. Seguramente se había quedado dormido y se despertaría de esta insoportable pesadilla sudando. Sólo rogaba que fuera pronto, porque no podía seguir aguantando el llanto.

En un instante le pasó por la memoria toda una vida de amistad: los estudios, las travesuras de chicos, los bailes, los romances, la carrera… No había nada de su existencia que no tuviera alguna relación directa o indirecta con él. Nada que no hubiera compartido o contado a su amigo, a su hermano, porque, sin duda, eso había sido Mario: su hermano elegido, que ahora, por un accidente estúpido y sin sentido, estaba, allí, muerto. No podía creerlo… y no le entraba en la cabeza que no estuvieran juntos nunca más, que jamás volverían a charlar ni a discutir. No tenía que pensar esas cosas… pronto despertaría…

Pero su espera se prolongó… y cuando al acercarse notó en el pecho inerte las marcas que habían dejado en su piel las descargas eléctricas con las que intentaron reanimarlo, Agustín no pudo contener las lágrimas.

Después, como si sirviera de algo, quiso saber todo, quiso que le contaran cómo fue, qué pasó, quién lo encontró, quién lo trajo...

Así se enteró de que otros buzos habían encontrado a Mario Fossi enredado entre las algas del fondo, a pocos metros de su barco y de la playa. No sabían cuánto tiempo había permanecido allí, pues Mario no formaba parte del grupo.

Se habían acercado a investigar cuando notaron que el barco estaba anclado desde el día anterior pero no había movimiento a bordo. Al encontrar el barco abandonado se sumergieron a buscar al dueño.

Agustín sabía que Mario defendía desde hacía tiempo la bondad del buceo solitario, una práctica que rechazaba la gran mayoría de los buceadores por considerarla altamente peligrosa. Agustín recordaba que su amigo le había contado el revuelo que causó en el último congreso de buceo deportivo al que había asistido cuando, desde su larga experiencia, Mario se había manifestado a favor de bucear solo, sosteniendo que nada era más agradable y placentero aunque se pagara un pequeño precio en seguridad, que se podía compensar con entrenamiento. Su proposición había sido muy debatida. Ahora su vehemencia le había costado la vida...

Carolina se hallaba ultimando detalles para el programa del domingo con producción cuando le llegó la noticia, sin demasiados detalles, de que el cuerpo de un buceador había sido encontrado sin vida a unos kilómetros del club de yates, cerca de la costa de la isla Reina Isabel.

El siguiente télex daba los detalles. Un hombre que hacía buceo deportivo se había enredado en las algas costeras de la isla, un accidente bastante habitual, dada la proliferación de peligrosos bancos de plantas submarinas en la zona. El hombre, cuyo cuerpo se rescató era, nada más ni nada menos, que el del doctor Mario Fossi, médico jefe de traumatología del Hospital Central.

Al ver escrito el nombre de Mario, Carolina sintió una fuerte opresión en el pecho y de inmediato pensó en Agustín. Mario era su mejor amigo, la persona en quien más confiaba y a quien más quería. De pronto, recordó con tristeza cuántas veces le había hecho estúpidas escenas de celos por esa amistad tan estrecha. Siempre había sabido que entre ellos existía una relación en la que no había resquicios ni espacio para otros, y menos para una mujer. Juntos formaban una muralla imposible de franquear, con códigos secretos, machistas e indescifrables.

De hecho, la amistad con Mario había sido una de las razones de Agustín para eludir un compromiso entre ellos. Solía decirle con auténtica preocupación que lo inquietaba pensar que jamás llegaría a lograr con ella el grado de intimidad que tenía con él.

A pesar de que a Carolina le caía simpático ese desenfadado idealista, en alguno de esos momentos había llegado a aborrecerlo.

Carolina imaginó la angustia y la desolación que estaría sintiendo Agustín y decidió que debía estar a su lado.

Más que pedir permiso, la reportera avisó a su director, antes

de salir, que iba hasta el hospital a cubrir la muerte del traumatólogo que días antes había dado la noticia oficial de la muerte de
Zarzalejo.

Sin ganas, el doctor Montillano había aceptado como un autómata la orden del director de subir a su despacho.

—Agustín —le dijo sin dar rodeos—, he decidido pedir un pató-
logo forense de La Estrella para que haga la autopsia... Sé cuánto
querías a Mario y comprendo perfectamente...

—Le agradezco, pero no quiero. De ninguna manera —replicó
Agustín—. Yo me voy a encargar de su autopsia...

—Pero Agustín...

—Está decidido, ya que no se puede evitar, prefiero ser yo el
que lo haga.

—No —confirmó el director—, no se puede evitar la autopsia,
pero sí se puede evitar tu sufrimiento. Dentro de una hora estará
aquí el forense de La Estrella y él se hará cargo. Puedes estar a su
lado, claro, pero me parece una situación demasiado dolorosa para
soportarla sin ninguna razón.

—Por supuesto —añadió Agustín, mientras se mordía los labios
para reprimir el llanto—. Gracias.

Cuando Agustín volvió a urgencias, ya se habían llevado el cadáver de Mario al depósito. Intentó despabilarse un poco tomando un café en el bar antes de subir a la sala de autopsias.

Si algo jamás había imaginado, ni en su peor pesadilla, era que
le tocaría hacer algo así. Entrar en el depósito donde yacía desnudo el cuerpo del único amigo verdadero que había tenido en la

vida, para esperar a su lado a que un forense al que ni conocía viniera a dividirle el cuerpo en mil pedazos...

Sintió que de ninguna manera podía dejar solo allí a Mario, sabiendo la aprensión de su amigo hacia la medicina forense, a la que llamaba «la tarea desagradable de escarbar en la carne tibia». Sabía que alguien debía hacer ese trabajo, pero creía que no era propio de un médico; seguramente por eso Mario había sido el primero en apoyarlo cuando decidió abandonar la patología forense.

A solas con el helado cuerpo de su amigo, Agustín se permitió llorar más de media hora. De pronto, se acercó a su cara deformada por el edema y la cianosis.

—¿Será posible que hayas sido tan estúpido? ¿Acaso no conocías la zona y sabías que allí había bancos de algas? —se ofuscó Agustín—. Siempre te gustó exponerte. Maldito seas, podrías haberte cuidado aunque fuera por mí... Yo te necesitaba...

Al ver acercarse al forense, Agustín se separó del cuerpo y guardó silencio. Aunque fuera *vox populi* en el ámbito médico que todos los psiquiatras eran un poco raros, no quería que el forense de La Estrella lo encontrara hablando con un muerto.

—¿Es usted el doctor Montillano? —preguntó el forense.

—Sí —dijo Agustín.

—Era su amigo, ¿verdad?

—Sí —repitió Agustín.

El recién llegado miró el cadáver. No era la primera vez que le tocaba hacerse cargo de la autopsia de un muerto por inmersión; sabía perfectamente qué buscar, aunque, en este caso todo parecía evidente, quizá demasiado evidente.

—No buscaré más de lo necesario, no creo que se justifique.
¿Usted va a quedarse? —le preguntó a Montillano.

—Sí —dijo Agustín por última vez.

Carolina entró en el hospital y fue directamente a recepción:

—Necesito ver al doctor Montillano.

La mujer levantó su teléfono y marcó el interno de psiquiatría:

—¿El doctor Montillano está por allí?… Bien, de acuerdo.

La mujer colgó el aparato y se volvió hacia Carolina.

—Me informan que no podrá atenderla, lo siento.

—No es para atenderme, señorita, necesito hablar con él, es un asunto personal.

—Va a tener que esperar. El doctor Montillano está en el departamento de medicina forense y no se lo puede interrumpir.

Carolina escuchó atónita lo que la mujer le decía. Un escalofrío le recorrió el cuerpo al suponer que era el propio Agustín quien iba a hacer la autopsia de su amigo.

Esperó a Agustín durante más de dos horas. Cuando lo vio salir por fin, estaba pálido, caminando con una lentitud extraña en él. Lo abrazó con todo el cuerpo, como para que sintiera que todavía tenía algún refugio.

Fueron al café de enfrente del hospital en silencio, como si cualquier palabra hubiera podido significar la profanación del dolor.

Luego, Agustín comenzó a hablar; después de haber expulsado su enojo, aparecía la tristeza:

—Te aseguro, Caro, esto es lo peor que me ha pasado en la vida. Me da miedo pensar que si esto va a más no podré aguantarlo.

Agustín notó que los ojos se le humedecían de nuevo y se sintió incómodo. No quería llorar frente a Carolina.

Ella se mantuvo en silencio, escuchándolo. Agustín, como pudo, fue poniendo en palabras el dolor y la impotencia. Mezclaba recuerdos y detalles de la autopsia, en una narración caótica que tardó una hora en volver a su cauce.

—Mañana por la mañana será el entierro. El forense ya ha terminado su informe y el juez autorizará la entrega del cuerpo en cuanto lo solicitemos...

—Yo me ocupo de todo —dijo Carolina—. ¿Quieres ir a casa?

Con la mirada fija en el suelo Agustín negó con la cabeza.

La noche se sucedió larga como una pesadilla. Confuso y desbordado por la pena, Agustín entraba y salía del depósito una y otra vez, como si todavía esperara encontrarlo sentado en la camilla riéndose de la broma que le había gastado.

Tampoco la mañana logró devolverle ni un ápice de lucidez.

De la mano de Carolina, que no lo había abandonado ni un instante, subió como un autómata al auto negro que seguiría al coche fúnebre hasta el cementerio.

Mario Fossi era un hombre muy respetado y querido como médico, como compañero, como amigo. Quizá por eso, sin que nadie avisara a nadie y con solo una pequeña necrológica que Carolina hizo poner a su amigo Godoy en el periódico, el cementerio estaba lleno de gente que quería darle el último adiós al doctor Fossi o, como le pasaba a Agustín, simplemente confirmar que era cierta la noticia de su muerte.

Allí estaban los compañeros del colegio y los de la universidad, los colegas del hospital, los paramédicos, las autoridades y muchos socios del club de yates, sus antiguos alumnos de traumatología; también sus muchas amigas, algunas ex parejas y una discreta cobertura de prensa, encabezada por Pablo Godoy.

Todos los que se habían ido reuniendo frente al panteón familiar vieron acercarse muy lentamente, cargado a hombros, el féretro con el cuerpo del doctor Mario Fossi. Un silencio se produjo antes de introducirlo y alguien se acercó a Agustín para pedirle que dijera unas pocas palabras en nombre de todos.

—Querido Mario —comenzó Agustín con la voz algo quebrada—, hermano querido. Yo no puedo y nadie puede creer que esto esté pasando. Dicen que la inmortalidad es solamente la permanencia de lo que uno ha podido enseñar, dar y dejar en otros. Si eso es verdad, todo lo que nos dejaste, tu amistad, tu mano siempre tendida, tu humor, la lucha empecinada por tus ideales, nos dicen que estás vivo, aunque algunos, como yo, hermano, no nos demos cuenta y ya hayamos empezado a sentir tu ausencia.

Unos pocos aplausos cerraron las palabras de Agustín, que se acercó a saludar solamente a los dos ancianos tíos de su amigo, únicos parientes que vivían en Santamora.

Los que habían cargado el féretro se ocuparon de depositarlo en el panteón. Después, la concurrencia comenzó a dispersarse muy lentamente. Parecía que nadie podía moverse.

Todavía algo mareado por la conmoción y el cansancio, Agustín tomó del brazo a Carolina y fueron caminando a través de la arboleda en dirección a la salida.

—Mario debe de estar meándose de risa —dijo Agustín.

—¿Por? —preguntó Caro.

—A él estas cosas siempre le parecieron ridículas —aclaró—, pero estoy seguro de que, donde quiera que esté, se estará riendo de que Cuevas, su odiado Cuevas, haya declarado al día de su entierro… día de Duelo Nacional.

No se habían alejado más de cincuenta metros, cuando un automóvil negro, con vidrios polarizados, se detuvo en la pequeña calle que iban cruzar.

Un hombre de traje gris, corpulento y con gafas oscuras bajó del coche y le habló.

—Doctor Montillano…

—¿Sí? —dijo Agustín mientras se detenía.

—¿Me permite unas palabras? —dijo.

Quizá porque Agustín le soltó la mano o quizá por el tono de voz del hombre, Carolina se dio cuenta de que debía quedarse unos pasos atrás mientras Agustín caminaba hacia el desconocido.

El hombre le extendió la mano y se saludaron; luego le indicó con la vista que fueran caminando.

—Soy un amigo de Mario.

Agustín lo miró más incrédulo que sorprendido.

—Sé que no me conoce. Seguramente Mario jamás le habló de mí —aseveró sin equivocarse.

El hombre miró hacia atrás, antes de seguir hablando, como si necesitara confirmar que nadie los estaba escuchando…

—Mire, doctor. Yo no tengo muy buena memoria, pero hay tres cosas que no olvido jamás. Nunca olvido una cara, nunca olvido un favor y nunca olvido una traición…

Agustín no sabía si era un comentario que justificaba su presencia allí o una amenaza incomprensible y guardó silencio.

—Y yo estoy en deuda con Mario…

—Pero yo… —trató de interrumpirlo Agustín.

—Sí, ya lo sé, usted no tiene nada que ver con esta deuda —dijo el hombre del traje gris adivinando o imponiendo el final de la frase—, pero, de todas maneras, en honor de nuestro querido amigo, necesito decirle que ahora que él no está, para mí usted es su heredero. Si necesita algo, cualquier cosa que sea, no dude en ponerse en contacto conmigo… —dijo como para finalizar, tendiéndole una tarjeta personal.

Agustín tomó la tarjeta sin mirarla y se animó a decir:

—No veo qué podría…

Tampoco esta vez el desconocido lo dejó terminar su frase:

—Ya tiene mis datos, Montillano, por si acaso.

Y sin decir más, el extraño regresó al coche y partió.

Agustín miró la tarjeta que tenía entre las manos.

Estaba impresa en una fina y costosa cartulina entramada de color tiza. Abajo a la derecha figuraba, pequeñito, un número de teléfono y en el centro, en brillantes letras negras un nombre:

Carlos R.

LIBRO III

EL DESAFÍO DE SER QUERIDO

El pueblo, cuando a su vez comprueba que no puede hacer frente a los grandes, cede su autoridad a uno y lo hace príncipe para que lo defienda [...]. El que llega por el favor popular es única autoridad, y no tiene en derredor a nadie o casi nadie que no esté dispuesto a obedecer. Lo peor que un príncipe puede esperar de un pueblo es que no lo ame y ser abandonado por él [...].

Un príncipe, cuando es apreciado por el pueblo, debe cuidarse muy poco de las conspiraciones; pero debe temer todo y a todos cuando lo tienen por enemigo [...].

El que llegue a príncipe mediante el favor del pueblo debe esforzarse en conservar su afecto, cosa fácil, pues el pueblo sólo pide no ser oprimido. Insistiré tan sólo en que un príncipe necesita contar con la amistad del pueblo, pues de lo contrario no tiene remedio en la adversidad. [...].

Los capitanes mercenarios o son hombres de mérito o no lo son; no se puede confiar en ellos si lo son porque aspirarán siempre a forjar su propia grandeza, ya tratando de someter al príncipe su señor, ya tratando de oprimir a otros al margen de los designios del príncipe; y mucho menos si no lo son, pues con toda seguridad llevarán al príncipe a la ruina. [...]

No es victoria verdadera la que se obtiene con armas ajenas. Ofreciéndose David a Saúl para combatir a Goliat, provocador filisteo, Saúl, para darle valor, lo armó con sus armas; pero una vez que se vio cargado con éstas, David las rechazó, diciendo que con ellas no podría sacar partido de sí mismo y que prefería ir al encuentro del enemigo con su honda y su cuchillo.

NICOLÁS MAQUIAVELO,
El príncipe, capítulos IX, XII y XIII

16

Vence el plazo dado por el gobierno al FSL para su rendición

Hace poco más de un mes, Enrique de los Llanos, candidato a presidente, se transformaba en la primera víctima de la ola de violencia.

D espués del ultimátum de Cuevas y el día de luto que decretó el presidente tras la muerte del coronel Zarzalejo, Santamora se sumió en un inquietante colapso social y político. Nada se sabía de los secuestrados ni de los secuestradores y el gobierno parecía presa de una repentina parálisis. Se especuló mucho sobre el tema y tampoco faltaron, como era costumbre en La Milagros, mil y una versiones del porqué del mutismo del dictador.

Por un lado, se decía que Cuevas estaba realmente afectado por la muerte de su edecán, dado que en última instancia era su

245

hombre de máxima confianza; por otro, se rumoreaba sobre las fiestas que debía de estar dando el presidente ahora que las elecciones parecían más lejanas que nunca.

Lo cierto era que, para frustración o alegría del presidente, no existía candidato al que votar. Como en un juego siniestro, de los cinco candidatos, tres estaban muertos y los otros dos permanecían secuestrados. Para agravar las cosas, el temor que imperaba en la población hacía bastante improbable que alguien se animara a presentar su candidatura.

Durante esos días Agustín estuvo como ausente. A pesar de que llevaba a cabo todas y cada una de las tareas profesionales rutinarias, cumplía con sus citas y entrevistaba a sus pacientes, no estaba allí.

No quiso, no pudo o no supo qué hacer con el dolor que sentía. Esta vez no lo tapó, no buscó atajos ni salidas de emergencia como había hecho tras la muerte de su madre. Antes, huir no le había servido demasiado, pero ahora no tenía fuerzas para escapar, ni con quién hacerlo, ni mucho menos un lugar adonde ir.

Todos los sitios estaban poblados, a lo largo de esos días, de recuerdos de Mario; cada objeto, cada roca, cada color le hablaban con la voz de su amigo.

Entonces, simplemente, se sumergió en la tristeza y dejó que ella se hiciera cargo de él. Se limitó a esperar que los músculos volvieran a responderle, que a la garganta se le fuera la congoja, que su mente recuperara algo de lucidez.

Esperó.

Y no porque tuviera la certeza de que con el tiempo se le pasaría, sino porque sabía que para el que llora una pérdida impor-

tante, el dolor frente a la ausencia de un ser querido se fantasea ina-
gotable.

Esperó, sobre todo, porque no podía hacer otra cosa. No le fue
fácil. Los duelos nunca los son.

En la nebulosa de sus pensamientos recordaba palabras que le
había dicho su terapeuta y maestro de otros tiempos: que nadie puede imaginar lo que es el dolor de una pérdida hasta que lo siente
flagelando el alma desvalida; que los duelos duelen y nada de lo
aprendido puede cambiar ese hecho; que el intelecto es capaz de
entender el significado de una pérdida pero no logra establecer sus
perfiles; que se pueden encontrar más que razonables las vivencias
penosas frente a una ausencia, pero que eso no sirve de consuelo.

Así, en esos primeros días, Agustín descubrió una pena que no
quiso negar. No tapó con otras cosas la ausencia de Mario, ni se re-
fugió en los brazos de Carolina; no pretendió, como solía hacerlo,
disfrutar de su soledad; solamente se dejó habitar en el vacío espantoso que le había dejado la muerte de su amigo.

Leer el editorial de *El Ojo Avizor* fue lo que le empujó a tomar
el camino de retorno. Por culpa de esas cosas que sólo se pueden
atribuir a las coincidencias, Agustín, que no había leído un diario
en toda la semana, se encontró esa mañana con la nota de Pablo
Godoy.

Posiblemente a falta de novedades sustanciosas en La Milagros, el periodista hacía un repaso de todos los hechos violentos,
asesinatos y muertes dudosas que se habían producido desde la
llamada a elecciones de Cuevas.

Agustín sabía bien que Godoy se deleitaba provocando a todos. Era su estilo. Algo así como sacudir la hojarasca para ver qué

encontraba. Pero leer en la lista de los muertos el nombre de Mario Fossi no sólo lo sorprendió sino que también lo indignó.

Podía aceptar que, excediéndose, nombrara a Marie Foucault entre las «misteriosas muertes relacionadas con el proceso político», porque aunque no se hubiera probado que no había sido accidental, ella era después de todo la ex esposa de uno de los candidatos.

Pero Mario... ¿Por qué Mario? ¿Por qué y para qué utilizar su nombre? ¿Sólo porque quería aumentar la cantidad de muertos y hacer que la noticia fuera más espectacular?

«No tiene derecho», pensó Agustín. Era casi una inmoralidad. Alguien tiene que poner a ese tipo en su sitio, se dijo finalmente mientras buscaba el teléfono del diario y marcaba el número.

—*El Ojo Avizor*, buenas tardes... —respondió una voz femenina, que se parecía más a una grabación que a un ser de carne y hueso.

—Por favor, quisiera hablar con Pablo Godoy, de la sección política.

—Un momento, señor, voy a ver si ha venido por la redacción. Agustín recordó que era domingo.

—Le comunico —dijo la voz metálica.

Agustín esperó que atendieran el interno.

—Pablo Godoy, diga...

—Soy Agustín Montillano...

—Agustín... Ah, sí. ¿Cómo estás?... ¿Qué me cuentas?

—Mira, disculpa que te llame un domingo, pero leí tu editorial y me gustaría verte en persona.

—Cuando quieras —aceptó Godoy, que por deformación profesional creía que era mejor conseguir una entrevista que preguntar por los motivos.

–Prefiero que sea lo antes posible. Yo esta tarde puedo a cualquier hora.

–Si quieres paso por el hospital en cualquier momento.

Agustín no quiso aclararle que no estaba en el hospital, y menos perder tiempo poniéndose de acuerdo respecto de otro sitio; la solícita actitud del periodista comenzaba a hacerlo dudar de si había hecho lo correcto.

–¿Qué tal si nos encontramos en el bar que está justo frente a la entrada principal? –propuso Agustín.

–Por mí no hay problema...

–Digamos... ¿dentro de una hora?

–Okey.

Pablo Godoy llegó puntual a la cita y se sentó a una de las mesas del bar con un café humeante. Agustín llegó en pocos minutos, con el ejemplar de *El Ojo Avizor* bajo el brazo. Él también pidió un café, pero sin esperar que lo trajeran empezó a hablar:

–Esta vez me parece que te has pasado de la raya –le dijo, tratando de controlarse, mientras le señalaba el editorial.

–¿Por? –preguntó Pablo levantando una ceja.

–¿Qué tiene que ver la muerte de Mario con la crisis política? ¡Me parece una falta de respeto, para Mario y para los que de verdad lo queremos! –Agustín se dio cuenta de que todavía se resistía a hablar de Mario en pasado y también de que no estaba dispuesto a incluir a Godoy en esa lista de afectos–. ¡Incluso una falta de respeto a tus lectores! –terminó, como si fuera un jefe regañando a un subordinado.

–Mire, doctor Montillano...

–Agustín...

–Bien, Agustín... respeto tu opinión. Yo sé que tú lo querías tanto como él a ti y no dudo de tu buena intención en esta crítica que me haces. Tú y todos podéis creer que esto fue un accidente más, pero yo sé que al doctor Fossi nada de lo que sucedía en Santamora le era ajeno. ¿Qué dichos o situaciones lo llevaron a ponerse en peligro? No lo sé. Pero sospechar que hay algo oscuro en su muerte es como sumar dos y dos.

–Y por lo visto a ti la cuenta te da cinco. Lo de Mario fue un accidente. Yo vi su cuerpo y estuve en su autopsia. Los hallazgos fueron claros: agua en los pulmones, la piel macerada por el tiempo sumergido, las marcas de las algas enredadas en sus tobillos... –Agustín hizo una pausa para recuperar el aliento. Sólo recordar la imagen lo hacía temblar–. Estuve en la autopsia todo el tiempo porque quería preservar la dignidad de su cuerpo. Tanto como hoy quiero preservar la de su memoria. El informe del forense fue más que claro: muerte por inmersión.

–Muy bien, muy bien. Puede que a mí la cuenta de dos más dos me esté dando cinco, pero me parece que a ti te está dando tres. ¿Desde cuándo la ciencia médica es una ciencia exacta? ¿Quién dice que al mejor de los forenses no puede escapársele un dato?

–Es verdad pero... –empezó a decir Agustín y decidió callarse al pensar en el forense de La Estrella... Tampoco su posición había sido sencilla, convocado de repente para hacer la autopsia a un colega, en la capital y frente a un psiquiatra que lo miraba con ojos asesinos cada vez que hacía una incisión en el cadáver.

–Yo sólo trato de sumar y exponer lo evidente –señaló Godoy– y que conste que ni siquiera me meto con el diagnóstico forense. Sólo me resulta sospechoso, si me lo permites, que un buzo

EL DESAFÍO DE SER QUERIDO

experto, conocedor de la zona, acostumbrado a recorrerla a menudo, muera atrapado en un banco de algas que debía de conocer como la palma de su mano...

–La mayoría de los accidentes por imprudencias son el resultado de la impericia de los que no saben o del exceso de confianza de los más expertos...

–Sí, Agustín, pero cuando le sumo a ese hecho las extrañas circunstancias que vivimos y le agrego que este buzo experto era «casualmente» el médico que atendió a Zarzalejo; cuando le sumo que Mario era conocido por su oposición radical a Cuevas y agrego que fue la fotografía del mismo doctor Fossi anunciando la muerte del candidato del presidente la que ocupó todos los medios...

Agustín se quedó petrificado. Jamás se le había ocurrido enlazar un hecho con otro. De pronto vino a su mente la última conversación que habían tenido. Mario le había dicho: «Tienes razón, me fui de la lengua».

–No me mires así, Agustín, no estoy delirando. Sólo relato los hechos. Y los hechos me conducen a hipótesis como la de que el doctor Fossi pudiera ser para cierta gente el médico que dejó morir a su candidato.

–No sé... –dudó Agustín–. Pero la autopsia...

–Quizá el forense no descubrió nada más porque no buscó nada más... Si hubiera supuesto algo extraño, por ejemplo si hubiera sospechado un asesinato...

Agustín no dijo nada, pero el periodista se dio cuenta de que había instalado la semilla de la duda en su cabeza, porque le dijo:

–Sólo te pido un favor, Agustín, si descubres algo nuevo, no dejes de avisarme.

Después de despedirse, Agustín entró en el hospital con el firme propósito de revisar el informe de la autopsia. Entonces se dio cuenta de que en la última semana casi no había visto a Rosetta.

La anciana lo recibió con una amplia sonrisa, esa que Agustín había intentado traer a su memoria en los últimos días cada vez que lo asaltaba la angustia por la ausencia de Mario.

—Está más delgada, Rosetta, ¿cómo se siente hoy?

—Un poco mejor, *figlio* —respondió la anciana, que no cejaba en su obstinación de madre—, aunque sabes lo molestas que son estas gripes. No terminas de quejarte del dolor de brazos cuando ya están molestándote las piernas.

La historia clínica reseñaba una neumonía intrahospitalaria que había complicado el estado general de la paciente durante toda la semana.

—No ha tenido fiebre, ¿verdad?

—Creo que no. Ahora me queda esta maldita tos y el resfriado. Debo de estar usando más de ocho pañuelos diarios. En fin, ya se pasará.

—¿No le duele la garganta?

—No. Ayer... creo que fue ayer, me había empezado a doler el oído, yo le dije a la enfermera que te avisara y ella me dijo que estabas muy ocupado y que le habías pedido al doctor San Juan que viniera a verme. ¿Te contó que me dio unas pastillas y unas gotas?

—Sí... claro... me lo contó —mintió Montillano mientras buscaba la contingencia en la última hoja de la historia: «Otitis media, posiblemente neumocóccica. Se indica continuación de tratamiento antibióticos y gotas óticas antiinflamatorias».

—Y en pocas horas ya no me dolía... Ese amigo tuyo se ocupó muy bien de mi oído y de mi garganta. Cuando salga tenemos que invitarlo a comer unos tallarines en casa. ¿Qué te parece, *figlio*?

—Ya veremos, Rosetta, ya veremos. Bueno, tengo que continuar con mi ronda. Nos veremos mañana...

—Oye, hijo, una cosa más... cuando veas a tu amigo, el médico de los oídos, pregúntale si ya me puedo bañar... Me dijo que no me duchara si no tenía tapones porque era muy peligroso que me entrara agua dentro de la oreja...

—Sí, claro... tranquila, se lo pregunto y después veremos... Pero por ahora seguiremos lavándonos por partes sin meternos debajo del agua, ¿de acuerdo?

Después de la reunión con sus ministros, Cuevas permaneció en silencio en su despacho durante más de dos horas. Había llegado el momento de dar el siguiente paso, pero debía ser sumamente cuidadoso. Encararía los rumores que según sus informantes recorrían todo el país: acusaban a su gobierno y a su persona de ser los únicos beneficiarios de toda la situación.

Los santamoranos, a pesar de todas las desconfianzas, tenían que percibir con claridad que él mantenía el control del gobierno y sus instituciones, que la situación no degeneraría en la anarquía total. No es que temiera a la gente ni a sus manifestaciones. En absoluto: a él jamás le podría pasar lo de Posadas o lo de Zarzalejo; siempre había sabido perfectamente hasta dónde exponerse y en quién confiar.

Gobernar treinta años no era una cuestión de mera osadía, sino también de saber ejercer el poder y manejar a las muchedumbres.

Una vez más le tocaba la responsabilidad de los líderes, la de ir por delante de los hechos. Era el momento de mostrar que el General no estaba terminado, ni era reemplazable con tanta facilidad. Debía dejar claro que era él quien dominaba los tiempos con su faceta más reconocida por el pueblo y la que le iba mejor: la del hombre de acción.

A las ocho de la noche, la Cadena Nacional comenzó a transmitir el discurso que daría por terminado el plazo del ultimátum y que amenazaba con cambiar por completo la fisonomía y el futuro inmediato del país.

—Pueblo de Santamora, queridos y amados compatriotas, hombres y mujeres de mi patria: los tiempos de paz se han agotado. He hecho todo lo posible y lo imposible para que esos delincuentes apátridas depusieran su actitud. Pero, como supuse, se han escondido como ratas; se han sumido en el silencio y la oscuridad de los cobardes. Y el gobierno no puede, ni debe, aceptar que el país continúe en zozobra por un grupo de alucinados. Por ello se decretará con efectos inmediatos el estado de sitio, al que se sumará el toque de queda. Esta misma noche me reuniré con el Estado Mayor del ejército para poner en marcha los sistemas de control de todo el país. No ha de quedar centímetro de tierra sin revisar, puerta sin abrir, ni persona sin investigar. Al pueblo de mi patria le pido toda su colaboración. Y a Dios, que nos permita traer a nuestros mártires con vida.

El teléfono sonó en la producción del noticiero de la Cadena 20.

Sorprendida por la llamada a esas horas en un domingo, Carolina atendió el teléfono.

–Hola. Guijarro al habla.

–Buenas noches, señorita Guijarro. Me alegro de dar con usted tan rápido en un día como hoy. Usted siempre tan dedicada a su trabajo.

–¿Quién habla?

–Soy Lucas, de la Familia Adams. El «tío» Lucas.

Carolina ahogó una exclamación.

–Lo escucho… Lucas.

–La llamo para decirle que avise a su presidente de que no somos ningún «grupo de alucinados», como nos llamó en el discurso, y que no estamos escondidos. Le dimos un plazo al gobierno para aceptar nuestras demandas y ese plazo también se ha acabado. Avise al pueblo, señorita Guijarro, de que por culpa del señor Cuevas, los candidatos secuestrados lo van a pasar muy mal…

Carolina cerró los ojos y pensó en Cáceres.

–Por favor, Lucas, dígame cómo están los dos hombres secuestrados…

–A ellos lamentablemente les queda muy poco tiempo, pero al dictador también.

–Mire, Lucas, queremos ayudarlos a terminar con esto de la mejor manera para todos. Para poder presionar necesito alguna prueba fehaciente de que están con vida… Se me ocurre que quizá con la mayor de las discreciones, podría entrevistarlos, ¿sería posible?

–No –dijo Lucas–, pero en un par de días tendrá en su poder una prueba más de que están vivos. Será en parte responsabilidad suya que sigan así. Tenga cuidado con lo que hace y no trate de engañarnos… Ah, por cierto; esa blusa a rayas que lleva le queda muy bien…

Carolina escuchó el clic del final de la comunicación y resignada colgó el auricular. Era evidente que la llamada tenía un toque de intimidación. Se habían molestado en decirle quién tenía los hilos y que la tenían vigilada; la blusa se la había puesto esa misma mañana. No saldría corriendo a hablar de esa llamada; seguramente era mejor esperar las nuevas pruebas prometidas y luego hablarlo con Godoy antes de darlas a conocer. En un gesto instintivo se persignó pensando en la vida de los dos candidatos.

En el apartamento alquilado, Paco Bailén colgó a su vez el teléfono y destapó una botella de cerveza. Lo había hecho bastante bien, a pesar de que hablar no era su especialidad. Casi disfrutó llamándose a sí mismo el Tío Lucas; su cabeza rapada y su baja estatura coincidían bastante con las del actor de su comedia norteamericana favorita.

Siempre lo habían divertido los disparates de las series de la televisión; ésa era una de las razones de que en ese momento odiara las pantallas de Santamora, que sólo mostraban durante horas y horas la misma imagen, el escudo nacional, y emitían la misma música, una vieja marcha militar.

La cadena pública seguía monopolizando las emisiones.

Una vez más, todo había salido como Homero había previsto; según lo convenido, no hacía falta que lo informara; él lo haría llamar cuando tuviera listo el envío.

Paco se recostó y se quedó mirando la imagen inmóvil de la pantalla. Antes de terminarse su cerveza, ya se había quedado dormido.

17

ESTADO DE SITIO
Lo anunció el presidente Cuevas al vencer el plazo dado a los subversivos

Rige además el toque de queda en La Milagros. Todo acto público, reunión en grupo o actividad que convoque a más de tres personas requiere autorización policial previa.

Como en su época más represiva, Cuevas reforzó la presencia de tropas en las calles. La Milagros amaneció casi como un territorio ocupado. Los uniformados habían abandonado los cuarteles para rastrillar la ciudad de arriba abajo. Entraban en cualquier bar, oficina o negocio, exigían los documentos y, ante la más mínima sospecha, no dudaban en detener a la persona.

La estampa recordaba los peores tiempos de Santamora, la primera época, cuando «el gobierno de transición» del general Severino Cuevas se estaba convirtiendo poco a poco en una dictadura.

A las ocho de la mañana Agustín vio cómo, una vez más, médicos y pacientes tendrían que convivir con la desestabilizadora presencia, sobre todo para los pacientes psiquiátricos, de hombres armados, de gesto adusto y modales muy poco cordiales.

El doctor Montillano no visitó la sala como cada lunes. Esta vez subió directamente a la oficina del depósito de cadáveres, buscó el informe de la autopsia de Mario Fossi y regresó con él al *office* de su sala, para estudiarlo.

Una vez allí releyó una y otra vez cada uno de los detalles que confirmaban la muerte por inmersión; no había signos evidentes de lucha… nada parecía fuera de lugar. Poco tiempo después de sumergirse, según indicaban las marcas en los tobillos, se había enredado entre las algas y a pesar de sus forcejeos no pudo liberarse. Horas después, no menos de cuatro, su cuerpo fue descubierto todavía enredado en las algas por el grupo de buzos que bajó a buscarlo.

Nada apuntaba a una muerte dudosa, pero Agustín continuó buscando, repasando cada uno de los valores, analizando los informes de laboratorio, viendo los resultados de patología y las biopsias de pulmón, mirando cada fotografía y leyendo cada declaración, para ver si encontraba algo.

Sobre el mediodía, no tuvo más remedio que concluir que todo confirmaba la hipótesis de la muerte accidental; los datos encajaban a la perfección. ¿Era posible que a pesar de eso Mario hubiera sido asesinado?

Se sentía un poco embotado.

Decidió hacer su ronda. Pensó que eso le ayudaría a despejarse; tal vez después, con más calma, podría encontrar algo, si es que lo había, en una nueva revisión.

EL DESAFÍO DE SER QUERIDO

Otras veces el trabajo le había servido para desconectar. En esta ocasión no. Frente a cada cama el doctor Montillano se daba cuenta de que una parte de su atención no estaba puesta en el paciente sino en los números, palabras e imágenes del informe forense.

Y nadie más que él mismo podía notarlo.

Nadie, excepto Rosetta.

Ella se dio cuenta de inmediato de que algo pasaba.

—*Figlio*... —dijo apenas él la saludó—, ¿qué es lo que te ocurre?

—¿A mí?... Nada, Rosetta, ¿por qué me lo pregunta?

—Porque soy tu madre y te conozco más que a mí misma. Tú puedes olvidarte de quién soy, pero yo no me olvido. Y cuando un hijo pasa frío, la madre tiembla...

Agustín no podía terminar de creer lo que estaba pasando. ¿Cómo esa mujer podía notar lo que otros ni siquiera habían supuesto? Decidió, por tratarse de ella, no desestimar su percepción. Le hubiera parecido una actitud miserable.

—Problemas, Rosetta... —dijo.

—Cuéntale a tu madre, *figlio*...

Agustín no pudo mantener su papel.

—Se ha muerto mi mejor amigo... —dijo Agustín sin poder evitar que dos lágrimas le cayeran por las mejillas.

Rosetta sacó un pañuelo de debajo de la almohada y con él secó la cara del médico. Luego le acarició el pelo y le preguntó:

—¿Era joven?

—Como yo —dijo Agustín.

—Ohhh... ¿vive su madre?

—No, Rosetta, murió hace muchos años...

—¡Qué suerte! –dijo la vieja, y después de un rato siguió–. ¿Te imaginas lo que hubiera sido de ella si viviera? Yo no hubiera podido seguir, *il mio Pappo* tenía razón. Tu abuelo siempre decía que las cosas muy malas sólo le pasan a la gente que está en condiciones de soportarlo. Yo, por ejemplo, pude soportar el hambre y el trabajo en el campo, pude soportar esta fiebre y la piedra que me sacaron de la vesícula, pero si te perdiera no hubiera podido seguir viviendo. Yo no podría soportar que te pasara algo. –Rosetta hizo una pausa y luego volvió a mostrar su hermosa sonrisa–. Por eso quiero estar sana, porque sé que nada te pasará mientras yo viva, ¿entiendes?

Agustín también sonrió y besó la mano que lo acariciaba.

—Claro que entiendo. Y hablando de salud, ¿cómo está ese oído? Recuerde que no debe mojarlo.

—¿Cómo voy a mojarlo si tu amigo me dijo que no lo moje? Él me explicó que si le entraba agua me podía quedar sorda. Yo soy vieja, pero no soy tonta.

De repente esas palabras de la anciana resonaron en su cabeza como un gong. «Si me entra agua me puedo quedar sorda.» En un flash, una de las fotografías que tomó al cuerpo durante la autopsia de Mario vino a su mente...

—Me voy, Rosetta, tengo una urgencia, nos veremos más tarde. Y gracias.

A las dos de la tarde Agustín llegó a las dependencias de *El Ojo Avizor*. Si bien en principio habían quedado en verse a última hora, el médico había llamado para adelantar la cita.

Después de pasar por la recepción, subió la escalera y se dirigió al escritorio del periodista. Estaba angustiado por su descubrimiento y también ansioso por compartirlo con Pablo Godoy. El periodista estaba hablando por teléfono.

—Enloqueció, hermano, enloqueció —decía Godoy mientras le hacía señas al médico para que tomara asiento—. Sí, sí… nos mantenemos en contacto por si hay novedades. Creo que por ahora hay que esperar, por supuesto.

El periodista colgó.

—Me sorprendió que me llamaras tan pronto… ¿Has revisado la autopsia?

—Sí, más de una vez.

—¿Y?

—En verdad, no es demasiado lo que puedo decir, pero estoy convencido de que es un indicio.

—¿Qué has encontrado?

—No es lo que encontré, sino lo que no encontré.

Agustín abrió un sobre y sacó de él dos fotografías del cadáver de Mario, tomadas en la mesa del depósito. Eran dos perfiles, uno derecho y otro izquierdo, de su amoratada cabeza.

—¿Lo ves? —dijo Agustín—, no hay nada…

—No entiendo —dijo Pablo Godoy—, ¿qué es lo que no hay?

—En los oídos… No tiene tapones.

—¿Es necesario tener tapones en los oídos para bucear? —preguntó el periodista.

—Depende —dijo el médico—, si tienes una otitis con una perforación de tímpano, es imprescindible.

—Ajá… —dijo Pablo—. ¿Y?

—Mario tenía una otitis que no se había curado; de hecho, estaba en tratamiento. Tal vez esto no signifique nada para ti, pero Mario era médico...

—La verdad, no entiendo...

—Un médico jamás bucearía sin tapones si tiene otitis, a menos que quisiera exponerse a quedarse sordo —afirmó Agustín—. ¿Te das cuenta?

—Ahora lo veo. ¿Y él sabía que tenía otitis?

—Naturalmente. Habíamos hablado de eso y yo mismo le había recomendado que se pusiera unas gotas...

—Así que...

—Así que, conociéndolo como yo lo conocía, te puedo asegurar que Mario Fossi no se metió a bucear por propia voluntad.

Cuando salió de *El Ojo Avizor*, Agustín volvió rápidamente al hospital, tenía muchas cosas que ordenar en su cabeza y muchas preguntas que contestarse antes de que Carolina terminara su programa de la noche y él pudiera hablar con ella. Agustín no tenía ninguna duda de que si Carolina Guijarro llegaba a enterarse antes de salir al aire de que se sospechaba que la muerte de Mario había sido un homicidio, la tentación de ser la primera en dar la noticia la empujaría a traicionar cualquier promesa que le hiciera.

¿Quién había asesinado a Mario y por qué? Agustín no conseguía alejar de su mente esas preguntas.

Era el momento de intentar recomponer los hechos. Un nuevo análisis le permitió inducir que se encontraba ante un crimen casi perfecto, ejecutado con precisión y por manos expertas.

Agustín tomó todas las fotografías y bajó al aula magna, en

la primera planta. Pidió las llaves a la secretaria académica y entró en él. Allí podría mirar en detalle las imágenes del cadáver de Mario que había tomado el forense. Una a una, Agustín fue poniendo en el proyector las fotografías para luego acercarse a verlas en la pantalla, amplificadas. Agustín sintió que su dolor se agigantaba.

Utilizó los limitados recursos del proyector para ampliar aún más algunas partes del cuerpo: las orejas, la boca, los ojos, la nuca, las manos, los tobillos…

Los tobillos…

Ahí estaba la huella de las heridas producidas por el forcejeo del buzo con las algas que lo sujetaban. ¿Por qué no había utilizado su cuchillo de buceo? Si alguien lo había sujetado al banco de algas para simular un accidente, con seguridad se hubiera preocupado de que no tuviera el cuchillo para soltarse…

Pero no…

Allí estaba, en la fotografía del costado derecho, con el cuchillo en su vaina.

Después de un brevísimo instante de decepción, Agustín se dio cuenta de que era aún más sospechoso este hallazgo que el que buscaba.

Era absurdo pensar que Mario, que buceaba desde hacía tantos años, se hubiera asustado por lo que sucedía y que en su desesperación no se percatara de que podría liberarse utilizando el cuchillo.

O Mario fue atado a las algas semiinconsciente, quizá drogado, o fue ahogado de otra forma y luego atado al banco vegetal. En cualquier caso, esto confirmaba que su amigo había sido asesinado.

Montillano recogió todas las fotografías, apagó el proyector y volvió a su sala. Guardó en su maletín las imágenes de los oídos, de los tobillos y del cinturón de Mario. Sus propios pensamientos le habían ocasionado cierta paranoia. No dejaría esas fotos en el hospital. Si la suposición de Mario había sido correcta y aquel comando no había entrado en el hospital para matar a Zarzalejo, sino para robar las historias clínicas, el hecho bien podía repetirse.

Mientras devolvía el resto de las fotografías al archivo del depósito, Agustín llamó a Pablo Godoy para volver a encontrarse con él.

—Estamos jodidos —sentenció Godoy mientras le servía una taza de café a Agustín.

Desde la ventana de su despacho veía cómo la calle se vaciaba de gente ante el comienzo del toque de queda.

—Jodidos, pero jodiendo —dijo Agustín recordando una broma de Mario—. Estarás de acuerdo en que algo hay que hacer...

—Sí, pero me parece que estamos en un callejón sin salida. No tenemos dudas de que Mario fue asesinado, pero no creo que podamos convencer a alguno de los pocos jueces y policías honestos que quedan para que se ocupen del asunto. Yo podría empujar un poco desde el periódico, pero el tema de los tapones en los oídos no parece suficiente para forzar la reapertura del caso. De cualquier forma, voy a publicar esto mañana en primera plana. Puede que alguien nos proporcione alguna información, quizá alguien se inquiete. Quizá Cuevas se decida a actuar.

–Me recuerdas a Mario –dijo Agustín–. Parecéis cortados por el mismo patrón.

–Las hipótesis, de momento, no sirven –siguió el periodista–. Lo que debemos hacer es reconstruir lo que hizo Mario en sus últimos días.

–No será fácil –adujo Agustín.

–Pero tampoco imposible. Tú, por ejemplo, seguro que tienes mucho que aportar.

–Desde luego, éramos amigos y trabajábamos juntos.

–Por eso tienes que hacer memoria. Y no descartar ninguna idea, incluida la suposición de que su aparición en los medios haya sido la causa de su muerte.

Ambos guardaron silencio.

Agustín sacó del bolsillo una tarjeta particular y se la tendió a Godoy.

–Empecemos por algo que desde el día del entierro me ha llamado la atención, ¿podrías averiguar quién es este tipo? –pidió Agustín señalando el nombre de Carlos R.–. Dice ser un amigo de Mario, pero…

–Veré qué puedo hacer.

Carolina no pudo ocultar su sorpresa cuando abrió la puerta de su apartamento:

–Doctor Montillano, que venga sin avisar, a pesar del toque de queda y con esa cara de circunstancias me inquieta. ¡Algo bastante desagradable debe de tener que decirme!

Agustín decidió ir al grano:

—Mañana, en *El Ojo Avizor,* saldrá la noticia de que existen algunos indicios que sugieren que Mario Fossi fue víctima de un homicidio.

Carolina encendió con lentitud un cigarrillo y se sentó. Apenas podía ordenar el cúmulo de emociones encontradas que sentía: primero, la sorpresa que le causaba la noticia misma; segundo, la rabia de que la información estuviera en manos de Godoy y tercero, el dolor de saber lo que Agustín estaría sufriendo. Todas se mezclaban. Se mantuvo en silencio y dejó que su ex continuara.

—Como sabía que ibas a poner el grito en el cielo, he preferido decirte mis motivos en persona.

—Te escucho —dijo Carolina reprimiendo las ganas de dejarse llevar por sus emociones.

Agustín le resumió sus encuentros con Godoy, lo que había descubierto revisando los informes de la autopsia y terminó diciendo:

—…Y le di la noticia a Godoy porque lo que descubrí fue gracias a él.

—¿Es ésa la única razón? —preguntó Carolina.

—Creo que también se debe a que me gustaría no verte involucrada en esta historia. Al menos no quiero ser yo quien te empuje a entrar en esta ruleta rusa en la que se ha convertido toda esta historia de poder y corrupción.

—¿Otra vez? Me pregunto si te das cuenta del machismo que esconde tu papel de padre protector…

—No, Caro. No vayas por ahí… Lo que está pasando es grave. ¿No ves que cada persona que se acerca a los candidatos de un modo u otro termina muerta? Si la muerte de la ex de Cáceres no te detuvo, ahora deberías reflexionar... Te lo ruego, Caro, aléjate un poco del caso.

–Sabes que eso es imposible. Presento el noticiero, mi columna es política y mi responsabilidad también...

De pronto, en la calle se escucharon sirenas de la policía, carreras y gritos. Carolina y Agustín miraron por la ventana. Un grupo armado de los que patrullaban la ciudad revisaban los documentos de unos turistas estadounidenses algo ebrios. Intentaban explicarles que debían permanecer en sus casas porque había toque de queda.

–Parece que va a ser mejor que te quedes –dijo Carolina–, los muchachos de la patrulla están un poco exaltados...

Aunque a los médicos y al personal hospitalario no les alcanzaba la prohibición de circular durante la queda, Agustín accedió. Y aunque Carolina no desconocía la extensión precisa de la medida, prefirió no recordar las excepciones.

Pasar la noche juntos por obligación ponía a los dos a salvo de tener que darse más excusas.

MARTES, 20 DE ABRIL   *EL OJO AVIZOR · 5*

Hay indicios de que la muerte del doctor Mario Fossi no fue accidental

Su cuerpo fue encontrado en el fondo de la bahía dos días después de que el traumatólogo anunciara oficialmente que el coronel Zarzalejo había muerto.

D urante todo el día Carolina estuvo dominada por dos sensaciones contradictorias: por un lado, tenía de nuevo grandes expectativas para su relación con Agustín y, por el otro, debía asumir que continuaba habiendo problemas. Él no parecía haber cambiado de opinión respecto a su profesión de periodista; vivir a su lado sería una condena permanente a discusiones sobre el asunto.

Ya habían pasado por algo parecido mientras estuvieron juntos, con la diferencia de que en aquel entonces la falta de compromiso de Agustín hacía que todo fuera poco importante y le permitía a ella mandarlo al demonio cuando él se ponía a opinar sobre su trabajo.

Pero ahora la cosa sería diferente.

Carolina debía ser consciente de lo que les esperaba si más tarde no quería tener demasiadas sorpresas.

«Los hombres no cambian», le decía siempre su madre. «Al menos no cambian en la dirección que una espera», agregaba Carolina.

«No finjas que no te das cuenta —se dijo en silencio—, Agustín no es Juan José Cáceres... es tan incapaz de superar sus temores a formar una pareja estable como lo es de aceptarme como soy.»

Carolina Guijarro sonrió, burlándose de sí misma.

¿Era razonable volver a tropezar con la misma piedra? Por otra parte sus reflexiones no eran más que pura especulación; Agustín no había hecho el menor gesto de proponerle nada serio y quizá nunca lo hiciera.

El doctor Montillano, definitivamente, no era como Cáceres...

«Pobre Juan José —pensó—. ¿Cómo estará?»

Actualizaba las historias de sus pacientes cuando sonó el teléfono de su consulta.

—¿Doctor Montillano? —dijo la voz de la recepcionista del hospital.

—Sí... dígame.

—Tiene una llamada exterior.

—¿Quién es?

—Dijo que era una amigo suyo... ¿se lo paso?

—Sí… páselo —dijo Agustín, mientras se preguntaba quién podría llamarlo a esa hora al hospital.

Una voz ronca, que le produjo cierto escozor, respondió del otro lado de la línea:

—Hola… ¿Agustín Montillano?

—Sí… ¿quién habla?

—Hola, soy Carlos.

—¿Qué Carlos?

—Carlos R. Veo que tiene tan mala memoria como yo —señaló el sujeto—, nos conocimos en el entierro de nuestro amigo Mario.

Agustín permaneció en silencio, en estado de alerta.

—Por lo que leí en el periódico, creo entender que va a necesitar alguna ayuda.

—No entiendo por qué me llama a mí. La nota del periódico la publicó el redactor en jefe de la sección política. Yo no…

—Doctor, doctor —interrumpió Carlos R.—, el señor Pablo Godoy no pudo llegar a esa conclusión sin ayuda de alguien que con inteligencia y genuino interés haya investigado la muerte de Mario. Y esa persona no pudo ser otro que usted, mi querido Montillano… Como ya le dije, yo siempre pago mis deudas y cuido de los que me son leales. Lo que quizá no le dije es que hay dos cosas que no tolero: que me mientan y que alguien haga daño a una persona que merezca mis afectos. Por eso, como comprenderá, doctor, la primera plana de *El Ojo Avizor* de hoy me ha puesto de pésimo humor. Por otra parte, me parece que indicó a Godoy que me investigara, no para ver si podía ayudarlo, sino porque sospecha de mí. Mire, doctorcito, no se puede vivir así, sin confiar en nadie; sobre todo si no tenemos recursos para hacer lo que debe hacerse.

Y lo primero que debe hacerse es descubrir quién mató a Mario Fossi y por qué.

Sin esperar la respuesta de Agustín, el hombre concluyó diciendo:

—En cuanto sepa algo nuevo, me pondré en contacto con usted.

Agustín colgó el teléfono. ¿Quién era Carlos R.? ¿Qué relación habría tenido con Mario, si es que había tenido alguna? ¿Estaba tendiéndole una trampa? ¿Por qué llamaba justo ahora para volver a ofrecerle ayuda? ¿Cómo sabía que le había pedido a Pablo que lo investigara? Demasiadas preguntas sin respuesta.

Quizá era el momento de confiar en alguien por una vez. Valía la pena el riesgo si ayudaba a desvelar el crimen de su amigo.

—¿Quién es ese tipo? —preguntó Pablo apenas se sentó a la mesa de la cafetería donde había quedado con Agustín.

—Pensé que tú me lo dirías.

—Sí. Algunas cosas he averiguado, aunque no fue fácil. Estuve haciendo llamadas a viejos conocidos que me deben algunos favores. Pero antes de hablar quiero saber cómo estás vinculado a él.

—Apareció el día del entierro de Mario diciendo que era un amigo suyo y que se ponía a mi disposición para cualquier cosa que pudiera necesitar.

—¿Amigo de Mario?

—Eso dijo. A mí me sorprendió, porque nunca me lo había mencionado —dijo Agustín—. Ahora te toca a ti, Pablo… ¿Qué has averiguado?

—El hombre es un peso pesado. Nadie sabe muy bien en qué se mueve, pero está claro que no se trata de nada limpio. Armas, drogas, contrabando de mercancías entre Latinoamérica y Estados Unidos... no está claro. Pero es muy poderoso y tiene a su alrededor una organización impresionante que incluye cientos de oficinas en todo el mundo, dos bancos, tres aviones privados, una flota de barcos de carga y un verdadero ejército de mercenarios.

—¿Y qué demonios tenía que ver Mario con un tipo como ése?

—Eso es lo que no consigo imaginarme. De todas maneras, por lo que pude averiguar, podemos estar seguros de que no tiene nada que ver con su muerte.

—¿Y eso cómo lo sabes?

—Porque si él lo hubiera matado, no perdería tiempo con payasadas. Y tú y yo ya estaríamos haciéndole compañía a nuestro querido amigo...

En ese momento, el camarero se acercó a la mesa:

—Señor Godoy...

—¿Sí?

—Tiene una llamada...

—Ahora vengo —dijo el reportero y se levantó a atender.

Cuando volvió le dijo a Montillano:

—Era Carolina... Ha recibido un paquete de la Familia Adams. Un nuevo vídeo, quizá. Me voy a verla.

—Voy contigo —dijo Agustín.

El envío tenía el tamaño de una pequeña caja de zapatos y estaba envuelto en un sencillo papel marrón atado con una cuerda. Carolina miró el paquete y leyó en la parte superior:

Para entregar a la Srta. Carolina Guijarro, de parte de FA.

Imaginó diferentes posibilidades, desde que el paquete explotara hasta que fuera una broma pesada. Lo más lógico que debería hacer era llamar a los artificieros de la policía, pero eso supondría no saber qué contenía el paquete. Lo mejor sería esperar a Godoy y decidir entre los dos qué hacer. Su sorpresa fue mayúscula cuando vio que Agustín acompañaba a su colega periodista. Desde la muerte de Mario, Godoy lo había implicado más en la investigación. Y su presencia la inquietaba y reconfortaba a partes iguales.

—Son ellos. La Familia. Han vuelto a comunicarse con nosotros —dijo Godoy mientras observaba el paquete.

Agustín miró a Carolina.

—¿Y qué haces que no has llamado a la policía? Puede ser un explosivo.

—No creo… Mi intuición me dice…

—¡Estás loca!

—Baja la voz, Montillano —le ordenó Godoy—. Si quisieran hacernos daño, ya lo habrían hecho.

—Puede ser la primera vez.

—No, estoy seguro de que no. Debe de ser algo para publicarlo en el periódico.

—Podría ser, pero si no lo es… —dijo Agustín mirando con desconfianza el envoltorio–. Malditos periodistas, por una primicia sois capaces…

–Voy a abrirlo –dijo, decidida, Carolina–. Agustín, si quieres, puedes irte.

–No, ni loco –protestó Agustín.

Con sumo cuidado, la periodista cortó la cuerda que ataba el paquete y comenzó a desenvolver el papel.

Lo primero que vieron fue un sobre entreabierto y una caja de cartón.

Carolina sostuvo la caja mientras le decía con un gesto a Godoy que sacara el mensaje del sobre.

Lo hizo y leyó en voz alta:

–«Ya que el señor presidente dice entre los suyos que piensa comernos uno a uno, aquí le mandamos un aperitivo para que no pase hambre mientras lo intenta».

Las manos de Carolina Guijarro empezaron a temblar. El mensaje incluía algo que ninguno de los tres podía imaginar.

Dentro de la caja encontraron dos pequeñas bolsitas de papel de celofán. En una de ellas había dos dedos de un pie humano y en la otra una oreja izquierda. Cada bolsa traía una etiqueta pegada; en la primera ponía «Cáceres»; en la segunda, «Tolosa».

Los tres se miraron sin dar crédito a lo que tenían delante. Por más que cada uno, a su modo, estuviera acostumbrado a presenciar hechos sangrientos, la visión de aquellos miembros mutilados los abrumó.

La mutilación representaba un paso más en la escalada de violencia, una frontera que hasta entonces nadie había traspasado, ni Cuevas, ni mucho menos la guerrilla.

Aunque durante años había habido detenciones políticas, secuestros y torturas e incluso asesinatos, nunca se había llegado a tamaño grado de morbosidad y perversión.

Pablo, enmudecido, sólo pensaba que ésta era una provocación absoluta y una declaración de guerra frontal.

Agustín, igualmente silencioso, pensaba si la sociedad podría volver a la normalidad después de haber llegado a este punto.

Carolina sólo podía pensar en Cáceres.

Pasada la primera impresión, envolvieron de nuevo la caja y se mantuvieron en silencio hasta que Carolina, como si hubieran pactado aparentar estar hablando de cuestiones triviales se animó a decir:

—Qué cosa, ¿no?

—Sí —dijo Agustín—, muy desagradable.

—¿Y ahora?

—Hay que llamar a la policía, porque ni la cadena ni el diario pueden dar la noticia hasta que se los autorice.

—¿Por qué?

—Estado de sitio. Si a Cuevas se le ocurre decir que algún medio está desestabilizando al gobierno, podría clausurarnos y no tengo ganas de que ninguno de nosotros pase por eso.

—Lógico —coincidió Agustín.

—Sin embargo, no podemos entregarla así, simplemente, y correr el riesgo de que desparezca la prueba —dijo finalmente Godoy—. Apenas llegue al diario sacaré unas fotos y entregaré estos restos a la policía.

—También debemos pensar en negociar con ellos para intentar salvar a los candidatos —añadió Carolina.

—¿Piensas en otro mensaje cifrado? —preguntó Godoy.

—No. Me parece que esta vez debemos ser más frontales. Después de que se conozcan estos hechos, la opinión pública aprobará sin rodeos nuestra decisión de tener contactos directos con los terroristas.

Desde el exterior del edificio, dentro de una furgoneta, Paco Bailén espiaba todos sus movimientos.

19

El gobierno autoriza a los medios a mostrar imágenes de las mutilaciones de los secuestrados

Una oreja de Tolosa y dos dedos de Cáceres fueron entregados el martes como respuesta al ultimátum del general Cuevas.

Hay hechos que pueden movilizar a los pueblos y también hay otros que logran aplastarlos y hundirlos en una sensación de desesperanza y escepticismo.

Santamora recordó aquella mañana el horror de las antiguas torturas. Dos dedos y una oreja, símbolo del doloroso camino que los santamoranos habían transitado y en el que parecían encontrarse de nuevo.

Todavía estaban demasiado frescos en la memoria de Santamora los tiempos de la gran represión, cuando los titulares de los diarios chorreaban sangre. La frustración del sueño democrático podía percibirse a cada paso por las calles de La Milagros. Cabezas gachas, miradas huidizas y atemorizadas y el silencio pertinaz de la desesperanza. No lo decían porque no querían expresarlo, pero en cada ciudadano podía adivinarse la certeza de que jamás volverían a ver a los secuestrados y que nunca, nunca, podrían liberarse de aquel terror.

La mayoría de las radios, periódicos y programas televisivos se dedicaban a analizar el grado de perversión o de locura de los que eran capaces de perpetrar tamaño acto alienado y el grado de violencia en el que se encontraba el país.

El primer comentario que los santamoranos oyeron fue a las seis de la mañana; lo hizo la veterana y popular periodista Márgara Iglesias.

—Sí, estamos espantados, es cierto. Y como es nuestra costumbre saldremos a buscar respuestas que nos tranquilicen. Buscaremos las palabras más fuertes que describan a los criminales, preguntaremos a los psicólogos y a los psiquiatras cómo pueden existir estos monstruos, nos uniremos para diferenciarnos de ellos, de los que despreciaron los valores más fundamentales de nuestra sociedad. Es cierto, lo haremos. Pero antes, en estos minutos previos, me gustaría que, con honradez absoluta, nos miremos y aceptemos que esos hombres capaces de llegar a la mutilación son parte de nosotros. Nos guste o no, esta Santamora a la que queremos preservar de la infamia ha sido capaz de engendrar y criar a esos seres que han dejado atrás todos los límites. Preguntémonos con valentía para poder contestar con honestidad: ¿cuánto hace, compatriotas, que no tenemos límites? ¿Cuánto hace que, por comodidad, por conveniencia o por miedo, hemos ido dejando que la inmoralidad, la corrupción y la violencia se instalaran y señorearan de nuestra tierra? ¿De qué nos asombramos ahora? Si queremos madurar como sociedad deberemos aceptar que esto no es más que el producto a partes iguales de todo lo que hemos hecho y de todo lo que dejamos de hacer. No es la hora de salir a repudiar estos hechos, sino la hora de salir a luchar para que nunca vuelvan a suceder.

El General miró el titular de *El Ojo Avizor* y apartó el periódico con un gesto de repugnancia. Siempre había detestado ver sangre, aunque supiera que derramarla fuera a veces imprescindible. Pero ¿para qué mostrar esa saña?, se preguntó. Esos jovencitos que jugaban a la guerra no se daban cuenta de que el temor no se producía sólo con la visión del horror; la mayoría de las veces las palabras dichas en el momento adecuado surten el mismo o mayor efecto. Él lo sabía muy bien. Recordaba con orgullo que jamás había mostrado en público las torturas. Jamás. Si necesitaba que algo se supiera, le bastaba con dejar algunos testigos para que lo contaran. Eso era más que suficiente, porque la imaginación de la gente podía dibujar escenas mucho más temibles que las reales. Otra cosa eran los fusilamientos. Producían muertes pulcras, honorables y aleccionadoras.

Pero lo que realmente preocupaba al General era que, a pesar de todos los allanamientos, las detenciones multitudinarias, los interrogatorios, las intervenciones telefónicas y los extensos datos que los colaboradores de la policía dieron, los secuestrados no habían sido localizados. Cuando se presentó el ministro del Interior, el presidente le dio órdenes precisas:

–Tenga preparados a los comandos de élite. Creo que se acerca la hora de actuar... Y haga vigilar a los periodistas Godoy y Guijarro noche y día. Quizá ellos nos lleven a donde queremos ir.

Durante toda la semana había estado apareciendo en la sección de anuncios por palabras el escueto mensaje que Pablo Godoy había ideado y que decía todo lo que había que decir en pocas líneas:

> Tío Lucas:
> Queremos encontrarnos con la familia. Tengo entradas para el programa de la tele que tanto te gusta. ¿Vienes?

Por eso cuando Carolina Guijarro encontró una vez más un sobre sin sello asomando por debajo de la puerta, no tuvo siquiera que cogerlo para darse cuenta de quién se lo enviaba.

Abrió el sobre, leyó el texto rápidamente y llamó a Godoy. De camino a casa de su colega, iba haciéndose a la idea de que estaban lejos de poner condiciones y manejar los próximos pasos de la relación con los locos Adams. De alguna forma, estaban siendo utilizados, y los reporteros terminarían teniendo acceso solamente a la información que le conviniera a los terroristas y exclusivamente en sus términos.

Sentado a la mesa de su antigua cocina, donde Carolina y él habían compartido tantos desayunos dominicales, Agustín tomaba una segunda taza de café.

–No he pegado ojo en toda la noche –dijo–. Esta situación se ha salido de madre por completo.

–Sí, pero ya no hay vuelta atrás –replicó Carolina en el momento en que sonaba el timbre.

Pablo Godoy entró como un remolino.

–¿Cuál es el mensaje? –preguntó sin poder contener la excitación. Sin más preámbulos, Carolina lo leyó:

A C.G. y P.G.

Homero acaba de aceptar la invitación para transmitir en directo imágenes de los secuestrados. Será la última vez que se los vea con vida si no se cumplen nuestras exigencias.

Instrucciones

1. El domingo a las cinco de la tarde encontraremos a C.G. en el mismo lugar de nuestra cita anterior. Deberá venir con los equipos necesarios para realizar la transmisión, vía satélite.

2. Por la noche, en el *Noticiero central*, P.G. será el enlace en estudios del último mensaje en vivo del FSL.

3. La emisión durará no más de siete minutos, pasados los cuales se apagarán las cámaras y tanto C.G. como el equipo serán devueltos al lugar de encuentro.

4. En las dos últimas letras de la página cuatro de *El Ojo Avizor* del domingo nos darán su respuesta: sí o no. Si no hay respuesta entenderemos que nuestra propuesta no se acepta y los rehenes serán ejecutados.

5. La vida de los secuestrados dependerá de la discreción de ustedes, que incluye no dar aviso a la policía ni al gobierno, y del éxito de esta transmisión.

—¡Es imposible! —exclamó Godoy—. No hay tiempo para hacer lo que piden... y no creo que la emisora acepte alquilar el satélite...

—Pero no hay opción... —repuso Carolina—, estoy segura de que los matarán si no aceptamos.

—Y si aceptáis, los matarán después —dijo Agustín.

—¡Agustín! —lo regañó Carolina.

—No quiero ser pesimista —explicó Agustín—, pero ¿alguno de vosotros cree que Cuevas, conmovido por las imágenes del sufrimiento de los secuestrados, va a aceptar acceder a las exigencias de los locos Adams?

—No —contestó rápidamente Carolina—. Por eso debemos hacerlo. ¿No lo ves? Es la única manera que tenemos de conseguir que los atrapen o por lo menos de ayudar a que sean liberados los rehenes.

—Yo lo único que veo —se exasperó Agustín— es que en el momento de la transmisión, si es que la logran, ellos tendrán además de a Tolosa y a Cáceres, dos rehenes más: tú y el cámara de la cadena.

—Pero quizá consigamos que la transmisión sea rastreada si dura lo suficiente —argumentó Godoy.

—Como diría Mario, tus amigos los Adams estarán locos, pero no son tontos. Si se animan a esto es porque deben de tener previsto cómo evitar que los localicen —dijo Agustín.

—Ese hijo de puta de Homero, quien quiera que sea, sabe lo que hace —sostuvo Carolina—. Rastrear una comunicación vía satélite, aun teniendo todos los medios, no puede hacerse en menos de diez minutos. Ésa es la razón de imponer que la transmisión no dure más de siete.

—Tal vez deberíamos avisar a la policía —sentenció Agustín—; es demasiado peligroso que te encuentres con ellos sin ninguna protección.

—No empecemos, Agustín, esto es demasiado serio como para que continúes con tu afán de protección —dijo Carolina.

Godoy, incómodo, trató de reconducir la conversación.

—Estoy en contra de incumplir las condiciones que nos han impuesto. Tengo la certeza de que avisar a las fuerzas de seguridad es más peligroso que no hacerlo.

Agustín sintió un nudo en el estómago. El miedo que sentía por la peligrosa misión de Carolina era más de lo que podía soportar. Pero la decisión ya estaba tomada.

Mientras Carolina y Godoy se reunían urgentemente con los directivos de la Cadena 20 y de *El Ojo Avizor*, Agustín decidió ir al hospital. Por más que quisiera, su presencia no era necesaria junto a los periodistas y, además, tenía pacientes citados a los que no quería dejar abandonados una vez más, sobre todo en un momento como éste. De hecho, al llegar a la sala la secretaria le avisó que su primera paciente ya lo esperaba sentada en el consultorio.

Desde el despacho de Carolina, Pablo Godoy llamó a la redacción. Pidió hablar con el jefe de redacción y le dio una orden.

—Escucha bien —le dijo—, busca la última nota de la página cuatro del diario de mañana... abajo a la derecha. ¿Cuál es?... Ajá... Bien... Presta atención, ponle firma a esa nota... Sí... Ya lo sé...

pero esa nota debe aparecer firmada. Sí... digamos... por Emilio... Parissi... Exactamente... al final... Así es... Parissi... con dos eses... Okey.

Al doctor Montillano siempre le sorprendía esa extraña sincronía que determinaba que los pacientes trajeran a la consulta problemas que se parecían bastante a los de sus terapeutas.

Esa mañana, cansado y ojeroso, atendió a la señora Gómez, la que nunca podía dormir.

—Ya que no puede dormir —dijo a la paciente—, ¿por qué no trata de hacer algo útil mientras está despierta?

—Es que no se me ocurre nada que valga la pena y que yo pueda hacer —contestó la señora.

—No se preocupe de si vale la pena o no, lo importante es no quedarse atrapada en la impotencia. Cualquier cosa que intente será siempre mejor que no haber hecho nada.

Cuando terminó la consulta, todavía resonaban en la cabeza de Agustín sus propias palabras. No podía quedarse de brazos cruzados viendo cómo mataban a la gente a la que quería. Por muy descabellado que le pareciera, tenía que intentar aportar lo único que en ese momento podría ser de utilidad.

Sacó la tarjeta de su billetera y marcó el número de Carlos R.

Una hora más tarde, Agustín Montillano veía acercarse por la calle el imponente auto de cristales tintados. Se detuvo al lado del médico y una de las ventanillas bajó con un murmullo eléctrico.

—Me alegra poder serle útil, Montillano —dijo Carlos R. desde el interior—. ¿Qué necesita?

–La periodista Carolina Guijarro va a ir al encuentro del comando guerrillero que tiene secuestrados a los candidatos para hacer una transmisión...

–Sí, lo sé –dijo R.

Agustín se preguntó por qué decía eso, cómo podría saberlo. ¿Le mentía? Y si era así, ¿por qué? Aunque, en realidad, poco le importaba ahora la megalomanía del misterioso personaje.

–El caso es que no piensan avisar a la policía... y yo... no sé, pensé que tal vez usted...

–Que tal vez yo podría protegerla de algún modo –concluyó Carlos R.–. Déjelo de mi cuenta, Montillano. ¿Algo más?

Agustín no quiso desaprovechar la oportunidad.

–Usted me dijo que era amigo de Mario, ¿se conocían desde hacía mucho?

–Sí, desde hace mucho. A propósito de Mario, ¿cómo van las investigaciones sobre su muerte? Quiero que sepa que estoy personalmente interesado en revelar toda la verdad. Espero que también me deje ayudarlo en ese asunto. Por ahora quédese tranquilo. Carolina Guijarro regresará con vida, se lo garantizo.

–Una cosa más, señor Carlos, no quisiera que los secuestrados...

–No le puedo prometer nada Montillano, pero le aseguro que ellos no correrán más riesgo del que ya corren –afirmó el hombre, interrumpiéndole otra vez, y acto seguido la luna comenzó a elevarse.

La conversación con Carlos R. no consiguió tranquilizar del todo a Agustín. Sentía que necesitaba permanecer cerca de Carolina aunque la periodista, según se iba implicando en la trama de los secuestradores, se alejaba de la posibilidad de tener tiempo para compartirlo con él.

Volvió al hospital y visitó a Rosetta. Como siempre, la anciana captó enseguida las preocupaciones de Agustín.

—Dime, *figlio*, tú estás enamorado, ¿verdad?

—¿Por qué lo dice, Rosetta?

—Porque a una madre eso no se le escapa, y tus ojitos te delatan... ¿cuándo la voy a conocer?

—No lo sé —le dijo al fin—, ella está siempre muy ocupada.

—Eso es bueno —dijo sabiamente Rosetta—, una *donna* que no tenga nada que hacer siempre pretenderá hacerlo al lado de su marido. ¿No te habrás casado sin que yo lo sepa, no?

—Nooo... —rió Agustín.

—De todas maneras, ya es hora, *figlio*. Tu madre no estará en este mundo para siempre...

—No diga eso. Usted va a estar rondando por aquí muchos años todavía... Lo que pasa es que tampoco estoy muy seguro de que ella quiera.

—Claro que quiere —dijo Rosetta con convicción.

—¿Y usted cómo sabe que quiere?

—¿Qué *ragazza* guapa y joven no querría casarse contigo?

—¿Y cómo sabe que es joven y guapa? —preguntó Agustín, perturbado por el afecto y la valoración que Rosetta hacía de él.

—Porque si no fuera así, tú no la hubieras elegido... ¿Y tú? ¿Tú sí quieres casarte con ella?

—Sí, Rosetta. —Era la primera vez que se lo admitía a sí mismo en voz alta.

—Entonces...

—¿Entonces?

—¡Cocínale!

—¿Cómo?

—A tu padre lo seduje con una *bagna cauda*... —le dijo la paciente—, pero eso sería muy complicado. Una buena pasta será suficiente... Anota.

—Pero es que yo...

—Anota —insistió Rosetta.

Y durante los siguientes quince minutos descubrió para Agustín todos los secretos de una buena salsa.

—Y lo último —dijo— antes de servirla cerciórate de que manche... Una salsa de tomate que no mancha, no es una buena salsa de tomate.

20

La Cadena 20 de televisión y este periódico pondrán en pantalla un revelador informe conjunto sobre la situación en nuestro país

> Los dos medios han colaborado para realizar este exclusivo trabajo de investigación que se emitirá en directo en el día de hoy.

–¿**N**o es un poco arriesgado el titular de Godoy? –preguntó Agustín mientras desayunaba en casa de Carolina.

–Puede ser –admitió ella–. Pero acordamos que la cadena tendría preparado un informe con imágenes de archivo donde daríamos un resumen de todos los datos que tenemos, en caso de que se echen atrás. Espero, por la vida de Tolosa y de Cáceres, que eso no suceda.

–Sí –dijo Agustín, cuidándose muy bien de no tocar el tema Cáceres–. Es cierto que los secuestrados están en gran peligro, sobre todo desde el vencimiento del plazo, pero yo también entiendo que si la transmisión fracasa…

—Es mejor no pensar en eso —zanjó Carolina.

Se puso de pie y empezó a dar vueltas por la cocina tratando de dominar su nerviosismo. Finalmente, miró a Agustín y sonrió.

—Los espaguetis de ayer fueron la mejor cena que he comido en años. La salsa estaba deliciosa.

—Me alegro —dijo Agustín con la mejor sonrisa que pudo construir—. Sobraron unos pocos, así que… cuídate, por favor, si no vamos a tener que tirarlos…

Carolina y el cámara estacionaron el auto a doscientos metros de la refinería abandonada. Se manifestaba su nerviosismo en los dientes apretados y en el espeso silencio que habían mantenido durante todo el viaje.

Caminaron hasta el cruce de la ruta 18 y la 1, mirando a su alrededor como si esperaran un disparo en cualquier momento.

Ambos eran conscientes de que si algo fallaba, cualquier detalle, por pequeño que fuera, no saldrían vivos. Y no ignoraban que, aunque los acontecimientos siguieran el curso establecido, tampoco tenían asegurado el regreso sanos y salvos.

A las cinco en punto cinco autos se detuvieron donde esperaban Carolina y el cámara. Cuatro hombres encapuchados bajaron de los dos coches que encabezaban la columna, un Peugeot 504 y un Renault 12. Sin decir una palabra, subieron a la periodista en uno y al cámara en el otro. Sin decir una palabra, arrancaron y avanzaron hasta la rotonda. Al llegar a la primera bifurcación separaron sus caminos. Un todoterreno se colocó detrás del Peugeot que llevaba a Carolina y un Ford Falcon adelantó al Renault para escoltarlo.

Más adelante, en la ruta 18, un campesino que llevaba paja en una camioneta vio pasar al Peugeot y al todoterreno en dirección sur. El hombre sacó de la guantera un aparato de radio, desplegó una antena y apretó varias veces el comunicador.

—R., ¿me escucha? Cambio.

—Escucho. Cambio.

—Guijarro acaba de pasar. Los autos se separaron en el cruce, como usted dijo. Cambio.

—Todos los caminos conducen a Roma. Di a los muchachos que sigan a Guijarro de lejos. Y que no hagan nada hasta que yo les avise. Cambio y corto.

A los cuarenta minutos de trayecto, Carolina, a la que habían vendado los ojos nada más subir al coche, preguntó:

—¿Falta mucho todavía? Necesitaríamos calibrar la imagen antes de salir al aire.

El hombre que iba a su derecha le hizo sentir una presión metálica a la altura de las costillas, como para dejar en claro quién mandaba, y no le contestó. «Esperarán», pensó Carolina, tratando de mantener la calma.

Finalmente, el Peugeot se detuvo.

Su acompañante de la izquierda abrió la puerta y el de la derecha la empujó para que saliera. Carolina trastabilló y trató de no perder el equilibrio.

—¡Nada de trucos! —gritó una voz detrás de él—. ¡No toques nada!

Carolina se quedó quieta y alerta. Debía tratar por todos los medios de concentrarse en los detalles del lugar: olores, ruidos, texturas; cualquier cosa podría servir para orientar un posterior rastreo. Debía haberle dicho al cámara que hiciera lo mismo…

En el camino hacia la casa había piedras. A lo lejos, oyó el ladrido de varios perros. Contó los pasos hasta que atravesó la primera puerta: doscientos cincuenta; trató de oler, pero apenas pudo distinguir algo que se parecía a tierra mojada y luego, dentro de la casa, humedad.

Allí le quitaron la venda, pero poco pudo ver, ya que la habitación estaba en penumbra, con una luz tenue que se filtraba a través de las pocas rendijas que tenían las ventanas tapiadas. El cámara ya estaba allí, rodeado por siete hombres encapuchados y armados. El más alto se dirigió a Carolina:

—Estamos preparando la conexión. Ustedes se quedarán aquí mientras se terminan los arreglos. Cualquier movimiento en falso —dijo en tono de amenaza—, cualquier actitud sospechosa y terminarán como Tolosa y Cáceres. ¿Entendido? No hablen…

Carolina y el cámara asintieron con la cabeza y se sentaron de espaldas a la puerta en un banco largo que parecía sacado de una iglesia. Allí aguardaron poco menos de una hora, que se les hizo tan larga como el infinito.

El general Cuevas avisó que vería la transmisión del misterioso informe desde su despacho, a solas. Ya había dispuesto que los ministros y demás funcionarios lo hicieran en el Salón Ocre, sin retirarse del Palacio de Gobierno. El presidente había hecho saber que no quería intromisiones, pero necesitaba que todo su equipo estuviera cerca y disponible.

En una reunión a solas con el ministro del Interior, éste le había puesto al corriente de unos rumores sobre la posibilidad de que *El Ojo Avizor* y la Cadena 20 hubieran convencido al FSL para difundir en directo una proclama desde su refugio. Por un camino o por otro, esa noche llegarían hasta los secuestradores. El ministro ya había ordenado el rastreo de una posible emisión por satélite y había ordenado que se vigilaran los pasos de Guijarro y Godoy.

Cuevas sonrió. Si todo sucedía como pensaban, ese día pondría fin a aquella historia y todo volvería a la normalidad en Santamora.

A las ocho menos cuarto empujaron a los dos periodistas por una angosta escalera hasta el sótano de la casa.

Allí, iluminados por potentes focos y sentados a una mesa de formica, estaban don Pedro Tolosa y Juan José Cáceres, o, más bien, lo que quedaba de ellos.

Delgados, temblorosos y pálidos, su aspecto mostraba las secuelas de tantos días de cautiverio. El viejo líder político tenía un rudimentario vendaje alrededor de la cabeza y la camisa estaba manchada de la sangre reseca que había manado de la mutilación de su oreja. Cáceres, con un ojo amoratado, demostraba un poco más de fortaleza, a pesar del ensangrentado trapo que envolvía su pie izquierdo.

La imagen era espeluznante. Los dos hombres estaban enca-ñonados por dos encapuchados que, desde ambos costados, apun-taban a sus cabezas con poderosos rifles FAL.

Tolosa tenía delante de sí un papel escrito a máquina. Las ga-fas le temblaban entre las manos y apenas podía entreabrir los ojos.

El operador colocó la cámara en el sitio que le indicaron y lue-go se puso a instalar el micrófono delante de Tolosa, que parecía ser el que iba a hablar. A Carolina se le señaló un cajón de frutas entre ambos secuestrados para sentarse.

Detrás de todos ellos, colgado de la pared, un enorme cartel del FSL, con su clásica estrella de cinco puntas atravesada por un rifle, enmarcaba la escena.

Antes de sentarse, Carolina echó una rápida mirada a Cáceres, que actuaba como si no la hubiese reconocido. Desde el improvi-sado taburete, las luces no le permitían ver la cara de quien le ha-blaba, pero la periodista imaginó que sería el Tío Lucas.

—Nada de trucos ni de movimientos en falso —dijo la voz detrás de los focos—. Cortaremos la transmisión a los siete minutos o an-tes si alguien desobedece estas instrucciones. Usted, señorita, em-piece cuando le ordenemos, no se tome más de un minuto para la presentación. No habrá preguntas. Tolosa leerá la petición y todo terminará.

A las ocho en punto de la noche, Godoy y Agustín se encontraban listos en los estudios de la Cadena 20. Aunque Pablo no estaba fa-miliarizado con el medio televisivo, habían acordado que, dada su implicación, debía ser él el que diera paso a la transmisión.

–Buenas noches, Santamora –comenzó Godoy–. El *Noticiero Central* tiene hoy una misión especial, que excede la de informar. Hoy la prensa será parte directa de la historia viva de este país. En tres minutos estaremos conectados vía satélite con el lugar donde dos hombres permanecen secuestrados, a la espera de un gesto que les permita recuperar su libertad. La periodista Carolina Guijarro, de esta cadena, y uno de nuestros cámaras están allí mismo, arriesgando sus vidas, para transmitir en directo desde el lugar donde se encuentran don Pedro Tolosa y Juan José Cáceres.

El regidor le hizo a Godoy el gesto de un minuto para que siguiera hablando hasta que comenzara el contacto. Agustín lo observaba desde detrás de las cámaras. Se preguntó de qué estarían hechos los periodistas para poder mantener la compostura en una situación así. En un momento como ése, él no podía articular palabra.

–Ojalá esta transmisión –continuaba Godoy muy lentamente– sirva para ayudar a que Santamora recupere la paz de una vez y para siempre...

La cara de la periodista llenó la pantalla, y durante algo más de diez segundos el silencio fue tan absoluto que se podían oír las respiraciones expectantes de todos. Técnicos de sonido, iluminadores y personal de maquillaje, todos sabían que asistían a un momento único.

Fuera del edificio, el país sentía lo mismo. Todos intuían que estaban viviendo un momento histórico, en el que cualquier cosa podía suceder, y que pasara lo que pasase para bien o para mal, Santamora no sería la misma después de esa noche.

Después de una nueva señal, Godoy concluyó:

—Adelante, Carolina, estás en el aire.

La imagen vía satélite apareció poco a poco en los monitores. Agustín contuvo la respiración. Allí estaba Carolina.

—Me encuentro junto a los secuestrados para dirigir un mensaje al gobierno y a todo el país. El FSL se ha puesto en contacto con los medios para que podamos mostrar que los prisioneros están con vida. A continuación...

Carolina estaba a punto de decir que don Pedro Tolosa iba a hablar cuando advirtió que Cáceres, a la izquierda del prócer, juntaba y separaba los dedos, con la inequívoca señal que se utiliza en los medios para que alguien alargue lo que está diciendo...

La periodista tragó saliva y siguió:

—A continuación, antes de ceder la palabra a don Pedro Tolosa, me gustaría hacer una petición a todos y cada uno de los ciudadanos de Santamora. Es importante, compatriotas, que volvamos a pensar en la paz y...

En ese momento, uno de los encapuchados le quitó bruscamente el micrófono y se lo pasó directamente a Tolosa.

—Usted, lea —le indicó a Tolosa.

El viejo político se puso las gafas y, recuperando algo de su antiguo aplomo, leyó:

—A través de este comunicado, pido al señor presidente, Severino Cuevas, que el gobierno libere a todos y cada uno de los presos políticos que permanecen en las cárceles a lo ancho y largo del país, víctimas de la dictadura sangrienta del tirano...

Don Pedro Tolosa hablaba con parsimonia, modulando cada término; además, con su mejor estilo de político de barricada, acostumbrado desde hacía años a hacer floridos discursos, iba colocando adjetivos y aposiciones a cada uno de los sustantivos que le habían escrito sus captores. También él había visto el gesto de Cáceres y pretendía prolongar el tiempo de la transmisión.

Detrás de cámara, Paco Bailén consultaba su cronómetro y miraba a sus compañeros de grupo. Sin saber cómo reaccionar, comprobó que los siete minutos se iban a acabar antes de que Tolosa finalizara de leer.

De pronto, estalló el caos. Paco Bailén miró una vez más su cronómetro y sin preocuparse por no estar encapuchado, invadió la escena para arrebatarle el micrófono a Tolosa. Cáceres aprovechó la distracción del hombre que le apuntaba y se arrojó sobre Bailén para que no alcanzara al viejo líder. El hombre que apuntaba a Tolosa hizo el ademán de disparar. Carolina empujó al candidato al suelo, sacándolo del ángulo de tiro.

Para sorpresa de todos, en ese momento, con un movimiento rápido e inesperado, Tolosa se apoderó del micrófono y se escabulló a gatas debajo de la mesa.

Mientras Paco Bailén inmovilizaba a Cáceres a punta de pistola, don Pedro Tolosa se lanzó hacia cámara gritando:

—¡No negocien con los asesinos! ¡No lo hagan! ¡No permitan que Santamora vuelva a sufrir una guerra!

—¡Basta, Tolosa! ¡Basta o disparo! —ordenó Bailén.

—¡Salven la democracia! ¡Rescaten a Cáceres!

Se oyó un tiro.

Pedro Tolosa chocó contra la cámara. Por un momento, los espectadores sólo vieron la camisa manchada de sangre del candidato. Aferrado al micrófono, cayó herido de muerte.

La transmisión se interrumpió definitivamente a los once minutos de comenzar. Primero desapareció la imagen y a los treinta segundos el sonido. Todo el país pudo escuchar una sucesión de ruidos, golpes y gritos... y las últimas palabras de Tolosa susurrando al micrófono:

—Perdóname, Lucía... Perdóname.

—¿Los localizaron? —preguntó Cuevas.

—Sí, mi general... —contestó el comandante de operaciones—. Están en las inmediaciones de la Cueva del Diablo. Las unidades ya se desplazan hacia allí.

—Muy bien —dijo Cuevas, satisfecho—, muy bien. ¿Cuánto tardarán en llegar?

—Los primeros comandos lo harán en cuatro o cinco minutos en los helicópteros. Los carros y el grueso de la tropa llegarán diez minutos después, mi general.

—Quiero a todos los hombres disponibles para esta operación. No quiero que ningún terrorista escape, ¿me ha entendido? ¡Ninguno! El futuro de la patria está en nuestras manos. Todos esos miserables tienen que terminar el día en la cárcel o bajo tierra, mejor lo segundo que lo primero. ¿Está claro?

—¡No puede ser! —murmuró, abatido, Godoy cuando la transmisión se interrumpió—. ¿Qué hemos hecho, Dios mío?

Se agarraba la cabeza entre las manos a pesar de que los monitores transmitían de nuevo su imagen a todas las pantallas del país.

Los asistentes le mostraban carteles que decían AIRE en letras gigantescas, pero Godoy no podía recomponerse. Finalmente, salió de cámara.

Agustín se adelantó para apoyarlo. Necesitaba hacer algo y no pensar en lo que podría estar pasando Carolina en ese momento.

Nada más sonar el disparo, Carolina, Cáceres y el cámara tuvieron la certeza de que estaban perdidos. El país entero había presenciado el asesinato a sangre fría de Pedro Tolosa y si Cuevas no había estado dispuesto a negociar jamás, ahora ni siquiera el pueblo querría que lo hiciera.

A los tres minutos, cuando a lo lejos comenzaron a escucharse ruidos de tropa y el sonido inconfundible de los helicópteros, se vieron ante la amenaza de un tiroteo inminente.

Uno de los encapuchados comenzó a atar a los tres prisioneros mientras otro les apuntaba con su arma. El que los maniataba hizo una señal con la cabeza y todos los demás subieron, con las armas listas, a defender la casa.

Sin mediar ninguna exigencia de rendición, comenzaron las ráfagas de ametralladoras y una lluvia interminable de balas, disparadas desde dentro y desde fuera.

Cuando a los diez minutos de fragor bélico empezaron a llegar los carros de combate, los subversivos confirmaron que las fuerzas del General habían decidido terminar aquella historia a sangre y fuego.

Lo mismo supusieron los cinco hombres de Carlos R. apostados en la espesa arboleda que estaba detrás de la casa.

–Hay que sacar a los periodistas de inmediato –dijo el que parecía comandar el grupo–. Ese asesino no va a dejar a nadie con vida.

Se acercaron a la construcción y junto a la salida del respiradero del sótano, uno de ellos profirió un fortísimo silbido. Dentro del sótano los dos encapuchados escucharon el sonido y apuntando a los prisioneros los obligaron a echarse en el suelo debajo de la escalera.

Treinta segundos más tarde, la pared del sótano explotaba dejando un boquete desde donde se veía la luz que entraba por el túnel desde el exterior. Los encapuchados sacaron cuchillos de sus cinturones y se acercaron a los tres prisioneros. Liberaron de sus ataduras a Carolina y al camarógrafo mientras los ayudaban a ponerse de pie...

–Hemos venido a sacarlos de aquí. ¿Están bien?

Carolina asintió.

–Síganme.

–¿Y Cáceres?

–No tenemos instrucciones de ocuparnos de él. Vinimos por usted y el cámara.

–Lamento mucho comunicarles que yo no me voy de aquí sin él –dijo Carolina con un aplomo que la sorprendió.

–Está bien, está bien. Pero tenemos que salir de aquí. ¡Rápido!

Una vez en el exterior, fueron conducidos hasta un automóvil que esperaba en el camino de tierra. Les ordenaron que subieran y les pidieron que guardaran silencio y estuvieran tranquilos. Después arrancaron y a toda velocidad se alejaron de allí.

–¿Quiénes son estos hombres? –preguntó Cáceres a Carolina–. ¿Qué hacen? ¿Para quién trabajan?

—No lo sé —contestó la periodista.

Entonces, el naviero esbozó una débil sonrisa y la cogió de la mano.

—Me alegro de verte —susurró.

Carolina apretó su mano y sus ojos brillaron.

—Yo también —dijo.

En los estudios de la Cadena 20, un presentador había sustituido a Godoy ante las cámaras. Ante la mirada atónita de Agustín, anunció con voz grave las novedades del tiroteo a todo el país:

—Información de último momento. El ministro del Interior confirma que ha sido rastreado y encontrado el sitio donde se ocultaban las fuerzas del FSL. Según el cable recibido, el ejército asalta en este momento su refugio y se enfrenta a los guerrilleros, que están siendo derrotados. Seguiremos informando.

Al salir del aire, Godoy le arrancó literalmente el papel de las manos al locutor. Lo miró por un lado y por el otro. No decía una palabra de Tolosa, ni de Cáceres, ni de Carolina.

21

ÚLTIMA HORA
Operación sorpresa de las fuerzas de seguridad en el cuartel general del FSL

Aprovechando la transmisión en directo, policía y ejército irrumpieron en la guarida de los subversivos que terminaron siendo abatidos después de un feroz tiroteo. Don Pedro Tolosa fue asesinado por los secuestradores frente a las cámaras.

A la mañana siguiente, los periodistas y Cáceres fueron liberados en la rotonda de la refinería abandonada.

El coche de Carolina estaba en el mismo lugar donde lo habían dejado la tarde anterior.

—Desde aquí podrán llegar a La Milagros sin problemas. No sería bueno que los vieran con nosotros. De todas maneras, los escoltaremos a distancia —dijo uno de los liberadores.

—Fin de nuestros servicios —ironizó Carolina, mientras veía alejarse a ambos coches. Luego le preguntó a Cáceres—: ¿Estás en condiciones de caminar?

—Creo que puedo intentarlo. Nada va a ser peor de lo que ya pasé —afirmó Juan José, mientras aceptaba el apoyo de los periodistas y caminaba tratando de no apoyar el pie mutilado.

En la Cadena 20 no tardaron en tener noticias de los rehenes a través de la radio:

—El gobierno permanece en estricto silencio respecto del asalto a la sede del FSL. Ni siquiera ha querido referir el lugar exacto donde acontecieron los hechos, que ya son de dominio público —decía Márgara Iglesias en su programa—. Por otro lado, acaban de comunicarnos que la periodista Carolina Guijarro, el cámara que la acompañaba y el candidato Juan José Cáceres han sido encontrados sanos y salvos en una estación de servicio de la autopista.

Godoy y Agustín se fundieron en un fuerte abrazo. No habían pegado ojo en toda la noche, esperando desde la emisora noticias sobre el paradero de los rehenes.

—Los tres liberados están de camino a La Milagros. Según la información exclusiva que tenemos en nuestra redacción, la periodista y los dos hombres fueron vistos en la intersección de la ruta 18 y la 1 —seguía diciendo Márgara Iglesias.

Uno de los productores de la cadena se acercó y les dijo que los tres iban camino del hospital, que de allí pasarían una revisión médica y después se dirigirían a sus casas. Al parecer se encontraban bien y la periodista y el empresario querían empezar a trabajar cuanto antes en sus respectivos quehaceres. Agustín pensó en la increíble fortaleza de Cáceres pero, sobre todo, en que ahora estaría junto a Carolina mientras que él trabajaba a kilómetros de allí. De hecho, no tardó en recibir una llamada del director del hospital.

Éste le explicó que el depósito estaba siendo preparado para recibir los once cadáveres que había dejado el tiroteo. Diez guerrilleros muertos durante el enfrentamiento y el viejo Tolosa, que había dado su vida para lograr que la emisión fuera localizada.

—Supongo que nuestro forense de La Estrella me va a necesitar —dijo Agustín.

—El juez instructor me está enviando las peticiones de autopsia, pero parece que no tendrás que volver a entrar allí. De todas formas, te agradezco tu ofrecimiento.

—¿Qué? —exclamó Agustín, sorprendido.

—Sí. El forense de La Estrella ha sido nombrado forense del Hospital Central y esto te libera de tu responsabilidad adicional. Si él necesita ayuda, te la pedirá, pero de momento vuelves a hacerte cargo sólo de psiquiatría.

Agustín asintió con desgana.

Sentía alivio por dejar el puesto y regresar a su actividad, pero, por otro lado, la decisión lo enojaba, como siempre lo hacían las resoluciones que venían de arriba. Desde sus años más jóvenes las decisiones que lo afectaban sin que le hubieran consultado despertaban en él una inclinación a la rebeldía.

Su madre siempre se jactaba de conocerle tanto que había conseguido que estudiara medicina animándole para lo contrario. Su madre era su madre, pero el director bien podría haberle preguntado si quería o no continuar al frente de las autopsias. No, había tomado una decisión basada en la superioridad y el poder que le daba el cargo.

«No seas niño —se dijo Agustín—. Después de todo, si te hubiera dado a elegir, hubieras preferido alejarte del depósito.»

A medida que el coche con los tres rehenes se iba acercando a la Cadena 20, se hacía más larga y más bulliciosa la caravana de autos que los seguía haciendo sonar sus bocinas. Miles de milagreros esperaban a ambos lados de las calles y aplaudían su paso.

En la puerta de la televisora también los esperaba un centenar de periodistas nacionales e internacionales, que no paraban de repetir las mismas preguntas:

—¿Se va a presentar a las elecciones?

—¿Cómo fueron estos días de cautiverio?

—¿Se va a entrevistar con Severino Cuevas?

—¿Los liberó el gobierno o salieron por sus propios medios?

—¿Va a convocar a una conferencia de prensa? ¿Cuándo y dónde?

—Señores, por favor —dijo Juan José Cáceres cuando salió del coche, con educación pero en un tono firme—, les agradezco su presencia, pero, como comprenderán, no estoy en condiciones ni psíquicas ni físicas para hablar con ustedes esta tarde. Sin embargo, lo haré lo antes posible. Gracias a todos por el interés y por el esfuerzo que han hecho por nosotros.

Como era de prever esta respuesta no acalló las preguntas, que siguieron amontonándose unas a otras sin que el candidato superviviente respondiera a ninguna de ellas.

—Gracias… Gracias a todos… Gracias —decía Juan José Cáceres mientras entraba en el edificio de la Cadena 20.

Instantes después, Cáceres se sentaba frente al director de la emisora:

—Señor, no crea que no sé que de alguna manera le debo la vida a su cadena y, sobre todo, a los periodistas Guijarro y Godoy. Pero todavía no puedo digerir la muerte de Pedro Tolosa, y espero que comprenda que necesito llegar a una cama cuanto antes. Mañana otorgaré las entrevistas que quiera.

—No hay problema, lo que usted diga. Pero insisto en que debería acudir primero a un hospital…

—Respecto de lo primero, en cualquier lugar público tendría que soportar el acoso de la prensa y de la gente y la verdad es que no estoy en condiciones para eso —dijo Cáceres—. Me pondré en contacto con mi médico de cabecera. Él se encargará de atender mis heridas y conseguirme los medicamentos sin necesidad de exponerme a la luz pública.

—Si es lo que usted quiere…

—Sí, por favor —dijo Cáceres—, y cuanto antes, mejor.

Más o menos al mismo tiempo que Cáceres llegaba a su casa y se disponía a cambiar la inmundicia que recubría su pie por un vendaje verdadero, Carolina se sumergía en un relajante baño de espuma e intentaba dejar la mente en blanco, sin mucho éxito.

Del baño pasó a la cocina para prepararse una taza de tila, y de allí a la mesa del comedor para dejar registro escrito de los detalles de lo sucedido, antes de que se le olvidara.

Había comido algo en la Cadena 20, así que cuando sintió que la modorra la alcanzaba, se recostó a dormir un rato. El cuarto de hora se transformó en una larguísima siesta de casi cuatro horas, que interrumpieron varias veces sueños desagradables, en los que renacía el espanto del sótano siniestro donde había sucedido todo.

Alrededor de las siete, cuando ya tenía decidido levantarse para llamar a Agustín, tocaron el timbre.

Inquieta, fue hasta la puerta y observó por la mirilla.

Era Agustín.

—¡Carolina! —dijo Agustín al tiempo que le daba un abrazo—. ¡No sabes el alivio y la alegría que siento al ver que estás bien! He venido en cuanto conseguí escaparme del hospital…

—Tranquilo. Hacía bastantes años que no dormía semejante siesta… Además, lo único que importa es que estamos vivos… Por un momento tuve la sensación de que íbamos a terminar todos muertos. Oh, Agustín, ha sido terrible. Pero ha valido la pena. Ahora, con Cáceres, Santamora vuelve a tener una oportunidad.

—Puede ser —dijo Agustín, que sintió un escalofrío cuando Carolina pronunció el nombre de Cáceres—. Si hay un candidato con vida, Cuevas tendrá que mantener lo que dijo cuando la única posibilidad era Zarzalejo; ya no tendrá excusas para convocar elecciones.

—Exactamente… ¡Ahora sí que le ha salido al tirano el tiro por la culata!

—Aunque, de todas maneras, te confieso que me gustaría que surgiera algún otro candidato antes de septiembre —reflexionó

Agustín—; no me atrae la idea de unas elecciones con un solo candidato.

—Sí, pero ¿quién podría hacerle sombra ahora?

Como para confirmar las palabras de Carolina, a la mañana siguiente Santamora amaneció llena de pintadas callejeras que proclamaban a Juan José Cáceres nuevo héroe nacional y futuro presidente de la República.

Nadie hablaba de otra cosa.

Todos los habitantes esperaban ansiosos que Cáceres diera una conferencia de prensa o emitiera algún mensaje; querían escuchar a ese hombre al que todos amaban aunque sólo fuera por haberles devuelto un poco de alegría.

Y no sólo alegría. La euforia, el festejo, la esperanza y el nerviosismo ocupaban de repente, gracias a ese hombre, todos los espacios que hasta pocas horas antes estaban llenos de oscuridad, miedo, abatimiento y resignación.

Nadie cuestionaba lo que por todos lados era un hecho consumado: ese hombre, el único candidato que había sobrevivido a la matanza y que, además, no tenía ninguna relación con el régimen ni con el pasado sangriento del país, era por derecho natural el que debería hacerse cargo de la responsabilidad de ser el primer presidente verdaderamente democrático en más de cincuenta años.

Todos querían escucharlo, verlo, tocarlo, aplaudirlo, aclamarlo…

Sin embargo, los noticieros y los periódicos tuvieron que conformarse con emitir y mostrar fotos y grabaciones de archivo, junto a pequeñas tomas de su llegada a la Cadena 20 y un brevísimo vídeo en el que Juan José Cáceres se disculpaba, frente a una cámara de la Cadena 20, por no hacer declaraciones por el momento y llamaba con grandeza a honrar la memoria de don Pedro Tolosa, al que calificaba de el único héroe contemporáneo de Santamora.

A eso de las tres de la tarde Carolina atendió el teléfono.

—Carolina, soy yo —dijo Juan José—. Debes disculparme por aquel plantón...

Carolina sonrió. Ese hombre era increíble; a pesar de haber vivido momentos tan dramáticos, elegía comenzar con una galantería.

—Para resarcirte, siempre y cuando mantengas todavía tu promesa de votarme si soy candidato...

—Por supuesto —se apresuró a contestar Carolina.

—Para resarcirte, decía, quiero que seas tú la periodista que me haga la primera entrevista.

—Cómo no. Cuando y donde tú digas.

—Calculo que si vinieras a la oficina dentro de una hora para grabar la noticia, podrías tener el material editado para el noticiero de esta noche, ¿verdad?

—Sí. Por supuesto.

—Una sola cosa, si no te molesta: me gustaría que estuviera también Pablo Godoy. Sé que estuvisteis juntos en esto y creo que también se lo debo... los dos os jugasteis la vida por Tolosa y por mí.

—Desde luego, Juan José. Allí estaremos en una hora.

—Bueno, mi general, pero lo importante es que están con vida, como usted quería —adujo el ministro del Interior, en un evidente tono de incomodidad.

—No será por su eficacia, ¿verdad, ministro? Si hubiera sido por usted y sus hombres, habría sucedido cualquier cosa.

—Pero...

—Pero nada. Lo que quiero saber ahora es quién estuvo detrás de esto, quién entró en esa casa y dejó a esos dos guerrilleros atados y amordazados en el ropero, quién los sustituyó para poder sacar a los rehenes. Y no me repita que lo importante es que están con vida, porque lo importante es que nada absolutamente nada puede estar fuera de control, al menos mientras yo gobierne en Santamora —dijo, furioso, Cuevas.

—Entendido, señor presidente —dijo el ministro.

—Una cosa más, quiero que disponga lo necesario para cuidar a ese Cáceres. Si le llegara a pasar algo, nadie dudaría en echarnos la culpa —dijo, mientras le indicaba con un gesto que se retirara.

Aunque todo había salido bien, Cuevas sabía, como militar y excombatiente clandestino, que infiltrarse en un grupo guerrillero, dinamitar una pared y sacar a tres rehenes por un túnel en medio de un tiroteo, era algo que sólo podían haber hecho hombres muy experimentados. Solamente se le ocurrían dos posibilidades: un comando de marines estadounidenses enviado para salvar a los candidatos y mostrar la oposición de Estados Unidos a su gobierno o una acción aislada de otro grupo guerrillero...

En su fuero interno, Severino Cuevas estaba seguro de que ninguna de esas dos posibilidades tenía siquiera una remota posibilidad de ser real.

A las cuatro de la tarde Carolina, Godoy y un equipo de televisión entraron en las oficinas de Cáceres, donde cada vez se iba reuniendo más gente. Los periodistas se abrieron paso entre la muchedumbre que desde temprano había comenzado con cánticos de apoyo al candidato. Desde todos lados se podían oír gritos de:

—¡Presidenteee! ¡Presidenteee! ¡Presidenteee!

—Parece que se hubieran despertado de una pesadilla y estuvieran festejando que lo que han vivido fuera sólo un mal sueño —comentó Carolina en el ascensor.

—Los pueblos frágiles tienen frágiles memorias —dijo Godoy que, de alguna manera, se sorprendía de la rapidez con la que la gente había pasado del horror de la muerte trágica de Tolosa, en la pantalla de sus televisores, a una euforia comparable nada más que con la del día en que Cuevas había llamado a elecciones.

Una vez en el piso donde se hallaba la oficina de Cáceres, la secretaria los recibió con cortesía y los condujo de inmediato a la oficina del empresario.

Desde aquella altura no se podían escuchar los gritos de la gente, pero sí era posible tener una imagen clara de la multitud que se había congregado. Cuando los periodistas entraron, Cáceres estaba observando esa imagen.

—¿Sorprendido? —le preguntó Godoy.

—Emocionado, diría —corrigió Cáceres—. El cariño de la gente es increíble. Pero, desde luego, preferiría que no estuvieran aquí… y que nada de esto hubiera sucedido. Hoy sé que don Pedro Tolosa era sin duda nuestro mejor candidato.

Godoy tomó nota de ese comentario mientras el cámara se acomodaba en el ángulo que le permitía la mejor luz y Carolina colocaba el micrófono en el lugar indicado.

Juan José Cáceres se sentó en su sillón, con la pierna izquierda apoyada en un pequeño taburete y mostrando ahora un vendaje pulcramente blanco e impoluto.

—¿Duele? —preguntó Carolina con un gesto de desagrado, señalando el pie de Juan José.

—No… Ya no —contestó Cáceres visiblemente conmocionado.

Godoy blandió su cámara y sacó varias fotos del hombre y de su pierna vendada.

Luego, empezaron el reportaje.

—Por favor, cuéntenos todo desde el principio… Desde el día de la reunión de los candidatos —le pidió Carolina, con un pequeño gesto de complicidad.

No sin esfuerzo, el candidato comenzó a relatar cada uno de los hechos que había vivido.

—Los captores murieron todos. ¿Funcionaban como un grupo compacto o eran pequeñas células operativas independientes? —preguntó Godoy.

—Funcionaban como uno se imagina que funciona una banda organizada. Tenían un jefe, diferentes jerarquías y tareas asignadas, aparentemente según las capacidades de cada hombre. Estaban muy bien organizados.

—¿Podría hablarnos un poco de ese grupo? Sabemos que se hacían llamar la Familia Adams, como los personajes de la serie estadounidense —añadió Carolina.

—Sí. Nos enteramos de eso apenas llegamos al lugar de cautiverio. Se llamaban entre sí con los nombres que parece ser tienen los personajes de la serie. El superior de los que estaban en la casa era uno que llamaban Pericles, un hombre astuto, cruel y experto en explosivos. Un gigante de casi dos metros, al que llamaban Largo, actuaba como matón. El encargado de comunicaciones y el más sociable de todos era un flacucho de pelo largo al que le decían Morticia. Aunque algunos usaban lo que parecía ser su verdadero nombre.

—¿Quién era el jefe según su criterio? —intervino Godoy.

—Nunca lo supimos. Quizá el que organizaba las operaciones externas. El que mató a Tolosa. Parecía tener mucha influencia sobre los demás. Lo llamaban Lucas o el Tío Lucas, posiblemente por su cabeza rapada.

—Yo tuve contactos con el Tío Lucas tratando de arreglar la transmisión —intervino Carolina—; él mencionó alguna vez a un superior al que tenía que consultar; lo llamaba Homero, como el padre de familia de la serie. ¿Ustedes llegaron a verlo?

—No. Nunca vimos a ningún Homero —dijo Cáceres—. Si existía se cuidaron muy bien de que no lo viéramos y de no mencionarlo jamás en nuestra presencia.

—¿Cuánto sabían de la muerte de los otros candidatos? ¿Cómo se sentían entonces? —quiso saber Godoy.

—Usaban la información como una forma de tortura psicológica. En algunos momentos no nos dejaban saber nada, y después nos contaban asesinatos y torturas con los más mínimos detalles. Muchas otras veces nos mentían diciendo, por ejemplo, que habían asesinado a Cuevas o que tenían una B-2 de la Segunda Guerra Mundial y que podían tirarla sobre La Milagros, si no se rendían a sus demandas. Creo que dos o tres veces incluso aparecieron con titulares de falsos periódicos que mostraban algunas de esas mentiras. Aunque tanto don Pedro como yo sabíamos perfectamente que se trataba de una maniobra para que no supiéramos qué pasaba de verdad fuera de la casa —repuso Cáceres con la vista fija en su recuerdo.

—¿Quiere decirnos algo del momento de las mutilaciones?

—Eso fue lo peor de todo. Nos obligaron a presenciar la mutilación del otro —dijo Cáceres—. Tolosa era un hombre muy fuerte. Soportó su dolor sin darles el gusto de gritar mientras yo cerraba los ojos; en cambio él soportó después mis gritos llamándolos cobardes.

—El presidente Cuevas declaró en repetidas oportunidades que no negociaría con los terroristas. Si así hubiera sido, ¿piensa que finalmente los habrían matado? —preguntó Carolina, como para ir cerrando la entrevista.

—No me gustan las especulaciones, pero sí le puedo hablar de mis emociones. En mi fuero más íntimo yo siempre pensé que aunque Cuevas liberara a los presos, los guerrilleros jamás nos dejarían con vida. Era demasiado peligroso para ellos; como le dije, conocíamos sus caras, sus voces, los nombres de algunos...

—Para concluir —dijo Godoy—, ¿cómo pudieron escapar?

—Todo está bastante confuso en mi memoria, como pueden comprender. Lo último que recuerdo con claridad fue mi burdo intento de salvar a Tolosa cuando estaban a punto de evitar que siguiera hablando. Luego todo es una nebulosa. Sé que cuando se produjo el ataque nosotros quedamos a cargo de dos encapuchados en el sótano, que al parecer no eran de la Familia. Hubo una explosión y salimos por un agujero hasta el jardín. Después nos metieron en un coche y nos llevaron a una cabaña, a una hora de allí, donde pasamos la noche. Ayer a la mañana... fue ayer, ¿verdad? –preguntó Juan José evidentemente confuso por el trajín y los recuerdos–. Ayer... sí, nos dejaron en la refinería, cerca de donde Guijarro había aparcado su coche. Lo demás ya lo saben...

–Perdón, doctor Cáceres, ¿quiénes los rescataron? –preguntó finalmente Godoy.

El candidato guardó silencio por un instante mirando a Carolina y, al ver que no decía nada, respondió:

–La verdad es que yo no tengo la menor idea.

Lo dijo haciendo hincapié en el pronombre, como para dejar claro que alguien sí lo sabía, sin decir que él estaba convencido de que Carolina Guijarro tenía alguna respuesta para esa pregunta.

Cuando los reporteros llegaron de nuevo a la planta baja, la afluencia de gente se había vuelto incontrolable. Muchos traían pancartas con carteles que decían:

CÁCERES PRESIDENTE
¡YA!

Carolina y Godoy le dieron instrucciones al cámara para registrar la multitud, así como el inicio de un despliegue policial en torno del edificio de la empresa de Juan José Cáceres.

–¿Y eso? –preguntó Carolina.

—Dos posibilidades —sentenció Godoy—: o están aquí para controlar a los exaltados que pretenden llevar en volandas a Cáceres hasta el Palacio de Gobierno, o resulta que Cuevas se ha dado cuenta de que si alguien asesina al único candidato que queda con vida ni él ni nadie podrán evitar una revolución.

LIBRO IV

LA TRAICIÓN

Descubriremos que no deben [su reinado] a la fortuna sino el haberles proporcionado [al pueblo] la ocasión propicia, que fue el material al que ellos dieron la forma conveniente [...] pero los pueblos son tornadizos; y si es fácil convencerlos de algo, es difícil mantenerlos fieles a esa convicción, por lo cual conviene estar preparados de tal manera que, cuando ya no crean, se les pueda hacer creer por la fuerza. [...]

El príncipe nuevo que lo crea necesario debe defenderse de enemigos, conquistar amigos, vencer por la fuerza o por el fraude, hacerse amar o temer de los habitantes, respetar y obedecer por los soldados, matar a los que puedan perjudicarlo, reemplazar con nuevas las leyes antiguas, ser severo y amable, magnánimo y liberal, disolver las milicias infieles, crear nuevas, conservar la amistad de reyes y príncipes de modo que [todos] le favorezcan de buen grado. [...]

No puedes conservar como amigos a los que te han ayudado a conquistar [el poder], porque nunca podrás satisfacerlos como ellos esperaban, y puesto que les estás obligado [resulta que] el que ayuda a otro a hacerse poderoso causa su propia ruina. Porque es natural que el que se ha vuelto poderoso recele de la misma astucia o de la misma fuerza gracias a las cuales se lo ha ayudado…

NICOLÁS MAQUIAVELO,
El príncipe, capítulos VI, VII y VIII

22

INFORME EXCLUSIVO. Juan José Cáceres

¿Quién es este hombre que para muchos, dentro y fuera del país, será, en dos meses, el próximo presidente de la República?

Su historia, sus ideas, sus años en el exterior y sus primeros enfrentamientos con la dictadura. Fotografías nunca vistas.

Agustín hizo a un lado el diario con fastidio y se sirvió otra taza de café. Después de la muerte de Mario, Carolina había consentido que se mudara al piso que antes compartían como pareja y ahora compartían como amigos. Pero la convivencia, que él pensaba que volvería a acercarlos, se hacía cada día más difícil. Y todo por Cáceres.

Estaba harto; en los últimos quince días la imagen y la voz del candidato se habían apoderado de la ciudad y del país entero. No había manera de evitarlas: portadas de diarios y revistas, conferencias, informes radiofónicos, reportajes en televisión e incluso carteles en las calles repetían hasta el infinito la figura y las palabras del candidato. Y ahora, también Godoy parecía haberse montado en la misma ola.

—¡Qué increíble! Parece que en este país no hay otro tema que Cáceres —se quejó Agustín en voz alta, incluso a sabiendas de que Carolina le refutaría con vehemencia.

—¿Otra vez con lo mismo? ¿No puedes desayunar tranquilamente? Pareces un niño pequeño refunfuñando porque el helado de su compañero es más grande que el suyo —le reprochó Carolina—. Hace unos días parecía que te habías calmado, pero ahora…

—Sí. Claro que estuve calmado, mordiéndome la lengua para no discutir contigo todo el tiempo. Pero no soporto más.

El enojado médico se levantó de la silla como un resorte y arrojó el diario contra la pared.

—Y cuando pienso que en los próximos seis años tendré que aguantar al monigote ese y a ti haciéndole notas todo el tiempo… —empezó a decir.

—Pues ve haciéndote a la idea —dijo Carolina mientras untaba una tostada con mantequilla—, porque estoy pensando en aceptar un ofrecimiento que me hizo.

—¿Qué? ¿Un ofrecimiento? —preguntó Agustín en un tono que se parecía más a la furia que a la curiosidad.

—Me propuso sumarme a su campaña política, como jefa de prensa, y la verdad es que me parece una alternativa de lo más interesante…

—¡No puede ser!

—Por supuesto que sí.

—¡Estás loca! ¿Cómo se te ocurre? ¿Desde cuándo tienes interés en la lucha política? —gritó Agustín.

—Montillano, en primer lugar, baja el tono de voz y después, presta atención a lo que digo, no a lo que imaginas en tu loca cabeza. No dije que lo aceptaría, dije que me interesa, que tengo que considerarlo con mucha madurez y responsabilidad... Parece que tú no entiendes lo que nos aguarda en el futuro. Todo está a punto de cambiar, Agustín. Si Juan José Cáceres es elegido presidente de Santamora, éste va a ser un país nuevo, ¿te enteras? Un país completamente distinto. Estamos ante un proceso inédito y yo no quiero quedarme fuera de lo que pasará en mi patria. Hoy no tengo ninguna duda de que se deben cambiar las cosas desde dentro, que no es suficiente seguir quejándose desde fuera.

—¿Y tu carrera de periodista? ¿Piensas arruinarla así? —argumentó Agustín, que tanteaba cómo disuadir a Carolina.

—¿Desde cuándo te interesa tanto mi carrera? Estoy pensando en terminar con el noticiero y la televisión. Tarde o temprano iba a suceder; por otra parte, como dice Juan José, «hay un momento en que uno debe asumir que es mucho más interesante y trascendente hacer la historia que contarla».

—No puedo creer lo que estoy escuchando. ¡Ahora lo citas! Tú... seducida por el canto de las sirenas de un político de tres al cuarto. Dispuesta a tirar tu trabajo de tantos años por seguir a ese... ese... ese... ese hipócrita carita de ángel.

—No sé por qué hablas de él tan despectivamente. En primer lugar, Juan José no es un político. Como recordarás, fue el país el que decidió imponer su candidatura, y en segundo lugar sería bueno recordar que ese «carita de ángel», como lo llamas, soportó semanas de malos tratos, insultos, vejaciones y torturas y encima cuando llegó el momento, a pesar de haber sido mutilado, se jugó la vida para salvar a Tolosa, como está dispuesto a seguir jugándosela para salvar a Santamora.

—No te voy a negar eso.

—Ni podrías negarlo. Cinco millones de personas lo vieron por televisión.

—Se la jugó, pero no te olvides de que era su única posibilidad. Cáceres no es tonto, y seguramente en ese momento creía que sus posibilidades de salir con vida dependían exclusivamente de que pudiera localizarse la transmisión.

—¿Creía?... ¿Creía, dices? —Carolina comenzaba a sentir que estaba hablando con un negado y terco troglodita—. ¿Cómo te atreves? Tú que mirabas lo que pasaba desde la cadena, mientras nos salvábamos de milagro.

Agustín levantó el dedo para empezar a explicarle que no se salvaron de milagro. Que todos ellos estaban con vida gracias a que habían sido rescatados por R. y que, en todo caso, él mismo era más responsable que el propio Cáceres de que el candidato siguiera con vida...

Pero decidió callar. No quería tener que explicar lo que todavía ni siquiera sabía cómo explicar.

Prefirió rebatir a Guijarro con otros argumentos.

—De milagro... Sí, de milagro... Pero quiero que sepas que el angelito de la guarda que lo salvó no estaba allí por obra y gracia del Espíritu Santo. Y respecto de los milagros, el único que yo veo, Carolina, es que tú estés hoy hablando de acompañar en su aventura a un tipo al que ni conoces, cuyo mayor mérito es haber sido secuestrado por la guerrilla y haber perdido dos dedos del pie, y todo porque una noche estaba en el lugar equivocado, invitado por Tolosa, para cargarle con una responsabilidad que lo excedía.

—Eres un… —Carolina tomó aire armándose de paciencia—. ¿Cómo puede ser que por un estúpido ataque de celos cuestiones a alguien que estuvo a punto de morir asesinado y que ahora decide comprometerse con el pueblo que le pide que lo salve? Nadie que esté verdaderamente interesado en Santamora puede darle la espalda a este momento y, te guste o no te guste, a la cabeza de esa lucha está Juan José Cáceres…

—No vas a elegir ese camino —dijo Agustín— porque si es así…

—Si es así, ¿qué? —lo cortó la periodista.

—Si vas a elegir ese camino —Agustín no quería decir nada que no tuviera vuelta atrás; sin embargo, su furia pudo más—, si es así no cuentes conmigo. Esta vez no te acompaño.

—¿Esta vez?… Por qué no dices mejor «esta vez *tampoco* te acompaño». ¡Debí imaginarme que terminarías diciendo alguna de estas cosas! Pero no vas a condicionarme, Montillano… Yo puedo entender y justificar tus celos hasta cierto punto, pero no voy a dejarte pasar lo demás…

—¿Qué quieres decir?

—Que no soportas que yo sea una mujer independiente, libre, con decisiones propias. Si soy periodista, porque soy periodista; si quiero intervenir en política, porque quiero intervenir en política. Lo de los celos no es más que una manchita en una piscina llena de mierda.

—¡Basta, Carolina!

—Lo que en verdad quieres es manejar mi vida, pero no lo vas a lograr. Yo voy a decidir lo que quiero hacer y voy a decidir con quién, te guste o no.

—Muy bien —dijo Agustín tomando el diario y haciendo como que lo leía, por no coger la puerta y salir a la calle.

—Por supuesto que muy bien. Y ya que estamos, para que puedas estar con alguien alguna vez, empieza por eliminar esas costumbres de macho arrogante. El señor decide que la conversación terminó y tiene que terminar —dijo Carolina mientras tomaba su cartera y salía rumbo al canal—. Que te aproveche la lectura del diario. Es una edición especial dedicada a tu adorado candidato...

Agustín pasó las hojas con una esquizofrénica mezcla de desinterés y de rabia. Repasaba las imágenes con desdén y se detenía en cada detalle para encontrar en Cáceres algo que justificara su odio y su bronca. Pero no. El tipo parecía impoluto. Agustín miró las fotos y se convenció de que Cáceres pertenecía al pequeño grupo de personas que con su aspecto, su mirada fresca y su sonrisa espontánea, podían hacer la publicidad de casi cualquier cosa. Por un momento cerró los ojos y se imaginó a Cáceres vestido de esmoquin promocionando un coche carísimo, con ropa deportiva publicitando una raqueta de tenis, disfrazado de cocinero para vender la última picadora de cebollas y vestido como cura franciscano dirigiéndose a una cámara para hablar del maravilloso licor benedictino fabricado en el monasterio de San Andrés de los Llanos.

—Controla tus celos, Agustín —se dijo en voz alta, imaginando lo que Mario le hubiera dicho si pudiera hablarle—. Por más que le des vueltas y por más que quieras lo contrario, este tipo está llamado a cambiar la faz de Santamora y realizar otro cambio aún más grande en tu propia vida... Estás a punto de perder a la mujer que quieres.

El médico resopló un poco y continuó hojeando el periódico, cada vez más ofuscado. La tira de Quino de la última página parecía puesta allí exclusivamente para tomarle el pelo. Mafalda sostenía falsamente que no estaba celosa de la llegada de su hermano, sólo que le parecía que el amor de sus padres hubiera abierto una sucursal.

Luego volvió a la entrevista.

Había que reconocer que Pablo Godoy había hecho un buen trabajo, un interesante resumen de la vida de Cáceres, ni demasiado extenso como para que terminara aburriendo ni tan breve como para no mostrar siquiera un boceto del personaje. Juan José Cáceres había nacido en La Quebrada, un pequeño poblado del sur, casi en la frontera. Hijo y nieto de militares, había quedado huérfano cuando era muy pequeño. Había asistido casi por accidente a la muerte de su padre, un cabo de la gendarmería, durante una operación combinada de la policía y el ejército contra de los «negreros» como se llamaba en esa época a los traficantes de seres humanos. Éstos habían descubierto que el hombre era un gendarme y salieron a buscarlo. Lo encontraron en la casa con su esposa e hijo. Allí comenzaron a disparar con metralletas de última generación a las débiles paredes de la vieja casa del cabo Cáceres, que desenfundó su arma reglamentaria y trató de defender a los suyos. Una ráfaga de balas alcanzó al policía, que rodó sobre su hijo como si en su último suspiro quisiera protegerlo con su cuerpo inerte. Su madre, que siempre había sido bastante dependiente, había enloquecido al enterarse de la muerte y terminó en un asilo para pacientes desahuciados. Juan José perdió así en un solo día a su padre y a su madre; tan desesperado como asustado, decidió huir de la casa, hacia el campo, lejos, a ningún lugar.

Durante más de dos años el pequeño Cáceres vagó por los pueblos más pobres, ganándose la vida como podía. Había vendido periódicos, trabajado como albañil y también, según su propio relato, había llegado hasta a pedir limosna.

Finalmente, cuando el temor empezó a írsele del cuerpo, decidió regresar al pueblo natal y buscar a su padrino, un viejo camarada de su padre y pariente lejano de su madre, que era el único familiar del que tenía noticia.

Éste lo recibió con los brazos abiertos pero, temeroso de las represalias de los negreros, que sabían que su ahijado había sido testigo de la muerte de su padre, decidió mandarlo al exterior para que estuviera a salvo y pudiera estudiar.

Así lo hizo y tiempo después, ya como profesional de éxito, había regresado de Europa casado con Marie Foucault, de quien se había separado al poco tiempo. El resto de su historia, como decía el propio Godoy en su artículo, la había vivido y padecido Santamora en carne propia.

Para el final del artículo, el periodista relataba cómo había logrado convencer al entrevistado para que le permitiera tomarle una fotografía donde se viera con claridad su mutilado pie. Pese a que en un primer momento Cáceres se había negado por lo morboso de la imagen, Godoy dejaba por escrito que pudo vencer su resistencia argumentando que aquella imagen era el mejor testimonio de lo que jamás debería volver a ocurrir en Santamora.

Y allí estaba la fotografía. Juan José Cáceres sentado en un sillón de su oficina, con una pernera del pantalón levantada hasta la rodilla y el pie izquierdo desnudo apoyado en un taburete.

Agustín arrugó la boca en señal de disgusto, no por lo morboso sino por el repugnante amarillismo sensacionalista de la fotografía: ahí estaba en primerísimo plano el pie del supuesto futuro presidente de Santamora con una pequeña gasa tapando la herida que apenas cubría el lugar donde una vez habían estado los dos dedos amputados.

Pensó en su primera paciente para esa mañana, la mujer insomne. Entraría en la consulta sudorosa, desencajada y tambaleante. Le hablaría de fantasmas y de muertos vivientes, de crímenes irreales y de las espantosas imágenes que se le aparecían en la pared de su cuarto cada noche, impidiéndole dormir. Él, por supuesto, le recordaría que esas visiones eran producto de su imaginación y que tenía que sustituirlas por las imágenes pacíficas que habían estado trabajando juntos... En ese momento la señorà, le parecía estar viéndola, metería la mano en el bolsillo interior de su vieja chaqueta y sacaría el recorte del periódico con la foto del pie de Cáceres. La tiraría sobre el escritorio y luego le diría lo mismo que le dijo cuando vino a la consulta con las fotos del terremoto de ciudad de México, y después, del incendio de California.

—Yo quisiera hacer lo que usted me dice siempre, doctor Montillano. Querría dejar de enfocar mi atención en este tema y no pensar... alejarlo de mi mente pero ¿cómo podría, doctor? En La Milagros no se habla de otra cosa... y encima en el periódico, ¿qué me encuentro? Esta foto.

Él trataría de calmarla y de hablarle de otra cosa mientras ella repetiría una vez más:

—Pero ¿usted ha visto esto, doctor? ¿Ha visto ese pie mutilado? ¿Cómo hago para no tener pesadillas después de ver esto, doctor? Dígame...

Quizá utilizara la técnica Morguenssen de desplazamiento. Sí. Eso haría. Tomaría la fotografía y resaltaría con un rotulador rojo alguna zona de la foto lejana al pie del primer plano. Quizá el reloj de la pared del fondo o la mismísima cara eternamente sonriente de Cáceres.

—No se trata de alejarse de la fotografía ni de apartar temeroso la vista de ella —le diría—, se trata de elegir dónde poner el foco de su atención.

«El foco de atención —se repitió Agustín—. El foco de atención.»

Desde hacía semanas el foco de atención de todo el país estaba monopolizado por ese puto pie amputado, que pronto aparecería en la primera plana de cada periódico de Santamora y en algunas columnas internacionales de cientos de medios de todo el mundo.

¿A quién le interesaba tanto que todos pusieran la atención en ese pie?

Estaba claro que el único que había salido beneficiado de la amputación era el propio Cáceres. El pasivo protagonista, después de ser rescatado, terminaba de establecerse, por el alto precio de sus dos dedos, como un mártir de la democracia y conseguía, sin haberlo buscado, el papel de héroe nacional, eterno e incuestionable.

Pero no sería justo achacarle al candidato que se aprovechara de su desgracia. De hecho, ni siquiera había sido él quien propuso la fotografía.

Agustín volvió a revisar la foto y centró todo su interés en el pie herido. De pronto, empezó a notar que había algo que no encajaba en esa instantánea. La mala calidad de la impresión lo hacía dudar, pero la cuña de la incomodidad que siempre aparecía cuando algo no encaja a la perfección, se le metió en su propio pensamiento, seguramente tan obsesivo como el de su paciente.

De inmediato, se acercó al teléfono y marcó el número del diario para hablar con Pablo Godoy.

—¿Es cierto que tuviste que insistir para que Cáceres te permitiera hacerle fotos del pie? —le preguntó después de unos minutos de conversación banal.

—Sí, ¿por qué?

—¿Sacaste alguna foto de la herida descubierta? —continuó Agustín sin contestar la pregunta de Godoy—, quiero decir, sin la gasa que tapa la amputación.

—Se lo propuse, pero me dijo que era demasiado desagradable y que no quería transformarse en una víctima.

—¿Y tienes los negativos de las fotografías que sacaste el día de la entrevista?

—Por supuesto. ¿Qué es lo que te pasa?

—Quizá no sea nada. Pero quiero pedirte una copia de todas las fotos donde aparece el pie amputado de Cáceres.

—Lo haré solamente si me dices qué sucede.

—Hay algo raro en esas fotos —aclaró Agustín—, pero no puedo estar seguro de qué es. La impresión en papel de diario es muy borrosa. ¿En cuánto tiempo podrías hacerme llegar los originales al hospital?

—La gente del archivo debe de tener la totalidad de las fotos ya reveladas, ahora mismo los llamo. Aunque hubiera que hacer nuevas copias, no creo que tardara más de una hora en tenerlas conmigo. Te pido que no me dejes así, ¿qué es eso tan raro que has visto? —insistió Godoy.

—Te aseguro que no puedo decirlo con exactitud. Cuando vea la foto ampliada en el proyector del hospital, posiblemente lo sepa o lo descarte. Te llamaré después de verlas.

Agustín terminó de vestirse y, después de hacer un par de llamadas al hospital, consiguió el número del profesor Marcos Steiner.

Sus hipótesis y sensaciones parecían demasiado delirantes para admitirlas sin apoyarse en una opinión calificada, seria y neutral. Y para eso nadie era más fiable que su viejo profesor de medicina forense. A pesar de que muchos de sus colegas dudaban de su lucidez —era un anciano de noventa años—, Agustín pensaba que sus conocimientos y su sabiduría seguían intactos. Si algo de lo que pasaba por su cabeza resultaba cierto, iba a necesitar asegurarse de que no se había vuelto loco.

El anciano Marcos Steiner lo recibió con la calidez que siempre tenía para con su mejor discípulo, que en Navidades siempre pasaba a saludarlo. Aunque había lamentado mucho la decisión de

Agustín de abandonar la especialidad forense, finalmente había comprendido a su alumno e incluso lo había apoyado para que diera el último salto hacia la psiquiatría. De todos modos, jamás había dejado de pensar que Santamora había perdido a un gran forense, no sólo por sus cualidades académicas, sino también por su formación ética.

—Es una alegría verte, muchacho —lo saludó apenas le abrió la puerta dándole un abrazo e invitándolo a pasar.

Dentro, Agustín sintió que se transportaba a otra época, en la que su madre todavía estaba viva y él jugaba con los insectos del jardín. Su antiguo tutor vivía aislado del mundo exterior, sin periódicos, ni radios, ni noticias que perturbaran su último refugio.

—¿Cómo está, profesor? Se lo ve cada vez más joven —dijo Agustín.

—Sí, y a ti cada vez más mentiroso. Pero estoy bien, gracias a Dios. ¿Y tú? ¿Qué es lo que te trae hasta aquí? Falta mucho para diciembre, ¿no?

—Es verdad, profesor, falta mucho para Navidad —dijo Montillano—. Esta vez vengo a verlo porque necesito que me dé su opinión profesional...

Cuando discípulo y maestro llegaron al Hospital Central en el mismo taxi que había llevado a Agustín hasta la casa del doctor Marcos Steiner, Godoy esperaba en la sala de psiquiatría, con un sobre en la mano.

—Aquí están —dijo el periodista, apenas se acercó Agustín, mirando de reojo al anciano que lo acompañaba.

–Éste es el profesor Marcos Steiner –dijo Montillano–, el forense más experto de Latinoamérica y el mejor maestro que alguien puede tener en la vida...

–Encantado –dijo el periodista, tendiéndole la mano al anciano–. Soy Pablo Godoy.

–No perdamos más tiempo –dijo Montillano.

En el aula, Agustín pidió a sus dos acompañantes que se sentaran mientras él conectaba el proyector.

Unos minutos después en la gran pantalla amplificaba cuatro de las fotografías que había traído el periodista.

Agustín miró atentamente las imágenes.

–Tú sí que sabes cómo despertar el interés de un sabueso –se quejó Godoy–. ¿Me quieres decir qué pasa?

Sin responderle, Agustín observó detenidamente las fotografías durante cinco minutos que a Godoy casi lo sacaron de quicio, hasta que finalmente preguntó al doctor Marcos Steiner:

–¿Qué opina, profesor?

–¿A qué te refieres, muchacho? No veo nada extraño –afirmó Marcos Steiner–. Faltan dos de los dedos medios del, presumiblemente, pie izquierdo de un varón de entre cuarenta y cincuenta años.

–¿«Presumiblemente» izquierdo? –preguntó Godoy, mientras pensaba si hacía falta llamar a ese viejo para dar un diagnóstico tan obvio.

–La fotografía podría estar girada –explicó Agustín–, aunque no es el caso. Todo coincide.

–¿Y cuál es la duda, Agustín? –preguntó el viejo Marcos Steiner.

—No lo sé, profesor. Hay algo en estas fotografías que no encaja y no llego a saber qué es.

—Posiblemente lo que te esté llamando un poco la atención es la gran deformación del resto del pie, a pesar de que no ha sufrido aparentemente ningún traumatismo —explicó el viejo—, pero eso es resultado del acomodamiento natural de las estructuras que quedan. A través de los años, los huesos y los músculos se acomodan y se desplazan al centro ocupando, en parte, el espacio vacío.

A Agustín Montillano le brillaron los ojos. Ahí estaba lo que no encajaba.

—Según su criterio, ¿cuándo diría que se realizó esa amputación, profesor? —preguntó.

—Es difícil calcularlo con exactitud. Si pudiéramos tenerlo en la mesa de autopsias podríamos revisar los nuevos tejidos alrededor de la herida. Pero en unas fotos y con la herida oculta es imposible... No parece demasiado reciente.

—¿Qué significa que no es reciente? —preguntó Godoy, que comenzaba a comprender las implicaciones de lo que estaba escuchando.

—Yo diría que mutilaron ese pie por lo menos hace diez años, pero podrían ser veinte o más. ¿Por qué es tan importante ese dato?

—Es un caso que tuvo uno de los residentes —mintió Agustín, que prefirió dejar fuera al profesor de aquella historia que empezaba a ser sumamente complicada—. En un descuido se le mezclaron las fotografías de dos historias clínicas y él sostenía que estas fotos eran las del pie del paciente amputado hace un mes.

—¿Un mes? ¡Qué disparate! ¿Y me dices que es un residente? Ay, Dios, en qué manos va a quedar este país.

—Ni que lo diga, profesor —coincidió el médico, mientras miraba a Pablo cada vez más pálido en su asiento—, en muy malas manos...

23

Por lo menos uno de los guerrilleros responsables del secuestro de Tolosa y Cáceres está huido

En el fragor del operativo militar, el subversivo habría intercambiado su ropa con la de uno de los soldados muertos en el ataque.

La discusión de Godoy y el jefe de redacción por las noticias de primera plana había tenido la intensidad de las buenas épocas.

—Es inconsistente —le dijo cuando terminó de leerla. Era un calificativo que nunca habría salido de su boca para referirse a algo presentado por su periodista estrella.

—¡No puedes decir eso! —se defendió Godoy—. ¡Es un hecho! Uno de los guerrilleros logró escapar de la matanza y Cuevas miente cuando dice que todos los terroristas fueron abatidos. Es obvio que esto no es un tema menor.

—Mira, Pablo, no están las cosas para que otra vez alguien crea que lo mejor sería cerrar el periódico. Ya te dije que esto no se publica. No quiero hacer hipótesis, porque lo que sugiere tu noticia es muy grave y no lo puedes probar.

—Yo estaba siguiendo la transmisión en directo desde los estudios de la cadena y Guijarro estaba allí. Toda Santamora vio al Tío Lucas sin capucha. Y aquí están las fotos que tomé de los muertos en el depósito. Mira: no hay ninguno con la cabeza rapada. Lucas no está.

—Tal vez no has conseguido todas las fotos —argumentó el jefe de redacción—. O alguna está equivocada.

—No es así. Coincide con las declaraciones de Cáceres, jefe: diez guerrilleros y diez muertos, aquí están. No vas a decir que nunca pensaste que Cuevas estaba metido en esto.

—Pensar eso es una cosa y sugerirlo es otra. Que Cuevas se invente una de sus mentiras para hacer ver que mantiene el poder absoluto no prueba que esté detrás. No me encaja y no pienso autorizarlo.

—¿Qué propones? ¿Que archive el caso? ¿Que escriba sobre los astronautas que pisaron la Luna diez años después?

—No lo sé. Lo que digo es que el periódico no va a salir denunciando a Severino Cuevas sin pruebas. *El Ojo Avizor* no podría soportar un nuevo cierre.

Pablo Godoy salió del despacho con un portazo. No aguantaba las restricciones y menos si eran arbitrarias. Su olfato, y lo que Montillano le había descubierto sobre la amputación le decían que detrás de la situación había algo muy grande.

Quizá por eso, después de darle muchas vueltas, decidió que era mejor negociar lo que podía decir que no decir nada. De ese modo, armándose de un poco de mano izquierda y mucha paciencia, Godoy pudo convencer a la redacción para que publicara la noticia del subversivo huido, aunque redactada en términos condicionales: «habría», «podría», «sería», y eliminando toda referencia a la posible participación de Cuevas en los hechos.

El general Severino Cuevas llamó por enésima vez al que pronto sería su ex ministro del Interior. Su inoperancia había llegado demasiado lejos y un hombre de mando, como él decía siempre, no puede permitirse el descuido de rodearse de incompetentes.

—Explíqueme este titular, señor ministro —lo increpó nada más el otro apareció en el despacho, mientras le mostraba la primera plana de *El Ojo Avizor*.

—No sé, señor presidente. Le aseguro que nadie tiene más información que el de un corrillo que sólo repite lo que dice ese titular —titubeó el ministro—. Mis hombres me habían asegurado que...

—Como siempre, sus hombres le informaron mal —sentenció Cuevas—. ¿Qué averiguó sobre lo que le pedí que investigara? ¿Quiénes fueron los que organizaron la fuga?

—Estamos en eso, general... Tiene que comprender que no es sencillo. Le puedo asegurar que no fue algo improvisado, hicieron todo sin dejar ni siquiera un cabo suelto...

—Ministro, dígame, ¿para qué tiene todos los servicios de inteligencia, toda la policía y todos los informantes que mantenemos con los fondos del Estado, eh? En dos semanas no ha podido averiguar cómo un grupo armado se mueve en el territorio nacional, encuentra a los guerrilleros antes que nosotros, se infiltra entre ellos, les arrebata tres prisioneros y desaparece. ¿Debemos enterarnos por un periódico de mierda de que un guerrillero sustituyó a un soldado de nuestro ejército y se escapó de nuestras manos haciéndose pasar por uno de los nuestros? ¿Es éste el país en el que usted quiere vivir, maldito inútil? Salga de esta oficina y no vuelva a entrar hasta que no tenga información. Remueva cielo y tierra si es necesario. Quiero saber quién o quiénes rescataron a Cáceres y si realmente hay un guerrillero prófugo; quiero que su cadáver esté en el depósito antes de una semana... ¿Está claro?... Ahora, fuera de aquí.

No era Cuevas el único a quien le desesperaba la impotencia que genera el no saber. También Agustín sentía cómo crecía su ansiedad segundo a segundo, cuando pensaba en todo lo que podía salir a la luz tirando de este hilo que acababa de aparecer.

Ni siquiera ver a Rosetta le calmaba.

—No tienes buena cara hoy, *figlio*, ¿alguna mala noticia?

—Ninguna... todavía ninguna —respondió Agustín.

—Todavía... pero parece que la habrá.

—No lo sé.

—¿Tiene que ver con la *donna* a la que le cocinaste los fideos?

—Lamentablemente tiene que ver con todo. Pero ¿sabe una cosa, *mamma* Rosetta...? Hoy prefiero no hablar de eso —dijo Agustín, recordando la fuerte discusión que había tenido con Carolina.

Cuando levantó la vista se encontró con la mayor sonrisa que jamás había visto en la cara de su paciente.

—¿Qué pasa? —le preguntó.

—Todo lo malo tiene un lado bueno, *figlio* —sentenció la anciana—. Quizá algunas cosas malas pasan para que otras buenas que uno espera finalmente aparezcan… Es la primera vez desde que estoy en el hospital que te animas a llamarme *mamma* como antes…

Agustín rebobinó sus palabras…

Sí. La había llamado *mamma* Rosetta.

Quizá fuera un grave error, pero se dio cuenta de que sería peor intentar deshacer lo hecho, así que decidió cambiar de tema.

—Hablemos de su salud, ¿cómo se siente hoy?

—Nunca me sentí mejor en toda mi vida —respondió la mujer con los ojos iluminados.

Agustín se despidió con dos rápidos besos en las mejillas de Rosetta y fue hasta su oficina. De camino se dio cuenta de que las palabras de su paciente resonaban en sus oídos: «Algunas cosas malas pasan para que otras buenas aparezcan». Tal vez alguna de estas malas cosas permitiera que afloraran cosas buenas para su país, que tanto las necesitaba, o por lo menos ayudara a impedir que sucedieran cosas peores.

Sin embargo, habían pasado algunas cosas de las cuales nada bueno podía salir. Habían asesinado a Mario.

Agobiado por el peso de la culpa que sienten los que están de duelo cuando se dan cuenta de que por un momento han dejado de pensar en la persona que ya no está, Agustín percibió que las lágrimas le llegaban otra vez a los ojos y, encerrándose en su despacho, volvió a llorar la muerte de su amigo como desde hacía mucho no lo hacía.

Durante toda la mañana Agustín no dejó de pensar en el desaparecido doctor Fossi. La mayor parte del tiempo, recordando todo lo que habían compartido a lo largo de tantos años de amistad, pero en muchos momentos, obsesionado por las preguntas que desgraciadamente seguían sin respuesta. ¿Quién había asesinado a su amigo y por qué?

Cada vez que llegaba a uno de esos dos interrogantes, se ponía de pie y como un tigre enjaulado se paseaba de un lado a otro de su consultorio sin que una idea razonable asomara a su mente.

«Piensa, deduce, Sherlock», se dijo para calmarse, rememorando el juego de personajes del que tanto disfrutaba su amigo Mario.

Pero ¿por dónde empezar?

Por las cosas que son urgentes, desde luego, se respondió, por las que no encajan, por las que se salen de madre, por las que parecen ilógicas.

Nada había más ilógico en la historia reciente de La Milagros que el asesinato de Mario Fossi. No sólo por la identidad de los asesinos, sino también y sobre todo por el motivo.

Sonó el teléfono y Agustín lo atendió al instante.

—¿Mario? —preguntó sorprendiéndose a sí mismo.

—¿Podría hablar con el doctor Montillano, por favor? —dijo la voz del profesor Marcos Steiner, trayéndolo de vuelta a la realidad.

—Sí, profesor, soy yo. Disculpe. Estaba distraído.

—No es nada, muchacho. Estuve viendo con mucho cuidado las fotografías que tu amigo dejó que me llevara para calcular con más precisión la fecha de esa amputación.

—Ah, sí... Muchas gracias, doctor. ¿Pudo llegar a alguna conclusión?

—No mucho más de lo que dije en su momento cuando las vi, pero estuve pensando en el asunto y se me ocurrieron algunas ideas que podrían aportarnos más datos, si todavía queremos situar el accidente en el tiempo. Podríamos hacer un par de buenas placas radiográficas al pie del paciente y luego midiendo el grosor del periostio neoformado nos aproximaríamos bastante. Sería bastante sencillo…

—Me temo, profesor, que no podemos contar con la colaboración del paciente por el momento. Ya no está internado —dijo Agustín, fiel a su intención de no involucrar más a su viejo maestro—, pero ya no se preocupe, porque con los datos que nos ha dado es más que suficiente.

—De todas maneras, quiero pensar que la fecha aproximada de la mutilación tiene que figurar en la historia clínica. Aunque el motivo de consulta haya sido la fractura de tibia, sería inaudito que no esté asentada la antigüedad de una amputación; un antecedente como ése debe de haber quedado registrado, por muy inexperto que sea el residente.

—¿Fractura de tibia?

—Sí. Te sorprende que me haya dado cuenta, ¿eh? La deformación es pequeña, pero después de verla, basta poner una regla sobre la foto para notar la desviación. De algunos trucos uno nunca se olvida. Tu viejo profesor conserva todas sus mañas, muchacho…

—Y toda su sabiduría, profesor… —dijo Agustín, pensando que había estado tan centrado en mirar el pie que no había notado lo de la pierna.

—De todas maneras, no sé cómo el mediquito ese pudo confundirse. Una amputación en un paciente con una fractura importante es una asociación de patologías que un médico de la especialidad nunca podría olvidar.

—Tiene razón, doctor —dijo Montillano, después de un largo silencio—. Y ahora lo dejo, porque estoy a punto de recibir una emergencia. Y muchas gracias. Como siempre, me ha sido de mucha ayuda escucharlo.

Cuando colgó el auricular, Agustín sintió como si un telón se hubiera corrido de pronto, dejando una parte de la trama al descubierto. Allí estaba la punta de este ovillo. Historias clínicas, registro de amputaciones, radiografías antiguas... Y si el comando que atacó el hospital no quería matar a Zarzalejo, sino llevarse las historias clínicas... En ellas debía de hallarse algún indicio que la cabeza del operativo quería hacer desaparecer.

Las ideas se volvieron un torrente imparable.

Agustín empezó a tener la certeza de que el dato que quería ocultarse era la amputación previa de los dedos de Cáceres, pero se dio cuenta de que si esa información había estado alguna vez en alguna de las historias clínicas de traumatología, ya no estaba.

Todo encajaba con el razonamiento del profesor Marcos Steiner. Primero eliminar la historia clínica y después al médico que podría recordarlo, Mario Fossi...

El problema era cómo demostrar todo esto. Si su razonamiento era correcto, y Agustín tenía cada vez menos dudas de que no lo fuera, Cáceres estaría advertido y jamás aceptaría voluntariamente hacerse nuevas placas.

Aunque, a lo mejor, había un camino...

Agustín recordó que, en su última conversación con Mario, su amigo le había contado que iba a dedicarse a revisar las radiografías que tenía en su casa, muchas de ellas duplicados de las que estaban incluidas en las historias clínicas robadas. No parecía algo muy prometedor, pero tal vez viendo esas placas podría encontrar algo que probara sus presunciones.

Sentado en su oficina, Juan José Cáceres le pidió a su secretaria que lo comunicara con Carolina Guijarro.

–¿Cómo está mi futura jefa de prensa?

–Muy bien, pero aún no… –respondió Carolina, que, como siempre, se sentía halagada por el tono caballeresco de Cáceres.

–Nunca acepto un no como respuesta cuando la pregunta está dirigida a una hermosa mujer –dijo el candidato con suavidad–. Estoy decidido a que me acompañes, Carolina, necesito tu ayuda…

–Bueno, pero te pedí unos días… –adujo ella recordándole que era una decisión que tenía que meditar.

–No creas que no te comprendo, sé lo difícil que es esto en lo profesional, pero, como bien sabes, los tiempos políticos en Santamora se están acelerando. No quisiera presionarte…

–Pero lo harás –rió Carolina.

–La verdad es que sí –admitió Juan José.

–Desde luego, ya sé que el pueblo tiene cada vez menos paciencia…

–Ni te lo imaginas, Caro. No hago más que recibir peticiones para actuar y que Cuevas dimita… Yo insisto en que deberíamos esperar, pero necesito saber que estás conmigo.

–Claro que estoy contigo, Juan José, sólo que tengo obligaciones previas…

—¿Te parece que nos veamos esta noche en La Coupole? Tal vez juntos podamos pensar...

Carolina hizo un profundo silencio. No podía alejar la imagen de Agustín furibundo ante la sola mención del nombre de Cáceres.

—Está bien, esta noche, después del noticiero —dijo Carolina. El momento definitivo había llegado.

—Allí te estaré esperando. Gracias, Guijarro. Eres un amor.

Agustín llegó al apartamento de Mario a las tres de la tarde y abrió la puerta con su juego de llaves. Al entrar y encender la luz, le sorprendió ver que todo estaba en un completo desorden: papeles tirados, cajones fuera de su sitio, la ropa revuelta sobre el piso y la cama, incluso las alacenas de la cocina habían sido vaciadas. Nada estaba en su sitio. Sintió una repugnancia atroz; alguien había estado allí revisando las cosas de Mario, hurgando en su vida, en sus objetos más queridos. Pensó en que su propia vida podía haber corrido peligro si hubiera seguido viviendo allí. Después se maldijo por haber cedido a su debilidad, por no haber sido siquiera capaz de pasar a echar un vistazo después del funeral. Lo había ido postergando día tras día, como una obligación que no se quiere ni se puede cumplir. Ni siquiera el ofrecimiento de Carolina de acompañarlo le había dado el suficiente coraje. Pero era tarde para reproches.

Agustín recorrió la casa sin encontrar rastros de las historias clínicas. ¿Se las habrían llevado los asesinos?

Antes de salir, en un impulso, apretó la tecla del contestador automático. «Tiene un mensaje nuevo», dijo la voz que salía del aparato. Sabiendo que era el suyo, el mensaje que Mario nunca llegó a escuchar, pulsó el *play*.

—«Hola, Mario, soy Pablo —se escuchó—, tu amigo Cuevas se está poniendo nervioso. Te llamaré mañana lunes al hospital. Un abrazo.»

Por un momento, Agustín se quedó confundido. Esa llamada era del domingo, ¿por qué no estaba el que él había grabado el sábado?

Apretó la tecla de rebobinar y al soltarla apareció su mensaje:

—«Hola, Mario, pensé que quizá no habías salido todavía y podía colarme contigo, pero, por lo visto, ya debes de estar disfrutando de tu querido *Neptuno* anclado en la bahía. Llámame apenas regreses.»

Era evidente que los que revolvieron la casa lo hicieron entre su llamada y la de Godoy. Estaba claro: habían venido a buscar a Fossi y revolvieron todo por si encontraban algo que fuera conveniente destruir. Agustín Montillano se sintió desfallecer cuando se dio cuenta de que, muy probablemente, había sido él, con su mensaje, quien les había dicho a los asesinos dónde encontrarlo.

Se le puso un nudo en la garganta.

Entró en el baño y se mojó la cara para tratar de recuperarse un poco. ¿Y ahora…? Pensó. Quedaba alguna posibilidad, aunque remota, de que las placas estuvieran en el yate. No aplazaría más las cosas. Si algo debía hacerse, era necesario hacerlo de inmediato.

En quince minutos el taxi estuvo en el embarcadero. Agustín le pidió al chofer que lo esperara unos diez minutos a cambio de una propina y después subió la escalinata que lo llevaba al pantalán.

Acompañado por el rumor monótono del agua que iba y volvía sobre las piedras, caminaba despacio, buscando el *Neptuno*. Al final encontró el barco, que se mecía casi solo. Miró para todos lados y, sintiéndose a salvo de la mirada de los vigilantes, bajó los escalones del muelle y entró.

La luz del sol contrastaba con la oscuridad del interior; las cortinas estaban echadas y el olor a cerrado y a humedad se iba apoderando del lugar.

El médico sintió una profunda tristeza al ver que aquel lugar tan querido por su amigo se iba desangelando poco a poco, de manera irreversible. La mesa, las sillas, unas viejas revistas, el pequeño escritorio debajo de la ventana... todo parecía igual que la última vez que había estado en el *Neptuno*; sin embargo, Agustín podía percibir que la ausencia de Mario comenzaba a notarse en cada cosa, como si los objetos estuvieran más inertes, como si la energía los hubiera ido abandonando y ahora sólo formaran parte de una especie de museo de las cosas sin vida propia. Salvo por ese algo indefinible que mostraba que todo era parte de un pasado absoluto al que la muerte también había alcanzado. No había signos de lucha ni cosas revueltas. Todo estaba en orden. Si Mario había llevado algo al barco, debía de estar todavía allí.

Montillano comenzó a revisar los cajones uno por uno, pero no encontró nada. Buscó en los estantes de la cocina y, finalmente, en el armario del pasillo. Allí, en el último estante, las encontró: varias carpetas con placas radiográficas, rotuladas con el logotipo del hospital. Eran, con seguridad, más de cien.

Si pretendía encontrar algo, se dijo, iba a necesitar de toda su paciencia.

Agustín Montillano guardó las placas en una bolsa marinera que encontró y salió tan furtivamente como había llegado, camino del Hospital Central.

Mientras terminaba de arreglarse el cabello, Carolina pensó que no estaba siendo leal del todo con Agustín, y se dio cuenta de que ésa era indudablemente una manera suave de describir la situación. Esa noche él estaría de guardia y ella ni siquiera le había avisado de que saldría a cenar y mucho menos con quién.

Si bien era más que evidente que desde la última discusión la relación se había enfriado mucho, Agustín continuaba viviendo con ella. Antes, apenas un año atrás, una disputa como ésa hubiera sido la excusa perfecta para que el médico recogiera sus cosas y desapareciera, víctima de uno de sus ataques de pánico al compromiso. Pero esta vez había sido distinto y eso la confundía. Había permanecido a su lado, aunque en actitud de resistencia, como si estuviera dispuesto a ocupar un lugar en su vida hasta que ella decidiera lo contrario.

Quizá él no se quedara a su lado si elegía trabajar con Cáceres, pero parecía claro que no se iba a ir antes de que ella tomara una decisión. Por primera vez sentía que Agustín la dejaba en libertad de escoger el camino y esta actitud tan desacostumbrada había logrado descolocarla. Se daba cuenta de que le era muy fácil rebelarse como reacción a las prohibiciones de él, pero decidir por sí misma qué era lo que más le convenía en una situación que no admitía vuelta atrás o hacer simplemente lo que ella quisiera bajo su exclusiva responsabilidad, debía admitirlo, le daba muchísimo miedo.

En el restaurante, Cáceres la esperaba con un delicadísimo ramo de flores sobre la mesa y una copa de champán francés.

—Por una nueva Santamora —brindó, a modo de saludo, una vez que Carolina terminó de acomodarse frente a él.

—Brindemos —aceptó la periodista levantando la copa y mirando a Juan José a través de las burbujas. «Es realmente un tipo encantador», pensó.

—Que éste sea el comienzo de un larguísimo camino juntos —deseó Cáceres.

—No me presiones... —se defendió Carolina—. Te dije que todavía...

—Carolina Guijarro, esto no es sólo por ti, ni por mí. Y lo sabes... tú misma me dijiste, unas horas antes del secuestro, que el país me necesitaba y que yo no podía negarme. Pues bien, en el mismo sentido yo te necesito y tú no deberías negarte.

Carolina, sin poder sostener la fascinante mirada de Cáceres, bajó la vista y se preguntó cuánto sería capaz de resistir la atracción de ese hombre.

24

Inquietud en el gobierno por la fuga de uno de los líderes de la banda guerrillera eliminada

Se trata del único subversivo que apareció en las imágenes sin capucha durante la transmisión desde el sótano de los secuestradores.

Vea en exclusiva el retrato robot de su rostro compuesto con los datos de los testigos.

A las siete de la mañana, sonó el teléfono del pequeño apartamento que había alquilado Paco Bailén.

–Sí… –dijo Paco, disimulando un poco la voz.

–¿Cómo pudiste ser tan idiota?… mostrarte así, sin capucha… –le dijo la voz sin preámbulos–. Ahora todo el mundo conoce tu rostro. ¿Has visto *El Ojo Avizor* de hoy?

–No, no lo vi –dijo Bailén–. Lo de la capucha fue en un momento de desesperación, Homero. No pensé en las cámaras.

–La desesperación no es una buena compañía en este negocio.

—Sí, claro.

—Si necesitas algo, sal ahora a buscarlo y cuida que nadie te vea. Ponte una gorra y levántate las solapas de la cazadora. Después, vuelve al apartamento, cierra la puerta con llave y no salgas. ¿Has ententido?... No salgas para nada y por ninguna razón hasta que yo te llame. ¿Comprendido?

—Sí, Homero.

—Yo te sacaré de esto, pero tienes que tener cuidado, porque si te equivocas, tu vida no valdrá un centavo...

—Comprendo.

—Sobre todo, no salgas. Recibirás instrucciones ahí mismo...

Paco Bailén cortó la comunicación tan asustado como agradecido. Era una suerte que el jefe estuviera dispuesto a ayudarlo. Sin su apoyo, pensó, su destino habría estado sellado.

Todos los pacientes internados en la sala de psiquiatría del Hospital Central y algunos otros de La Milagros parecían haberse puesto de acuerdo el día anterior para no permitir que el doctor Montillano pudiera tomarse media hora y revisar el contenido de la bolsa que celosamente había traído desde el *Neptuno*. Pero por fin había llegado el momento. Agustín entró en la oficina que había sido de Mario Fossi hasta su muerte, cerró la puerta con llave y encendió el cuadrado de luz para ver las radiografías.

Parecía que Mario había guardado solamente los casos más llamativos, los que creía que no volvería a ver, los que tenían un claro interés docente y los que podrían ser material para una investigación.

No había ninguna lista de las placas, pero Mario se había ocupado de colocar, en cada una, un número adherido al costado superior izquierdo para identificarlas.

Montillano vio pasar frente a sus ojos, una por una, deformaciones, agenesias, aplastamientos, costillas o vértebras supernumerarias y complicadas fracturas, así como impresionantes clavos y tornillos sujetando huesos casi destruidos. Cuando la luz del negatoscopio iluminó la radiografía marcada como 81, Agustín se detuvo y se acercó a la placa. Cuando terminó de analizar la imagen se dio cuenta de que lo había encontrado. Era la imagen de una complicada fractura de tibia que permitía ver, más abajo en la radiografía, la falta de dos dedos del mismo pie y, con mucha claridad, el desplazamiento compensador del resto de los huesos.

Una hora después Montillano salió a la sala para hacer pasar a Godoy al despacho. Lo encontró con un café de máquina en una mano y un cigarrillo en la otra, en un intento de terminar de despertarse.

Agustín le contó los últimos hechos: el apartamento revuelto, la visita al *Neptuno*, la conversación con Marcos Steiner y la inspección de las radiografías que el traumatólogo guardaba en su apartamento y que después de su muerte quedaron en el barco.

—¿Y?

—La placa 81 —dijo Agustín mientras colocaba la radiografía al trasluz.

Godoy miró por un momento, pero poco pudo entender de lo que debía ver.

—Es una placa de una pierna izquierda. Fractura de tibia, como dijo el profesor, un pie con dos dedos amputados y desplazamiento óseo…

—¿Y bien?

—¿No te das cuenta? Es la placa de Cáceres. Se la tomaron en el hospital hace más de tres años.

—Por favor, Agustín… En un país donde se juega al fútbol debe de haber miles de fracturas como ésa… y supongo que también algunos miles de amputados…

—Puede ser, pero ¿cuántos con las dos cosas? Además, mira aquí, abajo, ¿ves la fecha? Y las iniciales del paciente…

Godoy leyó en voz alta:

—Jota… Jota… Ce… 23/9/72.

—¿Te parecen coincidencias? Por loco que parezca, si sumamos lo de la fractura, la amputación que no es reciente y esta radiografía…

—Tienes razón. Dos más dos es cuatro, amigo mío —afirmó Godoy—, aunque te confieso que, a pesar de que las piezas parecen corresponder al mismo juego, no logro resolver el rompecabezas.

—Pero, por lo menos, ya sabemos por qué mataron a Fossi y cuál era la información que quisieron hacer desaparecer. El robo de las historias clínicas era el verdadero objetivo del comando, que quería eliminar las pruebas de que Cáceres ya tenía los dedos amputados.

—Espera, espera, nos estamos enredando…

—¿Por qué?

—¿Acaso lo del hospital no fue anterior a la amputación? La muerte de Mario sucedió cuando todavía no había llegado el macabro envío —dijo Godoy, haciendo memoria.

—Sí, es cierto. —Agustín se detuvo, como para repensar su hipótesis y luego continuó—: Bueno, piensa, por ejemplo, que los guerrilleros, viendo que Cáceres tenía dos dedos amputados, deciden usarlo a su favor, lo amenazan, lo insultan, lo golpean; luego, cuando el tipo está rendido le proponen hacer un pacto. Ellos no lo mutilan y si él termina siendo elegido...

—¿Los guerrilleros? ¿Para qué?

—No lo sé, pensando en una amnistía..., no importa. Sea como sea, hacen un pacto con Cáceres. Lo interrogan y se dan cuenta de que hay una historia clínica a través de la cual se podría descubrir todo, así que deciden robar la historia antes. No pueden robar solamente la suya porque sería sospechoso. Organizan un falso atentado contra Zarzalejo y roban todas las historias antiguas.

Godoy hizo una pausa y encendió otro cigarrillo. Estaba abrumado por las noticias.

—Podría ser, pero hay demasiadas cosas que no encajan. Con la guerrilla liquidada, ¿por qué no dijo la verdad al ser liberado? A no ser que... ¡ya está! Cáceres sale, se da cuenta de lo que pasa, con la gente pendiente de su desgracia, y decide aprovecharse del pacto que hizo con los guerrilleros. Total, están todos muertos...

—Podría ser —dijo Agustín, pensativo—, aunque...

—¿Aunque? —preguntó Pablo.

—También podríamos pensar cómo lo haría Mario...

—No te entiendo...

—Me burlaba cuando él veía detrás de todo la mano de Cuevas. Por una vez podríamos pensar que quien en realidad pactó con Cáceres es el mismísimo Severino Cuevas. Pongamos un trato del estilo: «Si me garantizas inmunidad, yo te perdono la vida, no te mutilo y te permito ser presidente. Si no aceptas, eres hombre muerto».

—Y cuando Cáceres sale —siguió Godoy—, está atrapado. Cuevas tiene el poder y, por lo tanto, no puede sino seguir con la simulación del corte de los dedos. No te voy a negar que tu explicación me resulta incluso más verosímil que la mía. Sin embargo, para cualquiera de las dos nos queda otro problema.

—¿Cuál? —preguntó Agustín.

—Que, aunque la amputación fuera fingida, aparecieron en esa caja dos dedos y una oreja muy, pero que muy reales...

—Cuando yo era niño me apasionaba la magia —dijo Agustín—, hacía toda clase de cosas raras con cartas, monedas y cuerdas. Me encantaba sorprender a quienes podían disfrutar de lo que no entendían. A los diez años mi padre recibió una importante suma de dinero de la empresa minera en la que trabajaba. Le compró a mi madre el más hermoso y más caro de los vestidos de toda La Milagros, y a mí, la caja más grande de Hocus Pocus, una colección de juegos de manos para jóvenes magos aficionados. Allí obtuve «La guillotina de papel». La estrella de todas mis presentaciones mágicas y también el truco favorito de mis amigos de entonces. El mago muestra dos zanahorias. Invita a uno de los espectadores a romper una usando solo sus manos. Al principio es difícil, pero luego, con un pequeño esfuerzo, lo consigue. Después, el artista toma la otra zanahoria y la coloca en una pequeña guillotina de plástico, cuya hoja es un simple pedazo de papel higiénico. Es imposible que la delgada hoja de papel pueda cortar la zanahoria y sin embargo... hocus pocus... la hoja baja y corta la zanahoria en dos pedazos arrancando los aplausos del sorprendido público...

Zanahoria verdadera, papel verdadero, corte perfecto... ¿Cómo lo hizo?

—¿Cómo lo hizo? —repitió Pablo Godoy.

—No hubo corte. La zanahoria ya estaba cortada. Los dos pedazos, seccionados previamente con una cuchilla bien afilada, se ponen juntos. Al presentarla al lado de la que está entera, se sugiere que también lo está. Finalmente, baja la cuchilla y el roce del papel desprende el pedazo que ya estaba separado dando la impresión de que lo ha cortado... Tachán.

—Muy bien —dijo Godoy—, así lo hicieron, pero ¿cómo probarlo? O mejor, ¿dónde encontrar la zanahoria original? Carolina vio los vendajes ensangrentados de Tolosa y de Cáceres.

—Sí, es cierto. Pero al menos hay algo que hemos descartado. Yo no soy solamente una especie de Otelo enloquecido, persiguiendo al amante de mi mujer, como pensaba Mario y sostiene Carolina. Sea como fuese, Cáceres no es lo que pretende aparentar. Con la guerrilla o con Cuevas, queda claro que nuestro futuro presidente ha pactado con alguno de sus supuestos enemigos y que nos engaña a todos.

Si había un engaño, Carolina era una de las víctimas, porque la mayor parte de su día la pasó pensando en la manera de confesar a Agustín su decisión.

Y no era porque Juan José la hubiese convencido. No. Su capacidad de disuasión y su seducción habían contribuido, desde luego, pero había algo más, una necesidad interior, un viejo sueño de introducir un cambio radical en el rumbo de su vida.

Esta vez no quería conformarse con acceder al palco principal; esta vez quería subirse al escenario, conocer el otro lado, el de los que hacen la política y no seguir en el de los que la padecen, la critican o la aplauden.

Ella, al igual que las dos últimas generaciones de santamoranos, había crecido sin ninguna educación cívica, sin inquietud política, sin dolor por la falta de democracia ni conciencia de la ausencia de ideales. Fue su profesión la que le hizo ver las cosas de otra manera.

Ahora, la propuesta de Cáceres la llenaba de un entusiasmo que no solamente se relacionaba con los proyectos políticos del candidato. Su euforia no estaba relacionada sólo con las nuevas alternativas profesionales. Era evidente que había algo más.

Cuando Carolina llegó a almorzar, Agustín estaba releyendo su viejo libro de magia.

Sin reparar en lo que leía, Carolina le dijo a bocajarro:

—Agustín, tenemos que hablar…

El médico levantó la vista del papel y la miró:

—Por el tono y la frase, parece que has tomado una decisión importante para los dos, ¿verdad?

—Sí, no voy a darle vueltas —sostuvo Carolina mientras se sentaba frente a Agustín—, lo pensé bien y quiero trabajar con Cáceres.

Ante la sorpresa de la periodista, no gritó ni se escandalizó, ni comenzó a buscar argumentos para discutir su decisión. Simplemente le dijo en un tono sereno pero determinado:

—Si vas a hacer eso, primero debes saber quién es Juan José Cáceres.

—Por supuesto, lo sé muy bien —le refutó Carolina poniéndose en guardia.

—No, no lo sabes. O al menos no sabes todo de él.

—No te entiendo…

—Mira, no iba a decirte nada, porque justamente quería evitar una pelea. Pero veo que no hay más remedio. No sabemos muy bien qué significa todo esto —advirtió el médico como para que Carolina no se sintiera demasiado atacada—, pero a Juan José Cáceres no le amputaron los dedos del pie durante su cautiverio.

—¿Qué dices?

—Que es una mentira. La amputación de los dedos data de por lo menos diez años atrás…

—¿Y tú cómo lo sabes?

—Porque soy médico forense, porque hice ver las fotos de su pie deformado a mi maestro, el doctor Marcos Steiner, y porque pude encontrar una radiografía de su pierna de hace tres años…

—Un momento, ¿estuviste investigando a Cáceres?

—No, a él no, sólo a su pie —dijo Agustín con algo de sorna.

—No me tomes por tonta. ¿Hasta dónde llegan tus celos enfermizos, Montillano?

—No son celos. Esta vez no. Y hay más…

—¿Más? No pretenderás que te escuche, porque esto me parece un despropósito.

—No quieres escuchar, pero lo harás.

—No. Y sal de mi casa ya —le gritó Carolina, señalando con el brazo la puerta.

—La placa radiográfica prueba que ya no tenía los dedos cuando Mario lo atendió hace tres años…

—Eres capaz de inventar cualquier cosa, ¿verdad? ¿No habían robado las historias clínicas de traumatología? ¿Cómo tienes entonces la placa...?

—Porque Mario guardó algunas y ésta tiene las iniciales... —Agustín se interrumpió—. Es inútil, estás obnubilada y no vas a creer nada de lo que te diga. De todas maneras, creo que debo advertirte, Carolina: te estás equivocando con Cáceres. Lo único que espero es que ese tipo no sea peor de lo que ya creo que es.

—Vete, no quiero oírte decir ni una palabra más...

Sin mediar otra palabra, Agustín fue a la habitación, puso en un bolso las pocas cosas que guardaba en el apartamento de Carolina y salió con más impotencia que furia.

La secretaria de Juan José Cáceres golpeó la puerta y esperó a que su jefe le indicara que pasase:

—El edecán del presidente Cuevas acaba de llamar, señor Cáceres.

—¿Confirmó la entrevista?

—Así es, señor, el presidente Cuevas lo recibirá mañana a las trece horas, en el despacho presidencial.

—Gracias. Comuníqueme con Carolina Guijarro. Es urgente.

—Muy bien.

La secretaria salió y casi de inmediato sonó la extensión de Cáceres.

—Carolina, necesito tu ayuda... —comenzó a decir el candidato.

—La tienes, Juan José. Estaba a punto de llamarte para decírtelo. Hoy mismo presentaré mi renuncia en la emisora.

—No sabes cuánto me alegro, pero tal vez todavía te necesite ahí, frente a las cámaras. Te adelanto que Cuevas no ha tenido más remedio que aceptar recibirme mañana a la una de la tarde. Como siempre te digo, primor, mi fuerza sólo depende de la gente a la que quiero representar. Solamente si la gente está en la plaza para apoyarme conseguiré presionarlo, ¿entiendes?

—Desde luego. ¿Estás pensando en pedirle la renuncia? —preguntó Carolina sin saber si sentía más orgullo que admiración o viceversa.

—Inmediata e indeclinable —dijo el candidato.

—Cuenta conmigo—dijo Carolina Guijarro—. Los que vean el noticiero de esta noche se acostarán sabiendo con certeza que habrá un solo lugar donde estar mañana al mediodía y un solo nombre para corear.

—Me metí en el juzgado que tramita la causa, revolví todos los expedientes, pero no lo encontré. El informe de la autopsia de Tolosa no está... —le explicó Godoy a Montillano en el café—. Ni el informe forense, ni las fotos, ni el certificado de defunción... como si no lo hubieran matado. ¿Por qué tanto misterio con su expediente?

—No lo sé. ¿El truco de la guillotina? La zanahoria nunca es rebanada, aunque parece que así suceda. Apostaría a que debajo de los vendajes ensangrentados está intacta la oreja de Tolosa. Si pudiéramos probar, aunque sea eso, forzaríamos a Cáceres a explicar los otros datos: el desplazamiento de los huesos de su pie, la placa radiográfica de hace tres años...

—Puede ser, pero si no logramos encontrar pronto la autopsia, no podremos hacer absolutamente nada. Al que está detrás de todo esto, sea o no Cuevas, no le va a temblar el pulso si descubre que sospechamos algo —dijo Godoy—. Y, además, los acontecimientos se están acelerando. Cuevas va a recibir mañana a Cáceres...

—¿Mañana? —se asombró Agustín.

—Sí. Nuestra amiga Carolina convocará al pueblo desde la tele. Llamó para pedir apoyo del periódico... No me extrañaría que en brevísimo tiempo, tal vez horas, el pueblo aclame a Cáceres como presidente...

—Todavía tenemos una posibilidad... —apuntó Agustín.

—¿Cuál?

—El cuerpo. A Tolosa no lo incineraron, lo enterraron...

—Sí, claro, pero ¿quién nos va a dar en un tiempo mínimo el permiso para exhumar el cadáver? ¿El mismo juez que hizo desaparecer el expediente? Olvídate, amigo.

—Por supuesto que él no; ni se me ocurriría pedirlo.

—¿Y qué pretendes? ¿Que vayamos al cementerio con una pala?

—No. Nosotros, no, pero... —Agustín se detuvo por un momento, como tratando de evaluar si lo que pensaba tenía algún sentido— tal vez R. quiera ayudar...

Sólo hizo falta decirle que tal vez pudieran descubrir al asesino de Mario, para que Carlos R. se mostrara dispuesto a colaborar. Escuchó con atención lo que los dos amigos pretendían y quedó en llamarlos al cabo de diez minutos.

Tardó solamente ocho.

—Mañana a las cinco de la mañana —dijo con su severo tono habitual—, en la vieja bodega Pintos. Está abandonada. Entren por la puerta que da a las vías. En el tercer despacho del primer piso estará lo que buscan. Después de que terminen lo que tienen que hacer, abandonen el lugar por donde han entrado. Yo me encargaré de volver a poner todo en orden. No se preocupen…

—Gracias… —atinó a decirle Agustín.

—No dude en pedirme cualquier otra cosa que necesite —dijo R.—. Especialmente si tiene que ver con hacer justicia en el asunto de la muerte de Mario. Usted me entiende…

—Sí. Lo llamaré.

Agustín le contó a Pablo su conversación con R. y de inmediato el periodista pidió hablar con el jefe de redacción.

—Jefe —le dijo apenas se puso al teléfono—, estoy en medio de una investigación que puede ser una bomba… No, no te puedo anticipar nada porque podría darte un infarto… Sí, tan grande… De todas maneras, lo que quiero es que te ocupes del titular de mañana y de la columna… No sé, podrías hablar de la convocatoria que va a hacer Guijarro desde su noticiero. Sí… Gracias. Nos veremos por la mañana, si sobrevivo… No, tranquilo, era una broma.

25

ÚLTIMA HORA
Se confirma para hoy el primer encuentro
de Cuevas con su virtual sucesor

En medio de una caótica situación de desgobierno, Juan José Cáceres ha conseguido que el presidente lo reciba este mediodía. La Cadena 20 ha convocado a la población de La Milagros a acompañar y respaldar al candidato.

A las cinco de la mañana, Pablo Godoy y Agustín Montillano llegaron al edificio de la antigua bodega Pintos. Era una mole de cemento de cinco pisos en un notable estado de abandono y deterioro: vidrios rotos, puertas oxidadas, paredes resquebrajadas y grandes charcos de agua provocados por cañerías que habían dejado de funcionar. Como les había indicado Carlos R., entraron por el lugar que daba al antiguo ferrocarril, una puerta angosta y baja que chirrió cuando la empujaron. Dado que el sol aún no había despuntado, la planta baja, con interruptores que no funcionaban, estaba completamente a oscuras. Alumbrándose con la linterna de exámenes médicos que Montillano traía consigo, buscaron la escalera y subieron casi a tientas hasta el primer piso. El silencio era absoluto. Se toparon con una primera puerta; luego, con una segunda, y al doblar por el pasillo encontraron la que había indicado R.

Godoy la abrió y, de pronto, la oscuridad se hizo luz diáfana. Cuatro potentes focos alumbraban una camilla en el centro de la habitación; sobre ella, una sábana inmaculada tapaba lo que debía de ser el cuerpo de don Pedro Tolosa. Alrededor, instrumental, guantes, gorros, jeringuillas, sierras y un armario lleno de reactivos de laboratorio. Cualquiera que prescindiera de lo que había al otro lado de la puerta juraría que se encontraban en una pequeña pero perfectamente equipada sala de autopsias.

Agustín observó el lugar sin poder ocultar su asombro.

—No me lo creo. Esto es imposible —le dijo al periodista, que por su desconocimiento no podía valorar lo que tenía delante.

—Parece una sala de hospital, ¿verdad, Agustín?

—Es perfecto. No falta de nada. Y, para ser sinceros, estoy asustado. En menos de veinticuatro horas este tipo ha sido capaz de montar esto…

—¿Demasiado poder? ¿Qué te imaginas?

—Prefiero no pensarlo, Pablo. Pongámonos manos a la obra.

El periodista se hizo a un lado y con un gesto negativo, dijo:

—No, no, no, en esta parte no te ayudo. Te cedo el lugar. Si quieres, después, tomo las fotos, pero eso de manipular un cadáver…

—Está bien.

Agustín levantó con mucha lentitud la sábana que cubría el cuerpo de Tolosa y comprobó con sus propios ojos la sucia herida de la oreja seccionada del pobre líder político.

—Nos equivocamos… —dijo Agustín—. Le pedimos disculpas, don Pedro, pero usted ya sabe lo que dicen de los políticos: «Principios blandos y ambiciones sólidas». La verdad es que pensamos que también habían pactado con usted. Lo lamento.

¿Por qué no volvió a cubrir el cadáver con la sábana y salió de inmediato? ¿Por qué destapó totalmente el cuerpo desnudo de don Pedro Tolosa? ¿Por qué dirigió su mirada a sus pies? Fuera por accidente, por casualidad o por deformación profesional, ese gesto dejó al descubierto lo que no estaba buscando. El cuerpo de Tolosa tenía en su pie izquierdo el hueco de la amputación reciente de dos dedos.

No era necesario seguir profanando el cuerpo de don Pedro. Su cadáver les había dicho todo lo que debían saber.

Godoy disparó la última foto del rollo; después de rebobinarlo, lo sacó de la máquina y lo guardó en el bolsillo interior de su cazadora.

—Dos zanahorias —dijo Agustín—. Una al lado de la otra. Un corte verdadero y el otro falso. ¡El artista creando una ilusión perfecta para engañar a toda la audiencia!

—¿Te refieres a Homero? —quiso confirmar Godoy.

—Claro… El tal Homero ha leído mucho sobre la prestidigitación y la magia del escenario, estoy seguro. Es él quien ha manejado los hilos de este misterio. La desaparición del expediente de Tolosa, el robo de las historias clínicas del hospital, el asesinato de Mario… todo tiene un solo fin: borrar cualquier registro de que los dedos habían sido amputados con anterioridad.

Agustín sintió que se le cortaba la respiración.

Pablo vio cómo su compañero palidecía.

–Agustín, ¿estás bien? ¿Qué sucede?

Como si estuviera hablando bajo estado hipnótico, Agustín empezó a explicarse. Parecía que estuviera leyendo lo que decía en una invisible pantalla desplegada frente a sus ojos.

–Borrar todo registro... Matar a Mario era imprescindible porque había atendido a Cáceres; podría recordarlo, identificarlo y denunciarlo ante los medios. Pero ¿quién más sabía lo de los dedos de Cáceres? ¿Quién había tenido la posibilidad de verlo desnudo? Su esposa. La mujer que vivió con él durante cinco años: Marie Foucault. Ella era un riesgo, y por eso el muy hijo de puta la mandó matar simulando un accidente. Amenazó también a la esposa de Tolosa para que fuera más sencillo eliminar a la ex señora de Cáceres. *Misdirection.* ¡Maldito sea!

–No entiendo qué beneficio puede obtener Homero de transformar en presidente a un tipo como Cáceres –dijo Godoy–; por mucho que haya pactado con él, nunca podría estar seguro de que hiciera honor a su palabra después de llegar al poder.

–Quizá decidió correr el riesgo –dijo Agustín.

–Quizá tiene ahora otras cosas para amenazarlo...

–¿A qué te refieres? –preguntó Agustín, temiendo escuchar la respuesta.

–A Carolina Guijarro, por ejemplo.

Agustín sintió que un enorme miedo lo invadía y empezaba a enturbiar su percepción. La sola idea le resultaba insoportable. Carolina, su Carolina, en la mira de los que chantajeaban al candidato. Ahora entendía la insistencia de Cáceres en que trabajara con él.

—Escucha, Agustín —dijo Godoy interrumpiendo sus pensamientos—. Llévale esto a mi amigo fotógrafo. Aquí está la dirección. No te preocupes, es de la máxima confianza.

—Yo me ocupo —aceptó Agustín de inmediato—. Vete... Me imagino que tú querrás ir a cubrir lo de la plaza...

Godoy asintió. Más allá de lo que habían descubierto, Agustín tenía razón. Los acontecimientos en la Casa de Gobierno serían la única realidad periodística del momento, por lo menos hasta que ellos pudieran desentrañar qué había detrás de todo aquello.

En el ático de uno de los edificios más lujosos y aristocráticos de La Milagros, Carlos R. estaba sentado a su escritorio, al lado de una exclusiva botella de cava. En la mano izquierda sostenía un puro; en la otra, el auricular del teléfono.

—Por lo que me dices, ya no caben dudas —señaló mientras se llevaba el cigarro a la boca—. Sólo hay que esperar a que las fieras entren en la jaula... Todo se desarrolló como pedí, ¿verdad?... Sí. No quiero que nuestro hombre corra ningún riesgo, ¿eh?... Ya veremos si esta vez podemos grabar una verdadera primicia para el noticiero —sentenció R. mientras se reía a carcajadas.

A las once de la mañana, todos los medios de comunicación del país ya estaban apostados en la puerta de las oficinas de Juan José Cáceres. Una gran multitud se había congregado en la calle y a lo largo de las veinte manzanas que separaban su casa de la sede del gobierno. La idea, propuesta por Guijarro la noche anterior, era acompañar al candidato hasta el Palacio de Gobierno con un multitudinario cortejo y esperar en la plaza el desenlace de su entrevista con el general Cuevas, para garantizar la integridad de «su única posibilidad», como todos llamaban al candidato.

—Quizá —se había animado a decir la reportera—, si la voluntad del pueblo pone presión al gobierno por boca de Juan José Cáceres, mañana mismo Santamora quedará libre para siempre de su peor y más sangrienta pesadilla.

Cáceres salió del edificio. Solo. Como él había pedido. No quería custodia ni protección. Nadie quería dañarlo, había dicho; el pueblo mismo lo cuidaría de cualquier exaltado o de algún cuevista loco.

Miles de personas aplaudieron y aclamaron a Cáceres. A medida que el candidato caminaba con paso firme hacia la plaza, la multitud se abría ordenadamente como acompasando su camino, como cuidando cada baldosa que pisaba, como midiendo cada grito y cada aplauso, aunque de los laterales llegaban cientos de vítores entonando una sola consigna:

—¡Que viva el nuevo presidente Cáceres!

En el rostro de todos, grandes y chicos, ancianos y jóvenes, mujeres y hombres, se podía ver la ilusión, las expectativas y el deseo de que aquello por fin terminara. Las espaldas parecían más erguidas, las cabezas habían comenzado a mirar hacia el horizonte y las voces, que antes tantas veces habían sido susurros, se alzaban para entonar el himno nacional y aclamar después al hombre que encabezaría la marcha hacia el futuro.

Desde la ventana de la oficina de Juan José, Carolina Guijarro miró a la muchedumbre abriéndose al paso del candidato con una sonrisa de satisfacción.

Si bien era cierto que Cáceres por sí mismo se había convertido en el referente absoluto de la política santamorana, no era menos cierto que en esa hora ella había aportado su pequeño grano
de arena y comenzaba a ser partícipe activa de esa maravillosa etapa de su país.

Esa mañana, si todo salía como era de prever, Cuevas dejaría
el gobierno para siempre y empezaría una nueva etapa de la historia. Por un momento recordó su última conversación con Agustín, pero de inmediato se la quitó de la cabeza. Era evidente que a
la muerte de Mario se le había sumado su decisión de trabajar con
Cáceres y que ambas cosas lo habían afectado demasiado, pero era
mejor olvidarse un poco de Montillano y ocuparse solamente de
disfrutar de aquel momento único.

A las once y cuarto de la mañana, Felipa, la vieja cocinera de la
Casa de Gobierno, entró en el despacho con una bandeja entre sus
manos temblorosas para cumplir la petición que el mismo general
Cuevas había dejado escrita la noche anterior: «Mañana pasadas
las once —decía la nota— quiero que Felipa me sirva un segundo desayuno con café y tortas fritas de las que ella sabe hacerme».

Y allí estaba ella, delante de ese hombre para el que había trabajado más de treinta años.

—Deja el servicio sobre la mesa, por favor —le señaló Cuevas
casi con ternura—. ¿Sabes, Felipa? Por un tiempo no tendrás que
servirme…

—Mi general…

—Pero será sólo por breve tiempo. Quiero que lo sepas.

—Muy bien, mi general...

—Y no creas todo lo que se dice por ahí, no hagas caso de rumores... Deja que los demás hablen... pues te aseguro que pronto volverás a cocinar para mí...

—Oh, lo haré con mucho gusto —dijo la vieja visiblemente emocionada.

—Sólo quería decirte esto en persona antes de dejar esta casa. Tú has sido y eres la más fiel y leal de todas las personas que he conocido.

—Gracias, mi general. Servirlo es un placer para mí.

—Muy bien; ahora vete, que quiero estar solo un momento.

Mientras la mujer cerraba la puerta, Severino Cuevas se sirvió el café y, con la taza en la mano, caminó hasta la ventana. Desde allí observó la marea humana que comenzaba a llegar a la plaza.

Están eufóricos, pensó, rememorando una jornada casi idéntica de hacía más de treinta años.

Notó que el recuerdo le nublaba la vista; después de todo, no era tan sencillo partir...

Miró a su alrededor: el escritorio, su sillón, los cuadros... Era su última mañana en la Casa, en su verdadera casa, en ese hogar que lo había recibido con los brazos abiertos y que, de muchas maneras, él había hecho suyo; porque aunque también usaba la residencia presidencial, la mayor parte de su vida de presidente, Severino Cuevas la había pasado allí. Desde la partida de su esposa éste había sido su cuartel y su destino.

No, no era fácil dejarla, pero todo tenía su hora y la suya ya había llegado.

A las doce menos cuarto, Juan José Cáceres, entre vivas, saludos y algunos apretujones, pudo ponerse a la cabeza de la manifestación que entraba ya triunfal en la plaza.

A su lado, caminaba ahora Carolina Guijarro con un micrófono y un cámara detrás, narrando en directo para la Cadena 20 las circunstancias que rodeaban la llegada al Palacio de Gobierno del único candidato presidencial de Santamora.

Así habían hecho los casi dos kilómetros que separaban las oficinas de la plaza, caminando entre la gente, con dificultad y emoción, paso a paso, estrechando manos, besando niños, recibiendo miles de palmadas solidarias y agradeciendo con un gesto las palabras de apoyo de cada persona, desde cada puerta, desde cada ventana, desde cada balcón del bellísimo casco antiguo de La Milagros. Nadie quería permanecer ausente del festejo.

A las doce menos diez, el General llamó al joven ayuda de cámara.

–Dígale al coronel que tenga todo listo para las doce y media. La conversación con Cáceres no durará más de veinte minutos.

–Como ordene, mi general…

Cuevas miró al joven con desprecio; seguramente lo único que le interesaba era saber qué sucedería con él y sus compañeros cuando su comandante dejara de ser presidente. «Los jóvenes ya no son como antes –pensó para sus adentros–. Quizá se merezcan el infierno que les espera.»

–Deme la chaqueta de las medallas.

El joven militar abrió el ropero que tenía los uniformes del General, sacó de allí la chaqueta de gala del presidente y se acercó presuroso para ayudarle a colocársela. Luego, cerró el baúl y aprovechando que Cuevas se estaba inspeccionando al espejo, puso cada cosa en su sitio como se le había indicado.

Después de hacer un ademán para que se retirara, Severino Cuevas observó por la ventana cómo la multitud comenzaba a apartarse para abrir paso a la columna que encabezaba el candidato.

«El mar Rojo dividiendo sus aguas para que el pueblo elegido pueda huir hacia su destino», pensó. Y delante, la figura del nuevo Moisés, que se aproximaba hasta la puerta gubernamental, volviendo una y otra vez el rostro hacia la muchedumbre, alzando los brazos hacia ella y subiendo uno a uno los peldaños con una actitud que le pareció demasiado teatral.

A las doce en punto, el edecán entró en el despacho y le informó de que Juan José Cáceres lo aguardaba.

El General se acomodó una vez más el uniforme y ordenó:

—Que entre de inmediato.

El edecán salió y volvió acompañado de Juan José Cáceres. Entonces se cuadró y permaneció junto a la puerta. Cuevas, arrellanado en su sillón, no hizo el mínimo gesto de levantarse; sólo alzó la vista por encima de sus gafas y lo miró de arriba abajo despectivamente.

El candidato no se dejó amedrentar. Caminó hasta el escritorio y sin que nadie se lo indicase, tomó asiento frente a Cuevas.

—Parece que nuestro invitado —comenzó Cuevas dirigiéndose al edecán— desconoce el protocolo.

—Mire, señor presidente, me parece que no es momento para formalidades ni introducciones ceremoniosas —le replicó Cáceres con un tono enérgico, aunque sin estridencia.

El General le sostuvo la mirada durante un instante y luego le dijo al edecán:

—Puede retirarse, coronel. El señor Cáceres y yo debemos conversar a solas.

El edecán, sin decir una palabra, saludó a la vez que se cuadraba golpeando enérgicamente los talones y luego salió cerrando la puerta tras de sí.

En ese preciso instante Pablo Godoy conseguía llegar hasta la entrada del Palacio de Gobierno entre forcejeos y más de un insulto.

—¿Te has quedado dormido, Pablo? —La voz de Carolina tenía algo de sorna y, le pareció, una pizca de reproche.

—Casi… —le respondió el periodista con diplomacia.

—Pues te has perdido lo mejor… Aunque para ti, ya no sé qué es lo mejor… pero no digas nada, que ya tengo bastante con las filípicas de Montillano. ¿Dónde está? ¿Recuperando sus perdidos temores a las multitudes?

—No deberías ser tan prepotente, Carolina…

—Claro… yo, prepotente, ¿y por casa cómo andamos? Yo no dedico mis días y mis noches a elucubrar hipótesis sobre el tipo que, hoy por hoy, tiene el futuro del país en sus manos…

Pablo no respondió. Sabía por experiencia que no había nada más inútil que tratar de despertar a alguien que prefiere seguir hipnotizado.

«Así están también todos ellos», reflexionó Godoy mirando hacia la plaza.

Sus ojos no alcanzaban a divisar dónde terminaba aquel mar informe de gente.

«Jamás nos creerán —pensó—. No importan las fotos, las radiografías y los cadáveres mutilados que les mostremos. Ya han elegido.»

La multitud rugía coreando el nombre del candidato.

En cuanto el edecán se fue, Severino Cuevas se levantó en silencio de su asiento y miró una vez más por la ventana de su despacho.

El visitante también se puso de pie y desde su lugar junto a la silla dijo en tono firme:

—General Cuevas, en nombre de ese pueblo que me avala, he venido a pedirle... perdón, a exigirle su renuncia inmediata.

El viejo militar lo miró con seriedad y luego, poco a poco, fue dejando que su gesto adusto se transformara en una sonrisa primero y una carcajada al final.

—Oh, sí... en nombre de ese pueblo que te avala... ja... ja... ja... exigir mi inmediata renuncia... ja... ja... ja... Tiene gracia. Ven aquí, Juanito... dame un abrazo.

Cáceres se aproximó al General y los dos hombres se fundieron en un fuerte y prolongado abrazo.

Luego, riendo, ambos tomaron asiento.

—¡Al fin podemos conversar a solas, ahijado! El tiempo de separación ha sido largo...

—Sí... Pero ha valido la pena, padrino, ¿no crees?

—Espero que sí —dudó Cuevas—, pero no debemos fiarnos demasiado; sabes que todavía quedan algunos cabos sueltos en esta historia…

—Sí, pero rápidamente los ataremos —se jactó el candidato—. Y si estás pensando en el Tío Lucas, lo tenemos localizado y bajo control; pronto dejará de ser un problema.

—Está muy bien… En realidad me preocupa más ese comando misterioso que te rescató. A pesar de que se trata, sin lugar a dudas, de un grupo organizado que maneja tecnología avanzada, el inútil de mi ministro no ha podido averiguar nada que nos aclare su identidad ni por qué estaban allí.

—¿Crees que se trata de nuestros amigos del norte? —preguntó Cáceres refiriéndose a los estadounidenses.

—No lo sé. No creo. Hablé con el embajador y me felicitó por haberte rescatado con vida. «Por lo menos —me dijo— eso garantiza el proceso democrático.»

Los dos volvieron a reír.

—Me encanta la idea que los yanquis tienen de las democracias latinoamericanas. De todas maneras, padrino, no te preocupes. En cuanto estés a salvo, yo arreglaré las cosas para que se averigüe todo. Además, con el pueblo de nuestro lado, no hay ningún peligro —añadió señalando a la multitud—. Ni siquiera el Tío Sam se animaría a ir tan abiertamente en contra de sus deseos.

—Desde luego, pero debes andar con cuidado; la respuesta de la masa siempre es impredecible… —le advirtió el General.

—¿De veras lo crees? Yo no. Los pueblos pueden cambiar de líderes, pero su manera de reaccionar es siempre la misma. A mí no me cabe duda.

—Sólo quiero que seas prudente, Juanito… —insistió el General, al que le gustaba llamarle con el diminutivo que tenía de niño—. Hace muchos años ya que deposité en ti todos mis proyectos y mis esperanzas para este país…

—Y creo no haberte defraudado…

—Has sido un excelente discípulo —sonrió el General, levantando los ojos como quien recuerda—, realmente te había perdido el rastro el día que te fuiste de tu casa. Me sorprendió mi amigo, el jefe de la Gendarmería, cuando me llamó a la brigada para avisarme de que…

—Estaba preso —concluyó Cáceres.

—Sí. El peligroso «Pibe» Ramírez era aparentemente el hijo de mi querido amigo. Para mí era una gran noticia y viajé a ver si era cierta. Cuando te vi dabas lástima. Estabas en aquella comisaría, tirado en un camastro; te habían molido a golpes, pero me miraste desafiante cuando se abrió la puerta del calabozo. Me bastó un minuto para saber que la sangre de mi viejo camarada Ramírez corría por tus venas…

Cuevas se dio cuenta de que estaba a punto de perder el control de sus emociones, algo que no se permitía nunca ante nadie.

—Bueno, pero basta ya de recuerdos —dijo Cuevas, y consultando el reloj agregó—: Es hora de que me vaya…

—¿Tienes la renuncia preparada?

—Aquí está, con firma y sello. Ten cuidado, Juanito, y no confíes en nadie. Llevas contigo la pistola que te di la última vez, ¿verdad?

—Sí, padrino, pero no soy ese tipo de persona.

—Nunca se sabe, Juanito, a veces uno mismo se sorprende de lo que es capaz de hacer.

—Quédate tranquilo, padrino.

Después, hubo un último abrazo.

El ruido del motor del helicóptero ya se oía en el despacho. El general Cuevas llamó a su edecán y éste lo acompañó al helipuerto, en la terraza del edificio gubernamental.

Unos minutos después Juan José Cáceres aparecía en la escalinata de entrada, agitando el papel de la renuncia del dictador.

—El dictador ha renunciado —le gritó a la gente—. Somos libres al fin. ¡Viva la democracia!

Todas las cámaras enfocaron al candidato sonriente.

En el cielo, un helicóptero se elevaba con rumbo desconocido.

26

RENUNCIÓ CUEVAS
Ante la presión popular, el dictador no tuvo más remedio que presentar su dimisión al candidato Juan José Cáceres

Desde el mediodía de ayer gobierna el país un triunvirato provisional que, según indica la ley, debe convocar elecciones lo antes posible.

P ablo Godoy apenas podía contener la ansiedad en su casa. Como había prometido su amigo, por la mañana temprano le había llevado las fotografías reveladas; ahora que tenía el sobre en la mano, el periodista se debatía respecto a lo que debía hacer. Tenían que actuar con cautela e inteligencia. Nada de apresuramientos, nada de correr a publicar la primicia. Esta vez debía cambiarse el traje, dejar de lado su afán de gloria y pensar muy bien cada paso, diseñar una estrategia con vistas a un objetivo que excedía, con mucho, lo efímero de un titular aunque fuera el más importante de su vida. La cual ahora estaba en serio peligro, tanto como lo estaban las de Agustín Montillano y de Carolina Guijarro.

A las siete llegó Agustín.

—Me siento como sentado sobre una bomba a punto de estallar… —le dijo al médico apenas lo vio.

—Por lo menos somos nosotros los que tenemos el detonador —acotó Agustín— y eso es tranquilizador.

A pesar de lo ingenuo de sus palabras, Pablo no quiso contradecir a Agustín, porque era cierto que podrían hacer detonar algunas cosas antes de que otras los hicieran volar por los aires.

—Pero hay que evaluar muy bien los tiempos —dijo al fin Godoy.

—Sí, pero no podemos permitir que esta farsa dure mucho… Yo no quisiera que Cáceres asumiera el cargo antes de aclarar su participación en esta trama.

—Creí que habíamos concluido que Cáceres había negociado, pactado o acordado la farsa y que, si bien esto era censurable, de alguna manera casi se lo podría perdonar dada la amenaza que pesaba sobre su vida.

—Es verdad —dijo Montillano—, pero los dedos cortados de don Pedro Tolosa no me dejan en paz. Puede que en su misma situación, yo también hubiera pactado para sobrevivir y dejar para más tarde cómo actuar. Pero estoy seguro de que no podría seguir adelante si me entero de que mi compañero y camarada de cautiverio iba a ser mutilado como parte del engaño.

—Quizá no lo sabía…

—Lo que quiero decir, para que quede claro, es que yo no puedo confiar en un tipo que es capaz de aceptar un arreglo cuya consecuencia es que los muchachos de la bendita Familia matan a su ex esposa y al médico que una vez lo atendió para salvarle la pierna. ¿Me entiendes?

—Espera, Agustín. No sabemos si Cáceres estaba al tanto de todo lo que pasó después de entregar los dedos.

—Justamente, no lo sabemos. Y hasta que no lo sepamos, creo que deberíamos evitar precipitarnos. Además, todavía me hago una pregunta: los asesinos sabían que Marie Foucault estaría al tanto de lo de los dedos, pero ¿cómo llegaron a Mario? Mi hipótesis es que Cáceres lo señaló cuando apareció por televisión dando el parte médico de Zarzalejo; si fue así, ese hombre es uno de los culpables de la muerte del doctor Fossi.

—Estás yendo demasiado lejos, compañero. No tiene por qué ser como lo imaginas. Quizá tomaron el nombre de Fossi de la historia clínica... Sólo estamos juntando algunas desagradables coincidencias para que signifiquen lo que queremos que signifiquen. Además, va a ser muy difícil demostrar todas estas conjeturas aunque fueran ciertas. El pueblo de Santamora está obnubilado y tremendamente ilusionado. Nadie va a querer aceptar de repente que, ahora que todo parece enderezarse, se está viviendo un engaño y el pueblo ha caído otra vez en una trampa.

—Pues tendrán que hacerlo. No queda otra.

—Pero creerán a Cáceres —dijo Godoy—. Si ventilamos estas fotos, el candidato saldrá a dar alguna explicación. Y por poco verosímil que sea, querrán creerle y lo harán. No, amigo, no será tan sencillo. ¿Cómo reaccionó Carolina ante tus dudas sobre Cáceres?

—Es distinto —argumentó Agustín con cierto tono de tristeza—, Caro está deslumbrada, incluso hasta creo que está enamorada...

—¿Y qué piensas que les pasa a los santamoranos? Cáceres se ha transformado en su salvador, en su líder, el hombre que conducirá sus destinos. ¿Qué podemos probar en concreto?

—Que a Cáceres no lo mutilaron, que hizo un pacto, que mintió a todos, que no es lo que pretende ser...

—Ojalá eso fuera suficiente, pero no lo creo.

—¿Y qué propones? ¿Que nos quedemos de brazos cruzados?

—No, pero tal vez debamos esperar para recoger más datos —afirmó Godoy, que empezaba a pensar que estaban en un callejón sin salida.

—En principio, habría que tener vigilado a Cáceres... veinticuatro horas al día —propuso Agustín—, aunque va a ser difícil que a partir de ahora dé algún paso en falso...

—Es verdad. Eso es lo que habría que hacer. Pero ¿cómo?

—«¡Al fin podemos conversar a solas, ahijado! El tiempo de separación ha sido largo...»

—«Sí... Pero ha valido la pena, padrino, ¿no crees?»

Carlos R. apretó el *stop* de la grabadora y subió el volumen de la televisión con la vista fija en la pantalla donde una y otra vez se transmitía la imagen de Juan José Cáceres bajando la escalinata de la Casa de Gobierno, agitando en la mano la renuncia de Severino Cuevas y dando vivas a la democracia.

—¡Qué hijos de puta! —exclamó R.

Carlos R. rara vez se permitía un exabrupto en público, pero solía dejar que sus palabras fluyeran sin censura cuando, como en este caso, se encontraba solo.

Ahí sentado, detrás de su escritorio, en el silencio solitario de su enorme oficina, podía permitirse que sus reflexiones vibraran al ritmo de su exultante estado de ánimo. Casi se diría que todo el asunto lo estimulaba placenteramente.

—Era obvio —dijo—. Tal como lo sospechaba. Pero ahora habrá que actuar rápido si no queremos que estos malandrines se salgan con la suya.

Tomó el teléfono y marcó un número.

—¿Han conseguido ese dato que pedí? —preguntó sin darse a conocer—. Bien… muy bien… Vayan y sáquenlo de allí de inmediato… Como sea. Entren y tráiganmelo.

Luego colgó y después de buscar en un pequeño papelito de su bolsillo marcó otro número.

—Con el doctor Montillano, por favor…

—Montillano…

—Buenos días, doctor —dijo Carlos R.—. Tengo en mis manos una cinta muy, pero que muy interesante…

—¿Una cinta…? ¿De qué se trata?

—De algo que le grabamos a nuestro amigo J. J. sin su consentimiento… Le prometo que se sorprenderá —aseguró R.—. Se la envío al hospital.

—No. Mejor no —dijo Agustín, que no quería ni tocar esa cinta si no había alguien a su lado—. Mándela a *El Ojo Avizor*, a nombre de Pablo Godoy. Yo estaré allí.

—Bien —aceptó el otro y colgó.

R. encendió otro cigarro, se reclinó en su sillón y volvió a rebobinar la casete para escuchar la grabación desde el principio, desde el mismo momento en que Cáceres, burlándose de todos, le «exigía» a Cuevas su renuncia…

—Pero qué hijo de puta…— repitió. Pero esta vez lo dijo con el tono de alguien que ha conseguido lo que se había propuesto.

En el apartamento frente al hospital, Paco Bailén había terminado de almorzar a la luz de una vela. Las persianas estaban bajadas al máximo. Había cortado la luz no sólo para que no lo vieran desde fuera, sino también para que el contador no diera vueltas. Las instrucciones de Homero habían sido claras: si quería salir de ésta con vida, debía quedarse allí, sin que nadie notara su presencia, hasta recibir nuevas instrucciones. Lo estaban buscando y para no ser hallado tenía que cuidar hasta el más mínimo detalle. Sí, el contador podía delatarlo, igual que cualquier sonido, como el ruido de un grifo abierto. Su entrenamiento como comando le había enseñado todo lo que necesitaba para poder pasar inadvertido. Por eso sólo abría la ducha o descargaba la cisterna del inodoro cuando escuchaba que su vecina de arriba también lo hacía.

Recordó su juventud. Si en aquel entonces hubiera sabido lo que sabía en ese momento de tácticas y estrategias de supervivencia, nunca lo habrían atrapado. Pero claro, era demasiado joven.

Todos eran jóvenes en aquella época.

Ni Homero ni él se imaginaban cómo les cambiaría el destino.

Aunque quizá Homero sí lo sabía. A veces le parecía que aquel hombre podía anticiparse a los hechos, a veces deduciendo lo que pasaría y otras, muchas más, provocando los acontecimientos con la maestría de un jugador de ajedrez que deja a su adversario una única jugada posible.

El poder, decía siempre, no se apoya en la fuerza bruta, sino en el conocimiento de lo que harán los demás incluso antes de que ellos mismos lo sepan.

Gracias a ese don, había conseguido que alguien le pagara la fianza y había podido salir de la tumba más rápido. Nada más asomar un poco el cuello, Homero los juntó y creó la Familia. Nunca le había fallado, así que ahora, aunque él pensara que lo mejor sería escapar lo más lejos y lo más rápido posible, debía obedecer y esperar. No podía defraudarlo.

Agustín escuchó las sirenas de los bomberos y vio por la ventana de su consultorio que el coche de bomberos se detenía en el edificio de apartamentos frente a la entrada de urgencias del hospital. De inmediato, una ambulancia se apostó en la acera de enfrente, para socorrer a los posibles heridos. La explosión había sido bastante importante. Según se rumoreaba, la deflagración se debía a una cocina de gas.

En urgencias se preparó todo, a pesar de que afortunadamente el fuego se limitó al apartamento siniestrado y sólo tuvieron que asistir a algunos vecinos intoxicados por el humo. De hecho, nada pudieron hacer por el único ocupante del apartamento, cuyos restos carbonizados dejaron los bomberos en el depósito después de que los médicos de urgencias declararan su muerte.

En el hospital, el estallido había conmocionado tanto al personal como a los enfermos.

Agustín fue a ver a Rosetta, que estaría preocupada por él, como siempre que sucedía algo fuera de lo corriente.

—Ay, *figlio*, en esta ciudad no se gana para sustos. ¿Qué ha sucedido ahora?

—Nada, *mamma*, un incendio en un edificio cercano —la tranquilizó Agustín—. No es nada…

—Te noto preocupado y triste… ¿Es por este accidente, *figlio*?

—No, no es por esto —le respondió, sin saber nuevamente cómo hacía la anciana para reconocer siempre sus estados de ánimo.

—Es esa muchacha…

—En parte…

—Cuéntame…

—Sería muy complicado, *mamma* —se excusó el médico—, aunque lo podría resumir en que debo decirle algo y sé que no va a creerme…

—¿Por qué no ha de creerte?

—Porque es algo malo sobre el hombre que está con ella; y usted ya se sabe, *mamma* Rosetta, el amor es ciego…

—Y a mí me parece que el ciego eres tú —afirmó la anciana—. Estos hombres inocentes… ¿Por qué será que les cuesta tanto entender a una mujer?

—No comprendo.

—Ay, *figlio*, tú lo has dicho, el amor es ciego y una mujer siempre cree lo que le dice un hombre que la ama.

—Por eso… como yo dije…

—No, no. Cree en el hombre que la ama, no en el que dice o parece que la ama. ¿Me entiendes, ahora? —le explicó Rosetta con una sonrisa cómplice.

—Creo que sí —dijo Agustín, que prefirió pensar por un momento que la visión optimista de la anciana era cierta.

—Háblale con el corazón y ella te escuchará...

—Gracias, *mamma* —dijo Montillano besando a Rosetta antes de salir del cuarto.

Carolina se miraba al espejo para dar un último retoque a su maquillaje cuando sonó el teléfono. Iba a reunirse con el candidato en su oficina en media hora, ultimarían detalles para la rueda de prensa y luego se iría al canal. ¿Llamarían de la oficina de Juan José para cambiar la cita? Sintió esa mezcla de ansiedad y excitación de la adrenalina corriendo por sus venas, y se dijo que era muy lógico sentir ese vértigo; después de todo, en unas horas su vida daría un vuelco sensacional.

—¿Diga?

—Hola, Caro —saludó Agustín

—Ah, eres tú —dijo Carolina sin ocultar su fastidio.

—Por favor, Carolina, por una vez escúchame y déjame terminar de hablar.

Carolina resopló al otro lado de la línea, pero mantuvo el teléfono en la mano, lo que para el médico fue, a pesar de todo, una buena señal.

—Caro, no puedo darte los detalles por ahora, pero Godoy y yo hemos estado investigando la historia reciente de Juan José Cáceres...

—Otra vez con eso. ¿No tienes otra cosa que hacer que no sea hablar de Cáceres? —interrumpió Carolina.

—No te llamo para hablarte de él –dijo Agustín–, te llamo para hablarte de ti. Te llamo para pedirte que tengas cuidado.

—¿Por qué? ¿Qué pasa? –preguntó Carolina, alarmada.

—Confieso que no puedo decirte mucho más, pero lo haré en cuanto tenga las pruebas en mi mano. Esto no tiene nada que ver con los celos. Cáceres ha pactado con la Familia Adams para que fueran los dedos de Tolosa y no los suyos los que cortaran y se ha quedado con el crédito del mártir para conmover a la opinión pública, y sospecho que elegirte a ti como responsable de prensa es parte de esa manipulación. Eres joven, prestigiosa, fiable y encantadora, tienes acceso a la televisión y estás enamorándote, ¿entiendes? Eres lo mejor que le podría haber pasado. Pero él no es, seguramente lo mejor para ti. Es un tipo peligroso, de verdad.

—Bueno –trató de tranquilizarlo la periodista–. Tendré los ojos abiertos.

—Te doy mi palabra de honor de que si descubro que estoy equivocado, te llamaré para decírtelo, pero por ahora intenta no involucrarte demasiado.

—¿Me pides que cancele la cita que tengo concertada con él para dentro de media hora?

—No. De ninguna manera. Ése podría ser tu último error. Te pido que abras un compás de espera y que te mantengas en guardia. Pero, por favor, en honor a lo que alguna vez hubo entre nosotros, no se lo demuestres. Aléjate un poco, pero que no se dé cuenta. Úsame como excusa si te sirve, pero sé prudente –terminó Agustín, con la voz temblorosa.

Después de colgar, Carolina se quedó helada junto al teléfono. Conocía demasiado bien a Agustín Montillano como para no darse cuenta de que estaba asustado de verdad y que esa llamada no tenía nada que ver con la historia que los unía. No. Esta vez la había llamado para protegerla, para avisarle de un peligro importante... «Pero que no se dé cuenta», se repitió la periodista, mientras tomaba su cartera y salía hacia la oficina de Juan José Cáceres.

Por la tarde y tras hablar con Godoy y cerciorarse de que el sobre de R. ya había llegado, Agustín fue al periódico.

—¿Lo abriste?

—No, te estaba esperando... además, trataba de cerrar el titular para mañana. Estoy buscando la manera de no darle tanto espacio a Cáceres...

—Me imagino... A propósito... ¿qué sabes de la explosión frente al hospital?

—Justamente sobre eso he estado investigando. Hay un muerto, pero parece un simple accidente doméstico.

—Sí, eso se comentaba. Una cocina de gas.

—El único detalle es que había una pistola reglamentaria de las fuerzas de seguridad en el suelo del apartamento.

—¿Y?

—Nada, estoy pensando... podría haber algo raro... Pero vamos a lo nuestro —dijo Pablo, mientras abría el sobre y sacaba el casete.

—Una grabación de Cáceres, según me explicó R. Pero no sé nada más. Escuchémosla.

—«Bueno, pero basta ya de recuerdos —decía la inconfundible voz de Cuevas al final de la cinta—. Es hora de que me vaya.»

—«¿Tienes la renuncia preparada?»

—«Aquí está, con firma y sello... Ten cuidado, Juanito, y no confíes en nadie.»

[...]

—«Quédate tranquilo, padrino.»

—¿Padrino? —dijo Godoy—. Es su padrino... ¡Dios nos libre!

—Una vez más Mario llevaba razón cuando decía que la mano de Cuevas estaba detrás de todo —dijo Agustín—. Pero esto es mucho peor que nuestras más catastróficas fantasías...

—No puedo terminar de creerlo...

—Cuevas, Homero, la Familia Adams... Todos implicados para poner en la presidencia al ahijado de Cuevas y conseguir que la gente lo aclame...

—Sí, es siniestro... —admitió Godoy—, ¿escuchaste la parte del Tío Lucas?... «lo tenemos localizado y bajo control... pronto dejará de ser un problema».

—Sí —contestó Agustín—. No me extraña que les preocupe encontrarlo, conoce toda la trama. ¿Se dará cuenta de lo que le espera? Harán todo lo posible por cazarlo y hacerlo desaparecer...

—Quizá ya lo han hecho —reflexionó el periodista.

—¿A qué te refieres?

—A la explosión en frente del hospital y al cadáver encontrado allí junto a la pistola. Lucas me dijo, la única vez que hablamos, que estaba muy cerca.

Agustín saltó hacia el teléfono.

—¿Qué vas a hacer? —preguntó Pablo.

—¡Tengo que avisar a Carolina!

—Ni se te ocurra contarle nada.

—Pero tiene que saber… Está reunida con él.

—Justamente por eso no me parece una buena idea —sostuvo Godoy, casi con el tono de una orden—. Mientras esté allí, se encuentra en peligro. Si él intuyese siquiera que sabe algo de esto…

—Prepare todo para la conferencia de prensa de mañana —le indicó Juan José Cáceres a su secretaria y luego se dirigió a Carolina—: ¿Cuándo será tu último día en el noticiero?

—Hay algunas complicaciones de última hora… —empezó a decir Carolina y luego se dio cuenta de que no debía mostrar sus cartas—, pero estoy casi fuera. A partir de la semana que viene ya no voy a participar en la producción. Sólo tienen que encontrar quien me reemplace en la pantalla y no creo que tarden mucho tiempo. Candidatos no faltan.

—Perfecto. Comenzaremos a organizar todo para las giras por el interior. Quiero una campaña espontánea, pero cuidada hasta en los mínimos detalles. ¿Qué te parece, primor? —le preguntó Cáceres rozándole la mano.

Carolina sintió que la piel se le retraía instintivamente.

—Estoy de acuerdo —respondió recuperando la naturalidad y continuando con lo que había preparado para la reunión.

«Que no se dé cuenta… que no se dé cuenta», se repitió interiormente la reportera, como para tener cuidado con sus palabras.

—Además —añadió finalmente—, es fundamental que la gente te conozca, tanto personalmente como a través de los medios, por insignificantes que sean…

—Exactamente, has captado el espíritu... quiero estar no sólo en los grandes periódicos, radios o canales, sino en los más pequeños, para que el pueblo sepa que estoy de su lado...

—Inmediatamente comenzaré a hacer un organigrama. Deberíamos trabajar sobre los temas y las estrategias. Ya he hecho una lista de lo principal que deberás responder —dijo la periodista mientras señalaba una carpeta.

—¿Me vas a controlar? —sonrió el candidato.

—No; simplemente debemos revisar las grandes cuestiones. No te olvides que los periodistas...

—Son periodistas, ya lo sé, y que siempre van a buscar algo...

—Y tienes que estar alerta y preparado —explicó Carolina, mientras buscaba entre el material alguna pregunta que fuera urticante—. Por ejemplo, mañana, a pesar de la algarabía y de que todavía los tienes de tu lado, seguramente alguno sacará a relucir el tema de la huida de Cuevas... —le sugirió Carolina, tratando de evaluar si lo sorprendía con su estocada.

Por un momento, el ceño de Cáceres se frunció, aunque de inmediato recuperó la compostura:

—¡Pero yo qué puedo hacer!

—¡No te defiendas! Si te ofuscas, pierdes —le indicó Carolina—. Contesta implícitamente, no te refieras al pasado, sino al futuro. Habla de lo que harás con Cuevas, no de lo que no hiciste porque no podías ni te correspondía en ese momento. Señala lo que va a suceder cuando tengas el poder. Así, por un lado, le recuerdas tanto a los periodistas como a la audiencia que no tienes el poder, que eres respetuoso con los carriles democráticos y, además, te comprometes de cara al futuro y dejas clara tu postura.

—Comprendo —dijo Cáceres, mientras se levantaba y caminaba hacia la ventana.

Carolina lo vio allí, de pie. ¿Sería posible que ese hombre de gestos francos y mirada seductora no fuera lo que parecía? ¿Que hubiera llegado a un acuerdo con los asesinos? ¿Que los hechos que lo iban a llevar al poder no hubieran sido tan casuales?

Definitivamente era posible. Ella misma, como periodista, había visto demasiadas veces en su vida el rostro de la maldad encubierto por las más delicadas formas y de las mejores maneras.

27

Continúa el misterio alrededor de la explosión cerca del Hospital Central

Fuentes bien informadas aseguraron a este cronista que el cadáver calcinado no sería otro que el de Francisco «Paco» Bailén, el subversivo que escapó del tiroteo en el centro de operaciones del FSL.

S entado en el sillón de su escritorio, Juan José Cáceres leyó por segunda vez la noticia que aparecía en la primera plana de *El Ojo Avizor*. Estaba sorprendido. La explosión había resultado de acuerdo con lo planificado: una vieja cocina de gas era la causante del accidente. ¿Por qué ahora ese fastidioso Godoy lo traía a primera plana?

No entendía nada y eso lo ponía de mal humor.

Era fundamental prever todas las posibilidades antes de que acontecieran, mover cada pieza con la antelación precisa si uno pretendía que la partida no quedara fuera de control.

Indudablemente había hecho bien en actuar con rapidez, pero lo inquietaba no tener respuestas a algunas preguntas…

¿De dónde sacaría Pablo Godoy la información de que el muerto era el Tío Lucas? ¿Cuál era esa «fuente bien informada» a la que aludía?

Por alguna razón Cáceres relacionaba ese misterio con el del comando que los había rescatado.

No era razonable. Hasta donde se podía ver, ellos no estaban conectados con el gobierno ni con la guerrilla; no podían tener ninguna información, menos de las actividades de la Familia. La pregunta seguía rondando: ¿para quién trabajaban?

Por otra parte, era también imposible que el ex de Carolina pudiera haber detectado algo. Por muy buen forense que fuera, en el estado que había quedado el cadáver los datos para su identificación eran absolutamente insuficientes, sobre todo sabiendo que nadie tenía acceso a un registro previo de la dentadura de Bailén.

No, no cuadraba.

Godoy era un problema, eso siempre lo había sabido, pero ahora cobraba otra dimensión. En el futuro tendría que ver la manera de buscar una solución. Quizá pudiera atraerlo hacia la causa ofreciéndole un ministerio en su gobierno; o una embajada. No se le escapaba que cada hombre tiene su precio aunque a veces no sea en dinero.

También Montillano podía dar problemas, aunque, con la ayuda de Carolina, no sería difícil neutralizarlo. El mediquito haría lo que la hermosa periodista le mandara, de eso no había ninguna duda.

Lo más importante era que por fin Paco Bailén había quedado fuera de juego. El Tío Lucas ya no cometería ningún error más, ni sería necesario cuidarse de que cayera en la tentación de alguna deslealtad.

Cáceres pensó que tenía que reunirse con su padrino. Desde su fuga del Palacio de Gobierno apenas había hablado con él unos minutos. A pesar de que la información oficial era que se encontraba en una base militar bajo custodia de la policía militar, él sabía que estaba refugiado en una vieja casa de campo que el dictador siempre había mantenido escondida de todos y que solamente había utilizado de vez en cuando, como secretísimo nido de amor para algunas de sus ocasionales aventuras sexuales.

Tenía que hacerle saber que finalmente el único testigo que quedaba de su plan no podría molestarlo nunca más.

Juan José Cáceres tomó su auto y salió sin que nadie lo viera hacia la carretera del Oeste.

Una hora después tomaba un desvío por un camino de tierra y quince minutos más tarde llegaba al pie de la colina en la que estaba construida la hermosa casita. Al bajar del auto alzó la vista y vio a Cuevas que lo saludaba apoyado en la cerca de madera que enmarcaba la casa.

—Hola, Juanito —le dijo dándole un abrazo—, ¡qué alegría! Pensé que no te iba a poder verte por ahora.

—Sí, padrino, pero quedé en venir si había alguna novedad importante y aquí me tienes.

—Espero que sean buenas noticias...

—Creo que sí. Mira —le dijo Juan José mientras le mostraba la primera plana del periódico.

—Supongo que esto cierra el círculo —dijo Cuevas—. Nadie más podrá amenazarte, presionarte ni chantajearte. Te felicito, ahijado, parece que por fin hemos terminado con el último cabo suelto.

—Bueno, en realidad todavía queda otro —dijo Cáceres dándole la espalda.

—¿Te refieres a ese misterioso comando?

—No —dijo el candidato acercándose a él y tomándolo por el hombro—. Me refiero a ti.

Severino Cuevas no llegó a darse cuenta de lo que sucedía. Solo sintió el ruido del disparo y el impacto de la bala de grueso calibre que le taladró la sien derecha matándolo instantáneamente.

A unos cuatrocientos kilómetros de allí, justo en la dirección opuesta saliendo de La Milagros, en el sótano de una solitaria casa enclavada en medio de las sierras, el prisionero pudo escuchar unos pasos que bajaban por la escalera hacia donde él estaba.

En ese instante se le aparecieron algunas fugaces y confusas imágenes de lo sucedido antes de que lo llevaran allí.

Recordó vagamente que después de almorzar se había puesto a hacer unos cuantos abdominales, para no dejar entumecido el cuerpo, antes de echarse a dormir una siesta.

Recordó que escuchó pasos que se detenían frente a la puerta, que tratando de evitar el crujido del piso de madera cruzó la habitación para buscar la pistola que escondía en el último estante del ropero. Y que no tuvo tiempo: tres hombres entraron forzando con facilidad la puerta y lo redujeron sin apenas esfuerzo. Lo maniataron y amordazaron antes de arrastrarlo por las escaleras y sacarlo de la casa hacia el callejón.

Recordó que al llegar al Ford estacionado habían abierto el maletero y sacado un cuerpo envuelto en nailon. Después lo metieron a él.

Nunca supo cuánto tiempo anduvieron en el automóvil ni en qué dirección, pero lo que sí recordaba con claridad era el alivio que sintió al llegar y ser empujado escaleras abajo hasta el sótano. Cualquier cosa era mejor que seguir encerrado en el coche, en total oscuridad y con ese espantoso olor a carne podrida que se le metía hasta los huesos.

Sus recuerdos se vieron interrumpidos por la llegada de uno de sus captores. Su rostro le era completamente desconocido; llevaba un abrigo caro, unas gafas oscuras en la mano izquierda y un cigarro en la derecha. El humo inundó el lugar y convirtió al sótano en un escenario casi fantasmal.

El prisionero apoyó los codos en el camastro donde yacía y se sentó mirando al desconocido, que tomó una silla que estaba debajo del ventanuco y se sentó con actitud displicente.

—Buenos días, Bailén. ¿Ha dormido bien? —dijo Carlos R. Con una voz que no dejaba traslucir ironía ni sarcasmo.

Paco hizo un gesto afirmativo con la cabeza, pero se mantuvo en silencio. Tenía demasiadas preguntas que hacer, pero sabía perfectamente que el tipo no le respondería ninguna, así que pensó que debía escuchar, estar atento y tratar de resolver sus dudas poco a poco.

—Muy bien, Paco. ¿O prefieres que te llame Tío Lucas? —preguntó R. con parsimonia.

El prisionero se sorprendió de que supiera sus nombres. Pero no dijo nada. En su cabeza trataba de descubrir quién era su captor y qué pretendía. No era gente de Cuevas, eso estaba claro, porque entonces le hubieran golpeado, sin ofrecerle comida y agua.

—Yo he venido a conversar, pero por lo que veo tú no estás muy dispuesto, ¿verdad? No importa, soy un hombre sumamente paciente... por suerte para ti. Comencemos por el principio. Tienes que tener mucho cuidado al contestar esta pregunta, porque de tu respuesta dependerá tu futuro... ¿Entiendes?

Bailén asintió con la cabeza.

—¿Mataste a Mario Fossi?

Dicen que cuando el misterio es demasiado grande la mente no encuentra espacio para la mentira.

—No —dijo Bailén con sinceridad.

—¿Tuviste algo que ver con su muerte? ¿Estuviste en su barco o en su casa?

—No —repitió Bailén.

—Bien. Te creo. Podemos seguir. ¿Sabes por qué te hice traer hasta aquí?

Bailén no contestó.

—Te saqué de tu apartamento para salvarte la vida.

Bailén miró a R. con incredulidad. No debía caer en ninguna trampa; si hablaba, perdía. Las instrucciones de Homero habían sido muy claras: no moverse del apartamento. Y él no había podido cumplir la orden. Este tipo no era de confianza.

—Sí, ya sé que no me crees —añadió R. como si le leyera el pensamiento—. Desde luego, tu jefe, Homero, te indicó, ordenó tal vez sea un término más adecuado, que no te dejaras ver y que te encerraras en el cuchitril donde estabas...

Paco miró a R. a los ojos; el tipo sabía demasiado. ¿Cómo era posible?

—Sí, y te dijo que te protegería, desde luego. El problema, Paco, el problema es que tu jefe no quería protegerte. —Carlos R. se detuvo para elegir las palabras y asestar el golpe en Bailén—. Tu jefe lo único que planeaba era matarte.

—¡Usted está loco! —Paco se ofuscó por primera vez—. Usted no tiene ni idea de quién es mi jefe...

A modo de respuesta, R. le mostró la primera plana del periódico. Abajo a la derecha estaba la foto del apartamento tal como había quedado después del incendio.

Paco leyó con avidez el texto y luego adujo:

—Pero... ¿de qué cocina hablan? Allí no había ninguna cocina de gas. Y además, el muerto... ¿Quién es el muerto?

—Bueno, al menos no eres tú —dijo R. sonriendo—. Te sacamos justo a tiempo. Reconozco que hice algunos malabarismos con el problema del cuerpo, pero era importante que ellos pensaran que habían tenido éxito.

Paco trataba de pensar con rapidez.

Pero la imagen era más que convincente.

—Ya sé, Bailén, ya sé que es muy difícil de aceptar que te han traicionado. Y para que veas que te entiendo, te traje algo más que quiero que escuches. No dudo que reconocerás las voces —sentenció R. mientras ponía en funcionamiento la grabadora con la conversación entre Cuevas y Cáceres.

Bailén escuchó el diálogo en silencio. No le cabía ninguna

duda. Homero le había mentido, lo había conducido hasta su propia sepultura. El ansia de poder había sido más fuerte que el juramento de la Familia.

—Está bien. Lo he entendido —dijo Paco—. Pero sigo sin ser un traidor. ¿Qué quiere de mí?

—Quiero algunas respuestas. No creas que no desprecio la traición tanto como tú, pero no tienes razones para ser leal a quien quiere matarte. De todas maneras, entendería perfectamente que no quisieras hablar. Claro que, en ese caso, ya no podríamos protegerte. ¿Tienes idea de cuánto valdrá tu vida en el momento en que pongas un pie fuera de este sótano?

Paco Bailén no necesitó pensar mucho más.

—Y si ayudo, ¿que? —preguntó—. ¿Me mandarán preso de por vida para protegerme?

—No. Te ofrezco una nueva identidad, una casita en el lugar del mundo en que decidas vivir, un billete sólo de ida y una pequeña nómina durante un par de años para darte tiempo a encontrar trabajo.

—¿Y cómo sé que usted no trabaja para él o para Cuevas? ¿Cómo sé que puedo confiar en usted?

—Tienes razón —dijo R.—. No lo sabes. Prepárate, que en unos minutos podrás irte. Estás libre.

R. se puso de pie, dejó la silla en el mismo lugar en el que estaba cuando llegó y empezó a subir la escalera para irse.

—Espere —le gritó Bailén cuando ya estaba abriendo la puerta del sótano—. Voy a correr el riesgo. Creo que es mi única posibilidad.

—Puedes creerme que lo siento, pero sí, soy tu única posibilidad.

—Una sola duda —dijo Bailén—, ¿por qué la primera pregunta era tan determinante?

—Porque si hubieras participado en la muerte del doctor Fossi, no sólo no te hubiera ayudado, sino que ni siquiera estarías ahora hablando conmigo, sino en un terreno baldío, lleno de moratones, esperando a que los muchachos de Cáceres o los de Homero, vinieran a por ti.

—¿Cómo es posible que un hombre como usted todavía no se haya dado cuenta? —dijo Bailén sonriendo—. Cáceres y Homero son la misma persona.

Esa tarde, Carlos R. citó a Agustín y a Godoy a un encuentro a las cuatro y media.

—¿En el puente Cristóbal Colón? —preguntó Agustín Montillano.

—No. Necesitamos más privacidad —indicó Carlos R.—. Anote esta dirección.

Agustín escribió en su agenda la calle y el número, y llamó a Godoy para ir juntos a la cita.

Era un edificio de dos plantas, no demasiado grande.

Dentro, las habitaciones estaban despojadas de muebles excepto el despacho donde se encontraba R., el último del piso superior.

Los tres se saludaron con cortesía pero sin afecto.

R., expeditivo como era su costumbre, fue directamente al grano:

—Tengo las pruebas contra Cáceres —soltó a bocajarro.

400

Los dos amigos se miraron extrañados, incapaces de preguntar en qué consistían esas pruebas o la forma en que las había conseguido.

Como siempre, R. se adelantó al pensamiento de Agustín.

—Ya sé que mis métodos no son de su agrado, Montillano. Pero, para que se quede tranquilo, le aseguro que no hay nada ilegal en lo que les voy a proponer. Sólo pretendo poner en manos de la justicia a uno de los cómplices de la muerte de Mario.

—Yo también quiero justicia para Mario, pero no sé si…

R. sonrió ante la duda de Agustín y Pablo Godoy salió al cruce de la situación.

—Está bien —dijo el periodista—. ¿Qué hay que hacer?

—Éste es el plan. Deberán ocuparse de hacer un especial de Cáceres para televisión. No será difícil que acepte, ya que es el gran candidato y en su vanidad le gusta que lo consideren así. ¿Cómo se llama eso, doctor? ¿Narcisismo? El día fijado, todo debe estar preparado para que Cáceres se sienta cómodo, tranquilo y relajado. La grabación empezará puntualmente y a los tres o cuatro minutos ustedes entrarán en el set con la prueba en la mano para enfrentarse a él ante las cámaras… y, se lo aseguro, se derrumbará. Esa grabación será la que lo lleve a prisión.

—¿Cuál es esa prueba que lo derrumbará? —preguntó Agustín.

—Cuanto menos sepa, menos riesgos correrá hasta que llegue el momento —dijo R.—. Vamos a dejarlo ahí; por favor, confíen en mi criterio. De todas formas, cuando todo acabe, me devolverán la prueba y no la volverán a ver.

—Pero usted sabe mejor que nadie que una grabación no sirve como prueba fehaciente en un juicio.

401

—Puede ser. Pero esto es lo que tenemos y debemos aprove-charnos de ello para hacer que Cáceres baje la guardia.

«No va a ser fácil convencer a Carolina», se decía Agustín, cami-no del piso de la periodista. No quería entrar con su copia de la lla-ve, así que desde el bar de la esquina llamó varias veces, hasta que a las once ella contestó al teléfono.

—Caro, soy Agustín, ¿tendrías diez minutos para tomar un café conmigo? —le preguntó, tratando de ser lo más protocolario y res-petuoso posible. No quería ponerla a la defensiva; esa noche pre-cisaba que la periodista lo escuchara con atención y estuviera dis-puesta a ayudarlo.

—¿Dónde estás?

—En el bar de la esquina.

—Ven —le respondió ella.

Cuando Agustín entró, le pareció más hermosa que nunca, sin maquillaje y con el cabello suelto recién cepillado. Llevaba un pi-jama, un salto de cama de seda color ciruela que resaltaba la blan-cura de su piel tersa y los pies descalzos, que casi hundidos en la alfombra, le daban un atractivo aire felino.

«Demasiados obstáculos para sortear en una sola noche», se dijo Agustín, e hizo lo imposible por desviar la mirada y no caer en la intensa seducción de la hermosa mujer.

—Siempre en horarios bien prudentes, ¿no, Montillano? ¿Qué te traes ahora entre manos? ¿Algo más sobre Cáceres? Ya escuché tu advertencia del otro día, a pesar de que apenas me diste expli-caciones.

—Ni te las puedo dar todavía. Pero justamente vengo a pedirte ayuda para que todos podamos tener acceso a ellas.

—¿Quieres un café? —le preguntó la periodista.

—Un whisky sería mejor, si no te molesta.

—Debe de ser algo serio, tú no bebes nunca.

—Es serio.

—Adelante —lo animó Carolina, mientras servía la medida en un vaso con hielo.

—¿Quieres saber quién es Cáceres?

—Desde luego.

—¿Más allá de lo que se descubra?

—Por supuesto. Te recuerdo, Agustín, que aunque no te guste, soy periodista. Y, por lo tanto, suelo tener mucho apego a la verdad, no importa cuál sea. Pero no veo...

—Mira, necesitamos...

—¿Quiénes «necesitamos»?

—Pablo Godoy...

—¡Ya me lo imaginaba! Es él el que te está llenando la cabeza de pájaros. Ya leí la nota sobre el muerto de la explosión de gas. Ese chico sí que tiene una imaginación febril. Si no hay atentados en La Milagros, se los inventa...

—¿Me vas a escuchar?

—Sí, disculpa, pero algunas cosas todavía me ofuscan.

—Necesitamos que le propongas a Cáceres un programa de televisión especial sobre su vida y su ideología. Una larga entrevista personal en exclusiva...

—No hay problemas, al canal le va a encantar. Y en cuanto a mí, no hay inconvenientes, casi todos los días voy a su oficina...

—No, lo que necesitamos es que vaya él a la emisora…

—¿Grabar en el canal? –Carolina dudó por un instante–: Hum… No creo. No es lo que él prefiere…

—Debes convencerlo. Tú manejas argumentos periodísticos mucho mejor que yo.

—¿Y por qué tiene que ser en el canal? ¿Con qué vamos a enfrentarlo?

Agustín trató de convencerla de que el canal era el lugar imprescindible para que Cáceres mostrara su verdadero rostro y terminó repitiendo con precisión las palabras de Carlos R.

—Tienes que confiar en mí, Caro. Además, hay algunas situaciones en las que, cuanto menos se sepa, menos riesgos se corren.

Carolina pensó durante un largo rato. Ella no tenía dudas de que Agustín estaba tratando de hacer algo para buscar la verdad que podía ocultarse detrás de Juan José Cáceres, pero sentía que todo lo que era y había soñado para su futuro estaba siendo amenazado. La primera advertencia de Agustín había destrozado su ilusión de despegar a una nueva actividad comprometida y trascendente. Ahora esta propuesta la empujaba a arriesgar todo lo que había construido hasta el momento sin saber siquiera a qué número jugaba sus fichas.

—Es demasiado, Agustín –dijo finalmente–, dudo mucho que pueda hacerse como propones. Te aseguro que no tengo el poder ni los argumentos para conseguir que la productora acepte hacer un especial para destruir la imagen del político más popular de la historia de Santamora y hasta ahora el único candidato a presidente.

—No tienen por qué saberlo. Déjanos que hablemos nosotros con los productores –propuso Agustín.

—No lo sé —dijo Carolina—. ¿Y si estáis equivocados? ¿Qué pasa si resulta que las cosas no son como las veis y Cáceres es en realidad lo que dice ser? No sé, necesito tiempo.

—Lo entiendo. Siento muchísimo ponerte en esta tesitura.

Agustín tuvo una extrañísima sensación. Se descubrió deseando que todo fuera un malentendido. Queriendo que todo terminara con el descubriendo de un terrorífico plan orquestado por Cuevas en el que Juan José era solamente un peón. Se dio cuenta de que pagaría cualquier precio para que se demostrara que Cáceres era un hombre de bien, empujado por las circunstancias a salvar a su país y que Carolina era la mujer que elegía el candidato para acompañarlo en ese camino. Cualquier precio, hasta perder a Carolina. Pensó que estaba loco por desear el fracaso de todo lo que había intentado sacar a la luz.

—Son las doce —dijo finalmente Agustín—. ¿Quieres que me quede?

—No, Agustín, hoy no. Pero gracias de todos modos —dijo Carolina, que sintió en su corazón la profunda comprensión de Agustín—. Valoro lo que te has preocupado por mí. Pero por ahora tengo que estar sola y pensar…

Cuando Agustín se fue, Carolina intentó relajarse. Pero fue inútil: una y otra vez la incertidumbre volvía a su mente. ¿Qué haría? Se dio cuenta de que, por primera vez en su vida, debía poner a prueba su moral y toda su escala de valores. Nunca antes había tenido que hacerlo, porque todo en Santamora estaba bastante claro: el bien y el mal jugaban en áreas bien distintas, lo único que había que hacer era colocarse de uno u otro lado de la red y la conciencia quedaba tranquila. En cambio, ahora no había nada seguro. Agustín y Godoy podían estar en lo cierto o no, pero ella tenía que arriesgarse. El precio que pagaría si se equivocaba sería alto, pero si no lo hacía… Entre el dinero y la verdad, ¿con qué se quedaba? La verdad, se respondió de inmediato. ¿Y entre una vida de placeres y la verdad? La verdad, se repitió. ¿Y entre la gloria y la verdad? La verdad, insistió. ¿Y entre el amor y la verdad?, volvió a preguntarse, pero esta vez no supo responder.

Miró el reloj. Eran las dos de la madrugada, pero no le importó. Levantó el teléfono y marcó un número.

—Disculpa por la hora… pero…

—¿Caro? No es nada, ¿qué pasa?

—Dime, Agustín, entre el amor y la verdad, ¿qué elegirías?

Agustín, a pesar de estar medio dormido, no dudó en su respuesta:

—Entre el amor y la verdad no se puede elegir, Carolina. Porque los dos van siempre juntos. Donde hay amor siempre hay verdad… si no, el amor no existe.

Cuando colgó, la periodista ya había tomado una decisión.

28

Aparece el cadáver de Severino Cuevas. Todo apunta a un posible suicidio del ex dictador, después de enterarse de que sería juzgado por los delitos cometidos cuando presidía la República

En una pequeña casa rural a unos 150 km al oeste de La Milagros fue encontrado el cuerpo sin vida del ex presidente. Se había descerrajado un tiro en la sien con su vieja pistola reglamentaria.

L os días se habían ido sucediendo con calma en el país. En La Milagros la rutina volvía a instalarse poco a poco.

En el ámbito político, la guerrilla, desacreditada por completo tras la liberación de Cáceres, se había sumido en el silencio. El FSL era un lejano recuerdo de la violencia del país. Asimismo, los partidos políticos trataban de salir de la conmoción de haber perdido a sus candidatos presidenciales y, con mucho esfuerzo, se preparaban para la contienda electoral basando su discurso en una tardía y tibia crítica a la dictadura, sin aspirar a mucho más que a alguna que otra gobernación y a no demasiados escaños legislativos. Era una realidad que muchos de sus simpatizantes se habían acercado a Cáceres. Muchos, con sincero entusiasmo y adhesión. Otros, y no los menos, deseosos de estar cerca del calorcito protector que emanaba del poder.

El propio Cáceres, en cambio, trabajaba intensamente en sus propias propuestas, aunque nadie dudaba de que la banda presidencial le cruzaría el pecho en breve. Sin embargo, su discurso era cada vez más vindicativo de los derechos perdidos por el pueblo y cada vez más duro con el depuesto presidente.

A pesar de su actitud incansable para con la campaña, Cáceres no estaba convencido de la propuesta de Carolina de grabar un especial en los estudios de la Cadena 20.

—Sabes que no me gustan demasiado las cámaras y mucho menos los estudios de televisión —dijo el candidato.

—Pero eres consciente de que una entrevista directa y exclusiva con la primera cadena del país podría ser fundamental —repuso Carolina—. Y no quedaría bien frente a la opinión pública que se realizara en tu despacho, cuando esas entrevistas tienen lugar tradicionalmente en los estudios. Se vería poco democrático, como si hubiese que rendirte pleitesía…

—Tienes razón, como siempre. ¿Está bien el jueves?

—El jueves es perfecto —acordó Carolina.

La noche anterior, cuando revisaba rutinariamente los teletipos de la redacción, Pablo Godoy se había encontrado con la noticia que acababa de llegar. Consternado, preparó la primera plana con los pocos datos que tenía y luego llamó a Agustín.

—¿Te has enterado? —le preguntó al médico en cuanto respondió a su llamada.

—¿De qué?

—Cuevas ha muerto.

—¿Cómo que Cuevas ha muerto?

—Parece que se suicidó. Lo encontraron en una casa rural, al oeste.

—Pero cómo... ¿No estaba bajo custodia en un destacamento?

—Parece que no... o se escapó para suicidarse. No hay ningún comunicado oficial todavía.

—Qué conveniente, ¿no?

—Eso mismo pensé yo, pero... ¿tú crees que nuestro amigo sería capaz de...?

—Mira, Pablo, Cáceres puede ser visto desde muchos ángulos, pero desde el punto de vista de la psiquiatría, cada vez se parece más a un psicópata típico.

—¿Un enfermo psiquiátrico?

—No exactamente. La psicopatía no es en realidad una enfermedad, sino un desarrollo anormal de la personalidad, del mismo modo que tener una tercera tetilla no es estar enfermo aunque no sea normal tenerla.

—¿Y cómo se manifiesta esa anormalidad?

—Ausencia de culpa, falta de límites, egolatría y conductas antisociales... —explicó Agustín.

—¿Y es posible que un psicópata pueda llegar a matar por su propia mano?

–Un verdadero psicópata puede llegar a hacer cualquier cosa para conseguir lo que quiere. Y si es una persona la que se lo impide…

–¿Te das cuenta de lo que me estás diciendo, Montillano?

–Me doy cuenta perfectamente.

Cuando colgaron, ambos se quedaron pensando una misma cosa. Carolina estaba en peligro real.

Ambos llamaron a su casa, pero ella no estaba. Hasta muy tarde, una Carolina Guijarro visiblemente nerviosa pactaba en el canal los últimos detalles del especial de Cáceres, que se grabaría la tarde siguiente.

Esa mañana llegar al hospital fue un tormento. No sólo por la cantidad de gente que había en las calles, sino porque esa gente festejaba con cantos y bailes el suicidio de Cuevas. Podría ser una deformación profesional, seguramente lo era, pero una muerte nunca le había parecido a Agustín algo para festejar. Ni siquiera si el muerto era Severino Cuevas.

Al llegar, subió al depósito de cadáveres. El forense, como era de prever, ya estaba en quirófano trabajando en la autopsia del ex presidente.

–¿Y? –preguntó Agustín.

–Todo lo esperable –dijo el forense con cordialidad, sin cuestionar su curiosidad–. El revólver encontrado en su mano sin otras huellas que las suyas, las marcas de pólvora en la sien, que demuestran que el disparo se hizo a corta distancia, ningún rastro de violencia y, por supuesto, el enorme agujero en su sien por donde entró la bala que atravesó el bulbo raquídeo... Todo encaja. No quería acabar en la cárcel y por eso se suicidó.

Agustín Montillano abandonó el depósito. Cada vez estaba más ansioso por la entrevista de la tarde. Decidió ir directamente a ver a Rosetta.

—Buenas tardes, *figlio*, qué extraño verte por aquí y, además, a esta hora. ¿A qué debo semejante alegría?

—Vine para que me desee suerte, *mamma* Rosetta.

—¿Y para qué la necesitas, si puedo saber? ¿Algo con la muchacha?

—Desde luego. Esta noche ella va a enfrentarse con una verdad que no va a gustarle y yo soy uno de los que se lo va a decir. Preferiría ser siempre el mensajero de las buenas noticias... ¿Me entiende, *mamma*? Hoy sabrá que lo que le he dicho siempre es verdad... pero estoy seguro de que en parte sufrirá por eso y no me gusta.

—Ay, *figlio*, siempre fuiste tan sensible... Me acuerdo cuando eras un *bambino*... me pedías una y otra vez que te cantara la escena de *Madame Butterfly*, cuando Suzuki se resiste a decirle a Cio-Cio San que la nueva esposa de su amado viene a quitarle su hijo para llevárselo a Estados Unidos... Siempre me decías: «Qué buena es Suzuki, cómo sufre por la tristeza que va a tener que pasar su ama».

Aunque Agustín no había protagonizado ese recuerdo, conocía perfectamente la escena y recordaba lo mucho que se emocionaba cada vez que la escuchaba:

Bisogna ch'io le sia sola accanto
Nella grande ora... sola
piangerà tanto tanto...

—Gracias, *mamma* Rosetta —dijo Agustín—, nos veremos mañana.

—*Addio figlio*, no creo haber entendido bien lo que pasa, pero si para ti es importante, ve con mi bendición y que todo salga bien para ambos —dijo Rosetta dibujándole con el pulgar la señal de la cruz en la frente.

Desde que se enteró, por la mañana temprano, de la noticia del suicidio de Cuevas, Carolina Guijarro estuvo esperando la llamada de la secretaria de Cáceres para cancelar la entrevista, pero eso no ocurrió.

Ahora que sólo faltaba media hora para grabar el especial, Carolina tomó plena conciencia de que estaba conduciendo a Juan José Cáceres a algo que se parecía bastante a una encerrona y, lo que era peor, sin saber muy bien para qué ni por qué. Después de todo, ella sabía que terminara como terminase este plan y aunque el candidato saliera bien parado, jamás le perdonaría esto, y con toda razón. Lo que sucediera podría resultar muy trascendente para Santamora, pero para ella implicaría algo personal, doloroso e irreversible. Éste iba a ser el último día en que estaría cerca del candidato y todos los proyectos que había dejado crecer al lado de ese hombre quedarían en nada.

—Carolina, al plató —llamó el director—. Ha llegado el invitado. Probamos luces…

«Demasiado tarde para dar marcha atrás», se dijo Carolina Guijarro.

La sala de grabación era un ámbito completamente cerrado,

con paredes recubiertas de paneles especialmente diseñados para mejorar la acústica. En el centro, una simple mesa ovalada a cuyo alrededor se disponían seis sillas. Un cenicero y una muy discreta decoración floral intentaban animar la asepsia del lugar. Recordando que, antes de convertirse en la Cadena 20 de televisión, el antiguo estudio emitía la programación de la vieja Radio Nacional de Santamora, quedaba en la pared el vetusto cartel luminoso que indicaba «En el aire» y el vidrio que permitía al operador controlarlo todo desde la sala contigua y que ahora estaba oculto detrás de una espantosa cortina oscura.

—Pasa, Juan José —dijo Carolina sonriendo al verlo asomarse por la puerta de la sala—. Siéntate aquí, estarás más cómodo... ¿Cómo te encuentras?

—Incómodo —rió Juan José.

«Es encantador», pensó Carolina.

—Dentro de unos minutos y antes de que empiece la grabación vendrá la maquilladora para hacerte los últimos retoques.

—Muy bien —aceptó Cáceres

—¿Cómo lo llevas lo de Cuevas?

—Bastante mal.

—¿Por qué?

—Hubiera sido muy bueno poder llevar a Severino Cuevas ante la justicia —dijo Cáceres—. Yo me había comprometido con la gente a hacerlo si llegaba a ser presidente. No sé si se suicidó por cobardía o para dejar sembrado su legado maligno librándose de la condena pública. Sea como fuere, nos perjudica muchísimo a mí y a nuestra incipiente democracia.

Carolina pensó que Cáceres tenía toda la razón. No se le había ocurrido, pero ésta era realmente la última jugada cruel de Cuevas para con el que osara sucederlo.

—Ahora tiene otro sentido esa frase que tanto repetía últimamente —recordó Carolina Guijarro—. Esa de «Sólo la historia podrá juzgarme».

Sacó un cigarrillo de su paquete y lo encendió.

Era la señal para que la cámara oculta empezara a grabar.

De pronto, alguien abrió la puerta.

Apenas levantó la vista, Juan José Cáceres vio aparecer en el vano la figura de Pablo Godoy.

Estaba a punto de protestar por su presencia cuando entró Agustín y, detrás de él, Paco Bailén.

—No esperabas verme de nuevo, ¿no es cierto, Juan José? —le preguntó Paco mirándolo a la cara con fiereza.

El candidato mantuvo la vista sin responderle.

—No, claro que no lo esperabas. A esta ahora yo debería estar incinerado y bajo tierra, ¿no, Juan José? —Bailén acentuó el nombre—, ¿o prefieres que te llame Pibe Ramírez, como cuando éramos chicos y estábamos en la cárcel? Sí, éramos como hermanos, ¿recuerdas? Una familia, decías, una verdadera familia. Desde entonces siempre te portaste bien con nosotros, o eso parecía... Y todos te creímos... hasta ahora.

Juan José Cáceres miró a todos lados y dirigiéndose finalmente a Carolina Guijarro dijo:

—No sé de qué habla este señor...

—¡Claro! ¡Por supuesto! ¡No me reconoces! Siempre me lo recordabas ¿verdad?: «Paco, si te agarran, tú no me conoces y yo a ti tampoco». Y eso estaba muy bien, porque uno no es ningún traidor, ¿verdad, Pibe? No. Seguramente por eso estamos juntos aquí. Porque si voy a contar tu historia, tienes que estar presente…

—Miren —sentenció Juan José Cáceres sin que se le moviera un solo músculo—. No sé qué hace este hombre aquí, ni de qué está hablando…

—¿No? Pues yo te voy a decir de qué hablo. Hablo de la Familia Adams, hablo de tu plan para vengar el honor de tu padre y la muerte de tu madre, hablo de cómo nos convenciste de que liberarías al país de Cuevas, de que nos juraste que la única manera de que Santamora fuera libre era si tú tenías el poder, si llegabas a ser presidente. Hablo de que te creímos, de que aceptamos que era necesario matar a algunas personas para que un hombre como tú limpiara de una vez toda la escoria. Sí, ya sé, nosotros también éramos escoria, pero tú nos enseñaste las reglas, tú nos convertiste en hombres con códigos y honor. ¡Y por eso hicimos todo lo que pedías, porque valías la pena, porque la Familia valía la pena!

Agustín observaba al candidato detenidamente. Nada lograba traspasarle la piel ni los sentidos; se mantenía impertérrito, como si desconociera quién le hablaba y lo que le decía.

Bailén continuó:

—¡Debí darme cuenta cuando murieron todos los demás de la Familia en el ataque! Un fallo de inteligencia, dijiste en ese momento. Pero el fallo fue que yo sobreviví. Ahora lo sé. Por eso hiciste volar el apartamento en el que me ordenaste que permaneciera sin moverme. Sí, lo sé todo. Hasta sé que tu padrino, el que te sacó de la cárcel y te mandó a educarte fuera del país, era el mismísimo Cuevas.

Paco tomó el casete que llevaba en su bolsillo y le hizo escuchar a Cáceres la conversación con el General.

—Basta ya de mentiras. ¿Por qué nunca nos dijiste que era tu padrino? ¿Por qué simulabas que lo querías derrocar? Lo planeasteis todo desde el principio tú y él. Eres una basura. Debí matarte cuando te tiraste encima de mí en la guarida haciendo que salvabas a Tolosa, mientras al oído me ordenabas: «Mátalo, idiota, mátalo».

—Basta, por favor —dijo Cáceres en un tono de cansancio—. Este hombre, además de ser un guerrillero huido, es un asesino y está delirando. Creo que para atenderlo sería mejor pedirle ayuda al doctor Montillano, él es psiquiatra.

—¿Usted cree, doctor Cáceres? —preguntó con sorna Godoy—. Creo que lo ha explicado todo con claridad. Usted formó el grupo llamado la Familia Adams. Usted los entrenó y les hizo creer que trabajaban para su causa, para que usted llegara al poder. Lo único que quiso desde el principio fue capacitarlos para hacerlos pasar por miembros del FSL y luego deshacerse de ellos. Ése era el pacto que tenía con su único socio, el general Cuevas.

—Ay, Godoy, no sea patético. Me hace reír.

—Reír, se va a reír en los tribunales... frente a las pruebas que tenemos de todo lo que hizo.

Carolina se mantenía en silencio.

Apenas podía creer lo que estaba escuchando, aunque comprendía que todo encajaba.

Ahora empezaba a ver con claridad.

Demasiado bueno para ser cierto.

Era demasiado encantador. Siempre tenía la palabra justa, siempre el gesto adecuado. Era desmedidamente perfecto.

¿Por qué le creyó? Ella sabía que la perfección no existe. Posiblemente necesitaba creer que la mentira era cierta.

—No sé de qué me hablan. ¿De lo que dice este tipo, un miembro del comando guerrillero que mató a sangre fría a Posadas, a Tolosa y a De los Llanos? ¿Un tipo que fue capaz, él o sus cómplices, de torturar y mutilar a sus secuestrados? Un asesino que ahora, al verse perdido, inventa una exótica relación conmigo. Discúlpeme, pero su imaginación...

—¡Tenemos las pruebas, Cáceres! —exclamó Agustín.

—Ah, ¿sí, doctor Montillano? ¿Qué pruebas? Porque este testimonio no sirve en lo más mínimo.

—Tenemos las radiografías que demuestran que su pie había sido amputado previamente... —dijo extendiéndole la placa.

Cáceres miró al trasluz con una sonrisa:

—Quisiera saber cuántos J. J. C. hay en Santamora. Me imagino que muchos. Además me gustaría analizar estas iniciales... ¿Quién las escribió? ¿Usted, doctor Montillano? ¿O su amigo Mario antes de morir ahogado?

—No sea cínico. Usted mandó matar a Fossi y a su ex mujer porque ellos sabían lo de su pie —dijo Agustín.

—Y también tenemos el cuerpo de Tolosa, cuyos dedos fueron amputados —adujo Godoy.

—¿Y con eso qué? A lo mejor le amputaron los dedos a él también. Eran unos salvajes. Carolina Guijarro estaba presente y puede atestiguarlo. O, por qué no, alguien puede habérselos cortado después de muerto para tratar de probar estas estupideces y desacreditarme —razonó—. En fin, las posibilidades son muchas.

—Pero está la cinta de tu conversación con Cuevas —arremetió Carolina—. ¿Cómo vas a explicar tu parentesco?

—Ay, cuánto me desilusionas, Caro, siempre creí que eras más inteligente.

Carolina bajó los ojos.

—¿Cómo has permitido que te enredaran en este asunto? —le preguntó Juan José—. La cinta que acabas de escuchar es una imitación bastante burda de voces; cualquier profesional podría hacerla mejor. Por lo demás, mis queridos amigos, todos sabemos que una cinta grabada no es prueba de nada. Ni siquiera en vídeo, como ésta, salvo que se argumente que nadie sabía que estaban grabando. Y ése no es el caso.

Cáceres interrumpió su monólogo para sonreír a la cámara y hacer una burlona reverencia antes de dirigirse otra vez a Paco Bailén.

—En cuanto a que yo soy ahijado de Cuevas, no sé qué clase de invento es ése, pero puedo asegurarles que cualquiera puede comprobar que en el Registro Civil no consta nada semejante. Mi genealogía está tan distante de la de Cuevas como la de la señorita Carolina Guijarro.

—Un registro que fue pasto de las llamas cuando explotó el Archivo General —susurró Agustín comprendiéndolo todo.

Paco Bailén escuchaba a su antiguo jefe con furia contenida. Sabía que no debía reaccionar con violencia, así lo había acordado con Godoy apenas llegó. Apeló a un último intento por hablar al Juan José que él había conocido:

—¿Es necesario seguir mintiendo?... Se acabó todo. Mírame, soy yo, Lucas, tu hermano. ¿O acaso te olvidaste? Me bautizaste

Lucas, pero no sólo por mi cabeza calva, sino porque yo era como tu hermano, Homero. —Los ojos de Bailén se llenaron de lágrimas al decir el último de los secretos que le quedaba por revelar—. Éramos una familia, Homero. Los Adams. Los locos Adams.

—Me parece que esto ya es más de lo que estoy dispuesto a tolerar. No sé qué oscuros propósitos tienen ustedes para haber urdido semejante conspiración, pero les aseguro que no quedarán impunes. Y ustedes —dijo señalando a la cámara— serán mis testigos.

Juan José Cáceres se puso de pie, miró a Carolina Guijarro y negando con la cabeza, dijo en un susurro:

—Qué pena…

Y después abandonó la sala.

29

La persona de Juan José Cáceres puesta en entredicho

Un ex guerrillero denunció, amparado en el anonimato, la presunta vinculación de Juan José Cáceres con el secuestro y asesinato de Tolosa.

—Con esto no vamos a ninguna parte —dijo Godoy mostrándole el titular a su amigo Agustín—. Hasta a mí, que lo he escrito, me suena a un invento precipitado para ensuciar el nombre del candidato del pueblo.

—Tiene que haber algo más que podamos hacer. Sabemos quién es, sabemos lo que hizo y sabemos qué pretende. ¿Nos vamos a quedar de brazos cruzados mientras se adueña del país?

—No tenemos nada, hermano —sentenció un Pablo Godoy desconocido en su pesimismo—, sin la declaración del Tío Lucas, sólo nos quedan pequeños indicios que poco le costaría a Cáceres ridiculizar, y que encima podrían servirle para confirmar ante la gente «la burda oposición de los sectores reaccionarios» como ya anda diciendo por allí.

—Hay cosas que están cambiando en Santamora. La purga de generales y la investigación sobre la conducta de los jueces de los últimos años de la dictadura sin duda están debilitando la estructura corrupta que Cuevas había dejado —dijo Agustín—. Aunque sea poco a poco.

—Es verdad. Yo mismo tengo algunos amigos y conocidos que son personas de bien y que ven con alegría la limpieza que se ha hecho, pero todos coinciden en lo mucho que falta. De todas maneras, en este caso Francisco Bailén está jurídicamente muerto y por lo tanto sería imposible conseguir sobre él ni siquiera una orden de captura. Si no se presenta voluntariamente a declarar ante un juez, no hay nada que hacer.

—Eso no va a suceder —dijo el médico—. Primero porque ése no fue el trato que hizo con R. para colaborar con nosotros; segundo porque si se presentara ante la justicia sería encarcelado, imputado por cada uno de los crímenes que se cometieron durante estos meses, y tercero porque me temo que si hiciera eso…

—…lo más probable es que se convirtiera en hombre muerto antes de escuchar la sentencia —terminó Godoy.

—Así lo creo yo también —asintió Agustín—. Pero no podemos darnos por vencidos.

Godoy lo miró con cierta incredulidad.

—Sí, ya lo sé, pero es muy astuto el maldito. Desde luego, mucho más que nosotros.

—Nosotros estamos detrás de él desde hace semanas, él viene trabajando en esto desde hace treinta años. Nosotros estamos solos frente a su estructura, él se movió con el aval de toda la dictadura. Nosotros conservamos cierta ética en relación con lo que se puede y lo que no se puede hacer, él es un canalla y esa falta de moral le da ventajas adicionales… Y lo peor es que ese maldito, como tú lo llamas, será elegido presidente en cualquier momento y, cuando eso suceda, no habrá nada que lo detenga.

—Hay que seguir trabajando —sentenció Pablo Godoy—, por lo menos intentarlo. Seguiré buscando algún hilo de donde tirar para desenmascararlo. Te pido que vuelvas a hablar con R., a ver si puede echarnos una mano. No hay que olvidar que los intentos de sanear al país se sostienen sobre todo por las expectativas generadas en torno a la creencia de que Cáceres es diferente. Si el candidato mostrara su verdadero rostro y todos lo vieran con claridad, no sería demasiado tarde para reaccionar.

Desde su sillón, Juan José Cáceres observaba ensimismado la ciudad. Esta última prueba había sido dura y había logrado salir airoso; quizá más aún: había asestado un golpe mortal a sus enemigos.

Era increíble. Le habían servido sus cabezas en bandeja de plata. Debía reconocer que había tenido suerte; pero al final ellos habían sido tan sólo pequeños ratoncitos impulsivos queriendo atrapar al gato…

Parecían adolescentes inexpertos, jugando al espionaje… unos pobres novatos disfrazados de justicieros que creían que con buenas intenciones se puede llegar lejos.

Él sabía muy bien que no era así, lo había aprendido muy pronto en la vida; la muerte de su padre luchando por la justicia le había indicado por dónde había que andar y por dónde no. Sabía qué conseguir y de qué escapar.

Le había costado demasiado aprender a defenderse en la vida, como para no estar preparado para este tipo de jugadas.

Era evidente que lo habían menospreciado.

¿Qué se habían imaginado? Quizá esperaban que ante la sorpresa de la aparición de Lucas y la revelación del plan él se iba a quebrar, como en las películas, e iba a confesarlo todo ante las cámaras de televisión. ¡Qué idiotas!

—Cadena 20, buenos días...

—Comuníqueme con el director general, señorita.

—¿Quién le habla?

—Soy el doctor Juan José Cáceres —dijo con tono cortante, produciendo un silencio de sorpresa en la telefonista.

—Un momento, por favor —dijo luego la joven.

Después de unos segundos, y sin ninguna otra voz que filtrara la llamada, el director atendió:

—Doctor Cáceres...

—Mire, señor, no le hablo solamente como candidato a la presidencia sino como simple ciudadano de este país. Aunque yo no fuera el probable futuro presidente, conozco mis derechos y sé defenderme cuando alguien pretende pisotearlos.

—Desde luego... —admitió el director, cuya voz comenzaba a mostrar una pequeña inquietud.

–Soy una persona muy ocupada y no me gusta perder tiempo ni permitir que otros me lo hagan perder. Por lo tanto vamos a ser breves. Supongo que usted está al tanto de una filmación que se hizo en sus instalaciones sin mi conocimiento ni mi autorización. En esa sesión, organizada con premeditación y mala fe, se intentó desprestigiarme y hacerme caer en absurdas trampas llenas de mentiras y de falsas insinuaciones que hoy hasta aparecen en la primera plana de ese pasquín misteriosamente asociado a la cadena que usted actualmente dirige. Me gustaría pensar que las autoridades del canal reflexionarán sobre la impertinencia que representaría emitir imágenes que, dadas las circunstancias, pueden prestarse a molestas distorsiones de la realidad. Como se imaginará, yo no podría pasar por alto tamaña difamación. Cumplo con mi deber al advertirle que si alguno de sus programas se sumara a la campaña en mi contra, no sólo los haré pasar por los tribunales, donde deberán abonar una cuantiosa suma por daños morales, injurias y calumnias sino que, como supondrá, me ocuparé personalmente de movilizar a mis contactos para que los anunciantes se den cuenta de la inconveniencia de hacer publicidad en un canal capaz de ser parte de una conspiración contra el candidato favorito de la población.

El director se quedó en silencio por casi un minuto y luego respondió:

–Señor Cáceres, nosotros somos personas de bien, razonables y muy comprometidas con la verdad y con la entrada del país en la etapa democrática de su historia… Desde luego que no haríamos nada que perjudique ese camino. Tenga por seguro que sus palabras, no por innecesarias, caerán en el olvido. Le prometo que haré todo lo posible para ayudarlo a continuar en su rumbo hacia la presidencia de nuestro país. Por lo demás yo le aseguro que usted siempre puede contar con nuestra pantalla para cualquier aclaración o rectificación que necesite lanzar al aire...

—Se lo agradezco mucho, señor director, no esperaba menos...

Siempre le había parecido que nadie elige verdaderamente su camino. La vida, las circunstancias, la influencia de alguno de los padres, la insoportable ausencia del otro... todo determina, mucho más que el propio deseo, aquello a lo que cada cual está destinado. Cáceres recordó cómo tuvo que vagar durante meses, durmiendo a escondidas en los establos y los chiqueros, comiendo de la limosna de algunos o de los pequeños robos que podía consumar, llevado más por el hambre que por la ambición. Con el tiempo formó aquella pequeña banda de cuatreros que robaban ganado y lo vendían bajo cuerda en el mercado central. Ahí se dio cuenta por primera vez de que los demás lo seguían sin que él hiciera demasiado esfuerzo para mandarlos.

A los quince ya era la cabeza de varias pandillas, lo llamaban el Pibe Ramírez, nombre que sin querer le había puesto su madre.

—Eres un Ramírez de los pies a la cabeza —le decía cada vez que resolvía un problema demasiado difícil para su edad o cuando se enfrentaba con su padre para defenderla si éste llegaba un poco pasado de copas.

En la cárcel y en el exilio se aprenden las mismas cosas, quizá porque estar lejos de todo y de todos se parece a estar encerrado en una prisión sin barrotes.

Se entrena uno en la ley de la selva: la supervivencia y el poder como objetivos inmediatos. Desarrolla la capacidad de sacar provecho de cualquier situación, por difícil que sea. Ejercita la inteligencia, la seducción, la manipulación y la crueldad, sin perder nunca de vista la meta fijada. Aprende a tener estrategias disponibles, la maquinaria engrasada y los detalles bajo absoluto control, para conseguir siempre llegar donde uno se propone.

Era preciso neutralizar la otra pata de la trampa, se dijo Cáceres, mientras buscaba en su agenda el número de *El Ojo Avizor*.

Cáceres repitió más o menos la misma advertencia a su director, que, sin embargo, no se mostró tan de acuerdo como el del canal.

—Y al riesgo de la respuesta popular, que sin duda los castigaría sin piedad boicoteando su periódico, deberá sumarle también el rigor del Estado que, cuando yo sea presidente, caerá sobre la publicación y sobre cada uno de sus responsables —agregó finalmente Cáceres, ante la falta de respuesta favorable del redactor.

—Mire, Cáceres —le contestó el director de *El Ojo*—, no quisiera interpretar su comentario como una amenaza ni como una presión. Entiendo su molestia por alguna actitud vehemente de nuestros reporteros, pero lo único que le puedo decir es que si bien no estamos embarcados en ninguna campaña en su contra, tampoco nos sumaremos a ninguna otra a su favor. La función del periódico es informar y...

—Ahórrese los discursos, señor director —interrumpió el candidato—, yo he cumplido avisándole. Lo que suceda de aquí en adelante no depende de mí. Que tenga un buen día.

Habría que esperar. El director de *El Ojo Avizor* no podría evitar someter esto a discusión en el grupo de editores del diario y ellos seguramente serían más sensatos; aunque sólo fuera por no poner en riesgo el futuro del periódico. No tenía importancia. Si elegían no conformarse con sobrevivir, sucumbirían en la pelea. No sería la primera vez que forzara a alguien a enfrentarse con esa disyuntiva.

Precisamente por no conformarse escapó de la cárcel, acompañado del timador con quien compartía celda, el Laucha Galíndez. Casi le costó la vida cuando los perros les cortaron la salida hacia el río y uno de ellos le rebanó de una dentellada dos dedos de un pie.

Sobrevivieron esos primeros días gracias a Galíndez, que embaucaba a la gente con sus buenas y malas artes. Se sabía todos los trucos de prestidigitación para quedarse con el dinero de los más ingenuos.

Cáceres siempre sonreía cuando se acordaba de los cientos de veces que el Laucha Galíndez burlaba su afán por descubrir los trucos que hacía con su viejo mazo de cartas al que le faltaban más de la mitad de los naipes. Ya en la prisión, cada vez que llegaba la hora de hacer las camas o de vaciar el orinal, el Laucha ponía las tres cartas sobre la mesa destartalada: dos cartas negras y la dama de corazones. Luego las daba la vuelta, las mezclaba muy despacio como para que se pudiera seguir su posición y preguntaba cuál de ellas era la dama, apostando la limpieza de la celda. Ni una vez había conseguido que Galíndez le hiciera la cama: siempre lo enredaba con su rapidez de manos y su habilidad para manipular las cartas; pero él estaba convencido de que la siguiente vez podría ganarle. Fue más sencillo asociarse al truhán que descubrir su truco.

Todo empezó cuando él propuso a Galíndez que distrajera al cabo de guardia de la comisaría, con el juego de adivinar dónde estaba la dama roja, mientras él le robaba las llaves de la celda.

Deambulando por los pueblos, los dos socios montaban en cada lugar al que llegaban su número e invitaban a la gente a apostar.

De Galíndez había aprendido todo lo necesario para estafar a los apostadores. Aprendió que hay que perder primero, que es necesario hacer creer al otro que uno es un estúpido y que el enemigo es el que mueve las cartas, aprendió a llamar la atención sobre él para que nadie mirara las manos, aprendió a robar las billeteras de los que miraban cuando el viejo los dejaba ganar. Aprendió a ofrecer alianzas al estafado para que bajara la guardia.

Juntos sacaban un buen dinero, aunque ninguno de los dos podía guardar nunca una moneda. El viejo porque se lo bebía, Cáceres porque se lo gastaba en putas. Por defender a una de ellas se metió en una pelea que terminó con la vida de dos lugareños y la hospitalización de otros dos.

Así fue a dar con sus huesos otra vez en la cárcel, esta vez en Puerto Inglés, al sur del país.

Hubiera pasado el resto de sus días en prisión o habría muerto de un tiro por la espalda «al intentar escapar», como terminaban siempre los ladrones de poca monta y los cuatreros en aquella época, de no ser porque casi por casualidad su padrino, el entonces coronel Severiano Cuevas, se enteró de que el peligroso Ramírez que estaba preso en el distrito militar a su cargo era nada más y nada menos que el hijo de aquel viejo camarada que un día le pidió que apadrinara a su primer vástago.

Entonces, como ahora, la suerte había estado de su lado.

El padrino no hizo demasiadas preguntas, sólo le dijo al jovencito si estaba dispuesto a obedecer para salvar el cuello, y cuando recibió la respuesta afirmativa lo envió a estudiar a Europa y Norteamérica. Le prometió que nunca le faltaría lo necesario, pero que no debía volver hasta no terminar sus estudios o hasta que él mismo lo mandara llamar.

Demudado, el director de *El Ojo Avizor* convocó una reunión urgente. Godoy y la redacción en pleno se reunieron en la sala de conferencias.

—La amenaza es concreta. Si nos ponemos en contra de Cáceres y llega a ser presidente, nos destruirá —concluyó el director, después de relatar su conversación con el candidato.

Un murmullo recorrió la sala cuando tomó la palabra el jefe de redacción:

—Ésta es una decisión crucial para nuestro periódico. Debemos evaluarla con mucha precisión. Propongo unirnos con otros medios y hacer juntos una denuncia pública de las presiones y una reclamación ante la Sociedad Interamericana de Prensa. Estoy seguro de que no se atreverá a enfrentarse a toda la prensa si está unida.

En ese momento, el director levantó la mano pidiendo la palabra.

—Quizá deban saber que la Cadena 20 ha recibido una llamada similar para que no emita la grabación que se hizo a instancias de nuestro compañero Godoy. Me he comunicado con gente de la producción del noticiero y, si bien no lo admitieron directamente, me dio toda la sensación de que iban a someterse a la presión.

—Es muy lamentable —se quejó el jefe de redacción—; es evidente que no podremos hacer nada nosotros solos…

—Lo que me parece —dijo otro de los directivos— es que debemos conseguir que el diario sobreviva cueste lo que cueste. Ése debe ser nuestro primer objetivo. Aun pensando en el beneficio del país y no en *El Ojo Avizor*, si como intuimos se avecinan otra vez tiempos difíciles para Santamora, alguien tiene que permanecer para denunciar lo que suceda.

Pablo Godoy había sido derrotado por segunda vez por el candidato. Pero, aunque él también participaba del pesimismo del resto, algo en su interior le dio la fuerza necesaria para tomar la palabra:

—Compañeros, por favor, pensemos por un instante. ¿Cuáles han sido y son las cualidades que nos han distinguido siempre como periódico? Sin duda, la honradez y la verdad. La gente le dijo sí a *El Ojo Avizor* porque siempre, siempre, incluso en los momentos más difíciles, fuimos honrados y dijimos la verdad. Nada pudo jamás con nosotros, ni Cuevas ni su boicot económico, ni sus amenazas. Nada. Salimos adelante a base de puro coraje, porque creímos que se podía y que se debía informar verazmente. ¿Por qué deberíamos ahora actuar de manera diferente? Un nuevo corrupto ha decidido tomar el poder en Santamora. ¿Estáis proponiendo que renunciemos a pelear contra él con todas nuestras fuerzas? ¿Qué sentido tendríamos como periódico si nos achicáramos frente a una amenaza como ésta? ¿En qué nos transformaríamos si pactáramos con esta clase de políticos? Ciertamente, el diario sobreviviría, nosotros mantendríamos nuestro trabajo… pero ¿sabéis? Jamás podríamos volver a ser los que denuncian. Habríamos perdido toda nuestra credibilidad. Si no damos la pelea hoy, no tendremos futuro. No hay una lucha para mañana que no empiece por la lucha de hoy.

Los presentes permanecieron unos instantes callados hasta que comenzó a escucharse, primero tenuemente y luego de forma abrumadora, un aplauso cerrado.

—Una sola cosa más. Es cierto que la tarea no va a ser fácil, pero no es verdad que estemos solos. Muchos santamoranos creen que un país diferente es posible. Y lo estamos viendo. Somos testigos de las purgas que se están realizando. El gobierno provisional está dando sus primeros pasos con firmeza, y muchos policías, funcionarios y jueces están colaborando para que Santamora cambie. Este desafío de hoy es la pelea que nos toca. No podemos hacernos los distraídos ni cuidar nuestro pellejo, porque es el momento de las decisiones importantes. Estoy seguro de que si actuamos con coraje e inteligencia, podremos dar batalla y no salir derrotados. Así podremos contribuir a que sea una realidad el país que la gente de Santamora quiere para vivir.

La decisión de no ceder a las amenazas de Cáceres fue tomada por unanimidad y de inmediato.

Juan José Cáceres reclinó el sillón para atrás y apoyó los pies sobre el escritorio, rememorando la etapa europea del plan. Con ayuda de su cada vez más poderoso pariente, se había formado intelectual, económica y socialmente, algo muy necesario para los planes que su mecenas tenía reservado para él. Combinando el refinamiento aprendido, los conocimientos necesarios y un poco de su natural arte seductor le había resultado relativamente fácil enamorar a Marie Foucault y lograr que aceptara su propuesta de matrimonio. Ella, única hija de una familia tradicional francesa vinculada a la diplomacia, había sido cuidadosamente elegida para conseguir acceso al círculo de los poderosos de Europa sin que nadie sospechara sus intenciones. La posterior separación, calculada desde el primer momento, se haría necesaria cuando Marie no encajara en sus planes. Es decir, cuando se instalara definitivamente en Santamora. Y dicha separación tendría que acabar en la muerte de la mujer cuando ésta se enterara de la supuesta mutilación. Casi lamentó que ella supiera más de lo que convenía y que su falta de ambición hiciera imposible siquiera pensar en comprar su silencio. «En fin —se decía cada vez que pensaba en su ex mujer—, siempre es necesario sacrificar algunas cosas para lograr lo que se quiere.»

Al advertir la hosca mirada del director, Carolina Guijarro supo que su situación no podía ser más delicada. El hombre le pidió que se sentara y no dio muchas vueltas a lo que tenía que decirle:

—Guijarro, como se imaginará, el canal no puede ni pensar en emitir la grabación que usted y ese grupo de *El Ojo Avizor* hicieron del candidato. Más allá de que, en mi opinión personal, Cáceres rebatió punto por punto con soltura, nosotros no podemos aparecer ante la población como gente que pone trampas al candidato para que no llegue al poder.

—Lo entiendo…

—Por otra parte, tengo en mi escritorio su nota de renuncia, en la que dice que va a trabajar con Juan José Cáceres. Como comprenderá, no entiendo nada…

—Bueno…

—Si precisa pensarlo, hágalo, pero si se queda con nosotros será necesario que deje de enfrentarse a Cáceres, que es amigo de la casa, y, sin duda, un aliado estratégico de la cadena.

—Comprendo muy bien la situación del canal y le agradezco la deferencia de darme una oportunidad —dijo Guijarro, que ya daba por perdida toda posibilidad de trabajar como periodista alguna vez—. La verdad es que yo no tengo ninguna duda de que quiero conservar mi puesto. Le aseguro que haré todo lo que esté a mi alcance para cumplir mi papel profesional y que no volverá a tener problemas con Juan José Cáceres por mi culpa.

Carolina Guijarro no sabía cuánto tiempo iban a mantenerla, siendo como era, una persona incómoda a ojos de Juan José Cáceres. Agustín había tenido razón cuando le dijo que se mantuviera alejada de estas intrigas. Ahora era tarde; estaba en un lugar bastante incómodo y con un futuro absolutamente incierto.

Al llegar a su piso, Carolina se cambió, encendió un cigarrillo y se sentó en el salón. Dudó unos momentos, pero finalmente se decidió a hacer una llamada que estaba aplazando desde hacía horas.

—Sí.

—Hola, soy yo, Carolina; por favor no cuelgues. Sólo te pido que me escuches un minuto.

—A pesar de lo que creas de mí, sigo siendo un caballero, jamás le colgaría el teléfono a una dama —le respondió un educado aunque distante Juan José Cáceres.

—Bien, te llamo para pedirte disculpas. Me gustaría mejorar la idea que tienes de mí.

—No fue precisamente amable prepararme una encerrona en un lugar donde me iban a filmar a escondidas y en el que pretendían incriminarme de las cosas más espantosas…

—Pero yo no sabía de qué se trataba. Sólo me dijeron que me traerían un dato que te permitiría convencer a todos de quién eras. Te digo más: Godoy y Montillano querían hacer la transmisión en directo. Fui yo quien se opuso. Lo siento, fui muy ingenua…

—¿Es todo?

—Sé que nunca más confiarás en mí, pero te prometo que haré todo lo que esté a mi alcance para subsanar mi error —le aseguró una Carolina con la voz temblorosa.

—No te voy a negar que me sorprende tu llamada, Carolina —afirmó Cáceres—. Lo que te puedo decir por ahora es que te agradezco el gesto; lo demás ya lo veremos más adelante…

Después de colgar, Juan José Cáceres se rió de sus propias palabras. ¿Cómo volver a confiar si nunca había confiado? Pero eso era lo de menos; lo que verdaderamente importaba era pensar en términos de conveniencia: una periodista que se siente en deuda es un recurso útil para utilizarlo en el futuro.

30

Arrestan al jefe de policía, uno de los funcionarios más sospechosos de corrupción

Después de un arduo trabajo, la policía de la división de Investigaciones Especiales consiguió atrapar a dos malhechores que, abrumados por las pruebas, confesaron delitos de sobornos y contrabando. Sus declaraciones implican gravemente al mencionado jefe policial en operaciones de varios millones de dólares.

Era inverosímil. Por contradictorio que pareciera, Santamora estaba viviendo, por lo menos en un primer análisis, el mejor momento de su historia.

Los días pasaban y la euforia democrática no sólo se advertía en la calle y en la actitud de la gente, sino también en cada aspecto de su vida institucional y cultural. Los intelectuales, los artistas y los científicos pasaban largas horas debatiendo en mesas redondas sobre proyectos futuros para la nación. Incluso los canales habían extendido su horario para poder dar cuenta de esta situación inédita en el país. Gente de la música y del teatro nacional trataban de dilucidar cuál debía ser la función de cada uno en la educación de los habitantes, ya que era indispensable dar rienda suelta a la libertad y la capacidad de elección de cada ciudadano.

Rescatando el consabido lema del sesenta y ocho francés «La imaginación al poder», los santamoranos soñaban que se empezaba a construir otra historia.

También en el ámbito político había novedades y al menos tres candidatos habían decidido ir a la contienda contra Cáceres. Aunque ninguno de ellos podía alentar ni siquiera una tibia esperanza de hacerle sombra, la necesidad de no permanecer al margen se hacía cada vez más palpable.

El gobierno provisional también conseguía logros en el tema de la corrupción. Cada día, algún antiguo colaborador del régimen parecía dispuesto a sumarse al aluvión ético y reparador de las instituciones de la ciudad y del país.

La división de Investigaciones Especiales, creada por el gobierno provisional con hombres de confianza de los cuadros más profesionales de la policía, que dependía orgánicamente de la Magistratura, anunciaba casi cada día un nuevo golpe a la estructura corrupta que hasta ese momento había manejado los negocios turbios en Santamora desde mucho antes de la llegada de Cuevas al poder.

Sí, Santamora, aunque fuera por un breve tiempo, había despertado de su letargo y su gente parecía acompañar gozosa y esperanzada este despertar.

Cuando Carolina Guijarro lo llamó y dijo que necesitaba verlo con urgencia, Juan José Cáceres intentó postergar el encuentro. Tenía demasiadas cosas pendientes para distraerse con la hermosa joven. Ya le dedicaría su atención cuando estuviera en el Palacio de Gobierno. Sin embargo, la insistencia de la reportera y su voz nerviosa y agitada despertaron en él cierta curiosidad. ¿Qué querría ahora? Supuso que la gente de la cadena estaba a punto de despedirla o ya lo había hecho, y que ella venía a pedirle su apoyo y su aval. En fin, lo mejor sería escucharla.

La periodista entró guiada por la secretaria que, de inmediato, los dejó solos.

—Toma asiento, por favor —le pidió Cáceres con gentileza—. Tú dirás...

Por toda respuesta, Carolina le extendió una fotografía de una mujer de alrededor de sesenta años, de indudables rasgos indígenas.

Al verla, Cáceres no se permitió ni un solo gesto. De hecho, a pesar de reconocer a la mujer de la foto, no se inmutó.

—¿La conoces? —preguntó Carolina

—Jamás la vi en mi vida. ¿Quién es?

—Parece que se llama Felipa, y ella dice que era, hasta la muerte de Cuevas, su cocinera y sirvienta personal. La información que me ha llegado es que Pablo Godoy se ha reunido con ella varias veces. Según algunos corrillos, parece ser que esta señora no sólo afirma que te conoce, sino que está dispuesta a declarar en tu contra.

—¿Sobre qué?

—No tengo ni idea y por eso estoy aquí. Déjame que investigue lo que hay detrás de todo esto. Con la excusa del noticiero puedo hacerlo —aseguró Carolina mirándolo a los ojos.

—Nunca dejas de buscar una primicia, ¿eh?

—No, no es eso. Mira, Juan José, te debo una. Si quiero averiguar qué se trae Pablo Godoy entre manos, es para ayudarte en lo que pueda y no para publicar la noticia...

—Te creo, Carolina. Puedes investigar lo que quieras, pero no encontrarás nada. Éste es otro invento de ese periodista.

—No lo dudo, por eso quiero desenmascararlo. En verdad, lamento mucho más de lo que supones lo que sucedió. Ahora sé que los celos y la envidia pueden ser los peores enemigos si se juntan para destruir. Pretendo demostrarte que estoy de tu lado, reparar como pueda el daño que te podría haber hecho y de paso, lo admito, hacerle pagar a ese idiota lo que casi me costó mi futuro profesional.

—Muy bien —aceptó Cáceres que empezaba a bajar la guardia—. Sólo te pido que, esta vez, no hagas nada sin consultarlo previamente conmigo.

Antes de irse, Carolina le confesó:

—Sé que fui muy injusta contigo. Todavía me duele tu mirada del día del encuentro en el canal. Y tus palabras, que tanto me lastimaron. Ésa, tu última frase, me persigue desde entonces. Sólo dijiste «qué pena», pero al escucharte me di cuenta de todo.

Juan José Cáceres no le respondió, pero se quedó observándola con una sonrisa mientras salía.

El candidato pensó en Felipa.

¿Cuánto sabría la vieja? ¿Acaso su padrino la había usado como confidente? En cuanto lo supiera, debía actuar con rapidez. La antigua cocinera tal vez fuese un incómodo lazo con el pasado.

Tres días más tarde, Carolina volvió a reunirse con Cáceres. Nada más entrar al despacho, se dio cuenta de que Juan José ya no estaba tan frío con ella. Después de acomodarse y de que les sirvieran un café, el candidato le pidió que contara lo que había averiguado.

—Se llama Felipa Menéndez y dice que ha servido a Cuevas casi cincuenta años. Afirma que el General confiaba mucho en ella y la trataba muy bien, que mientras él vivió nunca le faltó nada. También asegura que su amo, como ella lo llama, le había dicho desde hacía mucho que tenía un ahijado que estudiaba en el exterior y que algún día sería presidente y que se ocuparía de que nada les faltase ni a ella ni a su hijo. No sé cuáles son sus intenciones —continuó Carolina—, pero estoy convencida de que Godoy y Agustín han metido las manos en esto. Puede que la hayan convencido de que tú traicionaste a tu supuesto padrino para derrocarlo y que ella tiene una oportunidad de vengarlo diciendo lo que ellos le proponen. Sea como fuere, lo que ella parece dispuesta a contar de viva voz es que eres realmente ahijado de Cuevas y que lo traicionaste. Hice buenas migas con ella, le aseguré que yo la iba a ayudar a conseguir lo que buscaba, pero que tenía que tener cuidado con las cosas que decía en público porque podía meterse en problemas de los cuales sería difícil salir. No fui amenazante, te lo aseguro, sino cálida y contenida. Se comprometió a no hablar por ahora de esto más que conmigo.

—¿Por qué te preocupa lo que diga una mujer a la que ni conozco ni me conoce? —le preguntó Cáceres.

—No sé. Hay algo en ella que mueve a una enorme ternura y compasión y entonces me puse a pensar que ningún jurado ni del

Estado ni de la opinión publica le creería a Godoy o a Agustín con lo que tienen, ni a mí si me volviera loca y mucho menos a Bailén si se decidiera a negociar con la justicia, cosa que no hará. Pero ¿Felipa? ¿Cómo desconfiar de las palabras de esta pobre mujer que aparece con el argumento de su lealtad y su dolor?

–Habría que saber qué quiere –afirmó el candidato.

–Lo que dice es que no puede perdonar a quienes lastiman a los que ella quiere y que ella amaba a ese hombre, que la sacó de la miseria y la llevó al honor de servirle desde que tenía quince años. Su única intención sería destruirte.

–Carolina, piénsalo. Eso sólo podría ser así si lo que dice fuera cierto, pero no lo es. Así que habrá que ver qué quiere de verdad, qué es lo que está buscando. ¿Dinero, hacerse famosa, salir en la televisión? Ahora te pido yo que me ayudes. Quiero saber qué es lo que busca. No tengo ningún problema en tener un encuentro con ella. Te aseguro que mirándome a los ojos no podrá sostener su sarta de mentiras.

–Yo lo averiguaré, déjalo en mis manos –aseguró Carolina, contenta de que, al fin, Juan José volviera a confiar en ella.

Aunque no le gustara en lo más mínimo, Cáceres se daba cuenta de que en el asunto de Felipa, lo mejor que podía hacer era ponerse en manos de Carolina. Él no tenía otra manera de ponerse en contacto con la anciana, ni de saber nada; y aunque quizá pudiera conseguir hacerlo por otros medios, no sería muy astuto mandar a buscar a Felipa por La Milagros. De todas maneras la Familia había desaparecido y los contactos con lo que quedaba del antiguo gobierno estaban siendo desmantelados a consecuencia de la limpieza del gobierno provisional.

Finalmente, Carolina consiguió que Felipa confiara en ella lo suficiente como para entrevistarse telefónicamente con Cáceres. Después de preparar una grabadora para registrar la conversación, el candidato marcó el número.

—Habla Juan José Cáceres, ¿es usted Felipa? Carolina Guijarro me pidió que la llamara...

—Sí, soy Felipa. ¡Cuánto gusto escucharlo! Sabía que al final se comunicaría conmigo. Su padrino me lo aseguró.

—Mire, no sé de qué me habla. Yo no tengo ningún padrino, supongo que Carolina se lo habrá explicado...

—Mi amo lo quería mucho, tenía mucha confianza en usted —continuó la mujer, como si no lo hubiera escuchado—. Siempre me decía que usted lo sucedería en la presidencia, que era un secreto y que yo no tendría de qué preocuparme.

—Le repito, no sé...

—Porque yo ya no tengo trabajo, ¿me entiende? Y tengo un hijo que depende de mí por completo. Está un poco enfermo, ¿sabe? Y yo ahora...

—¿Qué me quiere decir?

—Nada, sólo que su padrino me aseguró que si él nos dejaba algún día, usted se ocuparía de que nunca me faltara nada...

—¿Me está pidiendo dinero?

—No, no es eso. Pero, entiéndame, mi hijo está enfermo y yo sin trabajo. No querría decirle a nadie lo que sé, pero, bueno, en mi situación... ¿Usted sabe que ese señor Godoy me ha ofrecido un montón de dinero para que le diga lo que sé?

—¿De qué habla? —quiso saber Cáceres.

—Bueno, yo era la persona de más confianza del servicio del General. No sólo cocinaba para él, también me ocupaba de que su despacho estuviera siempre en perfecto orden. Un día, mientras revisaba la vitrina donde él guardaba sus armas, noté que faltaba su pistola favorita, la del ejército. Antes de montar un escándalo entre la servidumbre, le pregunté por ella y él me dijo que me quedara tranquila, que la había sacado para dársela a su ahijado. Usted se imaginará mi sorpresa cuando me dijeron que mi amo se había suicidado con esa pistola. Pensé cosas muy feas, señor Cáceres, muy feas.

—Mire... Felipa, ¿verdad? Le repito, no sé de qué me habla. Yo no tengo nada que ver con el general Cuevas, y menos con sus armas y parientes. Me parece que alguien le ha contado un cuento y usted, que seguramente ha querido mucho a su amo, se ha dejado llevar. Pero aunque esté equivocada, yo no quiero que se sienta abandonada. Como próximo presidente no puedo permitir que alguien trabajador, que ha luchado toda la vida y que, además, tiene a su cargo un hijo enfermo, pase necesidades.

—Muchas gracias, se ve que la influencia de su padrino no se ha perdido después de todo —repuso Felipa.

—Le propongo que nos veamos lo antes posible y estudiemos la manera de concretar la ayuda que necesita.

—Por mí puede ser hoy mismo, señor Cáceres.

—¿Quiere pasar por las oficinas esta noche?

—No, señor, Cáceres, no me gusta salir sola de noche. ¿Cómo iba a ir y volver?

—Dígame dónde quiere que nos veamos, Felipa. Tiene que ser un lugar donde podamos hablar a solas. No quiero que alguien piense que deseo ayudarla para hacerme publicidad. Será nuestro secreto.

—Entiendo —dijo Felipa—. Yo estoy en la casa de campo de don Severino. ¿Qué le parece si lo espero aquí a eso de las diez de la noche? ¿Es muy tarde?

—No se preocupe. Estaré allí a las diez. Ahora quédese tranquila y no hable con nadie de esto. Ya verá cómo sus problemas terminarán para siempre —aseguró Cáceres, mientras sonreía con satisfacción.

Era increíble: su padrino, el hombre más desconfiado del planeta, depositando sus secretos en la servidumbre. Una estupidez impensable que podría haber arruinado sus planes de años. ¿Cómo es que Cuevas no había imaginado que la mujer podría hablar? Quizá le pareció que no era importante que supiera que tenía un pariente, o era una forma de asegurar su lealtad prometiéndole que alguien se haría cargo de ella en el futuro. ¿Cómo no lo había previsto? Lógicamente, don Severino ya estaba viejo y cansado; sólo así se explicaba semejante error.

Pero la diosa fortuna no lo abandonaba. Esta vez se había hecho presente en la forma de Carolina Guijarro. La periodista nunca sabría lo mucho que le había ayudado su sentimiento de culpa.

Una sierra eléctrica, varias bolsas de nailon, una maleta grande y rígida y una escopeta de caza era lo que necesitaba para acabar con el problema, pensó Cáceres, mientras cargaba las cosas en su automóvil y se dirigía a encontrarse con el último obstáculo en su camino hacia la presidencia. Una vieja anciana sin nadie en el mundo más que su hijo enfermo… Nadie notaría su ausencia.

Cuando Carolina preguntara si había hablado con Felipa, le diría simplemente que no, que había decidido no aceptar ningún tipo de chantaje y que dejaría que la anciana, Godoy y su amigo Agustín jugaran sus cartas como quisieran.

—No hay que ocuparse de los mentirosos —le diría al final— porque siempre se enredan en su propia mentira.

A las diez menos cuarto Juan José Cáceres divisó la salida y tomó el pequeño camino lateral, siempre controlando que nadie lo siguiera.

Estacionó. Detuvo el motor y apagó las luces del auto. Luego, muy calmado, comenzó a subir la loma que conducía a la casa con la escopeta en la mano.

Al llegar, abrió muy despacio la puerta que estaba sin llaves.

De pronto, la oscuridad se transformó en resplandor.

Dentro y fuera de la casa decenas de poderosas luces se encendieron a su alrededor. Tapándose los ojos con la mano pudo ver que seis policías le apuntaban con sus pistolas.

El nuevo jefe de policía se encaminó hacia él, escoltado por Pablo Godoy y Agustín Montillano.

—¿Me permite? —le dijo el policía alargando la mano hacia la escopeta.

Sin decir una palabra Juan José Cáceres entregó el arma.

—Buenas noches, señor Cáceres. ¿Podría decir qué está haciendo con una escopeta en una propiedad privada?

—Por supuesto… Pero antes, ¿quién es usted?

—Soy el nuevo jefe de policía de Santamora.

—No hay problema. Fui citado por una mujer anciana que prometió darme cierta información…

—¿Siempre va armado a sus citas con ancianas?

—Pensé que podía tratarse de una trampa —se excusó Cáceres—. La mujer me llamó por teléfono e inventó una historia para intentar chantajearme; supuse que podía ser peligrosa.

—¿Y vino a pagar el chantaje?

—No. Vine a disuadirla de su plan y a decirle que podía ayudarla si lo necesitaba, pero no por medio de amenazas.

—¿Me permite revisar su automóvil? —le preguntó con gentileza el policía.

—No sé para qué —se incomodó el político.

—¿Me permite? —insistió el policía sin responderle.

—Por supuesto —dijo Cáceres, mientras le entregaba las llaves del coche—. En el maletero encontrará mi maleta vacía, unas bolsas de nailon y mi sierra eléctrica.

—¡Qué interesante! —dijo con sorna el oficial dirigiéndose a Agustín y a Godoy—. Sus rondas nocturnas son algo extrañas: una sierra, una maleta vacía, bolsas...

—No sé qué tiene de raro; la maleta es porque estoy llevando algunas cosas de mi casa a mi oficina. Traigo la sierra porque iba a cortar unos tablones para montar una estantería en mi casa. Allí los encontrarán si deciden ir a verla...

—Todo tiene una explicación, ¿verdad, Cáceres?

—Por supuesto, todo.

—Entonces, ¿podría explicarme cómo hizo para llegar hasta aquí?

—¿Cómo? —preguntó sorprendido el candidato. Y titubeando por primera vez, dijo—: No... no entiendo.

—¿No entiende? Qué raro, un hombre tan preparado... Le pregunto cómo conocía el lugar donde estaba la casa de campo de Severino Cuevas, el secreto mejor guardado en el país durante más de treinta años.

—Creo haberlo leído en el diario. Lo publicaron cuando encontraron el cadáver —inventó el candidato, que se daba cuenta de que había cometido un error demasiado grave.

—Le falla la memoria esta vez, Cáceres. Esa información jamás se publicó.

—Ya lo recuerdo. Me la dio ella, la anciana que me citó. Me dijo que tomara la segunda salida después de...

—Señor Cáceres, tenemos grabada esa conversación. Felipa jamás le dio la dirección, porque así lo había convenido previamente con nosotros...

De pronto, por la puerta principal entró Carolina Guijarro. Tomada de su brazo, venía Felipa. Entraron justo en el momento en que el jefe de policía sacaba un par de esposas de su cinturón y se las colocaba al candidato mientras le decía:

—Señor Cáceres, queda usted detenido por los cargos de homicidio de Severino Cuevas, intento de homicidio de Felipa Menéndez y sedición como jefe de un grupo armado.

Juan José Cáceres levantó la vista y se esforzó en lanzar una mirada desafiante.

—Tiene el derecho a permanecer callado —fue la respuesta del policía—, si decide hablar, todo lo que diga...

—Podrá ser usado en mi contra... —se adelantó Cáceres—. No sea patético. Le aseguro que no tiene nada y que esto que está haciendo no le conviene. A nadie le conviene. El pueblo entero saldrá a defenderme. Todos ustedes lo saben. Cuando me liberen...

—Esta vez nadie lo defenderá, Cáceres —le aseguró Agustín.

—Eso está por verse... —dijo Cáceres, tratando de convencerse de que no todo estaba perdido.

Debía serenarse y pensar en algo para neutralizar los últimos acontecimientos...

—Señores —dijo al fin, armándose de coraje—, reconozco que todo parece estar en mi contra, pero estamos entre caballeros. Como ustedes saben, dentro de nada seré elegido presidente y tendré entre mis manos todo el poder público de este país. Eso significa que todos los que aquí estamos podemos ser inmensamente ricos. Seamos prácticos, señores, tengo mucho que ofrecerles; lo único que tienen que hacer a cambio es no ponerme piedras en el camino. Creo que soy claro. ¿Hacemos un pacto?

—No, Cáceres —dijo Pablo Godoy—, no pierda tiempo. Afortunadamente, usted ya no tiene nada que ofrecer.

El candidato volvió a sentarse abatido en su silla, la cabeza gacha, las manos esposadas colgando entre las piernas. Era la viva imagen de la desolación. Segundo a segundo, Juan José Cáceres sentía que lo que había planeado con tanto cuidado durante toda su vida se desmoronaba.

—No lo entiendo. Siempre pude prever las jugadas de todos, amigos y enemigos, siempre... y ahora... no sé cómo pude descuidarme —se reprochó el candidato.

Agustín Montillano se acercó al hombre, que ahora parecía aplastado por el peso de la realidad.

—Dígame, Cáceres, ¿cuándo empezó a interesarse por la magia? —le preguntó.

Sin entender el motivo de la pregunta, Cáceres respondió:

—Siempre me llamaron la atención los prestidigitadores que hacían sus funciones en la plaza de mi pueblo. Después, en la cárcel, conocí a un timador profesional que... ¿Cómo lo ha sospechado?

—Porque la falsa amputación de los dedos fue planeada con el principio básico de un viejo truco de magia...

—Sí –dijo Juan José Cáceres como hablando para sí mismo–, el truco de la guillotina de papel.

—Claro –dijo Agustín–, el truco de la guillotina. ¿Ha estudiado magia?

—Aprendí los primeros trucos como lo aprendí todo en la vida, tratando de encontrar una manera de no ser machacado por el entorno salvaje en el que viví durante mi adolescencia, en la lucha para dejar de ser esclavo de otros, en el desafío permanente que representa para un huérfano poder comer todos los días, tener compañía o llegar a darse esos gustos que sólo se compran con dinero. Después, cuando la suerte me permitió escapar de mi destino, empecé a leer un poco más; primero por placer y después como gimnasia mental. Me di cuenta de que en la naturaleza de la magia estaban encerrados todos los grandes principios del arte de influir sobre la visión que los otros tienen de las cosas. En el fundamento de un buen truco se aprende lo que es necesario saber para manipular a una audiencia y crear una ilusión que reemplace lo que en realidad está ante los ojos de todos...

—Un concepto muy útil para los fines políticos... –acotó Pablo Godoy.

—Elemental, mi querido Watson –asintió Agustín, recordando el juego del que tanto disfrutaba con Mario Fossi.

Agustín Montillano dio un paso hacia Cáceres y lo miró a los ojos. Por un momento sintió la tentación de compadecerse de ese individuo que ahora estaba vencido sin remedio. Pero enseguida recordó que era el mismo que fríamente había decidido eliminar a una veintena de personas, entre ellas Mario y el hijo de Rosetta, con el único propósito de conquistar el poder.

—Usted, Cáceres, que ha estudiado magia, prestidigitación e ilusionismo; que ha utilizado todo eso para manipular a un país y satisfacer su ambición, ¿usted dice ahora que no entiende por qué se descuidó? Yo le voy a decir por qué se descuidó. —Agustín sonrió triunfante e hizo una pausa antes de susurrar al candidato la palabra clave—: *Misdirection!*

—¿Qué? —preguntó, intrigado, el inspector.

—*Misdirection* —repitió Pablo Godoy—. Es una palabra del mundo de los magos. Describe un movimiento que se hace para conseguir que el otro concentre su atención en un dato falso y no vea lo que en verdad hace el mago.

—Estaba tan ocupado en neutralizar esta nueva amenaza que le inventamos —explicó Agustín— que no tuvo en cuenta que usted no tenía manera de saber dónde estaba la casa de Cuevas a menos que hubiera venido antes…

—Es cierto —confirmó el inspector—. Si usted no hubiese venido, nunca lo habríamos atrapado.

LIBRO V

EL EPÍLOGO

Surge de esto una cuestión: si vale más ser amado que temido, o temido que amado. Nada mejor que ser ambas cosas a la vez; pero puesto que es difícil reunirlas y que siempre ha de faltar una, declaro que es más seguro ser temido que amado. Porque de la generalidad de los hombres se puede decir esto: que son ingratos, volubles, simuladores, cobardes ante el peligro y ávidos de lucro. Mientras les haces bien, son completamente tuyos: te ofrecen su sangre, sus bienes, su vida y sus hijos, pues ninguna necesidad tienes de ellos; pero cuando la necesidad se les presenta, se rebelan contra ti [aun] cuando no haya justificación conveniente ni motivo manifiesto. […]

No dejaré de recordar al príncipe que adquiera un Estado nuevo mediante la ayuda de los ciudadanos, que examine bien el motivo que impulsó a éstos a favorecerlo, porque [quizá] no se trate de afecto natural, sino del descontento con la anterior situación del Estado.

NICOLÁS MAQUIAVELO,
El príncipe, capítulos XVII y XX

31

¡¡SEPTIEMBRE 5!!
Esta es la fecha definitiva de la convocatoria a elecciones generales

El gobierno provisional ha decidido hacer coincidir la nueva llamada con la fiesta nacional y anunció que, con la renovación de todos los cargos, nacerá nuevamente la República.

S antamora seguía conmocionada por los titulares de todos los periódicos dominicales en los que se había anunciado la detención y encarcelamiento de Juan José Cáceres. Las fotografías y los primeros planos de los noticieros nacionales e internacionales mostraban el momento en el que el candidato Cáceres, esposado, descendía del enrejado furgón celular al llegar al Departamento Central de Policía.

En todos los medios se abundaba no sólo en la lista de los cargos que se le imputaban a Cáceres sino también en los detalles de la investigación del doctor Agustín Montillano, el hasta entonces casi desconocido médico que había descubierto el plan que el candidato, en complicidad con el ex presidente, había tramado a lo largo de más de veinte años.

En algunos de los medios se reproducía el texto íntegro del reportaje que Carolina Guijarro le había hecho al ex forense para el noticiero del domingo de la Cadena 20.

Con mucha claridad y sin evasivas el médico explicó para toda Santamora cómo el candidato, un ex convicto de las cárceles del sur, había reclutado delincuentes para formar una banda dedicada a secuestrar, torturar y matar, siguiendo sus instrucciones o las de Cuevas, con el fin de hacerse con el poder.

Entre ambos, explicó Montillano, hicieron pasar por guerrilleros a los miembros de la banda, a la que llamaron «La Familia Adams». Habían usurpado la imagen del viejo FSL para crear un candidato héroe y mártir que sedujo a la mayoría de los ciudadanos. Así obtendrían la impunidad total para el dictador saliente y el poder absoluto para el que estaba destinado a ser el presidente electo por el mayor porcentaje de votos de la historia de Latinoamérica.

La conspiración podría parecer increíble a los extranjeros, pero no así a la gente de un país que había vivido y sufrido los hechos más dolorosos y perversos, víctima de la corrupción de sus dirigentes a lo largo de toda su historia.

A mediodía del lunes, a Cáceres sólo lo defendía un pequeño grupo de personas que no creían que pudiera existir alguien peor aún que Cuevas, así como los que veían sus intereses personales en peligro con el encarcelamiento del candidato. Gente que creía en una conspiración para derrocar al candidato y que defendía su presunción de inocencia.

En la amplia oficina de Carlos R., Agustín aceptaba la felicitación de su anfitrión, que lo había citado a primera hora de la tarde.

—Sinceramente, Montillano, no pensé que lo lograrían.

—Le agradezco su ayuda —dijo Agustín, que sentía, como siempre que estaba frente a R., cierta inquietud.

—Sé que Mario estaría orgulloso de usted. Por fin tenemos una posibilidad de que ese maldito bicho pague por lo que hizo...

—¿Sólo una posibilidad? Creo que nada podrá evitar que termine en la cárcel por muchos años.

—Ojalá tenga razón, Montillano... Pero usted sabe... la justicia es falible, las leyes tienen resquicios y los jueces, al fin y al cabo, son hombres y mujeres comunes... Ya veremos.

—Sí, ya veremos —dijo Agustín, aunque en el fondo se negaba a aceptar nuevos contratiempos.

R. decidió dejar de hacer hincapié en sus dudas agoreras.

—Por lo menos está preso y la gente se ha dado cuenta, gracias a usted y sus amigos periodistas, de las dimensiones de lo que sucedía en Santamora... Le confieso que al principio temí que usted mismo no fuera capaz de darse cuenta de la gravedad de los hechos.

—No le niego que me costó. Son pocos los que pueden aceptar una verdad tan espantosa con el coraje que requiere. En eso Mario era único. Siempre sostuvo que Cuevas estaba detrás de todo lo que pasaba.

—Estamos totalmente de acuerdo, Mario era muy perspicaz y muy agudo. Un ser humano irrepetible —asintió R.

—¿Sabe una cosa? Nunca me ha dicho qué relación había entre ustedes.

—Mire, Montillano, nunca me ha gustado hablar demasiado de lo que nadie tiene por qué saber; pero, en fin, se lo diré aunque no sea más que para no enturbiar con ninguna sospecha la memoria de nuestro común amigo. No quisiera que usted terminara pensando que el doctor Fossi estuvo alguna vez implicado en alguna de mis… peculiares actividades. Hace bastantes años, el menor de mis hermanos tuvo un… accidente grave, digámoslo así. Debo reconocer que no fui precisamente cortés cuando mandé traer a Fossi desde su casa en medio de la noche para que lo atendiera, pero tenía información de que él era el mejor cirujano traumatólogo de toda La Milagros. Nuestro amigo Mario se resistió a mis hombres hasta que le dijeron que había un paciente que se moría. A partir de entonces no sólo aceptó que lo llevaran, sino que además lo operó en donde estaba y con el instrumental que pudimos conseguirle. Salvó la vida a mi hermano. Después lo siguió visitando durante toda su recuperación sin preguntas y, por supuesto, sin denunciarnos, sin aceptar nada a cambio y con una entrega que yo no he vuelto a ver en un médico.

—Así era Mario.

—Ahora podrá entender por qué le dije ese día, en el cementerio, que estaba en deuda con él. Y fíjese que, a pesar de todo, le aseguro que no siento haber pagado del todo mi deuda… Y dado que Fossi quería a este país y a su gente, tanto como yo quería a mi hermano, pienso que la vida me ha dado una oportunidad de saldar lo que quedó de mi deuda haciendo por Santamora algo de lo que él hizo por mi hermano. Ahora, doctor, quiero aprovechar para despedirme de usted; posiblemente no volvamos a vernos. Sepa que ha sido un privilegio conocerlo.

—¿Se va?

—Sí. Puede que el gobierno provisional o el próximo presidente quieran hacer algunos cambios que compliquen mis negocios y no quisiera terminar perjudicando lo que ayudé a establecer. Ésa será mi última contribución en honor al doctor Fossi.

—¿No quiere perjudicar a Santamora o se va porque no podría seguir adelante con sus negocios? —preguntó Agustín, suspicaz—. De hecho, los cambios en este país ya están sucediendo. Mire, si no, lo del jefe de policía...

Carlos R. soltó una larga carcajada.

—¿De qué se ríe?

—De su ingenuidad, amigo mío. ¿En serio piensa que son las buenas intenciones del gobierno provisional las que consiguieron meter entre rejas al anterior jefe de policía?

—Bueno, eso más la tarea de la División Especial que capturó a esos dos delincuentes...

—Ah. Veo que también se creyó la versión oficial. Esa de que, abrumados, los delincuentes no tuvieron más remedio que confesar...

—¿Me está insinuando que no es así? No entiendo. ¿Estaba arreglado? ¿Esos hombres...?

—Sí, Montillano. Las declaraciones de esos dos las diseñé yo mismo para enjaular a quien quedaba a cargo de la mayor red de corrupción de Santamora. Muchas cosas no se podrían resolver mientras ese canalla estuviera en su cargo. Como le dije, Santamora se merecía un poco de limpieza en honor de Fossi, así que...

—Pero no lo entiendo... ¿Cómo convenció a esos hombres para que declararan contra el jefe de policía? Al hacerlo, ellos se inculparon y van a tener que pasar cuatro años en la cárcel.

—Digamos que si tienen suerte y buena conducta, en dos años y medio estarán fuera. Ya avisé a unos amigos para que les den el mejor trato posible en prisión. Por lo demás, no me parece que hayan hecho un mal negocio. ¿Usted sabe cuánta gente quisiera estar en el lugar de esos dos y embolsarse trescientos mil dólares por un par de años a la sombra?

Agustín se quedó mudo, sin poder salir de su sorpresa.

—Usted sabe que yo no comparto sus métodos...

—Lo sé muy bien, Montillano...

—Pero de todos modos, y especialmente en nombre de Mario, le agradezco ese gesto.

—Fue un placer —dijo R.—. En cuanto a Paco Bailén...

—No quiere declarar, ya lo sé.

—Ni podría. Haga lo que pueda para que no lo busquen. Gracias a él pudimos completar el rompecabezas Homero-Ramírez-Ahijado-Cáceres. A cambio yo le prometí una nueva identidad segura en otro país y, como usted sabe, Montillano, yo nunca olvido una promesa...

Agustín salió del edificio con un regusto amargo en la boca. ¿Era necesario el mundo de Carlos R. para poner en funcionamiento algunas cosas? ¿Era ese mundo corrupto parte inexorable del futuro de Santamora?

En el mismo momento en que Agustín terminaba su reunión con Carlos R., Carolina Guijarro se sentaba frente al director de la Cadena 20 en su despacho.

El director hizo girar una vez más su silla y apoyó el cigarro humeante en el enorme cenicero que tenía la forma de un televisor.

—Sé que nos equivocamos, Guijarro, pero usted debe comprender, este negocio es así... —se excusó el alto ejecutivo del canal sin demasiada vehemencia—. Lo tomas o lo dejas. Y no hay más que eso...

—Me doy cuenta... —aceptó Carolina.

—Sabe que no soy un hombre de discursos demagógicos; no voy a invocar las bocas que alimentamos ni las familias que dependen de nosotros ni voy a perder tiempo contándole lo que usted ya sabe, que la televisión es la gran distracción que el pueblo necesita, que ésa es nuestra misión real, etcétera, etcétera. No. Debemos aceptar que esto es un negocio y nada más que un negocio. Lo siento, pero es así. Aquí no hay héroes ni compromisos románticos. Aquí se trabaja lo mejor posible y lo más honradamente que se puede para ganar dinero. Y eso sólo se consigue manteniendo contentos a los anunciantes, que piden demasiado: mucha audiencia, un *share* alto y cero conflictos con el poder.

El director hizo una pausa en su discurso, como si de pronto hubiera recordado que no estaba allí para dar su opinión sobre el medio televisivo sino para retener a la más codiciada de las periodistas de Santamora.

—Además, Guijarro, no piense ni por un instante que el resto de los medios, digan lo que digan, actúan de otra manera.

—Lo sé. Precisamente porque lo entiendo tengo que evaluar lo que quiero hacer en el futuro. No estoy segura de ser capaz de tolerar que los compromisos con la audiencia manejen mis principios.

—Me parece muy bien. Nosotros no quisiéramos que usted se olvide de que, para esta cadena, hacer buenos negocios no quiere decir cerrar los ojos a la verdad y mucho menos renunciar a nuestro compromiso con la gente. Pretendemos que siga en la cadena que la vio nacer, porque nadie conoce su capacidad profesional mejor que nosotros ni valora más su actitud comprometida con el país...

—Me lo imagino —dijo Carolina Guijarro antes de dejar la sala—. Lo mantendré informado.

Después de la detención de Cáceres, los partidos habían vuelto a la efervescencia de hacía unos meses, cuando Cuevas abrió la contienda electoral.

En todas las sedes de los partidos se hacían encuentros, debates y reuniones con el fin de discutir y proclamar a los candidatos que tuvieran más oportunidades de ganarse el favor popular. El partido de De los Llanos, por ejemplo, ya había decidido que llevaría al hijo de un prominente empresario local, licenciado en Harvard y recién llegado de Estados Unidos.

En cuanto a los partidarios de Posadas, el ala política de la vieja izquierda combativa no había podido decidir si debían o no participar en las elecciones. Sabían que se enfrentaban con su crónico problema: para ser una alternativa deberían primero tener un plan de gobierno, debatir el modo de ejecutarlo, llegar a un acuerdo programático, elaborar las consignas de la campaña y, sólo después, designar un candidato. Los observadores políticos decían que, en el mejor de los casos, si finalmente decidían participar en la contienda lo harían como siempre, escindidos en al menos cuatro listas.

A pesar de que las primeras encuestas apuntaban a un buen respaldo ciudadano, los jóvenes dirigentes del Partido Nacional Democrático no estaban libres de conflictos políticos. Era cierto que tenían sólidas posibilidades de hacer valer la ventaja que les daba ser los herederos del intachable Pedro Tolosa, pero también lo era que la perderían si no conseguían poner al frente de sus listas a un candidato sólido. Si lo encontraban, podrían pensar en cambiar el país como tanto había deseado su líder fallecido; si no lo lograban, deberían conformarse con ejercer la tibia influencia que les quedaba a las minorías de la oposición en Latinoamérica.

—Todavía no puedo asumirlo —dijo Carolina, comentando con sus dos amigos los acontecimientos de los últimos días.

—En el fondo, la alianza entre Cuevas y Cáceres siempre fue frágil. Por eso no pudo llegar a buen puerto.

—Pero el plan era en beneficio de ambos.

—Al menos eso es lo que pensaba Cuevas —acotó Agustín.

—Sí. Yo no creo que el viejo imaginara ni remotamente la traición de su ahijado.

—Estoy de acuerdo —dijo Montillano—. A diferencia de Cáceres, Cuevas no era un psicópata puro. El viejo todavía conservaba, a su manera, ciertas lealtades, pequeños gestos de nobleza. Si analizamos desde el punto de vista de la psiquiatría su relación con Felipa, uno tiene que concluir que Cuevas por lo menos era capaz de tener sentimientos genuinos.

«¿Cáceres no?», pensó Carolina, aunque decidió no formular en voz alta ese comentario.

—A propósito de Felipa —dijo—, ¿cómo la encontrasteis?

—Gracias a mis pesquisas en la Casa de Gobierno —contó Pablo—. Me llamó la atención ver a esa vieja resoplando fastidiada en un rincón de la oficina de Cuevas. Parecía indignada con nuestra presencia. De repente se animó a decirme que le molestaba que anduviéramos toqueteando el lugar que ella había cuidado tan puntillosamente para su jefe. Le pregunté por qué le molestaba tanto y me dijo que no quería volver a pasar por el disgusto que había tenido el día en que notó que faltaba la pistola de Cuevas y menos ahora que su amo había muerto. No me costó nada entender la importancia que podría tener su declaración, así que la empujé a que le contara todo esto a mi amigo el jefe de policía. Más tarde Agustín trazó un plan y consiguió convencerla de que nos ayudara a tenderle la trampa a Cáceres; pero esa parte ya la conoces.

En ese momento, sonó el timbre. Agustín abrió la puerta y se encontró, sorprendido, con dos hombres y dos mujeres que preguntaban por él. Entre los cuatro no sumaban cien años y en los rostros se les notaba su entusiasmo juvenil.

Nada más entrar, comenzaron a hablar:

—Hemos venido a conocerlo, doctor, queríamos felicitarlo —dijo el muchacho más alto—. Pertenecemos al partido de don Pedro Tolosa…

—El Partido Nacional Democrático —agregó la muchacha de cabello negro—. Sabemos que don Pedro también hubiera venido a saludarlo si estuviera vivo.

—A saludarlo y a pedirle su afiliación al partido —concluyó el joven más bajo.

—Bueno, se lo agradezco mucho, pero yo... —adujo, confundido, Agustín—, en fin, jamás he tenido ninguna militancia política ni tampoco...

—Pero ahora es preciso que la tenga —arguyó la chica rubia.

—Por supuesto —coincidieron todos.

—No, no me entienden. No es que no tenga simpatía por el partido de don Pedro, incluso lo votaría, pero yo no tengo nada que ver... —se excusó Agustín.

—Discúlpenos, doctor, lo que sucede es que la Constitución lo exige: sólo pueden ser candidatos a presidente quienes estén apoyados por un partido.

—¿Cómo dicen? —preguntó Agustín.

—Ah, perdón. No se lo hemos dicho. Nuestro partido lo ha votado para que usted nos represente en las próximas elecciones.

Agustín Montillano no supo qué decir. Por unos momentos se detuvo en las miradas de aquellos chicos, en su inocencia y su fuerza, tan parecidas a las de Mario.

Luego, dirigió la vista hacia Godoy y Carolina.

Ella rompió el silencio:

—Me encanta el entusiasmo que tenéis, muchachos, es maravilloso. Quizá no todo está perdido en Santamora.

—Sí —asintió Pablo—, y aprovecho para decirles que no han estado desacertados al pensar en el doctor Montillano.

—Gracias, señor Godoy, contamos con usted para convencerlo —dijo la más desenvuelta de las jóvenes.

—Cuenten conmigo también —se sumó Carolina— porque la verdad, Montillano, es que serías un muy buen candidato para Santamora.

—Y, además, nosotros, desde el partido, podemos ofrecerle toda nuestra estructura, equipos de trabajo, una plataforma de consenso… todo —dijo entusiasmado el joven alto.

Agustín miró, aturdido, al grupo.

—No sé —titubeó—, déjenme pensarlo. Nunca me imaginé…

—Piénselo, doctor, pero después diga que sí, por favor. Recuerde que la gente de nuestra edad lo necesita —le suplicó la joven morena, estampándole un beso en la mejilla.

Cuando los cuatro jóvenes se fueron, Agustín se dejó caer en un sillón.

Los tres guardaron silencio hasta que Godoy, sonriendo, empezó a caminar hacia la puerta. Carolina, sin decir una palabra imitó su actitud.

Antes de irse, Godoy dijo:

—Serías imbatible, Agustín, hasta yo te apoyaría. Aunque no lo creas, por ti me volvería oficialista —bromeó.

Agustín Montillano ni siquiera acusó recibo de la última frase.

Una decisión como ésta sí que significaría cambiar de vida y eso para él no era algo con lo que sonreír.

32

CÁCERES CANDIDATO
La justicia, a pesar de la recomendación expresa del gobierno provisional, autorizó al detenido Juan José Cáceres a ser oficialmente candidato a presidente de la República en las elecciones del 5 de septiembre

En los detalles del fallo se establece con claridad que el respeto al estado de derecho de la nueva República implica necesariamente el acatamiento de las leyes. La ley vigente prohíbe ser funcionario o candidato a cualquier ciudadano que esté condenado por la justicia, pero excluye específicamente de tal restricción a los que solamente estén acusados o procesados.

D urante el martes Agustín Montillano no salió del apartamento que había alquilado tras la muerte de Mario y su salida del piso de Carolina. Sólo levantó el teléfono para avisar al hospital que se tomaría dos días libres y para atender una llamada de Carolina.

Quería estar en silencio y dedicarse a ordenar su ropa en los armarios y cajones. Montillano sabía por su profesión que el desorden externo refleja muchas veces el desorden interno. Se durmió bastante tarde mientras miraba un álbum de viejas fotos y escuchaba por tercera vez *Madame Butterfly* en la versión de Plácido Domingo y Renata Scotto.

El miércoles por la mañana lo despertó el ruido de alguien que trasteaba en la cocina de su apartamento. Era Carolina, que apareció en la puerta del dormitorio con un desayuno para los dos en una bandeja. Había un termo con café, dos tazas, una jarra de leche tibia, una jarra de zumo de naranja y un plato lleno de churros calientes. Al costado, el periódico de la mañana.

—Te he traído las noticias para ver si te ayudan a tomar la decisión —le dijo Carolina, después de colocar la bandeja frente a Montillano y servirle café.

Rápidamente se quitó el pantalón y se metió en la cama a su lado. Se sirvió un café también para ella y luego mostró a Agustín la primera plana del periódico.

—¿Cáceres será candidato? ¿A pesar de todo? —dijo Agustín recordando el último encuentro con R.—. No me lo puedo creer...

—Créetelo. Me parece, amor, que ahora el tema de aceptar la propuesta del Partido Nacional no depende sólo de que tú quieras o no ser presidente. Tienes que hacerle frente en las urnas. Si ganara...

—Si ganara, el país estaría definitivamente perdido. Ahora más que antes.

—Así es.

—Ya lo sé, Caro, pero hay algo que tengo claro: yo no puedo dejar que las intrigas de ese hijo de puta condicionen mis decisiones. Yo tengo que ser fiel a lo que creo y a lo que quiero y no vivir al compás de lo que los más poderosos me empujen a hacer.

Carolina bajó los brazos, derrotada. Agustín tenía razón...

—Porque, además, desde el lunes por la noche, estuve pensando en eso todo el tiempo —siguió Agustín.

—¿Y? —preguntó Guijarro sin pensar.

—¿Y qué?

—¿Y qué pensaste?

—Pensé que la idea es absolutamente descabellada... y que para aceptar... necesitaría... una jefa de prensa...

Ella lo abrazó y lo besó fuertemente en los labios. Después, sin soltarlo le dijo:

—¡Estaba segura de que lo harías!

—¡Mentira!

—Sí, mentira... —dijo Carolina—. Pero en el fondo, estaba segura de que lo harías. No podías negarte, después de todo lo que pasó.

—Sí podía, pero yo también se lo debo a Mario.

Agustín hizo una pausa y ahora con infinita ternura preguntó:

—¿Querrás ayudarme?

—¡Por supuesto! Nada me va a dar más placer que hacerlo. Siempre pensé que algún día me gustaría a vivir con un ex presidente —dijo Carolina—. ¿Qué le parece un almuerzo en el puerto para festejar su candidatura, jefe?

—Me parece muy bien...

—Ahora mismo aviso a Pablo Godoy —dijo Carolina, y luego agregó irónicamente—: Siempre es bueno estar en óptimas relaciones con la prensa escrita.

—Muy bien —dijo Agustín, mientras consultaba el reloj—, pero antes pasaremos por el hospital...

—Pero ¿no tenías el día libre? —preguntó Carolina mientras se vestía de nuevo.

—Sí, pero necesito que conozcas a alguien muy especial, Caro.

Agustín y Carolina salieron del apartamento y subieron al coche de ella. Carolina quería saber a quién iban a ver, pero era evidente que él prefería mantener el misterio, porque se limitó a encender la radio y silbar la antigua canción que ponían, mientras miraba por la ventanilla.

De pronto, al doblar por una avenida, Montillano se dio cuenta de que estaban pasando por el edificio donde estaban las oficinas de R.

—Para aquí, Carolina —gritó—. ¡Frena!

—¿Qué pasa? ¿No íbamos al hospital?

—Espérame un minuto —respondió Agustín bajándose del auto—. Tengo que contarle a alguien mi decisión de ser candidato. Estoy seguro de que va a disfrutar mucho de la noticia.

Cruzó la calle y caminó con rapidez hasta la entrada del edificio. Al traspasar el portal le llamó la atención su propia sensación de extrañeza. El edificio había cambiado mucho desde la última vez que había estado allí. En la primera planta ahora funcionaba una enorme tintorería.

Al entrar, Agustín se cruzó con un joven de rasgos orientales que salía con su triciclo para hacer las entregas.

—¿Señor? —dijo gentilmente otro hombre de ojos rasgados.

—Perdón… ¿El señor Carlos R.? —preguntó Montillano.

—¿Carlos? No, Carlos… Tintorería —dijo el hombre, con acento japonés.

—Sí, entiendo, pero anteayer no estaba todavía la tintorería. ¿Cuándo abrieron? ¿Ayer?

–¿Perdón? ¿Cómo dice?

–Que cuándo inauguraron…

–Señor, usted nuevo, ¿verdad?

–No.

–Tintorería, aquí, tres años… –dijo mientras señalaba canti-
dades de prendas colgadas y enfundadas–. ¿Viene a retirar ropa?
¿Ha traído el resguardo?

–¿Tres años? ¡Eso es imposible! Yo estuve aquí anteayer y no
había ninguna…

–Tintorería Nipona. Servicio domicilio. ¿Quiere que regale almanaque?

Agustín Montillano tomó el almanaque de publicidad de la tintorería. Allí constaban con claridad la dirección y el teléfono del lugar, debajo de un anuncio destacado que decía:

UN AÑO MÁS AL SERVICIO DE SUS CLIENTES

Agustín dio media vuelta y salió mirando todavía con extrañeza el lugar, las máquinas y a los dos hombres que le sonreían desde detrás de sus planchas de vapor. Era evidente que no tenía sentido seguir preguntando lo que estaba clarísimo que nadie le iba a
contestar.

Diez minutos más tarde Carolina y Agustín estaban en el hospital y él guiaba a la periodista por los pasillos hasta la habitación
de Rosetta.

Cuando entraron, los ojos de la anciana se iluminaron una
vez más.

–*Figlio*, ¿cómo estás? –le dijo saludándolo con una sonrisa que

469

casi no le cabía en su adelgazada cara–. Pregunté por ti y me dijeron que no vendrías hasta mañana. ¡Qué sorpresa!

Y después puso ojos pícaros y comentó mirando de reojo a Carolina Guijarro:

–Por lo que veo, hoy estás muy bien acompañado...

–Sí, *mamma* Rosetta, quiero que conozca a mi novia... –dijo Agustín mientras le daba un beso–. La de los espaguetis.

–Ahhh... ¡Tan hermosa como me la imaginaba! Carolina, ¿verdad?

–Sí... ¿Cómo está, Rosetta?

–Muy bien... muy bien y ahora que mi hijo te trajo para que yo te conozca, estoy muchísimo mejor –le dijo Rosetta a la joven, y luego mirando al médico agregó–: ¿Viste que la *mamma* tenía razón?

–Por supuesto, *mamma*, siempre la tiene –dijo Agustín conmovido–. No sé si hay alguien en el mundo que me conozca tanto como usted...

–Pues eso no es ningún mérito. Si tú eres transparente como el agua de un estanque cristalino. ¿Sabes, Carolina?, si tú lo miras a los ojos, mi *bambino* no tiene secretos.

Rosetta se incorporó en la cama mientras le hacía señas a Carolina para que se acomodara a su lado.

–Ven, hija, acércate, que quiero decirte algo. –Y bajando la voz como quien cuenta un secreto le dijo–: No seas muy dura con él, ¿sabes? Está un poco loco, es cierto, pero ¿quién no?

–Entiendo, Rosetta –dijo Carolina mirando de reojo a Montillano.

–Si estás con mi hijo puedes llamarme *mamma* –dijo la anciana y siguió–: Ahora presta atención porque voy a decirte algo muy importante.

–Sí, *mamma*.

–Te pido que si algunas veces parece actuar como si no te conociera, no te enfades, no lo riñas y no lo abandones. Al menos por eso. Ten un poco de paciencia y volverá a tus brazos antes de lo que piensas. No lo hace con mala intención, te lo aseguro. Mira, a mí me negó durante tres meses y eso que soy su madre.

Al escucharla, Agustín no pudo dejar de sonreír.

–Bueno, basta de protocolo por hoy. Nos vamos, *mamma* –dijo Montillano–, tenemos que ir a almorzar.

La anciana Rosetta besó a ambos en la frente, primero a ella, después a él, con la misma ternura de siempre y les dijo adiós con la mano durante largo rato, hasta mucho después de verlos salir de su habitación.

Agustín Montillano y Carolina Guijarro caminaron sin prisa, rumbo al restaurante del puerto donde habían quedado con Pablo Godoy.

El periodista se abrazó eufórico con la joven pareja y, poniendo una copa de vino en la mano a cada uno, los invitó a brindar.

–Brindemos por los planes para el futuro –dijo Carolina.

–Y ya que estamos por la amistad… y la lucha –dijo Pablo.

–Y por Mario Fossi –agregó Agustín.

–Y por Mario –repitieron sus amigos a coro, levantando las copas con alegría.

Abrace, pues, el gobernante esta causa con el ardor y la esperanza con la que se abrazan las causas justas, a fin de que bajo su gobierno la patria se ennoblezca y bajo sus auspicios se realice la aspiración de Petrarca:

Virtù contro a furore
Prenderà l'arme; e fia'l combatter corto
Ché l'antico valore
Nell'italici cor non è ancor morto[1]

NICOLÁS MAQUIAVELO, *El príncipe,*
último párrafo del último capítulo

---

1. Finalmente la virtud tomará las armas contra el atropello; el combate será breve, pues en los corazones itálicos, a pesar de todo, el antiguo valor no está muerto todavía.

El candidato de Jorge Bucay
se terminó de imprimir en noviembre de 2006 en
Gráficas Monte Albán, S.A. de C.V.
Fracc. Agro Industrial La Cruz
El Marqués, Querétaro
México